ALEX NORTH

Der Kinderflüsterer

Alex North

DER KINDER FLÜSTERER

Roman

Deutsch von
Leena Flegler

blanvalet

Die Originalausgabe erschien 2019 unter dem Titel
»The Whisper Man« bei Penguin Books Ltd, London.

Verlagsgruppe Random House FSC® N001967

1. Auflage

Neumarkter Straße 28, 81673 München
Redaktion: Susann Rehlein
Umschlaggestaltung: © www.buerosued.de
nach einer Originalvorlage von Michael Joseph/Penguin Books UK
Umschlagmotive: Hanka Steidle/Arcangel Images;
iStock.com/JernejLasic; © Shutterstock.com
WR · Herstellung: sam
Satz: GGP Media GmbH, Pößneck
Druck und Bindung: GGP Media GmbH, Pößneck
Printed in Germany
ISBN 978-3-7645-0710-7

www.blanvalet.de

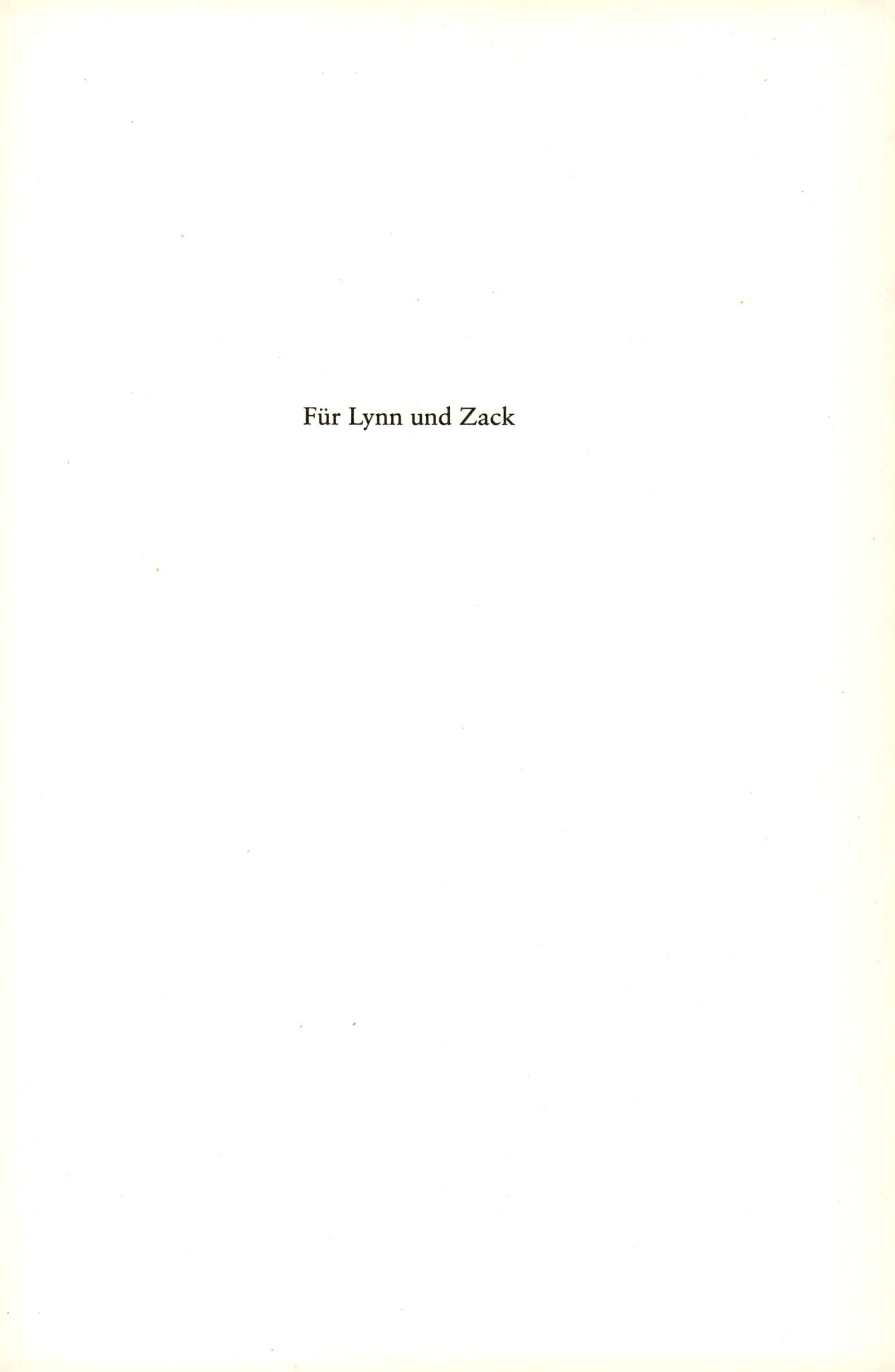

Für Lynn und Zack

Jake.

Ich würde dir gern so viel erzählen, aber es ist uns noch nie leichtgefallen, miteinander zu reden, stimmt's?

Also muss ich dir stattdessen schreiben.

Ich weiß noch genau, wie Rebecca und ich dich aus dem Krankenhaus mit heimgenommen haben. Es war dunkel und hat geschneit, und ich bin vorsichtig gefahren wie noch nie zuvor. Du warst gerade mal zwei Tage alt und auf der Rückbank im Babysitz festgezurrt, Rebecca war neben dir eingenickt, und ich habe immer wieder in den Rückspiegel geschaut, um zu sehen, ob ihr beide sicher wart.

Denn weißt du was? Ich hatte eine *Heidenangst*. Ich war als Einzelkind aufgewachsen, hatte von Babys keine Ahnung, und trotzdem war ich urplötzlich für eins verantwortlich – für mein eigenes Kind. Du warst unfassbar klein und zerbrechlich, und ich war dermaßen unvorbereitet, dass ich gar nicht begreifen konnte, wie sie mir dich im Krankenhaus hatten anvertrauen können. Wir hatten von Anfang an unsere Schwierigkeiten, du und ich. Rebecca hielt dich so selbstverständlich, so natürlich im Arm, während ich immer ein leicht mulmiges Gefühl und Angst um das verletzliche Bündel in meinem Arm hatte, und wenn du geweint hast, wusste ich nicht, was du brauchtest. Ich konnte dich einfach nicht verstehen.

Das hat sich nie geändert.

Als du ein bisschen älter warst, hat Rebecca mir mal gesagt, es liege daran, dass wir uns so ähnlich seien, aber ob das wirklich stimmt, weiß ich nicht. Ich hoffe nicht; ich habe dir immer etwas Besseres gewünscht.

Aber wie dem auch sei, miteinander reden können wir nicht, deshalb muss ich versuchen, alles niederzuschreiben. Die Wahrheit über all das, was in Featherbank passiert ist.

Mister Night. Der Junge im Boden. Die Falter. Das kleine Mädchen in dem merkwürdigen Kleid.

Und natürlich der Kinderflüsterer.

Das hier wird nicht leicht, und ich muss mich zuallererst entschuldigen. Mit den Jahren habe ich dir unzählige Male erzählt, dass es nichts gibt, wovor man Angst haben muss. Dass es so etwas wie Monster nicht gibt.

Es tut mir leid, dass ich gelogen habe.

Teil eins

Juli

1

Der schlimmste Albtraum von Eltern ist die Entführung ihres Kindes durch einen Fremden. Allerdings ist dies statistisch gesehen ein höchst unwahrscheinliches Ereignis. Die größte Gefahr geht für Kinder tatsächlich von nahen Angehörigen aus und findet hinter verschlossenen Türen statt, und obwohl die Außenwelt bedrohlich erscheinen mag, sind die meisten Fremden in Wahrheit ganz anständige Leute, während das eigene Zuhause oftmals den gefährlichsten Ort darstellt.

Der Mann, der den sechsjährigen Neil Spencer im Visier hatte, wusste das nur zu gut.

Er hielt sich hinter der Hecke leise und konstant auf Höhe des Jungen und ließ ihn nicht aus den Augen. Neil kickte hier und da in den staubigen Boden und wirbelte mit seinen Sportschuhen kreideweiße Wölkchen auf, er hatte keine Eile, wusste nicht, dass er in Gefahr schwebte. Jeden einzelnen Tritt des Jungen konnte der Mann hören. Er selbst machte nicht das geringste Geräusch.

Es war ein warmer Abend. Die Sonne hatte tagsüber mächtig heruntergebrannt, doch inzwischen war es sechs Uhr, die Temperaturen waren gesunken, und die diesige Luft flirrte golden. An einem solchen Abend setzte man sich womöglich noch auf die Terrasse, trank ein Glas gekühlten Weißwein und sah der Sonne beim Untergehen zu, ohne auch nur eine Sekunde darüber nachzudenken, sich eine Jacke zu holen, bis es zu dunkel und zu spät war, um sich noch die Mühe zu machen.

In bernsteinfarbenes Licht getaucht sah sogar dieses Bauland schön aus: ein Stück brach liegendes Gelände am Ortsrand von Featherbank, das zur anderen Seite von einem ehemaligen Steinbruch begrenzt wurde. Der wellige Boden war in weiten Teilen ausgedörrt und tot, auch wenn hier und da Büsche zu struppigen Labyrinthen ineinanderwucherten. Die Kinder aus dem Ort liefen manchmal zum Spielen dorthin, immer wieder gaben welche der Versuchung nach und kletterten in den Steinbruch, obwohl die steil abfallenden Hänge mürbe waren. Die Gemeinde hatte zwar Zäune und Schilder aufgestellt, aber das reichte bei Weitem nicht aus. Schließlich fanden Kinder es aufregend, über Zäune zu klettern. Warnschilder ignorierten sie grundsätzlich.

Der Mann wusste eine ganze Menge über Neil Spencer. Er hatte den Jungen und seine Familie regelrecht studiert. Der Junge war schlecht in der Schule, sowohl was seine Leistungen als auch das Betragen anging, und konnte nicht annähernd so gut lesen, schreiben und rechnen wie seine Klassenkameraden. Er trug die Kleidung von anderen auf. Für sein Alter wirkte er seltsam erwachsen und zeigte schon jetzt eine gewisse Feindseligkeit und Wut auf die Welt. In einigen Jahren würde er als Raufbold und Unruhestifter gelten, auch wenn ihm sein destruktives Verhalten bislang verziehen wurde. »Er meint es nicht so«, sagten die Erwachsenen. »Es ist nicht seine Schuld.« Noch hatte Neil das Alter nicht erreicht, ab dem er für seine Taten verantwortlich gemacht werden konnte, insofern sahen die Leute bereitwillig weg.

Der Mann hatte hingesehen.

Neil hatte den Tag im Haus seines Vaters verbracht. Mutter und Vater hatten sich getrennt, was der Mann wohlwollend zur Kenntnis genommen hatte. Beide Eltern waren Trinker und kamen mal besser, mal schlechter zurecht. Beide fanden ihr Leben wesentlich einfacher, solange der Sohn beim jeweils anderen war, und beide konnten nicht wirklich etwas mit ihm anfangen. Für gewöhnlich wurde Neil sich selbst überlassen, sollte sich selbst durchschlagen, was die zunehmende Härte erklärte, die der Mann an dem Jungen hatte wahrnehmen können. Neil war ein Anhängsel im Leben seiner Eltern. Ein ungeliebtes Anhängsel.

An diesem Abend war Neils Vater nicht zum ersten Mal zu betrunken gewesen, um ihn zurück zum Haus der Mutter zu fahren – und allem Anschein nach zu faul, um ihn zu Fuß zu begleiten. Der Junge war fast sieben und den Tag über doch wunderbar allein zurechtgekommen. Also hatte er Neil auch allein nach Hause geschickt.

Noch hatte er keine Ahnung, dass Neil ein ganz anderes Haus ansteuern sollte. Der Mann musste an das Zimmer denken, das er eigens vorbereitet hatte, und versuchte, seine Vorfreude im Zaum zu halten.

Auf halber Strecke über das Brachgelände hielt Neil inne.

Der Mann blieb ebenfalls stehen und spähte durch das Gestrüpp, um zu sehen, was der Junge entdeckt hatte.

Ein alter Fernseher war neben einem der Büsche entsorgt worden; der gewölbte graue Bildschirm war intakt. Der Mann sah, wie Neil mit dem Fuß leicht gegen das schwere Gerät tippte. Für den Jungen musste es wie ein Relikt aus einem früheren Jahrhundert ausgesehen haben – mit Lüftungsschlitzen und Knöpfen entlang des Bildschirms und einem Korpus von der Größe einer Basstrommel. Jenseits des Trampelpfads lagen ein paar Steine, und der Mann sah fasziniert zu, wie Neil darauf zulief, einen zur Hand nahm und ihn dann mit aller Kraft in das Glas schleuderte.

Pock.

Ziemlich laut an diesem ansonsten stillen Ort. Der Stein

schlug ein annähernd sternförmiges kleines Loch in den Bildschirm. Neil griff sich den nächsten Stein und wiederholte das Ganze, warf diesmal daneben und versuchte es direkt wieder. Im Bildschirm prangte ein zweites Loch.

Das Spielchen schien ihm zu gefallen.

Und das konnte der Mann durchaus nachvollziehen. Diese sinnlose Zerstörung spiegelte die zunehmende Aggression wider, die der Junge auch in der Schule an den Tag legte. Er wollte eine Spur in einer Welt hinterlassen, die sich ansonsten um seine Existenz nicht zu scheren schien, und drückte so sein Bedürfnis aus, gesehen zu werden. Wahrgenommen zu werden. Geliebt zu werden.

Tief im Innern wollte jedes Kind doch nichts anderes.

Bei dem Gedanken zog sich ihm das Herz zusammen. Lautlos trat er hinter dem Gestrüpp im Rücken des Jungen hervor und flüsterte dessen Namen.

2

Neil. Neil. Neil.

Vorsichtig schritt DI Pete Willis über das Brachgelände und hörte, wie um ihn herum immer wieder Officers nach dem verschwundenen Jungen riefen. In den Pausen herrschte Stille. Pete blickte auf, stellte sich vor, wie die Rufe in die Dunkelheit über ihnen aufflatterten und sich im Abendhimmel auflösten, genau wie Neil Spencer sich in Luft aufgelöst zu haben schien.

Er schwenkte den Lichtkegel seiner Taschenlampe im Viertelkreis vor sich über den staubigen Boden, um genau zu sehen, wo er hintrat, und eventuelle Spuren des Jungen zu entdecken. Blaue Jogging- sowie Unterhose, ein Minecraft-T-Shirt, schwarze Turnschuhe, Rucksack mit Army-Muster, Wasserflasche. Die Meldung war reingekommen, als er sich gerade zum Abendessen hingesetzt hatte, für das er sich alle Mühe gegeben hatte. Als er an den Teller dachte, der unberührt auf seinem Esstisch stand, knurrte ihm der Magen.

Aber ein kleiner Junge war verschwunden und musste wiedergefunden werden.

In der Dunkelheit waren seine Kollegen unsichtbar, allerdings konnte er die Lichtkegel ihrer Taschenlampen über das Gelände streifen sehen. Pete sah auf die Uhr: 20.35. Der Tag neigte sich dem Ende zu; nach der Hitze des Nachmittags waren die Temperaturen in den vergangenen Stunden rapide gesunken, und er zitterte in der kühlen Luft. Als er in aller Eile aufgebrochen war, hatte er seine Jacke zu Hause hängen lassen, und sein Hemd bot nur wenig Schutz. Dazu die alten Knochen – er war immerhin sechsundfünfzig –, aber selbst für die Jüngeren war dies kein Abend, an dem man sich draußen aufhalten wollte. Ganz besonders nicht, wenn man sich verirrt hatte und ganz allein war. Wahrscheinlich obendrein verletzt.

Neil. Neil. Neil.

»Neil!«, rief auch er zwischendurch.

Nichts.

Wenn jemand verschwindet, sind die ersten achtundvierzig Stunden entscheidend. Der Junge war um 19.39 Uhr als vermisst gemeldet worden, ungefähr anderthalb Stunden nachdem er vom Haus seines Vaters losgelaufen war. Er hätte um 18.20 Uhr daheim sein müssen, allerdings hatten die Eltern sich wohl im Vorhinein nicht allzu genau verständigt, sodass Neils Mutter erst bei ihrem Ex-Mann hatte anrufen und sich erkundigen müssen, bis herauskam, dass ihr gemeinsamer Sohn verschwunden war. Bis die Polizei um 19.51 Uhr am Ort des Geschehens eintraf, waren die Schatten schon länger geworden, und zwei jener entscheidenden achtundvierzig Stunden waren bereits verstrichen. Inzwischen waren es fast drei.

In der großen Mehrzahl der Fälle taucht ein vermisstes Kind schnell und wohlbehalten wieder auf, das wusste Pete. Sie hatten es mit fünf unterschiedlichen Kategorien zu tun: mit Rauswürfen, Ausreißern, Unfällen und anderen Unglücksfällen, mit Entführungen durch Angehörige und schließlich mit Entführungen durch Fremde. Nach dem Gesetz der Wahrscheinlichkeit rechnete Pete im Moment damit, dass ein Unfall der Grund für Neil Spencers Verschwinden war und sie den Jungen bald finden würden. Und doch sagte ihm, je länger er suchte, sein Bauch etwas anderes. Ein mulmiges Gefühl hatte ihn erfasst. Andererseits passierte das jedes Mal, wenn ein Kind verschwand, und hatte nichts weiter zu bedeuten. Es waren die unliebsamen Erinnerungen an ein zwanzig Jahre zurückliegendes Ereignis, die jenes mulmige Gefühl mit sich brachten.

Der Lichtkegel seiner Taschenlampe streifte etwas Graues.

Pete blieb stehen und schwenkte die Taschenlampe zurück. Unter einem der Büsche lag ein alter Röhrenfernseher, dessen Bildschirm an mehreren Stellen durchschossen war, als hätte ihn jemand als Zielscheibe benutzt. Er starrte ihn einen Moment lang an.

»Irgendwas gefunden?«, hörte er eine Stimme von der Seite.

»Nein«, rief er zurück.

Er erreichte den entlegenen Rand des Geländes gleichzeitig mit den anderen Officers. Keiner von ihnen hatte etwas entdeckt. Nachdem sie so lange durch die Dunkelheit marschiert waren, wurde Pete bei dem bleichen Licht der Straßenlaternen leicht übel. In der Luft hing ein lebendiges, leises Sirren, das in der Stille der Brache nicht zu hören gewesen war.

Nur Sekunden später nahm er in Ermangelung einer besseren Alternative zurück den gleichen Weg übers Gelände. Er war sich nicht ganz sicher, wo er hinwollte, stellte dann aber fest, dass er querfeldein den alten Steinbruch ansteuerte. Im Dunkeln war es hier nicht ungefährlich, und er hielt auf die Lichter der Taschenlampen des Suchtrupps zu, der sich gerade den Steinbruch vornahm. Während andere Officers an der Kante entlangliefen, mit ihren Taschenlampen die steilen Hänge hinableuchteten und nach Neil riefen, studierte dieser Trupp Lagepläne und würde gleich über den steinigen Pfad nach unten klettern. Ein paar von ihnen blickten auf, als er sich zu ihnen gesellte.

»Sir?« Einer hatte ihn wiedererkannt. »Ich wusste gar nicht, dass Sie heute Abend im Dienst sind.«

»Bin ich auch nicht.« Pete schob den Maschendraht in die Höhe und duckte sich darunter durch. Auf dieser Seite würde er umso vorsichtiger auftreten müssen. »Ich wohne bloß hier in der Gegend.«

»Ja, Sir.« Der Officer klang nicht überzeugt.

Bei derlei Routinearbeit tauchte eher selten ein Detective Inspector auf. DI Amanda Beck beispielsweise koordinierte die ersten Maßnahmen bei dieser Ermittlung vom Revier aus; der Suchtrupp selbst bestand hauptsächlich aus Fußvolk. Pete ging davon aus, dass er mehr Jährchen auf dem Buckel hatte als alle anderen hier, trotzdem war er heute nur einer von vielen. Ein Kind war verschwunden, und das bedeutete, dass ein Kind wiedergefunden werden musste. Der Officer war zu jung, um sich an das zu erinnern, was zwei Jahrzehnte zuvor mit Frank Carter passiert war, und um zu verstehen, warum es kein bisschen verwunderlich war, dass sich jemand wie Pete Willis in der derzeitigen Lage hier draußen eingefunden hatte.

»Passen Sie auf, Sir. Der Boden ist hier ziemlich wacklig.«

»Schon in Ordnung.«

Jung genug zudem, dass er ihn anscheinend als Tattergreis ansah. Vermutlich hatte er Pete nie im Fitnessraum des Reviers erlebt, den er allmorgendlich besuchte, ehe er hoch zur Arbeit ging. Trotz des Altersunterschieds wäre Pete jede Wette eingegangen, dass er den jungen Mann an sämtlichen Maschinen geschlagen hätte. Er hatte den Boden hier durchaus im Blick. Alles im Blick zu haben – sich selbst eingeschlossen – war ihm zur zweiten Natur geworden.

»Okay, Sir, also … Dann gehen wir mal runter. Will nur, dass alles seine Ordnung hat.«

»Ich hab hier nicht das Kommando.« Pete richtete seine Taschenlampe auf den Trampelpfad und suchte das ungesicherte Gelände ab. Der Lichtkegel reichte nicht allzu weit; die

Sohle des Steinbruchs glich einem riesigen schwarzen Loch. »Sie berichten an DI Beck, nicht an mich.«

»Ja, Sir.«

Pete starrte auf den Boden vor sich und dachte an Neil Spencer. Sämtliche Wege, die der Junge am wahrscheinlichsten eingeschlagen hatte, hatten sie abgelaufen; die Straßen waren abgefahren worden. Auch die meisten seiner Freunde hatten sie erreicht – doch es hatte niemand etwas gewusst. Und das Brachland war verwaist. Wenn das Verschwinden des Jungen einem Unglück oder Unfall geschuldet war, dann konnte er höchstens noch hier gefunden werden.

Und doch fühlte sich die Schwärze dort unten vollkommen leer an.

Er hätte es nicht mit Sicherheit sagen können – und auch nicht rational erklären –, trotzdem sagte ihm sein Instinkt, dass sie Neil Spencer dort nicht finden würden.

Dass sie ihn überhaupt nicht mehr finden würden.

3

»Weißt du noch, was ich dir erzählt habe?«, fragte das kleine Mädchen.

Klar wusste er es noch, trotzdem gab Jake für den Moment sein Bestes, sie zu ignorieren. Die anderen Kinder aus dem 567 Club spielten draußen in der Sonne. Er konnte sie schreien und den Ball über den Asphalt schlittern hören; gelegentlich prallte er auch gegen eine Mauer. Er selbst war drinnen geblieben und saß über seiner Zeichnung. Am liebsten wäre er allein, um sie fertigzustellen.

Nicht dass er nicht mit dem Mädchen hätte spielen wollen. Natürlich wollte er das. Meistens war sie die Einzige, die überhaupt mit ihm spielen wollte, und normalerweise freute er sich auch, sie zu sehen. An diesem Nachmittag machte sie aber ein ernstes Gesicht und schien nicht zum Spielen aufgelegt zu sein, und das behagte ihm nicht.

»Weißt du es noch?«

»Schon …«

»Dann *sag* es.«

Er seufzte vernehmbar, legte den Bleistift beiseite und sah sie direkt an. Sie trug wie immer ein blau-weiß kariertes Kleid, und er konnte gerade so die Schürfwunde auf ihrem Knie erkennen, die nie zu heilen schien. Während andere Mädchen sich ordentlich frisierten, schulterlang oder mit Pferdeschwanz, standen ihr die Haare wirr zur Seite ab und sahen aus, als wären sie seit Urzeiten nicht mehr gekämmt worden.

Er konnte ihr ansehen, dass sie nicht klein beigeben würde, und wiederholte, was sie ihm erzählt hatte.

»Wenn die Tür halb offen steht …«

Er war überrascht, dass er sich noch an den Wortlaut erinnerte, aber aus irgendeinem Grund war alles hängen geblieben. Es musste am Rhythmus liegen. Manchmal hörte er ein Lied auf CBBC, und das ging ihm dann stundenlang im Kopf herum. Daddy hatte es *Ohrwurm* genannt, woraufhin Jake sich vorgestellt hatte, wie die Töne sich seitlich in seinen Kopf bohrten und dann in seinem Hirn herumkreuchten.

Als er alles wiederholt hatte, nickte das Mädchen zufrieden. Jake nahm wieder den Bleistift zur Hand.

»Was soll das überhaupt heißen?«, fragte er.

»Es ist eine Warnung.« Sie rümpfte die Nase. »Na ja – so was in der Art. Als ich noch klein war, haben das die Kinder immer gesagt.«

»Ja, aber was soll es *heißen*?«

»Ist bloß ein guter Rat«, sagte sie. »Immerhin gibt es eine Menge schlechter Menschen auf der Welt. Eine Menge schlimmer Dinge. Da ist es gut, so was im Hinterkopf zu behalten.«

Jake runzelte die Stirn und wandte sich wieder seiner Zeichnung zu. Schlechte Menschen. Es gab da diesen älteren Jungen, Carl, hier im 567 Club, der Jakes Ansicht nach ein schlechter Mensch war. Erst vergangene Woche hatte Carl sich vor ihm aufgebaut, als Jake gerade ein Legoschloss gebaut hatte, kam viel zu dicht heran und lehnte sich wie ein bedrohlicher Schatten über ihn.

»Warum holt dich eigentlich immer dein Dad von hier ab?«, wollte Carl wissen, auch wenn er die Antwort bereits kannte. »Weil deine Mum tot ist, oder?«

Jake reagierte nicht darauf.

»Wie sah sie eigentlich aus, als du sie gefunden hast?«

Auch diesmal antwortete er nicht. Von den Albträumen mal abgesehen dachte er nicht darüber nach, wie es gewesen war, Mummy an jenem Tag zu finden. Sonst wurde sein Atem ganz holprig und funktionierte nicht ordentlich. Trotzdem kam er um eine Tatsache nicht herum: Sie war nicht mehr da.

Er erinnerte sich wieder an einen Tag in ferner Vergangenheit, an dem er durch die Küchentür gespäht und einen Blick auf sie erhascht hatte, als sie gerade eine große rote Paprika aufschnitt und das Innere herausholte.

»Hallo, süßer Junge.«

So hatte sie ihn genannt, als sie ihn entdeckte. Sie nannte ihn immer so. Das Gefühl, wenn er wieder daran dachte, dass sie tot war, war genau wie das Ratschen beim Aufschneiden der Paprika – als wäre irgendetwas aus ihm herausgerissen worden.

»Ich würd ja gern sehen, wie du heulst wie ein Baby«, hatte Carl gesagt und war dann gleichgültig weggegangen.

Die Vorstellung, dass die Welt voll von solchen Leuten sein sollte, behagte Jake nicht, und er wollte es auch nicht glauben. Inzwischen zeichnete er bloß noch Kreise auf sein Blatt Papier. Kraftfelder rund um die kleinen, miteinander kämpfenden Strichmännchen.

»Alles in Ordnung, Jake?«

Er blickte auf. Es war Sharon, eine der Erwachsenen, die im 567 Club arbeiteten. Sie hatte ganz hinten Geschirr gespült, war jetzt aber rübergekommen, hatte sich zu ihm vorgebeugt und die Hände zwischen die Knie geschoben.

»Ja«, antwortete er nur.

»Ist ein tolles Bild geworden.«

»Es ist noch nicht fertig.«

»Was soll's denn werden?«

Er überlegte kurz, wie er ihr erklären sollte, was für einen

Kampf er da zeichnete – die gegnerischen Seiten, dann die Linien dazwischen und die Kritzeleien über denen, die verloren hatten –, aber das wäre zu kompliziert geworden.

»Bloß ein Kampf.«

»Sicher, dass du nicht draußen mit den anderen Kindern spielen willst? Es ist so ein schöner Tag.«

»Nein danke.«

»Wir haben noch Sonnencreme da.« Sie sah sich um. »Bestimmt ist auch noch irgendwo ein Sonnenhut.«

»Ich muss das Bild fertig malen.«

Sharon richtete sich wieder gerade auf und seufzte in sich hinein, blickte aber immer noch freundlich drein. Sie machte sich Sorgen um ihn, und obwohl das nicht nötig gewesen wäre, war das wohl trotzdem irgendwie nett. Jake konnte immer genau sagen, wenn Leute sich Sorgen um ihn machten. Bei Daddy war das sehr oft der Fall, außer wenn ihm der Geduldsfaden riss. Dann brüllte er ihn an und sagte Sachen wie: »Ich will doch nur, dass du mit mir redest, ich will einfach nur wissen, was du denkst und fühlst«, und wenn das passierte, wurde Jake angst und bange, weil er dann immer das Gefühl hatte, dass er Daddy enttäuschte und traurig machte. Allerdings hätte er nicht gewusst, wie er sich anders verhalten sollte.

Wieder und wieder im Kreis herum – noch ein Kraftfeld, sich überschneidende Linien. Oder war das eher ein Portal? Damit diese kleine Figur sich dem Kampf entziehen und irgendwohin flüchten könnte, wo es besser wäre. Jake drehte den Bleistift um und fing vorsichtig an, die Figur auszuradieren.

So. Jetzt bist du sicher, wo immer du steckst.

Einmal, als Daddy ausgerastet war, hatte Jake später einen Brief auf seinem Bett gefunden. Darauf war eine echt gute Zeichnung von ihnen beiden gewesen, sie hatten gelächelt auf dem Bild, und darunter hatte Daddy geschrieben:

Es tut mir leid. Ich hoffe, du weißt, dass wir einander immer noch lieb haben, auch wenn wir streiten.

Jake hatte den Brief in sein *Päckchen mit Besonderen Sachen* gelegt, wo auch die anderen wichtigen Dinge steckten, die er aufbewahren wollte.

Er sah sofort nach. Das Päckchen lag auf dem Tisch direkt vor ihm, gleich neben der Zeichnung.

»Du ziehst bald in euer neues Haus«, sagte das Mädchen.

»Ach, echt?«

»Dein Daddy ist heute bei der Bank gewesen.«

»Ich weiß. Er sagt aber, es ist nicht sicher, ob das noch klappt. Vielleicht geben sie ihm nicht diese Sache, die er dafür braucht.«

»Den *Kredit*«, erklärte das Mädchen geduldig. »Aber es wird schon klappen.«

»Woher willst du das wissen?«

»Er ist doch ein berühmter Schriftsteller, oder? Er ist gut darin, sich Sachen auszudenken.« Sie warf einen Blick auf seine Zeichnung und lächelte in sich hinein. »Genau wie du.«

Jake fragte sich, was das Lächeln zu bedeuten hatte. Es hatte merkwürdig ausgesehen, als wäre sie fröhlich und gleichzeitig traurig. Im selben Moment dämmerte ihm, dass er über den Umzug ganz ähnlich dachte. Er fühlte sich zu Hause nicht mehr wohl, und ihm war klar, dass Daddy es dort ebenfalls nicht mehr mochte, trotzdem fühlte es sich an, als sollten sie besser nicht umziehen, auch wenn *er* auf Daddys iPad das neue Haus entdeckt hatte, als sie gemeinsam gesucht hatten.

»Wir sehen uns aber trotzdem noch, auch wenn ich umziehe?«, fragte er.

»Na klar. Das *weißt* du doch.« Als sie sich dann aber vorbeugte, sagte sie eindringlich: »Egal was passiert, denk immer an das, was ich dir gesagt habe. Das ist wirklich wichtig. Versprich mir das, Jake.«

»Versprochen. Aber was soll das *heißen*?«

Für einen kurzen Moment glaubte er, sie würde noch ein bisschen mehr erzählen, doch dann klingelte es am anderen Ende des Raums.

»Zu spät«, flüsterte sie. »Dein Daddy ist da.«

4

Als ich vor dem 567 Club ankam, schienen die meisten Kinder draußen zu spielen. Ich konnte das Durcheinander aus lachenden Stimmen hören. Sie sahen alle so fröhlich aus – so *normal* –, und für einen kurzen Moment glitt mein Blick zwischen ihnen hin und her und suchte nach Jake. Ich hatte die Hoffnung, ihn dort irgendwo zu entdecken.

Aber natürlich war mein Sohn nicht da.

Stattdessen fand ich ihn drinnen, er saß mit dem Rücken zu mir über eine Zeichnung gebeugt. Mir brach das Herz bei seinem Anblick. Jake war klein für sein Alter, und so wie er in diesem Moment dasaß, sah er noch winziger aus und verletzlicher denn je. Als wollte er in das Bild, das vor ihm lag, hineinverschwinden.

Aber wer wollte es ihm verübeln? Er hasste es hier, das wusste ich, auch wenn er sich nie dagegen wehrte, dass ich ihn herbrachte, oder sich im Nachhinein beschwerte. Aber ich hatte keine Wahl. Seit Rebecca gestorben war, hatte es schon so viele unerträgliche Situationen gegeben: den ersten Friseurtermin, zu dem ich ihn hatte bringen müssen; eine Schuluniform bestellen; mit ungeschickten Fingern und tränenblind Weihnachtsgeschenke einpacken. Die Liste war endlos. Aber aus unerfindlichen Gründen waren die Schulferien das Allerschlimmste. Sosehr ich Jake liebte, konnte ich unmöglich den ganzen Tag mit ihm verbringen. Ich hatte das Gefühl, dass sonst nicht genügend von *mir* übrig bliebe, und während ich mich dafür verabscheute, nicht der Vater sein zu können, den er gebraucht hätte, brauchte ich in Wahrheit auch Zeit für mich selbst. Um zu vergessen, wie fremd wir uns waren. Um meine wachsende Unfähigkeit zu vergessen, dies alles zu meistern. Um immer mal zusammenbrechen und weinen zu können, ohne dass er ins Zimmer platzte und mich dabei ertappte.

»Hey, mein Freund.«

Ich legte ihm die Hand auf die Schulter. Er blickte nicht mal auf.

»Hallo, Daddy.«

»Was hast du so getrieben?«

»Ach, nichts.«

Unter meiner Hand konnte ich ein kleines Schulterzucken spüren. Sein Körper schien kaum zu existieren, fühlte sich irgendwie sogar leichter und weicher an als das T-Shirt, das er anhatte.

»Hab ein bisschen mit jemandem gespielt.«

»Mit welchem jemand denn?«, hakte ich nach.

»Mit einem Mädchen.«

»Das ist ja nett.« Ich beugte mich vor und betrachtete das Blatt Papier. »Und gezeichnet hast du auch, wie ich sehe.«

»Findest du es gut?«

»Klar. Ich find's großartig.«

Um ehrlich zu sein, hatte ich keine Ahnung, was es darstellen sollte – irgendeine Schlacht, auch wenn ich unmöglich hätte sagen können, wer auf welcher Seite stand oder was da überhaupt vor sich ging. Jake zeichnete selten etwas Statisches, seine Bilder sprühten über vor Leben, auf dem Papier entfaltete sich eine Handlung, sodass das Endergebnis eher einem Film gleichkam, in dem man sämtliche Szenen gleichzeitig vor sich sah, weil sie übereinandergelegt worden waren.

Aber er war kreativ, und das gefiel mir. Das war eins der

Dinge, die wir gemeinsam hatten – eine Verbindung zwischen uns beiden. Auch wenn ich ehrlich gesagt in den zehn Monaten, seit Rebecca gestorben war, kaum ein Wort geschrieben hatte.

»Ziehen wir in dieses neue Haus, Daddy?«

»Ja.«

»Dann hat der Mann von der Bank dir zugehört?«

»Sagen wir es mal so: Ich war kreativ und überzeugend genug, was meine prekären Finanzen angeht.«

»Was heißt ›prekär‹?«

Ich war fast überrascht, dass er das nicht wusste. Vor einer halben Ewigkeit hatten Rebecca und ich uns darauf geeinigt, dass wir mit Jake wie mit einem Erwachsenen reden wollten, und wann immer er ein Wort nicht kannte, wollten wir es ihm erklären. Er hatte alles in sich aufgesaugt, was immer wieder zu merkwürdigen Situationen geführt hatte. Aber dieses Wort wollte ich ihm im Augenblick lieber nicht erklären.

»Das heißt, darum sollten sich der Mann von der Bank und ich uns Gedanken machen«, antwortete ich. »Nicht du.«

»Und wann ziehen wir um?«

»So schnell wie möglich.«

»Und wie transportieren wir alles?«

»Wir mieten uns einen Laster.« Ich musste wieder an meine Finanzen denken und schluckte den Anflug von Panik hinunter. »Oder vielleicht nehmen wir auch einfach das Auto, packen es bis unters Dach voll und fahren dann ein paarmal hin und her. Womöglich können wir nicht *alles* mitnehmen. Aber wir könnten mal deine Spielsachen durchgehen und sehen, was du noch behalten willst.«

»Ich will alles behalten.«

»Das sehen wir dann, okay? Du musst nichts wegwerfen, was du behalten willst. Aber für eine ganze Menge davon bist du inzwischen zu alt. Vielleicht hätte ein anderer kleiner Junge ja mehr Spaß daran.«

Jake antwortete nicht. Er mochte zu alt für die Spielsachen sein, aber jeder einzelne Gegenstand war mit Erinnerungen verknüpft. Rebecca war, was Jake betraf, immer besser in allem gewesen. Auch was das Spielen anging. Ich konnte sie immer noch vor mir sehen, wie sie auf dem Boden kniete und Spielfiguren hierhin und dorthin schob. Stundenlang und in vielerlei Hinsicht so wunderbar geduldig mit ihm, wie ich selbst es nur schwer hinbekommen hatte. Sie hatte all seine Spielsachen in der Hand gehabt – ihre Fingerabdrücke unsichtbare Zeugnisse ihrer Anwesenheit in seinem Leben.

»Wie gesagt, du musst nichts wegwerfen, was du behalten willst.«

Was mich an sein *Päckchen mit Besonderen Sachen* erinnerte. Es lag auf dem Tisch neben der Zeichnung: eine abgegriffene Lederhülle von der Größe eines Buchs, das man über drei Kanten mit einem Reißverschluss verschließen konnte. Ich hatte keinen Schimmer, was das früher einmal gewesen war. Es sah aus wie ein großer Filofax ohne Seiten, aber weiß der Himmel, was Rebecca damit hatte anstellen wollen.

Meine Frau war ihr Leben lang eine Sammlerin gewesen, wenn auch eine organisierte, und viele ihrer Besitztümer hatten in Kisten in der Garage gelagert. Ein paar Monate nach ihrem Tod brachte ich einige davon nach drinnen und sah den Inhalt durch. Ich fand Dinge, die bis in ihre Kindheit zurückreichten, in eine Zeit, die mit unserem gemeinsamen Leben nicht das Geringste zu tun hatte. Irgendwie fühlte es sich an, als müsste das Ganze so einfacher für mich sein, aber das war nicht der Fall. Die Kindheit ist eine glückliche Zeit oder sollte es zumindest sein, trotzdem war mir immerzu klar, dass diese hoffnungsfrohen, sorglosen Gegenstände allesamt auf ein unglückliches Ende verwiesen. Mir kamen die Tränen. Jake kam zu mir, legte mir die Hand auf die Schulter, und als ich nicht sofort reagierte, schlang er mir seine dünnen Arme um den

Hals. Anschließend sahen wir einige Dinge gemeinsam durch, und bei der Gelegenheit stieß er auf das, was sein *Päckchen* werden sollte, und fragte mich, ob er es behalten dürfe. Na klar, sagte ich. Er hätte alles haben dürfen, was er wollte.

Das *Päckchen* war damals leer gewesen, und er fing an, es zu befüllen. Einige Sachen stammten aus Rebeccas Nachlass – Briefe und Fotos und Modeschmuck. Dazu kamen einige seiner Zeichnungen und andere Gegenstände, die ihm wichtig waren. Ab diesem Moment hatte er das *Päckchen* jederzeit bei sich wie eine Hexe ihren dienstbaren Geist, und abgesehen von einer Handvoll Sachen hatte ich keinen Schimmer, was drinsteckte. Ich hätte aber auch nicht nachgesehen, selbst wenn ich gekonnt hätte. Es waren schließlich *seine Besonderen Sachen*, und darauf hatte er alles Recht dieser Welt.

»Komm jetzt, Kumpel«, sagte ich. »Pack zusammen, dann fahren wir.«

Er faltete die Zeichnung und drückte sie mir in die Hand. Was immer darauf abgebildet war, war eindeutig nicht wichtig genug, um in dem *Päckchen* zu landen. Danach griff er selbst, trug es quer durch den Raum zur Tür, neben der seine Wasserflasche an einem Haken hing. Ich drückte auf den grünen Knopf an der Wand, die Tür ging auf, und ich warf noch einen Blick über die Schulter. Sharon stand am Waschbecken und spülte ab.

»Willst du gar nicht Tschüss sagen?«, fragte ich Jake.

Noch in der Tür drehte er sich um und blickte für einen Augenblick traurig drein. Ich hatte eigentlich damit gerechnet, dass er sich von Sharon verabschieden würde, doch stattdessen winkte er in Richtung des leeren Tischs, an dem er gesessen hatte, als ich gekommen war.

»Tschüss«, rief er. »Ich denk dran, versprochen.«

Und noch ehe ich etwas sagen konnte, schlüpfte er unter meinem Arm hindurch nach draußen.

5

An dem Tag, als Rebecca starb, hatte ich Jake allein abgeholt. Eigentlich hatte ich meinen Schreibtag, und als Rebecca mich bat, Jake an ihrer Stelle abzuholen, war ich erst mal verärgert. In ein paar Monaten würde ich mein neues Manuskript einreichen müssen, ich hatte an jenem Tag noch nichts zustande gebracht und zählte darauf, in einem halbstündigen Endspurt noch ein Wunder zu vollbringen. Doch Rebecca sah blass und zittrig aus, also machte ich mich auf den Weg.

Auf der Rückfahrt gab ich mein Bestes und erkundigte mich bei Jake, wie sein Tag gelaufen war, allerdings mit wenig Erfolg. So war es jedes Mal. Entweder konnte er sich nicht erinnern – oder er wollte nicht reden. Wie immer fühlte es sich für mich an, als hätte er Rebeccas Fragen liebend gern beantwortet – was mich zusammen mit meiner anhaltenden Schreibblockade umso angespannter und unsicherer machte. Zu Hause sprang er wie der geölte Blitz aus dem Auto. Ob er zu Mummy laufen dürfe? »Klar«, sagte ich, »aber sie hat sich nicht wohlgefühlt, sei also lieb zu ihr – und vergiss nicht, die Schuhe auszuziehen, du weißt, dass Mummy es nicht mag, wenn wir Schmutz reintragen.«

Ich selbst trödelte noch ein bisschen am Auto herum, dachte darüber nach, was für ein elender Versager ich war. Langsam schlenderte ich nach drinnen, legte in aller Seelenruhe meine Sachen in der Küche ab – und bemerkte, dass mein Sohn seine

Schuhe nicht an der Tür ausgezogen hatte. Natürlich nicht – weil er nie auf mich hörte. Im Haus war es mucksmäuschenstill. Ich nahm an, dass Rebecca sich oben hingelegt hatte und Jake zu ihr hochgelaufen und bei ihnen alles in bester Ordnung war. Nur bei mir nicht.

Erst als ich ins Wohnzimmer ging, entdeckte ich Jake an der Wand vor der Tür zur Treppe. Er starrte auf irgendwas am Boden hinab, was ich nicht sehen konnte. Er stand stocksteif da; was immer er dort anstarrte, schien ihn regelrecht zu hypnotisieren. Erst als ich langsam auf ihn zuging, sah ich, dass er gar nicht reglos dastand, sondern zitterte. Und dann sah ich Rebecca, die am Fuß der Treppe lag.

Danach ist alles wie ausradiert. Ich weiß, dass ich Jake von dort weggezogen habe. Ich weiß, dass ich den Notarzt gerufen habe. Ich weiß, dass ich all diese richtigen Sachen gemacht habe. Aber ich kann mich nicht mehr daran erinnern.

Das Schlimmste war, dass ich außerdem wusste – auch wenn er mit mir nie darüber gesprochen hat –, dass Jake sich an *alles* erinnerte.

Zehn Monate später standen in unserer Küche sämtliche Oberflächen mit Tellern, Bechern und Schüsseln voll, und das bisschen noch sichtbare Arbeitsfläche war von Flecken und Bröseln übersät. Überall im Wohnzimmer lag jede Menge Spielzeug herum. Es sah aus, als hätten wir längst unsere Habseligkeiten durchgesehen und beiseitegeräumt, was wir mitnehmen wollten, während der ganze Rest wie Abfall liegen geblieben war. Schon seit Monaten lag über diesem Haus ein Schatten, der mit jedem Tag dunkler wurde. Es fühlte sich an, als hätte unser Zuhause mit Rebeccas Tod angefangen zu zerfallen. Andererseits war sie auch immer das Herzstück gewesen.

»Kann ich mein Bild wiederhaben, Daddy?«

Jake hatte sich auf den Boden gehockt und sammelte die Filzstifte vom Morgen ein.

»Wie heißt das Zauberwort?«

»Bitte.«

»Klar kannst du.« Ich legte es neben ihn. »Schinkenbrot?«

»Kann ich stattdessen Süßigkeiten haben?«

»Hinterher.«

»Okay.«

Ich machte ein bisschen Platz in der Küche und bestrich zwei Scheiben Brot mit Butter, legte dann drei Scheiben Schinken dazwischen und schnitt es in Viertel. Ein Versuch, die Depression zurückzudrängen. Einen Fuß vor den anderen setzen. In Bewegung bleiben.

Widerwillig dachte ich an das zurück, was im 567 Club vorgefallen war: dass Jake dem leeren Tisch zugewinkt hatte. Soweit ich mich erinnern konnte, hatte mein Sohn immer schon imaginäre Freunde gehabt. Er war immer ein Einzelgänger gewesen; er hatte etwas derart Verschlossenes, Introspektives an sich, dass andere Kinder sich lieber von ihm fernhielten. An guten Tagen konnte ich so tun, als wäre er in seiner eigenen Welt mit sich selbst glücklich und zufrieden. Ich konnte mir einreden, dass alles in Ordnung wäre. Doch die meiste Zeit machte ich mir einfach nur Sorgen.

Warum konnte Jake nicht sein wie die anderen Kinder? Irgendwie *normaler*?

Es war ein hässlicher Gedanke, ich weiß, aber ich wollte ihn doch nur beschützen. Die Welt konnte brutal sein, wenn man so still und in sich gekehrt war wie er, und ich wollte nicht, dass er durchmachen musste, was ich in seinem Alter erlebt hatte.

Bislang hatten sich seine imaginären Freunde nur ganz subtil gezeigt – in Form kurzer Gespräche, die er hier und da mit sich selbst führte –, das vorhin war das erste Mal gewesen, dass er vor anderen Leuten mit einer erfundenen Freundin interagiert hatte. Und das machte mir ein bisschen Angst.

Rebecca hatte nie Angst gehabt. »Es geht ihm gut – lass ihn einfach so sein, wie er ist.« Und da sie sich in den meisten Dingen besser auskannte als ich, hatte ich es immer so hingenommen. Aber inzwischen fragte ich mich, ob er nicht ernsthaft Hilfe brauchte.

Das war eine weitere Sache, mit der ich hätte klarkommen müssen, nur wusste ich nicht, wie. Ich wusste einfach nicht, wie ich mich richtig verhalten oder wie ich ihm ein guter Vater sein sollte. Gott, ich wünschte mir, Rebecca wäre noch da.

Du fehlst mir …

Nur dass dieser Gedanke mir die Tränen in die Augen trieb. Also verscheuchte ich ihn und nahm stattdessen den Teller in die Hand. Im selben Moment hörte ich Jake im Wohnzimmer vor sich hin murmeln.

»Ja.« Und dann, wie zur Antwort auf etwas, das ich nicht gehört hatte: »Ja, ich *weiß*.«

Leise lief ich zur Tür, ging aber nicht hinein – blieb einfach nur stehen und hörte zu. Ich konnte Jake nicht sehen, aber das Licht, das am anderen Ende des Zimmers durchs Fenster fiel, warf seinen Schatten über die Couch: eine amorphe Figur, nicht als menschlich erkennbar, aber beweglich, als würde er auf den Knien vor- und zurückschaukeln.

»Ich denk dran.«

Dann herrschte für ein paar Sekunden Stille, in der ich bloß meinen eigenen Herzschlag hörte. Schlagartig wurde mir bewusst, dass ich die Luft angehalten hatte. Als er wieder redete, klang er verärgert, war laut geworden.

»Ich will es aber nicht sagen!«

In diesem Moment trat ich über die Schwelle.

Jake kauerte noch immer genau an der Stelle am Boden, wo er zuletzt gesessen hatte, nur dass er jetzt zur Seite starrte und sein Bild nicht mehr beachtete. Ich folgte seinem Blick. Natürlich war dort niemand – trotzdem konzentrierte er sich derart auf die leere Stelle, dass man sich dort irgendeine Art Präsenz in der Luft bildhaft vorstellen konnte.

»Jake?«, sagte ich leise.

Er sah mich nicht an.

»Mit wem redest du?«

»Mit niemandem.«

»Ich hab dich aber reden hören.«

Erst jetzt drehte er sich ein Stück um, nahm seinen Stift in die Hand und widmete sich wieder der Zeichnung. Ich machte noch einen Schritt nach vorn.

»Könntest du den mal hinlegen und mir antworten, bitte?«

»Warum?«

»Weil es wichtig ist.«

»Ich hab mit niemandem geredet.«

»Wie wär's dann, du legst den Stift weg, einfach weil ich es dir gesagt habe?«

Aber er malte weiter, inzwischen geradezu inbrünstig, der Stift zog verzweifelte Kreise um die kleinen Figuren auf dem Papier.

Mein Frust schlug um in Ärger. Jake wirkte auf mich allzu oft wie ein Problem, das ich nicht lösen konnte – und ich verabscheute mich dafür, dass ich so hilf- und erfolglos war. Gleichzeitig nahm ich ihm übel, dass er mir nie auch nur einen Hinweis gab, mir nie irgendwie entgegenkam – ich *wollte* ihm schließlich helfen, ich *wollte* sicherstellen, dass es ihm gut ging, hatte aber das Gefühl, dass ich das allein nicht hinbekam.

Ich spürte, wie ich den Teller umklammerte.

»Dein Brot ist fertig.«

Ich stellte es auf dem Sofa ab und wartete nicht, ob er sich von seiner Zeichnung abwandte. Stattdessen lief ich sofort zurück in die Küche, lehnte mich an die Arbeitsfläche und schloss die Augen. Aus irgendeinem Grund hatte ich Herzrasen.

Du fehlst mir so sehr, sagte ich in Gedanken zu Rebecca. *Ich wünschte mir, du wärst hier – aus so vielen Gründen, aber im Augenblick, weil ich nicht glaube, dass ich das hier allein schaffe.*

Dann fing ich an zu weinen. Es war mir egal. Jake würde entweder weiterzeichnen oder sein Abendbrot essen, aber ganz sicher nicht in die Küche kommen. Warum auch, wenn er hier ohnehin nur mich vorfinden würde? Insofern war es okay. Sollte mein Sohn doch weiter leise mit Leuten reden, die nicht existierten. Solange ich genauso leise war, konnte ich das auch.

Du fehlst mir.

An diesem Abend trug ich Jake wie immer nach oben ins Bett. So ging es seit Rebeccas Tod jeden Tag. Er weigerte sich, an der Stelle vorbeizugehen, wo er sie gefunden hatte, und klammerte sich stattdessen an mir fest, hielt die Luft an und presste sein Gesicht an meine Schulter. Jeden Morgen, jeden Abend und wann immer er ins Bad musste. Ich verstand ihn ja, aber allmählich wurde er zu schwer für mich, und zwar in mehrfacher Hinsicht.

Hoffentlich würde sich das bald ändern.

Sobald er im Bett lag, ging ich wieder nach unten und setzte mich mit einem Glas Wein und meinem iPad aufs Sofa und rief die Webseite mit unserem neuen Haus auf. Die Fotos zu sehen bescherte mir auf ganz andere Art ein unbehagliches Gefühl.

Tatsächlich war es Jake, der sich das Haus ausgesucht hatte. Den Reiz daran hatte ich anfangs nicht sehen können. Es war ein kleines, frei stehendes Gebäude – alt, zweigeschossig, mit der Aura eines abgewohnten Cottages. Trotzdem war daran irgendwas seltsam. Die Fenster waren merkwürdig angeordnet, sodass man sich die Innenräume nur schwer vorstellen konnte, und das Dach fiel leicht zur Seite ab, sodass es aussah, als würde sich die Fassade misstrauisch oder verärgert zur Seite beugen. Außerdem war da ein vages Kitzeln in meinem Hinterkopf. Irgendetwas an dem Haus irritierte mich.

Jake hingegen war vom ersten Moment an darauf fixiert gewesen. Das Haus hatte ihn in seinen Bann geschlagen, und zwar so sehr, dass er sich andere Häuser gar nicht erst ansehen wollte.

Er war beim ersten Besichtigungstermin dabei und fast schon hypnotisiert gewesen. Ich hatte mich damals immer noch nicht dafür erwärmen können. Die Größe war schon in Ordnung, aber es war schmuddelig: überall staubige Schränke und Stühle, bündelweise alte Zeitungen, Pappkartons, eine Matratze in einem der oberen Zimmer. Die Besitzerin, eine ältere Dame namens Mrs. Shearing, entschuldigte sich vielmals – die Sachen gehörten samt und sonders ihrem Mieter, erklärte sie, und wären bis zur Unterzeichnung des Kaufvertrags verschwunden.

Doch Jake blieb hartnäckig, also machte ich einen zweiten Besichtigungstermin aus – und diesmal fuhr ich ohne ihn hin. Erst da fing ich an, das Haus mit anderen Augen zu sehen. Ja, es hatte etwas Merkwürdiges an sich, aber es hatte auch einen gewissen Straßenköter-Charme. Und was beim ersten Mal noch wie Verärgerung auf mich gewirkt hatte, schien mir jetzt eher Skepsis zu sein – als hätte das Haus in der Vergangenheit Schaden genommen, und man müsste sich sein Vertrauen erst erarbeiten.

Es hatte Charakter, fand ich.

Trotzdem hatte ich bei dem Gedanken, umziehen zu müssen, eine Heidenangst. Tatsächlich hatte an jenem Nachmittag ein Teil von mir gehofft, der Bankberater hätte die Halbwahrheiten, die ich ihm über meine finanzielle Lage aufgetischt hatte, durchschaut und meinen Kreditantrag abgeschmettert. Andererseits war ich erleichtert. Wenn ich mich in unserem Wohnzimmer zwischen den verstaubten Überbleibseln eines Lebens umsah, das wir mal gehabt hatten, war einfach nur offensichtlich, dass wir so nicht mehr weitermachen konnten. Ganz gleich welche Schwierigkeiten uns erwarteten – unser altes Haus würden wir verlassen müssen. Und ganz gleich wie schwer die kommenden Monate werden würden – der Umzug war wichtig für meinen Sohn. Für uns beide.

Wir mussten noch einmal ganz neu anfangen. Irgendwo, wo er nicht die Treppe hoch- und runtergetragen werden musste. Wo er Freunde außerhalb seines Kopfs finden konnte. Wo ich nicht an jeder Ecke Gespenster sah.

Als ich mir das Haus jetzt von Neuem ansah, hatte ich den Eindruck, dass es auf verquere Weise zu Jake und mir passte. Dass es – genau wie wir auch – eine Art Außenseiter war, dem es schwerfiel, sich zu integrieren. Dass wir uns aneinander gewöhnen würden. Sogar der Name des Dorfes klang heimelig und gemütlich.

Featherbank.

Es klang wie ein Ort, an dem wir in Sicherheit wären.

6

Genau wie Pete Willis wusste auch DI Amanda Beck, wie wichtig die ersten achtundvierzig Stunden waren. Sie hatte ihr Team für die nächsten zwölf Stunden beordert, sämtliche Wege abzusuchen, die Neil Spencer genommen haben mochte, seine Angehörigen zu befragen und daraufhin ein Profil des verschwundenen Jungen zu erstellen. Sie schossen Fotos, spielten verschiedene Hypothesen durch. Und dann am folgenden Morgen um Punkt neun Uhr hielten sie eine Pressekonferenz ab und gaben eine Beschreibung von Neil, inklusive der Kleidung, die er getragen hatte, an die Medienvertreter.

Während Amanda die nötigen Aufrufe formulierte und Zeugen ermunterte, bei der Polizei vorstellig zu werden, saßen Neils Eltern stumm links und rechts neben ihr. Immer wieder waren die drei in Blitzlicht getaucht. Amanda gab ihr Bestes, um die Kameras zu ignorieren, spürte aber, wie Neils Eltern jede einzelne zur Kenntnis nahmen und bei jedem Blitz leicht zusammenzuckten, als würden sie von den Fotografen attackiert.

»Wir möchten Sie bitten, die Garagen und Schuppen auf Ihren Grundstücken zu durchsuchen«, sagte sie in den Raum hinein.

Sie hatte die Konferenz so ruhig und unaufgeregt wie nur möglich abgehalten. Außer Neil Spencer zu finden, bestand ihr Hauptanliegen derzeit darin, die verschreckte Bevölkerung zu beschwichtigen, und obwohl sie kaum mit Sicherheit behaupten konnte, dass Neil definitiv *nicht* entführt worden war, konnte sie zumindest deutlich machen, worauf sich die Ermittlungen im Moment fokussierten.

»Die wahrscheinlichste Erklärung ist, dass Neil einen Unfall hatte«, sagte sie. »Er wird jetzt zwar schon seit fünfzehn Stunden vermisst, trotzdem gehen wir nach wie vor davon aus, ihn gesund und wohlauf – und *bald* wiederzufinden.«

Insgeheim war sie sich da nicht ganz so sicher.

Zurück in der Einsatzzentrale ließ Amanda sofort die Handvoll polizeibekannter Sexualstraftäter aus der Gegend vorladen, um sie genauestens zu befragen.

Im Lauf des Tages wurde der Suchradius erweitert. Teile des Kanals wurden ausgebaggert – auch wenn dort kaum mit dem Jungen zu rechnen gewesen war – und eine umfangreiche Befragung der Anrainer eingeleitet. Material von Überwachungskameras wurde ausgewertet. Letzteres sah sie sich persönlich an; der erste Teil von Neils Heimweg war darauf zu sehen, allerdings hatten die Kameras ihn aus dem Blick verloren, noch ehe er das Brachgelände erreicht hatte, und ihn im Anschluss daran auch nicht mehr eingefangen.

Erschöpft massierte sie sich die Schläfen.

Erneut suchten Officers das Gelände ab – diesmal bei Tageslicht. Und auch die Suche im Steinbruch ging weiter.

Von Neil Spencer immer noch keine Spur.

Dann tauchte der Junge trotzdem gewissermaßen wieder auf, und zwar immer öfter, je weiter der Tag voranschritt: In den Medien machten Fotos die Runde, insbesondere eins, auf dem Neil in einem Fußballtrikot scheu in die Kamera lächelte – eins der wenigen Bilder, die seine Eltern von ihm hatten und auf denen er glücklich aussah. Die Meldungen umfassten auch vereinfachte Karten, auf denen die entscheidenden

Orte rot umkreist und potenzielle Wege des Jungen gelb gepunktet waren.

Auch Teile der Pressekonferenz wurden ausgestrahlt. Amanda sah sich die Übertragung am Abend im Bett auf dem Tablet an und stellte fest, dass Neils Eltern vor der Kamera noch niedergeschlagener aussahen, als sie ihr von Angesicht zu Angesicht vorgekommen waren. Sie sahen *schuldbewusst* aus. Und wenn sie sich nicht schuldig fühlten, dann wäre es bald so weit – dann würden sie zu Schuldigen gemacht. Beim Briefing am Nachmittag hatte sie ihren Officers, von denen die meisten selbst Eltern waren, entsprechend eingebläut, dass sie mit Neils Mutter und Vater behutsam umzugehen hätten, so undurchsichtig die Umstände um sein Verschwinden auch sein mochten. Es lag auf der Hand, dass sie beide mitnichten Vorzeigeeltern waren, doch Amanda glaubte nicht, dass sie direkt beteiligt gewesen waren. Der Vater hatte zwar ein paar kleinere Sachen auf dem Kerbholz – Trunkenheit, Ruhestörung, eine Verwarnung wegen einer Schlägerei –, aber nichts, was sie hellhörig gemacht hätte. Die Mutter hatte sich nie etwas zuschulden kommen lassen. Zudem machten beide den Eindruck, aufrichtig erschüttert zu sein, und es war zu keinerlei gegenseitigen Schuldzuweisungen gekommen. Sie wollten beide einfach nur, dass ihr Junge wieder nach Hause käme.

Amanda schlief schlecht und war schon früh wieder im Revier. Nach mehr als sechsunddreißig Stunden, von denen sie bloß ein paar wenige zur Erholung gehabt hatte, saß sie in ihrem Arbeitszimmer und sah sich allmählich zu einer unbehaglichen Schlussfolgerung genötigt. Sie glaubte nicht, dass Neil von seinen Eltern vor die Tür gesetzt oder davongejagt worden war. Wenn er auf dem Heimweg einen Unfall gehabt hätte, wäre er inzwischen gefunden worden. Dass ihn ein anderer Angehöriger entführt hatte, war denkbar unwahrscheinlich.

Und obwohl es nicht völlig unmöglich war, dass er aus freien Stücken abgehauen war, weigerte sie sich zu glauben, dass ein Sechsjähriger ohne einen Cent in der Tasche und ohne Ausrüstung sich so lange vor ihnen versteckt halten konnte.

Sie sah hinüber zur Wand, zu dem Foto von Neil Spencer, und wandte sich dem Albtraumszenario zu.

Dass er von einem Nichtangehörigen entführt worden war.

Für die Öffentlichkeit hieß das gemeinhin, dass der Entführer ein *Unbekannter* war, aber diesbezüglich musste man ganz genau hinsehen. Kinder dieser Kategorie wurden selten von jemandem entführt, den sie wirklich nicht kannten. Wesentlich häufiger waren sie durchaus mit dem Täter bekannt – über Leute an der Peripherie ihres eigenen Lebens. Entsprechend würden Amanda und ihr Team die Ermittlungen neu ausrichten und die Bemühungen, denen sie in den letzten anderthalb Tagen lediglich beiläufig nachgegangen waren, verstärken müssen. Freunde der Familie. Familien der Freunde. Ein umso genauerer Blick in Richtung polizeibekannter Straftäter. Die Browserhistorie zu Hause.

Erneut rief Amanda das Bildmaterial der Überwachungskameras auf und sah es sich aus diesem neuen Blickwinkel an, konzentrierte sich diesmal weniger auf die Beute denn auf potenzielle Täter.

Neils Eltern wurden erneut befragt.

»Hat Ihr Sohn sich in irgendeiner Hinsicht besorgt geäußert, weil ihm Erwachsene unerwünscht Aufmerksamkeit entgegengebracht hätten?«, wollte Amanda wissen. »Hat er je erzählt, dass sich ihm irgendwer genähert hätte?«

»Nein.« Bei der Vorstellung sah Neils Vater regelrecht angewidert aus. »Dagegen hätt ich ja wohl, Scheiße noch mal, irgendwas unternommen, okay? Und glauben Sie ernsthaft, verdammt, dass ich das nicht schon früher erwähnt hätte?«

Amanda lächelte ihn höflich an.

»Nein«, antwortete Neils Mutter. Allerdings deutlich weniger nachdrücklich.

Als Amanda ihr daraufhin auf den Zahn fühlte, gab die Frau zu, dass sie sich tatsächlich an eine Begebenheit erinnern konnte. Damals sei ihr nicht in den Sinn gekommen, es zur Anzeige zu bringen, und auch nicht, als Neil gerade verschwunden war, weil es einfach zu merkwürdig und blöd gewesen sei – und abgesehen davon habe sie damals so gut wie geschlafen, sodass sie sich kaum daran erinnere.

Amanda lächelte weiter höflich, auch wenn sie sich beherrschen musste, um der Frau nicht den Kopf abzureißen.

Zehn Minuten später stand sie ein Stockwerk höher im Büro ihres Vorgesetzten, DCI Colin Lyons, und versuchte, das Zittern in ihrem Bein – war es Müdigkeit? Nervosität? – zu unterdrücken. Lyons sah gequält aus. Er war mit den Ermittlungen bestens vertraut und wusste ebenso gut wie Amanda, was ihnen aller Wahrscheinlichkeit nach als Nächstes bevorstand. Trotzdem war diese jüngste Entwicklung nicht das, was er hätte hören wollen.

»Das geht nicht an die Presse«, sagte er leise.

»Nein, Sir.«

»Und die Mutter?« Er sah sie alarmiert an. »Sie haben ihr hoffentlich gesagt, dass sie das nicht öffentlich machen darf? Kein Wort?«

»Ja, Sir.« Diverse Meldungen klangen schon jetzt so voreingenommen und anklagend, und Neils Eltern warfen sich ohnehin Versagen vor, es war unwahrscheinlich, dass sie aus freien Stücken Öl ins Feuer gießen würden.

»Gut«, sagte Lyons. »Weil … du lieber Himmel …«

»Ich weiß, Sir.«

Er lehnte sich in seinem Stuhl zurück, schloss für ein paar Sekunden die Augen und atmete tief durch. »Wissen Sie Bescheid über den damaligen Fall?«

Amanda zuckte mit den Schultern. Jeder wusste über den damaligen Fall Bescheid. Was aber nicht hieß, dass sie *Bescheid wusste.*

»Sicher nicht umfassend …«, antwortete sie.

Lyons schlug die Augen auf und starrte eine Weile zur Decke. »Dann brauchen wir Hilfe«, sagte er schließlich.

Amanda spürte, wie sich ihr Herz zusammenkrampfte. Zum einen hatte sie in den letzten zwei Tagen bis zur Erschöpfung gearbeitet und wollte den Lohn nur ungern mit jemandem teilen. Zum anderen war da jenes Schreckgespenst, auf das angespielt worden war.

Frank Carter.

Kinderflüsterer.

Die Ängste der Bevölkerung in Schach zu halten würde nicht einfacher werden, im Gegenteil, es wäre unmöglich, sobald dieses neue Detail durchsickerte. Sie würden unendlich vorsichtig vorgehen müssen.

»Ja, Sir.«

Lyons griff über seinen Schreibtisch hinweg zum Hörer.

Und so kam es, dass DI Pete Willis mit den Ermittlungen zu tun bekam, nachdem seit Neil Spencers Verschwinden die entscheidenden achtundvierzig Stunden annähernd verstrichen waren.

7

Nicht dass er damit hätte zu tun haben wollen.

Petes Motto war verhältnismäßig schlicht, und er hatte es über so viele Jahre verinnerlicht, dass er ihm eher unbewusst denn bewusst nachging. Müßiggang war des Teufels Ruhebank. Und ein untätiger Kopf kam auf dumme Gedanken.

Entsprechend beschäftigte er sich und seinen Kopf. Disziplin und feste Strukturen waren ihm wichtig, und nach der vergeblichen Suche auf dem Brachgelände hatte er die vergangenen achtundvierzig Stunden weitgehend mit dem verbracht, was er immer tat.

Früh am Morgen hatte er sich im Fitnessraum des Reviers eingefunden: Schulterdrücken, Seitheben, Übungen für die hinteren Deltamuskeln. Jeden Tag ein anderer Körperteil. Es war keine Frage von Eitelkeit oder Fitness – eher dass er in der Einsamkeit und Konzentration des Trainings eine willkommene Ablenkung fand. Nach einer Dreiviertelstunde stellte er oft überrascht fest, dass sein Kopf die meiste Zeit völlig leer gewesen war.

An diesem Morgen hatte er es geschafft, nicht eine Sekunde lang über Neil Spencer nachzudenken.

Anschließend hatte er den Tag großteils am Schreibtisch verbracht, wo sich jede Menge kleinerer Fälle stapelten und für reichlich Abwechslung sorgten. Als jüngerer, ungestümerer Mann hätte er sich wahrscheinlich nach größerem Spektakel als den banalen Vergehen gesehnt, mit denen er es zu tun hatte, doch heute genoss er die Ruhe, die ihm die langweilige Detailarbeit bescherte. Aufregung gab es bei der Polizei genug – und die war in aller Regel alles andere als gut. Denn für gewöhnlich ging Aufregung mit einer Gefahr für jemandes Leib und Leben einher. Sich Spektakel zu wünschen hieß, die Gefahr herbeizusehnen, und Pete hatte von beidem mehr als genug erlebt. In Auto- und Ladendiebstählen und Vorladungen wegen banaler Vergehen lag ein gewisser Trost. All das erweckte den Anschein, in dieser Stadt nähmen die Dinge in aller Ruhe ihren Lauf, mitunter vielleicht nicht ganz perfekt, aber doch nie so, dass alles den Bach runterging.

Obwohl er mit dem Fall Neil Spencer nicht direkt zu tun hatte, kam er unmöglich daran vorbei. Ein kleiner Junge warf, sobald er verschwand, einen langen Schatten, und im Handumdrehen hatte der Fall im Revier oberste Priorität gehabt. Pete bekam mit, wie die Kollegen auf dem Flur darüber redeten: wo Neil noch stecken könnte; was ihm wohl zugestoßen war; und dann natürlich die Eltern. Über Letztere wurde, weil es von offizieller Seite nicht erwünscht war, eher hinter vorgehaltener Hand spekuliert – wie unverantwortlich es gewesen sei, einen kleinen Jungen unbeaufsichtigt nach Hause laufen zu lassen. Ganz ähnlich hatte es auch zwanzig Jahre zuvor geklungen, und er beeilte sich, an den Kollegen vorbeizukommen, weil er heute ebenso wenig wie damals in der Stimmung war, sich auf den Flurfunk aufzuschalten.

Um kurz vor fünf saß er an seinem Schreibtisch und überlegte gerade, was er mit dem Abend anfangen sollte. Er lebte allein, ging nur selten unter Leute und hatte es sich zur Gewohnheit gemacht, ganze Kochbücher von A bis Z nachzukochen. Oft zauberte er die kompliziertesten Menüs, die er dann allein am Esstisch zu sich nahm. Anschließend sah er sich einen Film an oder griff zu einem Buch.

Und dann natürlich das Ritual.

Die Flasche und das Foto.

Trotzdem spürte er, wie sein Puls raste, als er kurz vor Feierabend seine Sachen zusammensuchte. Am Vorabend hatte der Albtraum ihn nach Monaten erstmals wieder heimgesucht – Jane Carter, die ihm übers Telefon zuflüsterte: »Sie müssen sich beeilen!« Er hatte es nicht geschafft, Neil Spencer vollends zu entkommen, was leider bedeutete, dass sich die düsteren Gedanken und Erinnerungen doch näher an der Oberfläche hielten, als ihm lieb gewesen wäre. Entsprechend war er auch nicht überrascht, als er gerade in seine Jacke schlüpfen wollte und das Diensttelefon anfing zu klingeln. Irgendwie hatte er damit gerechnet.

Seine Hand zitterte leicht, als er den Hörer abnahm.

»Pete«, sagte DCI Colin Lyons am anderen Ende der Leitung. »Schön, dass Sie noch da sind. Ich hatte gehofft, wir könnten uns hier bei mir ganz kurz unterhalten.«

Sein Verdacht bewahrheitete sich, sobald er über die Schwelle in das Büro des DCI trat. Lyons hatte am Telefon nichts gesagt, aber DI Amanda Beck war ebenfalls anwesend und saß mit dem Rücken zu ihm auf dem Besucherstuhl gleich neben der Tür. Sie bearbeitete derzeit einen einzigen Fall, es konnte also nur einen Grund geben, warum seine Wenigkeit hierherbeordert worden war.

Als er die Tür schloss, versuchte er, ruhig zu bleiben. Vor allem versuchte er, nicht an das zu denken, was er vorgefunden hatte, nachdem er sich vor zwanzig Jahren zu guter Letzt Zutritt zu Frank Carters Anbau verschafft hatte.

Lyons lächelte ihn breit an. Dieses Lächeln konnte einen ganzen Raum ausleuchten.

»Gut, dass Sie da sind. Nehmen Sie Platz.«

»Danke.« Pete setzte sich neben Beck. »Amanda …«

Sie nickte ihm zu und bedachte ihn mit dem Hauch eines Lächelns – das deutlich weniger Leuchtkraft hatte als das Strahlen des DCI und kaum ihr eigenes Gesicht erhellte. Pete kannte sie nicht allzu gut; sie war zwanzig Jahre jünger als er, sah im Augenblick aber wesentlich älter aus, als sie tatsächlich war. Zutiefst erschöpft – und nervös, fand er. Womöglich fürchtete sie, dass ihre Autorität unterminiert und ihr der Fall weggenommen würde. Sie galt als ehrgeizig. Aber diesbezüglich hätte er sie beruhigen können. Zwar war Lyons durchaus skrupellos genug, ihr den Fall wegzunehmen, wann immer es ihm in den Kram passte, aber Pete würde er ihn im Leben nicht anvertrauen.

Lyons und er waren etwa im selben Alter, aber obwohl Pete tatsächlich ein Jahr eher an Bord gegangen war und in vielerlei Hinsicht mehr Verdienste vorweisen konnte, unterschieden sich ihre Dienstränge. Lyons war immer schon der Ambitioniertere gewesen, während Pete, der wusste, dass jede Beförderung nur mehr Konflikte und Dramen mit sich brachte, kein Bedürfnis hatte, die Karriereleiter noch weiter hinaufzusteigen. Wenn man verbissen wie Lyons war, war wohl nichts so irritierend wie ein Kollege, der es viel leichter geschafft hätte, aber nicht im Geringsten an Erfolg interessiert war.

»Sie sind mit dem Fall des verschwundenen Neil Spencer vertraut?«, fragte Lyons.

»Ja. Ich hab am ersten Abend die Brache mit abgesucht.«

Lyons starrte ihn an. Womöglich deutete er Petes Antwort als Kritik.

»Ich wohne dort in der Nähe«, erklärte er, was die Sache nicht besser machte. Auch Lyons wohnte dort, und der hatte in jener Nacht nicht die Straßen abgesucht. Nach einer Weile nickte der DCI. Er wusste, dass Pete seine ganz eigenen Gründe hatte, sich für Fälle verschwundener Kinder zu interessieren.

»Haben Sie die weitere Entwicklung verfolgt?«

Ich weiß, dass es keine weitere Entwicklung gibt. Aber das hätte wie Kritik an Beck geklungen, und das hatte sie nicht verdient. Nach dem bisschen zu urteilen, was er mitbekommen hatte, machte sie einen guten Job und tat alles, was in ihrer Macht stand. Wichtiger noch: Sie hatte die Officers aufgefordert, sich nicht kritisch über die Eltern zu äußern, was er sehr begrüßte.

»Ich weiß, dass Neil noch nicht gefunden wurde«, sagte er. »Trotz ausgedehnter Suche und Befragungen.«

»Was wäre Ihre Vermutung?«

»Ich hab die Ermittlungen nicht genau genug verfolgt, um eine zu haben …«

»Sie haben keine Vermutung?« Lyons sah ihn überrascht an. »Haben Sie nicht erwähnt, Sie hätten sich am ersten Abend an der Suche beteiligt?«

»Da bin ich noch davon ausgegangen, dass er gefunden würde.«

»In Anbetracht Ihrer Vergangenheit hätte ich gedacht, Sie würden den Fall im Blick behalten.«

Da – die erste Erwähnung. Der erste Hinweis.

»Vielleicht hab ich ihn gerade wegen dieser Vergangenheit nicht weiter verfolgt.«

»Ja, das verstehe ich. Es war damals schwer für uns alle.«

Lyons' Stimme klang nach Mitgefühl, aber Pete wusste, das täuschte. Pete war derjenige von ihnen gewesen, der den größten Fall der letzten fünfzig Jahre gelöst hatte, und trotzdem war Lyons am Ende dafür auf dem Chefposten gelandet. Auf die damalige Ermittlung zu sprechen zu kommen war für sie beide unangenehm, wenn auch aus unterschiedlichen Gründen.

Schließlich brachte Lyons die Sache auf den Punkt. »War es nicht so, dass Sie der Einzige sind, mit dem sich Frank Carter unterhalten würde?«

Da war es also.

Es war schon eine Weile her, seit jemand den Namen laut ausgesprochen hatte, insofern hätte Pete womöglich sogar zusammenzucken sollen. Doch es breitete sich nur dieses Kitzeln in ihm aus. Frank Carter. Der Mann, der vor zwanzig Jahren in Featherbank fünf kleine Jungs entführt und ermordet hatte. Der Mann, den Pete letztlich zur Strecke gebracht hatte. Allein der Name erzeugte in ihm einen derartigen Schrecken, dass es sich anfühlte, als dürfte er niemals laut ausgesprochen werden – als hätte er die Macht, unversehens ein Monster zum Leben zu erwecken. Schlimmer war eigentlich nur noch, wie ihn die Zeitungen getauft hatten. *Kinderflüsterer.* Der Name war dem Umstand geschuldet, dass Carter sich erst mit seinen Opfern – verletzlichen, vernachlässigten Kindern – angefreundet hatte, ehe er sie verschleppte. Er hatte vor ihren Fenstern gestanden und im Flüsterton auf sie eingeredet. Pete hatte sich nie erlaubt, diesen Spitznamen zu verwenden.

Er musste sich zusammenreißen, um nicht seinem ersten Impuls nachzugeben und aus dem Zimmer zu stürmen.

Sie sind der Einzige, mit dem sich Frank Carter unterhalten würde.

»Ja.«

»Warum ist das so – was glauben Sie?«, fragte Lyons.

»Es macht ihm Spaß, mich zu verhöhnen.«

»Und weswegen?«

»Wegen all der Dinge, die er damals getan hat. Wegen der Dinge, die ich nicht herausfinden konnte.«

»Und die behält er noch immer für sich?«

»Ja.«

»Warum reden Sie dann noch mit ihm?«

Pete zögerte kurz. Die Frage hatte er sich in all den Jahren unzählige Male gestellt. Er fürchtete die Treffen und hatte jedes Mal eine Gänsehaut, wenn er sich im Gefängnis im Besprechungsraum niederließ, um auf Carter zu warten. Im

Nachhinein fühlte er sich dann jedes Mal wie erschlagen, mitunter wochenlang. An manchen Tagen zitterte er noch tagelang unkontrolliert, und an manchen Abenden konnte er kaum die Finger von der Flasche lassen. Nachts suchte Carter ihn in seinen Träumen heim – ein massiger, grausamer Schatten, der dafür sorgte, dass er schreiend aus dem Schlaf hochschreckte. Jedes neuerliche Treffen mit dem Mann hinterließ bei Pete tiefe Wunden.

Und trotzdem ging er hin.

»Ich hoffe immer noch, dass er eines Tages einen Fehler macht, nehme ich an«, antwortete er bedächtig. »Dass er versehentlich irgendwas Wichtiges sagt.«

»Wo er den kleinen Smith verscharrt hat?«

»Ja.«

»Oder wer sein Komplize war?«

Pete antwortete nicht.

Vor zwanzig Jahren waren die Leichen von vier Jungen in Frank Carters Haus gefunden worden, doch die Leiche des fünften, des letzten Opfers, Tony Smith, war nie aufgetaucht. Niemand hatte auch nur den geringsten Zweifel, dass Carter alle fünf Morde verübt hatte, und er hatte es selbst auch nie abgestritten. Allerdings hatte es in dem Fall durchaus Unstimmigkeiten gegeben; nichts, was den Mann wirklich entlastet hätte, bloß Fäden, die ausfransten und nicht recht in die Ermittlungen passen wollten. Eine der Entführungen hatte nach ihren Schätzungen binnen eines bestimmten Zeitraums stattgefunden, für den Carter ein fast durchgängiges Alibi hatte, zudem gab es Zeugenaussagen, die – wenn auch nicht zu hundert Prozent verlässlich – eine andere Person an einem Teil der Tatorte beschrieben. Was forensische Spuren anging, war die Beweislast in Carters Haus überwältigend gewesen, und sie hatten Zeugen gehört, die wesentlich konkreter und glaubwürdiger gewesen waren; trotzdem war immer ein kleiner

Rest Zweifel geblieben, ob Carter wirklich ein Einzeltäter gewesen war.

Pete war sich nicht mehr ganz sicher, ob er damals ebenfalls Zweifel gehabt hatte; zumindest hatte er sein Bestes gegeben, die Möglichkeit eines Komplizen so weit von sich zu schieben, wie es nur ging. Und doch war genau das der Grund, warum er hier war.

»Darf ich fragen, worum es geht, Sir?«

Lyons zögerte. »Was wir jetzt gleich besprechen, bleibt fürs Erste innerhalb dieser vier Wände, ist das klar?«

»Selbstverständlich.«

»Die Bilder der Überwachungskameras legen den Schluss nahe, dass Neil in Richtung des Brachgeländes aufgebrochen, dann aber irgendwo in der Nähe verschwunden ist. Die Suche hat bislang rein gar nichts ergeben. Sämtliche Stellen, an denen er zufällig vorbeigeschlendert sein könnte, sind abgehakt worden. Er ist weder bei Freunden noch bei Verwandten. Insofern müssen wir jetzt natürlich auch andere Möglichkeiten in Betracht ziehen. DI Beck?«

Amanda Beck rührte sich auf ihrem Stuhl neben Pete. Als sie das Wort ergriff, klang sie leicht defensiv.

»Diese anderen Möglichkeiten haben wir natürlich von Anfang an mit in Betracht gezogen. Wir haben sämtliche Anrainer sowie die üblichen Verdächtigen befragt. Hat uns nirgends hingeführt.«

Das kann noch nicht alles gewesen sein, dachte Pete. »Aber?«

Beck holte tief Luft. »Aber ich hab die Eltern vor einer Stunde noch mal befragt. Hab nachgebohrt, was wir bislang übersehen haben könnten. Kleinste Hinweise, was auch immer bedeutsam sein könnte. Und seine Mutter hat tatsächlich etwas erzählt – sie hatte es zuvor nicht erwähnt, weil sie es für bescheuert hielt.«

»Und was war das?«

Noch während er die Frage stellte, ahnte er, wie die Antwort lauten würde. Im Verlauf dieser Besprechung hatte sich ein neuer Albtraum Stück für Stück zu einem Ganzen gefügt.

Ein verschwundener kleiner Junge.

Frank Carter.

Ein Komplize.

Beck legte das letzte Puzzleteil an seinen Platz.

»Vor ein paar Wochen hat Neil mitten in der Nacht seine Mutter geweckt. Er meinte, da wäre ein Monster vor seinem Fenster. Die Vorhänge waren aufgezogen, als hätte er wirklich nach draußen geguckt, aber da war nichts …«

Sie hielt kurz inne.

»Er meinte, es hätte ihm Sachen zugeflüstert.«

Teil zwei

September

8

Als wir die Schlüssel bei der Maklerin in Featherbank abholten, war Jake begeistert, während ich auf dem Weg zu unserem neuen Zuhause eher angespannt war. Was, wenn das Haus nicht so wäre, wie ich es von den Besichtigungen in Erinnerung hatte? Was, wenn ich es mit einem Mal hasste – oder schlimmer noch: wenn Jake es hasste?

Es wäre alles umsonst gewesen.

»Hör auf, gegen den Sitz zu treten, Jake.«

Die Tritte hinter mir hörten kurz auf, setzten aber fast sofort wieder ein. Ich seufzte leise und bog ab. Es kam selten genug vor, dass er aufgeregt war, und ich beschloss, es zu ignorieren. Zumindest einer von uns freute sich.

Immerhin war es ein schöner Tag. Dass Featherbank in der Spätsommersonne malerisch aussah, war nicht von der Hand zu weisen. Es war ein Vorort, und auch wenn der Innenstadttrubel gerade mal fünf Meilen entfernt war, fühlte es sich eher ländlich an. Am südlichen Ortsrand, entlang des Flusses, gab es kopfsteingepflasterte Sträßchen und Cottages, ein Stück weiter nördlich, jenseits der Einkaufspassage, stiegen von hübschen Sandsteinhäusern gesäumte Straßen steil hügelaufwärts an, und über den meisten Gehwegen entfalteten sich dichte, sattgrüne Baumkronen. Durch das offene Autofenster konnte ich frisch gemähtes Gras riechen und Musik und spielende Kinder hören. Es fühlte sich friedlich und beschaulich an – und gemächlich und warm wie ein gemütlicher Morgen.

Vor uns lag unsere neue Straße, eine ruhige Wohnstraße, an die zur einen Seite ein weitläufiges Feld angrenzte. Auch hier standen Bäume am Straßenrand, und die Sonne, die durch das Laub fiel, warf helle Sprenkel über das Gras. Ich versuchte, mir vorzustellen, wie Jake im Sonnenschein dort draußen in der Nähe unseres Hauses in einem T-Shirt umherrannte – immer noch genauso glücklich wie in diesem Moment.

Unser Haus.

Wir waren angekommen.

Ich bog in die Auffahrt ein. Das Haus sah natürlich immer noch genauso aus, allerdings schien es verschiedene Stimmungen an den Tag zu legen, wenn es die Außenwelt beäugte. Bei meinem ersten Besuch war es abweisend und angsteinflößend gewesen – fast bedrohlich –, beim zweiten hatte ich ihm einen gewissen Charakter bescheinigt. Diesmal – allerdings auch nur für einen winzigen Moment – sah es mit seiner merkwürdigen Anordnung der Fenster aus wie ein verprügeltes Gesicht, in dem ein Auge über einer geschwollenen Wange leicht hochgerutscht war, während der Schädel an sich irgendwie verletzt und verbeult wirkte. Ich schüttelte den Kopf, und das Bild verflüchtigte sich. Trotzdem blieb ein unheilvolles Gefühl zurück.

»Dann komm mal mit«, sagte ich leise.

Als wir neben dem Auto standen, war es um uns herum mucksmäuschenstill. Nicht die leiseste Brise bewegte die warme Luft. Wir standen da wie in einer Blase aus Stille. Die Welt sirrte ganz leicht, als wir auf das Haus zuliefen, und es fühlte sich an, als würden die Fenster uns beobachten – oder womöglich auch irgendetwas, was direkt dahinter für uns unsichtbar war. Ich drehte den Schlüssel im Schloss herum und schob die Tür auf, und abgestandene Luft schlug mir entgegen. Für eine Sekunde roch es, als hätte das Haus deutlich länger leer gestanden, als es tatsächlich der Fall war, und als hätte irgendwas drinnen am Fenster in der Sonne gelegen. Doch im nächsten Moment konnte ich nur mehr den Geruch von Reinigungsmitteln wahrnehmen.

Jake und ich liefen durchs Haus, rissen Türen und Schränke auf, schalteten Lampen an und wieder aus, zogen Vorhänge auf und zu. Unsere Schritte hallten von den Wänden wider; davon abgesehen herrschte immer noch Stille. Noch während wir uns von Zimmer zu Zimmer vorarbeiteten, wurde ich das Gefühl nicht los, als wären wir nicht allein. Als wäre hier jemand, der sich vor uns versteckte. Als würde irgendwer um einen Türrahmen spähen, wenn ich mich nur im richtigen Moment umdrehte. Es war ein blödsinniges, irrationales Gefühl, aber es war nun mal da. Und Jake war mir keine Hilfe. Er war aufgeregt, huschte von Zimmer zu Zimmer, doch immer wieder ertappte ich ihn dabei, wie er verunsichert dreinblickte, als hätte er fest mit etwas gerechnet, das nun nicht da war.

»Ist das hier mein Zimmer, Daddy?«

Das Zimmer, das er beziehen würde, lag im ersten Stock, sein Fenster ein bisschen zu niedrig: ein Auge, das über der geschwollenen Wange hinaus auf das Feld starrte.

»Ja.« Ich zerzauste ihm das Haar. »Ist das okay?«

Gedankenverloren blickte er sich um.

Ich betrachtete ihn verunsichert. »Jake?«

Er sah zu mir hoch. »Gehört das wirklich *uns*?«

»Ja«, antwortete ich. »Es gehört uns.«

Im nächsten Moment schlang er mir die Arme um die Hüfte – so unvermittelt, dass ich fast das Gleichgewicht verlor. Es war fast, als hätte ich ihm gerade das beste Geschenk überreicht, das er jemals bekommen hatte, und als hätte er schon befürchtet, er dürfte es am Ende doch nicht behalten. Ich ging in die Hocke, damit wir einander ordentlich umarmen konnten. Erleichterung durchflutete mich, und mit einem Mal war alles, was zählte, dass mein Sohn glücklich war, hier zu sein, ich hatte ihm etwas Gutes getan, nichts anderes war jetzt noch wichtig. Ich blickte über seine Schulter zur offenen Tür und zum Treppenabsatz dahinter. Wenn es sich jetzt immer noch anfühlte, als würde dort etwas lauern, dann war das definitiv nur Einbildung.

Wir würden hier sicher sein.

Wir würden glücklich sein.

Und in der ersten Woche waren wir das auch.

Ich stand gerade vor einem frisch zusammengeschraubten Bücherregal und war stolz auf mich. Handwerklich war ich nie der Talentierteste gewesen, aber Rebecca hätte gewollt, dass ich selbst Hand anlegte, und ich stellte mir vor, wie sie sich von hinten an mich schmiegte, die Wange an meinen Rücken drückte und die Arme um meine Brust schlang. Und in sich hineinlächelte. »Siehst du? Du kannst das.« Auch wenn es nur ein kleiner Sieg war, hatte ich so ein Gefühl in letzter Zeit selten gehabt, und ich genoss es.

Auch wenn es nichts daran änderte, dass ich mich immer noch einsam fühlte.

Ich fing an, das Regal zu bestücken – weil das eine weitere Sache war, die Rebecca getan hätte, und auch wenn es bei unserem neuen Haus darum ging, dass Jake und ich wieder vorwärtsblickten, wollte ich das doch in Ehren halten. Sie war nie glücklicher gewesen, als wenn sie gelesen hatte. Wie viele warme, gemütliche Abende wir erlebt hatten – jeder an seinem Ende des Sofas zusammengekuschelt, ich mit meinem Laptop, sie tief versunken in einen Roman. Mit den Jahren hatten sich Hunderte Bücher angehäuft, und die wollte ich jetzt auspacken und jedes einzeln behutsam an seinen Platz stellen.

Danach kämen meine eigenen dran. Das Regal direkt neben

meinem Schreibtisch war für die Ausgaben meiner vier Romane mitsamt den diversen Übersetzungen reserviert. Sie derart auszustellen, fühlte sich angeberisch an, aber Rebecca war immer so stolz auf mich gewesen und hatte darauf bestanden. Insofern wäre es eine weitere Hommage an sie – genau wie die Leerstellen im Regal, die für die Bücher reserviert waren, die ich noch nicht geschrieben hatte, aber noch schreiben würde.

Mit gemischten Gefühlen sah ich zum Computer. Außer dass ich ihn angeschaltet hatte, um zu sehen, ob das WLAN funktionierte, hatte ich in der vergangenen Woche nicht viel getan. Ich hatte jetzt schon seit einem Jahr nichts mehr geschrieben. Auch das würde sich ändern müssen. Ein Neustart, ein neuer ...

Knack.

Ein Geräusch von oben, ein einzelner Schritt. Ich sah zur Decke. Jakes Zimmer lag nicht direkt über mir, außerdem spielte er im Wohnzimmer, während ich das Regal zusammenbauen und die Bücher auspacken wollte.

Ich trat an die Tür und spähte die Treppe hinauf. Auf dem Treppenabsatz war niemand. Das ganze Haus fühlte sich mit einem Mal leise an. Viel zu leise. Die Stille schrillte mir in den Ohren.

»Jake?«, rief ich nach oben.

Nichts.

»Jake?«

»Daddy?«

Ich zuckte vor Schreck zusammen. Seine Stimme war aus dem Wohnzimmer gekommen, von der Seite. Den Blick auf den oberen Treppenabsatz gerichtet machte ich einen Schritt in Richtung Wohnzimmer und spähte hinein. Mein Sohn kniete dort mit dem Rücken zu mir auf dem Boden und zeichnete.

»Alles okay bei dir?«, fragte ich.

»Ja. Warum?«

»Wollte nur sichergehen.«

Ich ging wieder zurück und starrte mehrere Sekunden lang die Treppe hinauf. Es war immer noch still dort, allerdings konnte ich eine merkwürdige Kraft spüren, und wieder fühlte es sich an, als würde dort jemand knapp außer Sichtweite stehen – was natürlich lächerlich war. Weil niemand zur Haustür hätte hereinkommen können, ohne dass ich es bemerkt hätte. Häuser knarzten eben. Es dauerte eine Weile, bis man sich an die Geräusche gewöhnt hatte, das war alles.

Trotzdem ...

Langsam und vorsichtig ging ich nach oben, mit lautlosen Schritten, die Linke erhoben und jederzeit bereit, was immer von dort auf mich zustürzen würde, abzuwehren. Ich erreichte den Treppenabsatz – und natürlich war er leer. Als ich Jakes Zimmer betrat, war auch dort niemand zu sehen. Die Nachmittagssonne fiel durchs Fenster, und ich konnte in der Luft den Staub völlig ungestört kreiseln sehen.

Einfach nur ein altes Haus, in dem es geknackt hatte.

Ein wenig entspannter ging ich wieder nach unten. Ich kam mir albern vor, empfand aber doch eine größere Erleichterung, als ich mir hätte eingestehen wollen.

Am Fuß der Treppe musste ich mich an den Poststapeln auf den letzten zwei Stufen vorbeimanövrieren: die üblichen Unterlagen, die ein Umzug zwangsläufig mit sich brachte, zahllose Take-away-Flyer und andere Werbepost. Es waren allerdings auch drei richtige Briefe dabei gewesen, die an einen gewissen Dominic Barnett adressiert waren. Alle drei waren mit einem *Vertraulich-* oder *Persönlich-*Stempel versehen.

Ich rief mir ins Gedächtnis, dass die Vorbesitzerin, Mrs. Shearing, das Haus jahrelang vermietet hatte, und riss kurzerhand einen der Briefe auf. Es war der detailliert aufgeschlüsselte Kontoauszug einer Inkassofirma. Mir rutschte das

Herz in die Hose. Wer immer dieser Dominic Barnett war – er schuldete der Firma knapp über eintausend Pfund, war wohl mit seinem Handyvertrag im Zahlungsrückstand. Ich riss auch die anderen Briefe auf, und da war es das Gleiche: unbeglichene Schulden. Ich sah mir die Aufstellungen an und runzelte die Stirn. Alles in allem keine riesigen Summen, aber der Ton dieser Briefe klang bedrohlich. Ich redete mir ein, dass dies kein unüberwindbares Problem darstellte – dass ein paar Anrufe die Sache aus der Welt schaffen könnten –, aber dieser Umzug hätte für Jake und mich ein Neuanfang sein sollen. Ich hatte nicht damit gerechnet, dass ich gleich noch neue Hürden zu bewältigen hätte.

»Daddy?«

Jake stand in der Wohnzimmertür, in der einen Hand sein *Päckchen mit Besonderen Sachen*, in der anderen ein Blatt Papier.

»Okay, wenn ich nach oben gehe?«

Ich dachte wieder an das Knacken, das ich gehört hatte, und für einen kurzen Augenblick hätte ich am liebsten Nein gesagt. Aber das war ja nun wirklich albern. Dort oben war niemand, und es war sein Zimmer. Er hatte alles Recht der Welt, dort zu sein. Doch da wir an diesem Tag voneinander nicht allzu viel mitbekommen hatten, fühlte es sich an, als würde er sich dort oben von mir isolieren.

»Sicher«, sagte ich. »Aber darf ich erst dein Bild sehen?«

Er zögerte. »Warum?«

»Weil es mich interessiert. Weil ich es gern sehen würde.«

Weil ich mir hier gerade echt Mühe gebe, Jake.

»Das ist geheim.«

Was theoretisch in Ordnung war. Und ein Teil von mir wollte es auch respektieren. Aber mir behagte die Vorstellung nicht, dass er vor mir Geheimnisse hatte. Das Päckchen war das eine, aber wenn er mir jetzt nicht mal mehr seine Zeichnungen zeigen wollte, hieß das doch, dass wir uns voneinander entfernten.

»Jake …«

»Na, meinetwegen.«

Er schleuderte mir das Blatt förmlich entgegen. Jetzt da ich es hätte nehmen können, wollte ich es gar nicht mehr.

Trotzdem nahm ich es.

Jake war nie gut mit klaren, realistischen Szenen gewesen und zeichnete stattdessen lieber verwickelte, komplizierte Schlachten, doch diesmal hatte er sich an Ersterem versucht: Mit groben Strichen hatte er allem Anschein nach unser Haus von außen gezeichnet und sich dabei an dem Webseiten-Foto orientiert, das damals zuallererst seine Aufmerksamkeit erregt hatte. Die merkwürdige Form des Hauses hatte er ziemlich gut eingefangen: Mit kindlichen Bögen hatte er dem Haus eine verzerrte Kontur verliehen, und er hatte die Fenster verlängert, sodass es umso mehr wie ein Gesicht aussah. Die Eingangstür schien zu ächzen.

Was aber meinen Blick besonders anzog, war das Obergeschoss. Im Fenster zur Rechten hatte er mich gezeichnet, wie ich allein in meinem Schlafzimmer stand. Links stand er selbst, in seinem Zimmer, und das Fenster war so groß, dass er dahinter von Kopf bis Fuß zu sehen war. Er hatte ein Lächeln im Gesicht und trug dieselbe Filzstift-Jeans und dasselbe T-Shirt, das er gerade anhatte.

Neben sich hatte er eine weitere Person gezeichnet, die in seinem Zimmer stand, ein kleines Mädchen, dessen schwarzes Haar fast wütend zur Seite abstand. Auf ihr Kleid hatte er blaue Flecken gesetzt, den Rest hatte er weiß gelassen.

Kleine rote Schrammen auf einem Knie.

Ein Siegerlächeln im Gesicht.

9

Nachdem Jake an dem Abend gebadet hatte, setzte ich mich zu ihm ans Bett, sodass wir einander vorlesen konnten. Er war ein begabter Leser, und wir hatten uns Diana Wynne Jones' *Power of Three* vorgenommen. Das war früher, als ich noch klein war, mein Lieblingsbuch gewesen, und ich hatte es aus dem Regal gezogen, ohne weiter darüber nachzudenken. Erst im Nachhinein dämmerte mir, welche grässliche Ironie der Titel für uns hatte.

Als wir das Kapitel für diesen Abend fertig hatten, legte ich das Buch zu den anderen.

»Noch kuscheln?«, fragte ich.

Wortlos schob er sich unter der Decke hervor, setzte sich seitlich auf meinen Schoß und schlang seine Arme um mich. Ich genoss seine Umarmung, solange ich konnte, ehe er wieder zurück unter die Decke krabbelte.

»Ich hab dich lieb, Jake.«

»Auch wenn wir streiten?«

»Na klar. *Besonders* wenn wir streiten. Da ist es nämlich am wichtigsten.«

Was mich wieder an das Bild erinnerte, das ich für ihn gemalt hatte und von dem ich wusste, dass er es aufgehoben hatte. Ich sah nach seinem *Päckchen mit Besonderen Sachen*, das er unters Bett geschoben hatte, sodass er in der Nacht nur seinen dünnen Arm ausstrecken musste, um es zu berühren.

Und das wiederum erinnerte mich an das Bild, das er am Nachmittag gezeichnet hatte. Er war nicht begeistert gewesen, als er es mir zeigen sollte, also hatte ich nicht auch noch Fragen stellen wollen. Doch im warmen, sanften Licht seines Zimmers hatte ich das Gefühl, es ansprechen zu können.

»Das vorhin war ein gutes Bild von unserem Haus«, sagte ich.

»Danke, Daddy.«

»Eins würde mich allerdings interessieren. Wer war das kleine Mädchen, das neben dir im Fenster stand?«

Er biss sich auf die Lippe, sagte aber nichts.

»Ist schon okay«, beruhigte ich ihn. »Du kannst es mir wirklich sagen.«

Doch auch diesmal gab er keine Antwort. Wer immer dieses Mädchen sein mochte – es war nur zu klar, dass sie der Grund war, warum er mir das Bild nicht hatte zeigen wollen, und auch jetzt wollte er nicht darüber sprechen. Nur warum nicht?

Die Antwort dämmerte mir eine Sekunde später. »Ist das das Mädchen aus dem 567 Club?«

Er zögerte kurz, nickte dann aber.

Ich verlagerte mein Gewicht und versuchte, ihm nicht zu zeigen, wie frustriert ich war, wie enttäuscht. In der vergangenen Woche hatte alles noch völlig okay ausgesehen, da waren wir hier glücklich gewesen, Jake hatte sich allem Anschein nach wunderbar eingelebt, und ich war vorsichtig optimistisch gewesen. Und doch war seine imaginäre Freundin uns offenbar bis hierher gefolgt. Die Vorstellung, dass wir sie in unserem alten Haus zurückgelassen hatten und sie sich in der Zwischenzeit über all die Meilen bis hierher durchgeschlagen hatte ... Bei dem Gedanken hatte ich unwillkürlich eine Gänsehaut.

»Sprichst du immer noch mit ihr?«, wollte ich wissen.

Jake schüttelte den Kopf. »Sie ist nicht hier.«

So enttäuscht, wie er war, war nur zu klar, dass er sie gern hiergehabt hätte, und wieder wurde mir mulmig. Das war doch ungesund, derart auf jemanden fixiert zu sein, der gar nicht existierte. Gleichzeitig sah er so verloren und einsam aus, dass ich mich beinahe schuldig fühlte, ihm seine einzige Vertraute zu missgönnen. Und ich war – wie immer – gekränkt, weil ich ihm nicht genügte.

»Tja«, sagte ich vorsichtig, »morgen geht die Schule wieder los. Ich bin mir sicher, dort lernst du eine Menge neuer Freunde kennen. Und in der Zwischenzeit bin ich ja auch noch da. *Wir* sind da. Neues Haus, neues Glück.«

»Ist es hier sicher?«

»Sicher?« Warum in aller Welt wollte er das wissen? »Natürlich ist es hier sicher.«

»Ist die Tür abgeschlossen?«

»Ja.«

Die Lüge – eine Notlüge – war mir einfach herausgerutscht. Die Tür war nicht abgeschlossen. Ich hatte wohl nicht mal die Kette vorgelegt. Aber Featherbank war ein beschauliches Örtchen. Und überhaupt war es gerade erst früher Abend und das ganze Haus hell erleuchtet. So dreist wäre doch niemand.

Trotzdem sah Jake so verängstigt aus, dass mir schlagartig bewusst wurde, wie viel Abstand zwischen uns und der Haustür lag. Das Rauschen, als ich ihm das Badewasser eingelassen hatte. Wenn sich jemand währenddessen eingeschlichen hätte, hätte ich das wirklich gehört?

»Darüber mach dir mal keine Gedanken.« Ich gab mein Bestes, um selbstsicher zu klingen. »Ich würde nie zulassen, dass dir was passiert. Warum bist du denn so besorgt?«

»Du musst die Türen zumachen«, erwiderte er.

»Was meinst du damit?«

»Sie müssen immer zugeschlossen sein.«

»Jake …«

»Wenn die Tür halb offen steht, ein Flüstern zu dir rüberweht.«

Mir lief es eiskalt den Rücken hinunter. Jake sah verängstigt aus. Und auf so einen Spruch wäre er doch nicht von allein gekommen.

»Was soll das denn heißen?«, fragte ich.

»Ich weiß es nicht.«

»Wer erzählt so was?«

Er antwortete nicht. Aber das musste er auch nicht, wie mir im selben Augenblick dämmerte.

»Das kleine Mädchen?«

Er nickte, und ich schüttelte verwirrt den Kopf. Jake konnte den merkwürdigen Reim nicht von jemandem gehört haben, der gar nicht da war. Insofern hatte ich mich im 567 Club vielleicht getäuscht, und es hatte dieses Mädchen tatsächlich gegeben? Vielleicht hatte Jake sich einfach nur von ihr verabschieden wollen und nicht gemerkt, dass sie bereits nach draußen gelaufen war? Dann wieder hatte er allein am Tisch gesessen, als ich dort angekommen war. Also musste es eins der anderen Kinder gewesen sein, das versucht hatte, ihm Angst einzujagen. Und nach seinem derzeitigen Gesichtsausdruck zu urteilen hatte das auch funktioniert.

»Du bist hier vollkommen sicher, Jake. Das schwöre ich dir.«

»Aber ich bin nicht derjenige, der sich um die Tür kümmert.«

»Nein«, erwiderte ich. »Das bin ich. Also brauchst du dir um nichts Gedanken zu machen. Mir ist egal, was irgendwer dir erzählt hat. Denn jetzt hörst du *mir* zu. Ich lasse nicht zu, dass dir etwas passiert. Niemals.«

Ich war mir nicht sicher, ob er mir glaubte.

»Das schwöre ich dir. Und weißt du auch, warum ich nicht zulasse, dass dir etwas passiert? Weil ich dich lieb habe. Und zwar sehr. Auch wenn wir streiten.«

Das zauberte ihm den Hauch eines Lächelns ins Gesicht.

»Glaubst du mir?«, wollte ich wissen.

Er nickte und sah tatsächlich ein wenig beruhigter aus.

»Gut.« Ich zerzauste ihm die Haare und stand auf. »Weil es nämlich wahr ist. Schlaf gut, Süßer.«

»Gute Nacht, Daddy.«

»Ich komme in fünf Minuten noch mal hoch und sehe nach dir.«

Als ich sein Zimmer verließ, schaltete ich das Licht aus und ging dann leise wieder nach unten. Doch statt mich aufs Sofa fallen zu lassen, wie ich es eigentlich vorgehabt hatte, blieb ich vor der Eingangstür stehen.

Wenn die Tür halb offen steht, ein Flüstern zu dir rüberweht.

Was für ein Blödsinn. Wo immer er das aufgeschnappt hatte. Trotzdem ließ der Vers mir keine Ruhe. Und allein die Vorstellung, dass dieses kleine Mädchen uns quer durchs ganze Land verfolgt hatte, setzte mir zu. Ich bekam das Bild nicht mehr aus dem Kopf – wie sie neben ihm saß, wie ihr die Haare zur Seite abstanden und sie ihm mit diesem merkwürdigen Grinsen im Gesicht schreckliche Dinge ins Ohr flüsterte.

Für die Nacht legte ich die Sicherheitskette vor.

10

DI Pete Willis hatte das Wochenende meilenweit von Featherbank entfernt verbracht, war in der Umgebung herumgewandert und hatte immer wieder willkürlich einen Stock durchs Gestrüpp gestreift. Hatte mit dem Blick die Hecken abgesucht, an denen er vorbeigekommen war. Hier und da, wo Weideflächen brach lagen, sprang er über Gatter und suchte das Gras dahinter ab. Es waren inzwischen immerhin zwanzig Jahre vergangen. Und doch war ein Teil von ihm immer noch darauf fokussiert. Statt die Schönheit der Landschaft um ihn herum zu genießen, suchte er den Boden nach Knochenfragmenten und alten Kleiderfetzen ab.

Nach einer blauen Jogginghose. Nach einem kleinen schwarzen Poloshirt.

An die Kleidung konnte er sich aus irgendeinem Grund immer erinnern.

Sosehr er auch versuchte, nicht darüber nachzudenken, würde Pete jenen Tag nie vergessen, da er sich dem blanken Horror gegenübergesehen hatte, der an die Wände von Frank Carters Anbau tapeziert gewesen war. Als er später ins Revier zurückkehrte, stand er immer noch völlig neben sich. Vier kleine Jungen waren ermordet worden. Aber auch wenn Carter für den Moment noch auf freiem Fuß war, hatte das Monster endlich einen Namen – und zwar einen echten, nicht denjenigen, den ihm die Zeitungen gegeben hatten –, und mehr als diese vier Opfer würde der Mistkerl sich nicht schnappen.

Zu jenem Zeitpunkt hatte er noch geglaubt, dass sie kurz vor dem Ziel standen.

Dann hatte er Miranda und Alan Smith im Polizeirevier sitzen sehen. Sogar noch heute konnte er sie überdeutlich vor sich sehen. Alan hatte einen Anzug getragen, kerzengerade dagesessen, die Hände zwischen den Knien gefaltet und ins Leere gestarrt. Miranda hatte die Hände zwischen die Oberschenkel geklemmt, sich an ihren Ehemann geschmiegt, sodass ihr langes brünettes Haar über seine Brust gefallen war. Es war bereits spät am Nachmittag, und beide sahen erschöpft aus – wie Passagiere eines Langstreckenflugs, die einfach nur an Ort und Stelle einschlafen wollten.

Ihr Sohn Tony war verschwunden.

Und war es zwanzig Jahre nach jenem Nachmittag immer noch.

Frank Carter hatte es noch anderthalb Tage geschafft, sich der Polizei zu entziehen, ehe sie ihn endlich hatten festnehmen können. Sie hatten seinen Transporter auf einer Landstraße knapp hundert Meilen von Featherbank entfernt angehalten. Im Laderaum stellten sie Spuren sicher, die eindeutig bewiesen, dass Tony Smith sich darin befunden hatte, nur war der Junge selbst nirgends aufzufinden. Und während Carter zugab, Tony getötet zu haben, weigerte er sich zu sagen, wo er dessen sterbliche Überreste zurückgelassen hatte.

In den darauf folgenden Wochen fanden entlang einer Unzahl potenzieller Routen, die Carter gefahren sein mochte, ausgedehnte Suchaktionen statt – alle ohne Ergebnis. Pete war bei diversen dabei. Die Suchtrupps wurden mit der Zeit immer kleiner, bis er zwei Jahrzehnte später der Letzte war, der noch suchte. Sogar Miranda und Alan Smith hatten irgendwann aufgegeben. Inzwischen lebten sie meilenweit von

Featherbank entfernt. Wenn Tony heute noch am Leben wäre, wäre er siebenundzwanzig. Pete wusste, dass Mirandas und Alans Tochter Claire, die in den turbulenten Folgejahren zur Welt gekommen war, gerade sechzehn geworden war. Er konnte es den Smiths nicht verübeln, dass sie sich nach dem Mord an ihrem Sohn ein neues Leben aufgebaut hatten; nichtsdestotrotz hatte er selbst nie loslassen können.

Ein kleiner Junge war verschwunden.

Ein kleiner Junge musste wiedergefunden und nach Hause gebracht werden.

Als er jetzt durch Featherbank fuhr, sahen die Häuser, an denen er vorbeikam, rundum gemütlich aus. Die Fenster waren zu so später Stunde erleuchtet, und er konnte das flüchtige Lachen und die Gespräche von drinnen regelrecht hören.

Menschen, die zusammen waren, genau wie sie es sein sollten.

Bei dem Gedanken verspürte er eine gewisse Einsamkeit, aber man konnte allem etwas abgewinnen, wenn man sich nur darum bemühte, selbst einem eigenbrötlerischen Leben wie seinem. Die Straße war von hohen Bäumen gesäumt, und die Straßenlaternen vor dem dunklen Laubwerk beleuchteten komplexe, in der leichten Brise zitternde gelbgrüne Blattexplosionen. Es war so still und friedlich in Featherbank, dass es schier unmöglich schien, dass dieser Ort einst zum Schauplatz von so schrecklichen Gräueltaten geworden war.

Am Ende seiner Straße war an einer Laterne ein Suchplakat angeklebt worden – eins der vielen VERMISST-Plakate, die Neil Spencers Eltern vor Wochen aufgehängt hatten. Darauf war ein Foto des Jungen zu sehen, eine Beschreibung seiner Kleidung sowie die Bitte an potenzielle Zeugen, sich mit jedwedem Hinweis zu melden. Foto und Text waren den Sommer über ausgebleicht, und während er jetzt daran vorüberfuhr, musste er unwillkürlich an verwelkte Blumen denken, die an einer geräumten Unfallstelle niedergelegt worden waren.

Fast zwei volle Monate waren vergangen, seit Neil Spencer als vermisst gemeldet worden war, und trotz aller Ressourcen, die in die Ermittlungen geflossen waren, trotz Herz und Seele, mit denen sie sich abmühten, wusste die Polizei bis heute nicht wesentlich mehr als an jenem Abend, da er zuletzt gesehen worden war. Soweit Pete es beurteilen konnte, hatte Amanda Beck alles richtig gemacht. Für ihre Arbeitsleistung sprach tatsächlich auch, dass sogar der immer auf seinen Ruf bedachte DCI Lyons sich vor sie gestellt und an ihr als leitender Ermittlerin festgehalten hatte. Als Pete Amanda zuletzt auf dem Flur begegnet war, hatte sie trotzdem dermaßen ausgelaugt ausgesehen, dass er sich fragte, ob das nicht eine ganz eigene Art der Selbstkasteiung war. Er wünschte sich, er hätte ihr sagen können, dass es irgendwann leichter würde.

Nachdem er in das Dienstzimmer des DCI gerufen worden war, war Pete mit Amanda die ursprüngliche Ermittlung Stück für Stück durchgegangen, allerdings hatte sich herausgestellt, dass seine Beteiligung an diesem neuen Fall nur partiell sein sollte. Er hatte wieder das altbekannte Grauen verspürt, als er einen Besuch bei Frank Carter beantragt hatte, und sich bereits vorgestellt, dem Monster gegenüberzusitzen. Wie jedes Mal hatte er sich gefragt, ob er es würde ertragen können – ob das neuerliche Treffen nicht schlussendlich das Fass zum Überlaufen brächte. Doch er hatte sich umsonst Sorgen gemacht. Zum ersten Mal überhaupt wurde sein Antrag abgelehnt. Der sogenannte Kinderflüsterer schien beschlossen zu haben, nicht mehr reden zu wollen.

Seine Erleichterung angesichts des abschlägigen Bescheids hatte sofort ein schlechtes Gewissen und Scham nach sich gezogen, auch wenn er sich beides erfolgreich ausgeredet hatte. Frank Carter gegenüberzusitzen war eine Tortur. Es war gesundheitsschädlich. Und da die Aussage von Neils Mutter, ihr Sohn habe durch sein Schlafzimmerfenster etwas gesehen und gehört, die einzige vage Verbindung zu Carter gewesen war, gab es keinen Grund anzunehmen, dass ein Treffen sie weitergebracht hätte.

Erleichterung war die einzig richtige Reaktion gewesen.

Zu Hause warf er die Schlüssel auf den Esstisch und war in Gedanken bereits bei dem Gericht, das er zubereiten, und den Sendungen, die er sich ansehen würde, um die paar Stunden zu überbrücken, bis er ins Bett gehen konnte. Tags darauf würden der Fitnessraum, Papierkram und Verwaltungsarbeit auf ihn warten. Alles wie gehabt.

Doch nun musste er noch sein Ritual absolvieren.

Er machte den Küchenschrank auf und nahm die Wodkaflasche heraus, drehte sie ein paarmal hin und her, wog sie in beiden Händen, spürte, wie dick das Flaschenglas war. Zwischen ihm und der seidigen Flüssigkeit lag eine solide Schutzschicht. Es war schon lange her, dass er so eine Flasche geöffnet hatte, trotzdem konnte er sich noch gut an das tröstliche *Klack* erinnern, als er den Deckel aufgeschraubt und das Siegel aufgebrochen hatte.

Er nahm das Foto aus der Schublade.

Und dann setzte er sich an den Esstisch – mit Flasche und Foto vor sich – und stellte sich die entscheidende Frage.

Will ich das?

Über all die Jahre war das Bedürfnis mal stärker, mal schwächer, aber doch immer da gewesen. Bestimmte Ereignisse konnten es zuverlässig wachrufen, aber es hatte auch Momente gegeben, da es willkürlich aufgekommen und seinem ganz eigenen Zeitplan gefolgt war. Oft war die Flasche so kraft- und leblos wie ein Handy ohne Akku gewesen, doch hin und wieder und heute ganz besonders spürte er es deutlich. In den letzten zwei Monaten hatte die Flasche tatsächlich zunehmend laut zu ihm gesprochen.

Du schiebst das Unvermeidliche bloß auf.

Warum tust du dir diese Qual an?

Eine volle Flasche – das war entscheidend. Sich einen Drink aus einer halb leeren Flasche einzuschenken war wesentlich weniger befriedigend, als eine frische Flasche zu öffnen.

Vorsichtig tastete er über das Siegel, führte sich selbst in Versuchung. Nur ein bisschen mehr Druck, es würde reißen, und die Flasche wäre geöffnet.

Du kannst genauso gut gleich aufgeben.

Du wirst dich wertlos fühlen, aber wir wissen ohnehin beide, dass du genau das bist.

Die Stimme konnte ebenso brutal wie freundlich sein, konnte die Molltöne ebenso gut spielen wie Dur.

Du bist wertlos. Du bist ein Versager.

Mach die Flasche also endlich auf.

Wie so oft war es die Stimme seines Vaters. Der Alte war schon lange tot, doch selbst vierzig Jahre später sah Pete ihn deutlich vor sich: fett, im verstaubten Wohnzimmer in seinen abgewetzten Lehnstuhl gelümmelt, mit einem verächtlichen Ausdruck im Gesicht. Nichts, was Pete als Junge getan hatte, war je gut genug für ihn gewesen. »Wertlos« und »Versager« – diese Wörter hatte er früh im Leben gelernt und unzählige Male gehört.

In einem gewissen Alter hatte er endlich begriffen, dass sein Vater einfach nur ein kleiner Mann gewesen war, den alles im Leben enttäuscht hatte, und der Sohn war für ihn lediglich der willkommene Boxsack, an dem er seinen ganzen Frust ausgelassen hatte. Doch da war es bereits zu spät gewesen: Zu jenem Zeitpunkt hatte er die Botschaft bereits verinnerlicht; sie war zum Bestandteil seines Bewusstseins geworden. Objektiv betrachtet wusste er, dass er in Wahrheit weder wertlos noch ein Versager war. Aber es hatte sich immer wahr *angefühlt.* Ein Zaubertrick – entlarvt, aber immer noch wirksam.

Er nahm das Foto von Sally in die Hand. Die Farben waren mit den Jahren verblasst, als wollte das Fotopapier das aufgedruckte Bild ausradieren und sich in seinen ursprünglichen Zustand zurückverwandeln. Sie sahen beide darauf so glücklich aus – Wange an Wange. Sie hatte es an einem Sommertag geschossen. Sally grinste zufrieden in die Sonne, während Pete die Augen im Gegenlicht zusammenkniff und lächelte.

Das verliert man, wenn man säuft.

Deshalb lohnt es sich nicht.

Er saß noch ein paar Minuten da, atmete ruhig ein und wieder aus, dann schob er Flasche und Foto beiseite und fing an zu kochen. Dass das Bedürfnis in den vergangenen Wochen wieder stärker geworden war, war nur verständlich, und genau deshalb war es auch gut gewesen, dass seine Beteiligung an dem Fall quasi im Sande verlaufen war. *Lass das Bedürfnis angesichts der jüngsten Ereignisse nur aufflackern*, dachte er sich. *Lass es meinetwegen das Haupt heben.*

Und dann lass es absterben.

11

Wie immer konnte ich an dem Abend nicht einschlafen.

Vor langer Zeit hatte ich, wenn eins meiner Bücher erschienen war, die eine oder andere Lesereise absolviert. Für gewöhnlich war ich dabei allein unterwegs gewesen und hatte am Abend nach den Auftritten in fremden Hotelzimmern gelegen und meine Familie vermisst. Es war mir immer schon schwergefallen einzuschlafen, wenn Rebecca nicht neben mir lag. Jetzt, da sie nie wieder da sein würde, fiel es mir umso schwerer. Wenn ich früher den Arm rüber zur kalten Seite des Hotelbetts ausgestreckt hatte, hatte ich mir zumindest vorstellen können, dass sie das Gleiche zu Hause machte und mich spüren konnte. Seit sie gestorben war, war da, wenn ich den Arm ausstreckte, nichts als die kalte Leere des glatt gezogenen Lakens. Womöglich hätten ein neues Haus und Bett daran etwas ändern sollen, aber das war nicht der Fall. Als ich im alten Haus den Arm ausgestreckt hatte, dann zumindest in der Gewissheit, dass Rebecca dort einst gelegen hatte.

Also lag ich die meiste Zeit wach und vermisste sie. Auch wenn unser Umzug die richtige Entscheidung gewesen war, war die Distanz zwischen Rebecca und mir größer und mir schmerzhafter bewusst denn je. Es war schrecklich, sie zurückzulassen. Ich stellte mir immer wieder vor, wie ihr Geist im alten Haus aus dem Fenster sah und sich fragte, wo ihre Familie steckte.

Was mich wieder an Jakes imaginäre Freundin erinnerte. Das Mädchen, das er gezeichnet hatte. Ich gab mein Bestes, um das Bild aus dem Kopf zu bekommen und stattdessen nur daran zu denken, wie friedvoll es hier in Featherbank war. Die Welt jenseits der Vorhänge war still und leise, das Haus um mich herum inzwischen komplett verstummt.

Endlich, nach einer gefühlten Ewigkeit, durfte ich eindösen.

Zersplitterndes Glas.

Meine kreischende Mutter.

Ein brüllender Mann.

»Daddy ...«

Ich schreckte aus dem Albtraum auf, wusste nicht, wo ich war, und war mir nur vage bewusst, dass Jake nach mir rief und ich irgendetwas tun sollte.

»Warte kurz«, rief ich zurück.

Am Fußende meines Betts bewegte sich ein Schatten, und mein Herz setzte für einen Augenblick aus. Abrupt richtete ich mich auf.

»Jake, bist du das?«

Der kleine Schatten wanderte vom Fußende an meine Seite des Betts. Für einen kurzen Moment war ich mir alles andere als sicher, ob er es war, bis er noch näher kam und ich sein abstehendes Haar erkannte. Sein Gesicht konnte ich nicht sehen, das lag komplett im Dunkeln.

»Was machst du denn hier, Kumpel?« Von dem, was hier gerade vor sich ging, und von den Nachwehen meines Albtraums raste mein Puls noch immer. »Es ist doch noch gar nicht Zeit aufzustehen. Nicht mal ansatzweise.«

»Kann ich bei dir schlafen?«

»Was?«

Das hatte er noch nie gemacht. Tatsächlich waren Rebecca und ich immer hart geblieben, wenn er bei einer der seltenen

Gelegenheiten darum gebeten hatte, weil wir angenommen hatten, dass wir nur Tür und Tor öffnen würden, wenn wir es auch nur ein einziges Mal zuließen.

»Das machen wir doch nicht, Jake, das weißt du doch.«

»Bitte …«

Erst da fiel mir auf, dass er ungewohnt leise sprach, als wäre da jemand im Nachbarzimmer – jemand, der uns nicht hören durfte.

»Was ist denn los?«, fragte ich ihn.

»Ich hab was gehört.«

»Was denn?«

»Da ist ein Monster vor meinem Fenster.«

Ich blieb noch kurz in der Stille sitzen und musste wieder an den Reim denken, den er vor dem Schlafengehen aufgesagt hatte – aber da war es um die Haustür gegangen. Und überhaupt konnte dort vor dem Fenster niemand sein. Wir waren im ersten Stock.

»Das hast du geträumt, Kumpel.«

Er schüttelte im Dunkeln den Kopf. »Es hat mich aufgeweckt. Ich bin zum Fenster gelaufen, und da war es lauter. Eigentlich wollte ich die Vorhänge aufziehen, aber ich hatte zu viel Angst.«

Du hättest bloß das Feld auf der anderen Straßenseite gesehen, dachte ich, *nichts weiter.* Aber er klang so besorgt, dass ich ihm das nicht sagen konnte.

»Na gut.« Ich schlüpfte aus dem Bett. »Komm, wir gehen rüber und sehen nach.«

»Nicht, Daddy …«

»Ich habe keine Angst vor Monstern, Jake.«

Er lief mir nach auf den Flur, wo ich auf dem Treppenabsatz Licht machte. Als ich sein Kinderzimmer betrat, ließ ich das Licht allerdings ausgeschaltet. Dann ging ich auf das Fenster zu.

»Was, wenn da irgendwas ist?«

»Da ist nichts«, sagte ich.

»Aber was, wenn doch?«

»Dann kümmere ich mich darum.«

»Schlägst du ihm ins Gesicht?«

»Na klar. Aber da ist nichts.«

Auch wenn es so klang, war ich nicht annähernd überzeugt. Die zugezogenen Vorhänge wirkten unheilverheißend. Ich lauschte, konnte aber nichts hören. Unmöglich, dass jemand dort am Fenster war. Ich zog die Vorhänge auf.

Nichts. Nur ein Ausschnitt des Fußwegs und des Gartens, dahinter die verwaiste Straße und dann der finstere, schemenhafte Acker, der sich bis in die Ferne erstreckte. Mein dunkles Spiegelbild in der Fensterscheibe starrte ins Zimmer zurück. Sonst war da nichts weiter – die komplette Außenwelt schien gerade so friedlich zu schlafen, wie ich es nicht konnte.

»Siehst du?« Ich gab mir alle Mühe, nachsichtig zu klingen. »Da ist niemand.«

»Aber es war jemand da.«

Ich zog die Vorhänge wieder zu und ging in die Hocke.

»Jake, manchmal fühlen sich Träume total echt an, aber das sind sie nicht. Wie könnte denn irgendwer vor deinem Fenster sein, wenn wir so hoch oben sind?«

»Er könnte die Regenrinne hochgeklettert sein.«

Ich wollte schon antworten, als mir die Fassade des Hauses vor Augen erschien. Tatsächlich verlief die Regenrinne genau neben seinem Fenster. Dann kam mir ein absurder Gedanke. Wenn man die Eingangstür verschloss und verrammelte, was sollte ein Monster denn sonst machen, als außen hochzuklettern, um ins Haus einzudringen?

Blödsinn.

»Da draußen war niemand, Jake.«

»Kann ich heute Nacht bei dir schlafen, Daddy? Bitte?«

Ich seufzte in mich hinein. Es war offensichtlich, dass er heute Nacht nicht allein in seinem Zimmer bleiben würde, und um das auszudiskutieren, war es zu spät oder zu früh am Morgen – ich konnte mich nicht entscheiden, was eher zutraf. Es war schlichtweg leichter nachzugeben.

»Meinetwegen. Aber nur heute Nacht. Und kein Herumzappeln.«

»Danke, Daddy.« Er nahm sein *Päckchen mit Besonderen Sachen* und lief hinter mir her. »Ich zapple auch nicht, versprochen.«

»Das sagst du jetzt. Aber was ist mit *sämtliche Decken klauen*?«

»Mach ich nicht.«

Ich schaltete das Licht im Flur aus, und wir gingen ins Bett, Jake auf der Seite, die Rebecca hätte gehören sollen.

»Daddy?«, fragte er dann. »Hattest du vorhin einen Albtraum?«

Zersplitterndes Glas.

Meine kreischende Mutter.

Ein brüllender Mann.

»Ja, ich glaub schon.«

»Worum ging es da?«

Der Traum war inzwischen verblasst, aber es war ebenso eine Erinnerung wie ein Albtraum gewesen: Ich als Kind, das in jenem Haus, in dem ich aufgewachsen war, auf die Tür zur beengten Küche zulief. In meinem Traum war es spät am Abend, und ein Geräusch von unten hatte mich aufgeweckt. Ich war mit der Decke über dem Kopf und Panik im Herzen im Bett liegen geblieben und hatte versucht, so zu tun, als wäre alles in bester Ordnung, auch wenn ich gewusst hatte, dass das nicht stimmte. Irgendwann war ich auf Zehenspitzen nach unten geschlichen, hatte nicht sehen wollen, was dort vor sich ging, während ich gleichzeitig wie magisch davon angezogen wurde und mich winzig und verschreckt und machtlos fühlte.

Ich wusste noch genau, wie ich durch den dunklen Flur auf die hell erleuchtete Küche zulief, aus der die Geräusche gekommen waren. Meine Mutter war wütend, wenn auch leise, als glaubte sie, ich würde schlafen, und als müsste sie all das von mir fernhalten, doch die Stimme des Mannes klang laut und rücksichtslos. Sie redeten durcheinander, und ich konnte nicht hören, was genau wer von ihnen sagte, mir war nur klar, dass es ungut war und dass sie sich hochschaukelten, dass sie sich auf etwas Grässliches zubewegten.

Die Küchentür.

Ich erreichte sie gerade im richtigen Moment, um das rot angelaufene, vor Zorn und Hass verzerrte Gesicht des Mannes zu sehen, der so hart, wie er nur konnte, mit dem Glas nach meiner Mutter warf. Um zu sehen, wie sie sich – viel zu spät – wegduckte. Um sie schreien zu hören.

Es war das letzte Mal, dass ich meinen Vater gesehen hatte.

Das war jetzt schon eine Ewigkeit her, aber die Erinnerung daran tauchte immer mal wieder an der Oberfläche auf. Wühlte sich immer noch aus dem Dreck.

»Erwachsenensachen«, erklärte ich Jake. »Vielleicht erzähle ich's dir mal. Aber es war nur ein Traum. Und es ist alles gut. Es ist am Ende alles gut ausgegangen.«

»Was ist denn am Ende passiert?«

»Na ja, *du* bist am Ende passiert.«

»Ich?«

»Ja.« Ich wuschelte ihm durchs Haar. »Und dann bist du eingeschlafen.«

Ich schloss die Augen, und wir lagen beide noch so lange schweigend da, dass ich irgendwann annahm, er wäre tatsächlich wieder eingeschlafen. Nach einer Weile streckte ich den Arm zur Seite aus und bettete meine Hand ganz leicht auf seine Bettdecke, wie um sicherzustellen, dass er noch da war. Wir zwei, zusammen. Meine kleine, verwundete Familie.

»Geflüstert«, flüsterte Jake.

»Was?«

»Er hat geflüstert.«

Seine Stimme schien aus so weiter Ferne zu kommen, dass ich schon glaubte, er würde träumen.

»Er hat vor dem Fenster geflüstert.«

12

»Sie müssen sich beeilen.«

In seinem Traum flüsterte Jane Carter Pete am Telefon die entscheidenden Worte zu. Ihre Stimme klang gedämpft, furchtsam und alarmiert.

Aber zumindest sagte sie es. Endlich.

Pete saß an seinem Schreibtisch, und das Herz hämmerte in seiner Brust. Er hatte im Lauf der Ermittlungen unzählige Male mit Frank Carters Ehefrau gesprochen. Er hatte vor ihrem Arbeitsplatz auf sie gewartet oder war auf bevölkerten Bürgersteigen zufällig neben ihr aufgetaucht und immer darauf bedacht gewesen, dass ihr Ehemann keinesfalls hätte Wind davon bekommen können. Es war fast, als hätte er sich in einen Geheimagenten verwandelt, was – wenn er genauer darüber nachdachte – von der Wahrheit nicht mal weit entfernt war.

Jane hatte ihrem Ehemann Alibis gegeben. Sie hatte ihn immer verteidigt. Trotzdem war für Pete von ihrer ersten Begegnung an offenkundig gewesen, dass sie vor Frank eine Heidenangst hatte – zu Recht, wie er glaubte –, und er hatte hart daran gearbeitet, sie zu überzeugen: ihr zu verstehen zu geben, dass sie selbst erst dann sicher wäre, wenn sie sich ihm anvertraute, wenn sie alles zurücknähme und endlich die Wahrheit über ihren Mann sagte. »Sprechen Sie mit mir, Jane. Ich kann sicherstellen, dass Frank Sie und Ihren Sohn nicht mehr verletzen kann.«

Und zu guter Letzt schien sie endlich so weit zu sein. Über all die Jahre hatte Jane Carter derartig Angst gehabt, dass sie sich selbst jetzt am Telefon, obwohl der Mistkerl nicht mal zu Hause war, zu nicht mehr als einem Flüstern hatte durchringen können. Mut war nicht die Abwesenheit von Angst, das war Pete klar. Mut erforderte Angst. Und genau deshalb erkannte er auch, wie tapfer ihr Anruf tatsächlich war.

»Ich lass Sie rein«, flüsterte sie, »aber Sie müssen sich beeilen. Ich hab keine Ahnung, wie lange er wegbleibt.«

In Wahrheit sollte Frank Carter nie wieder nach Hause zurückkehren. Binnen einer Stunde sollte es dort vor Polizisten und Spurentechnikern nur so wimmeln, und nach Carter und seinem Van würde gefahndet werden. Doch bis dahin beeilte sich Pete wirklich. Die Fahrt zu den Carters dauerte bloß zehn Minuten, aber diese zehn Minuten waren die längsten in seinem Leben. Selbst mitsamt Verstärkung, die in den Startlöchern stand, fühlte er sich komplett allein und zutiefst verängstigt, als er dort ankam – wie jemand aus einem Märchen, in dem das Ungeheuer, das derzeit ausgeflogen war, jeden Moment zurückkehren würde.

Drinnen sah er, wie Jane Carter, die den Schlüssel zum Anbau an sich genommen hatte, mit zitternden Fingern die Tür aufschloss. Im ganzen Haus herrschte Stille, und er spürte, wie sich ein Schatten über ihn legte.

Das Schloss sprang auf.

»Treten Sie jetzt bitte zurück, alle beide.«

Jane Carter stand mitten in der Küche, und ihr Sohn versteckte sich hinter ihr, als Pete mit der behandschuhten Hand die Tür aufschob.

Nein.

Sofort war ihm der scharfe Geruch verwesenden Fleischs entgegengeschlagen. Er richtete die Taschenlampe in die Dunkelheit – und da erst kamen die Bilder, eins nach dem anderen in schneller Folge, dieser Anblick, die Empfindungen, wie von einem Kamerablitz erhellt.

Nein.

Noch nicht.

Für einen winzigen Moment hob er die Hand und ließ den Lichtkegel der Taschenlampe über die Wände gleiten. Sie waren weiß gestrichen, doch Carter hatte sie dekoriert, hatte naive Grashalme in Grün über dem Boden und darüber wie mit Kinderhand flatternde Schmetterlinge aufgemalt. Unter der Decke entdeckte er die verzerrte Version einer gelben Sonne mit Gesicht. Die toten schwarzen Augen starrten auf den Boden herab.

Pete folgte ihrem Blick und senkte jetzt erst die Taschenlampe.

Er bekam kaum noch Luft.

Nach diesen Kindern hatte er drei Monate lang gesucht, und obwohl er insgeheim immer mit diesem Ausgang gerechnet hatte, hatte er nie ganz die Hoffnung aufgegeben. Aber hier waren sie – lagen in dieser ranzigen, warmen Dunkelheit. Die vier Leichen sahen gleichzeitig wirklich und unwirklich aus. Lebensechte Puppen, die kaputt geschlagen worden waren und stocksteif dalagen, die Kleidung immer noch an Ort und Stelle – bis auf die T-Shirts, die ihnen über die Köpfe gezogen worden waren.

Das vielleicht Schlimmste an seinem Albtraum war, dass er über die Jahre so vertraut geworden war, dass er davon nicht mal mehr aufwachte. Es war sein Wecker, der ihn am Morgen aus dem Schlaf riss.

Er blieb noch ein paar Sekunden lang liegen und rang um Fassung. Der Versuch, die Erinnerung zu ignorieren, war so fruchtlos, wie Nebel beiseiteschieben zu wollen, trotzdem rief er sich ins Gedächtnis, dass es bloß jenes jüngste Vorkommnis war, das die Albträume ausgelöst hatte, und dass sie mit der Zeit wieder verblassen würden. Er stellte den Wecker aus.

Fitnessraum, dachte er. *Papierkram, Verwaltung, Routinen.*

Er duschte, zog sich an, packte die Sporttasche, und bis er nach unten lief, um sich einen Kaffee und ein leichtes Frühstück zu machen, waren der Traum bereits in den Hintergrund gerückt und seine Gedanken halbwegs unter Kontrolle. Es war bloß eine kleine Unterbrechung im Alltag gewesen, mehr nicht. Total verständlich, dass der neue Fall grauenerregende Geister aufgeschreckt hatte, aber die würden sich bald verziehen. Sein Alkoholdurst würde wieder abnehmen. Das Leben würde wieder normal sein.

Erst als er sein Frühstück mit hinüber ins Wohnzimmer nahm, sah er das rote Blinklicht an seinem Handy. Jemand hatte ihm eine Nachricht hinterlassen. Er rief die Mailbox auf und hörte bedächtig kauend die Nachricht ab.

Zwang sich zu schlucken. Ihm schnürte sich der Hals zu.

Nach zwei Monaten hatte Frank Carter sich endlich bereit erklärt, ihn zu treffen.

13

»Stell dich kurz dort an die Wand«, sagte ich. »Ein bisschen nach rechts … nein, *mein* rechts. Noch ein bisschen. So ist es gut. Und jetzt lächeln!«

Es war Jacks erster Schultag an der neuen Schule, und ich war wesentlich nervöser als er. Wie oft konnte man bitte eine Schublade aufziehen und nachsehen, ob die richtigen Sachen bereitlagen? War überall sein Name angebracht? Wo hatte ich gleich wieder die Büchertasche und die Wasserflasche hingelegt? Es gab so viel zu bedenken, und ich wollte, dass für ihn alles perfekt lief.

»Kann ich mich wieder bewegen, Dad?«

»Nur noch ganz kurz …«

Ich hielt das Handy ausgestreckt vor mich, während Jake in seiner neuen Schuluniform vor der einzigen weißen Wand in seinem Zimmer posierte: graue Hose, weißes Hemd, blauer Pullover – alles natürlich brandneu und blütenrein, mit Namensschildchen und allem Drum und Dran. Sein Lächeln sah schüchtern und niedlich aus. Er wirkte so erwachsen in seiner Uniform und gleichzeitig so klein und verletzlich.

Ich tippte ein paarmal auf das Display. »Fertig.«

»Darf ich mal sehen?«

»Klar darfst du.«

Ich ging in die Hocke, und er sah mir über die Schulter, als ich ihm die Bilder zeigte, die ich von ihm geschossen hatte.

»Ich seh okay aus ...« Er klang überrascht.

»Du siehst total professionell aus«, versicherte ich ihm.

Es war wirklich so. Ich versuchte, den Augenblick zu genießen, auch wenn er mit Trauer durchsetzt war, weil Rebecca hätte dabei sein sollen. Wie die meisten Eltern hatten sie und ich immer am ersten Tag des neuen Schuljahrs Fotos von Jake gemacht, aber ich hatte kürzlich mein Handy gewechselt, und erst am Anfang der Woche war mir klar geworden, was das bedeutete. Sämtliche früheren Fotos waren weg – für alle Zeiten verloren. Und wie um den Verlust noch schlimmer zu machen, war ich zwar immer noch im Besitz von Rebeccas altem Handy, auf dem die Bilder ebenfalls gespeichert waren, nur hatte ich keinen Zugriff darauf. Ich hatte für eine volle Minute frustriert auf ihr altes Gerät gestarrt und damit der unbarmherzigen Wahrheit ins Gesicht gesehen: Rebecca war fort und somit auch jene Erinnerungen.

Ich hatte versucht, mir einzureden, dass es egal war. Dass es bloß ein weiterer Schlag ins Kontor war, den ich mit ihrem Verlust einstecken musste – und zwar ein verhältnismäßig erträglicher im Vergleich zu allem anderen. Trotzdem hatte es wehgetan. Es hatte sich angefühlt wie ein weiteres Versagen meinerseits.

Wir werden so viele neue Erinnerungen schaffen.

»Komm jetzt, Kumpel.«

Doch bevor wir losgingen, lud ich die Bilder noch ins Internet hoch.

Die Rose Terrace Primary School war in einem flachen, weitläufigen Gebäudekomplex untergebracht und von der Straße durch einen schmiedeeisernen Zaun abgetrennt. Das Hauptgebäude war alt und gediegen: einstöckig mit mehreren Spitzgiebeln. In den dunklen Stein über den getrennten Eingängen war KNABEN und MÄDCHEN eingemeißelt worden, auch wenn deutlich jüngere Schilder darauf verwiesen, dass die viktorianische Geschlechtertrennung von der Unterteilung in Klassenstufen abgelöst worden war. Bevor ich Jake hier angemeldet hatte, war ich durch die Schule geführt worden. Drinnen lag eine Aula mit blank poliertem Holzboden, von der aus man zu den umliegenden Klassenzimmern kam. Zwischen den Türen zu den Klassenzimmern waren die Wände mit kleinen, verschiedenfarbigen Handabdrücken aus vorangegangenen Jahrgängen übersät. Jake und ich blieben am Zaun stehen.

»Und, was sagst du?«

»Weiß nicht«, antwortete er.

Dass er seine Zweifel hatte, konnte ich ihm kaum verübeln. Der Schulhof jenseits des Zauns wimmelte nur so von Kindern, während ihre Eltern am Rand in Grüppchen zusammenstanden. Es war der erste Tag des neuen Schuljahrs, trotzdem waren hier alle – Kinder wie Eltern – aus den vorangegangenen Jahren miteinander bekannt, und Jake und ich würden gleich als Fremde – außer füreinander – den Schulhof betreten. Seine alte Schule war deutlich größer gewesen und viel anonymer. Hier schienen sich alle so gut zu kennen, dass ich mir gar nicht vorstellen konnte, dass wir je anders denn als Außenseiter betrachtet werden könnten. Gott, ich hoffte einfach nur, dass er sich zurechtfinden würde.

Ich drückte leicht seine Hand.

»Komm«, sagte ich. »Jetzt allen Mut zusammennehmen.«

»Ist schon okay, Daddy.«

»Ich meinte mich.«

Ein Witz – wenn auch nur in Teilen. Noch fünf Minuten, und die Tür würde aufgemacht werden, und ich wusste, dass ich mich dann zusammenreißen und mit irgendwelchen anderen Eltern ins Gespräch kommen und die ersten eigenen Kontakte knüpfen sollte. Stattdessen lehnte ich mich bloß an die Mauer und wartete.

Jake stand neben mir und kaute auf seiner Lippe. Ich sah zu, wie die anderen Kinder hin und her rannten, und wünschte mir, er würde loslaufen und sich ihnen anschließen.

Lass ihn sein, wie er ist, sagte ich mir.

Das sollte doch reichen, oder nicht?

Dann ging die Tür für die Klassen eins und zwei auf, und Jakes neue Lehrerin trat mit einem Lächeln im Gesicht nach draußen. Die Kinder stellten sich in einer Reihe auf. Büchertaschen baumelten vor und zurück. Weil es für alle der erste Tag des Schuljahrs war, waren die allermeisten Taschen leer – nicht so die von Jake. Er hatte wie immer darauf bestanden, sein *Päckchen mit Besonderen Sachen* einzupacken.

Ich drückte ihm die Tasche und seine Wasserflasche in die Hand.

»Pass gut darauf auf, ja?«

»Klar.«

Gott, wie sehr ich es hoffte. Die Vorstellung, dass er es verlieren könnte, war für mich wahrscheinlich genauso unerträglich wie für ihn selbst. Aber es war nun mal Jakes Version einer Kuscheldecke; unter gar keinen Umständen hätte er ohne das Päckchen das Haus verlassen.

Dann wandte er sich zu den Schlange stehenden Kindern um.

»Ich hab dich lieb, Jake«, sagte ich leise.

»Hab dich auch lieb, Daddy.«

Ich blieb stehen, sah ihm nach, bis er nach drinnen verschwand, und hoffte noch, dass er sich umdrehen und mir zuwinken würde. Vergebens. Ein gutes Zeichen, nahm ich an, dass er sich nicht an mich klammerte. Das bewies doch nur, dass der bevorstehende Tag ihn nicht einschüchterte und er keine Rückversicherung brauchte.

Ich wünschte mir, ich hätte das Gleiche von mir behaupten können.

Bitte, bitte, bitte lass alles gut gehen.

»Neu an der Schule, hm?«

Als ich mich umdrehte, stand eine Frau neben mir. Obwohl es schon warm geworden war, trug sie einen langen, dunklen Mantel und hatte die Hände in den Taschen, als rechnete sie mit Winterwind. Sie hatte schwarz gefärbtes, schulterlanges Haar und einen leicht amüsierten Ausdruck im Gesicht.

Neu an der Schule.

»Oh«, sagte ich. »Sie meinen Jake? Mein Sohn. Ja.«

»Eigentlich meinte ich Sie beide. Sie sehen besorgt aus. Ganz ehrlich, ich bin mir sicher, er wird sich gut machen.«

»Ja, ganz bestimmt. Er hat sich nicht mal mehr umgedreht.«

»Meiner macht das schon eine Weile nicht mehr. Sobald wir morgens am Schulhof ankommen, existiere ich quasi nicht mehr. Erst bricht es einem das Herz, aber man gewöhnt sich daran. Im Grunde ist es nur gut so.« Sie zuckte mit den Schultern. »Ich bin übrigens Karen. Mein Sohn heißt Adam.«

»Tom«, sagte ich. »Schön, Sie kennenzulernen. Karen und Adam? Jetzt muss ich mir neue Namen merken.«

Sie lächelte. »So was dauert eine Weile. Aber ich bin mir sicher, dass Jake keinerlei Probleme haben wird. Es ist nicht ganz leicht, wenn man irgendwo neu ist, aber die Kinder hier sind klasse. Adam hat mitten im letzten Schuljahr angefangen. Es ist eine gute Schule.«

Noch während sie sich zum Schultor umwandte, prägte ich mir die Namen ein. Karen. Adam. Sie hatte einen netten Eindruck gemacht, und da musste ich mir ebenfalls Mühe geben. Vielleicht würde ich – trotz allem, was dagegenzusprechen schien –, hier einer jener normalen Erwachsenen werden, die sich am Schulhof mit anderen Eltern unterhielten.

Ich kramte mein Handy aus der Tasche und schob mir für den kurzen Heimweg die Kopfhörer in die Ohren – es gab da noch etwas, weswegen ich mir Gedanken machen musste. Als Rebecca gestorben war, hatte ich gerade erst ein Drittel meines neuen Romans fertiggestellt, und während andere Autoren sich womöglich in die Arbeit gestürzt hätten, um sich abzulenken, hatte ich seither keinen Blick mehr in das Manuskript geworfen. Die Idee, an der ich gearbeitet hatte, fühlte sich mittlerweile schal an, und ich hatte den leisen Verdacht, dass ich das Ganze als unfertigen Blödsinn auf meiner Festplatte vergammeln lassen sollte.

Aber was sollte ich stattdessen schreiben?

Wieder zu Hause schaltete ich meinen Rechner ein, öffnete ein neues Word-Dokument und speicherte es unter dem Dateinamen *Blödsinn*. So fing ich immer an. Das Frühstadium als solches anzuerkennen nahm dem Ganzen ein bisschen Druck. Als Nächstes – und weil ich der Ansicht war, dass Kaffeekochen nichts mit dem Aufschieben von anstehenden Aufgaben zu tun hatte –, ging ich in die Küche, lehnte mich gegen die Arbeitsplatte und starrte hinaus in den rückwärtigen Garten.

Dort draußen stand jemand. Mit dem Rücken zu mir. Und er schien am Vorhängeschloss zur Garage zu rütteln.

Was soll das, verdammt?

Ich klopfte gegen die Scheibe.

Der Mann zuckte heftig zusammen und drehte sich hastig um. Er war vielleicht Mitte fünfzig, klein und untersetzt. Um seinen ansonsten kahlen Schädel verlief eine Tonsur aus grauen Stoppeln. Außerdem trug er einen ordentlichen Anzug, einen grauen Mantel und einen Schal und hätte einem potenziellen Einbrecher gar nicht unähnlicher sein können.

Ich bedachte ihn mit einem *Was-soll-das-verdammt*-Blick und der passenden Geste, und er starrte mich kurz schockstarr an. Dann wandte er sich um und verschwand in Richtung unserer Auffahrt.

Immer noch wie vom Donner gerührt, zögerte ich einen Moment. Dann rannte ich durchs Haus nach vorn, um mich ihm in den Weg zu stellen und herauszufinden, was er dort hinten zu suchen gehabt hatte.

Ich war kaum an der Haustür, als es klingelte.

14

Ein bisschen zu ruppig riss ich die Tür auf. Von der Vordertreppe sah mir der Mann mit zerknirschter Miene entgegen. Aus der Nähe sah er noch kleiner aus, als er durchs Fenster gewirkt hatte.

»Es tut mir wahnsinnig leid, dass ich Sie störe.« Er klang genauso förmlich, wie es sein altmodischer Anzug hatte vermuten lassen. »Ich war mir nicht sicher, ob jemand da ist …«

Um das herauszufinden, schoss es mir durch den Kopf, *hätte man verflucht noch mal auch einfach klingeln können!*

»Verstehe.« Ich verschränkte die Arme vor der Brust. »Wie kann ich helfen?«

Mit sichtlichem Unbehagen trat der Mann von einem Bein aufs andere. »Also, zugegeben, das ist jetzt vielleicht eine ungewöhnliche Bitte … Aber die Sache ist die … Dieses Haus … Ich bin hier aufgewachsen, wissen Sie? Ist schon ewig her, natürlich, aber ich habe so schöne Erinnerungen an diesen Ort …«

Er sprach den Satz nicht zu Ende.

»Ja?«

Ich wartete darauf, dass er weiterredete. Aber er stand bloß da, sah mich erwartungsvoll an, als hätte er doch schon genug gesagt und als wäre es merkwürdig oder gar unhöflich zu verlangen, dass er noch mehr sagen müsste.

Im nächsten Moment fiel bei mir der Groschen.

»Sie meinen – Sie wollen hereinkommen und sich umsehen oder so?«

Er nickte dankbar. »Ich weiß, es ist schrecklich aufdringlich, aber ich wäre Ihnen enorm verbunden. Dieses Haus steckt für mich immer noch voller besonderer Erinnerungen, wissen Sie.«

Wieder klang er so betont förmlich, dass ich fast lachen musste. Tat ich aber nicht, weil die Vorstellung, dass dieser Mann durch mein Haus streifen könnte, mein Nervenkostüm aufs Äußerste strapazierte. Er war so ordentlich gekleidet und sein Auftreten so absurd höflich, dass sich all das wie eine Art Tarnung anfühlte. Auch wenn auf den ersten Blick keine physische Gefahr von ihm ausging, wirkte der Mann bedrohlich. Ich konnte mir durchaus vorstellen, dass er jemandem ins Gesicht sah, sich über die Lippen leckte und dann seinem Gegenüber ein Messer zwischen die Rippen rammte.

»Das geht nicht, tut mir leid.«

Seine Überkorrektheit war schlagartig wie weggefegt, und Ärger lag in seinem Blick.

»Das ist wirklich außerordentlich traurig«, sagte er. »Dürfte ich fragen, warum?«

»Zum einen sind wir hier gerade erst eingezogen. Es stehen noch überall Umzugskisten.«

»Verstehe.« Er lächelte schief. »Dann vielleicht ein andermal?«

»Also ... nein. Weil ich zum anderen auch nicht besonders erpicht darauf bin, einfach so Fremde in mein Haus zu lassen.«

»Das ist ... enttäuschend.«

»Wieso wollten Sie in die Garage?«

»Nichts dergleichen wollte ich!« Er machte einen Schritt zurück und sah mich beleidigt an. »Ich habe lediglich nachgesehen, ob Sie dort zu finden wären.«

»Was – in einer abgeschlossenen Garage?«

»Ich weiß ja nicht, was Sie glauben, gesehen zu haben – aber nein.« Er schüttelte enttäuscht den Kopf. »Ich sehe schon, das hier war ein bedauerliches Missverständnis. Wirklich bedauerlich. Aber vielleicht überlegen Sie es sich ja noch einmal anders.«

»Ganz sicher nicht.«

»Dann tut es mir leid, dass ich Sie belästigt habe.«

Er drehte sich um und lief den Gehweg entlang.

Mir fielen die Briefe wieder ein, die ich bekommen hatte, und ich ging ihm ein paar Schritte nach.

»Mr. Barnett?«

Er zögerte kurz, dann drehte er sich wieder zu mir um. Ich blieb wie angewurzelt stehen. Sein Gesichtsausdruck hatte sich komplett verändert. Sein Blick war vollkommen leer, und obwohl ich um einiges größer war, hatte ich das Gefühl, wenn er auch nur einen Schritt auf mich zumachte, müsste ich sofort zurückweichen.

»Sie irren sich«, sagte er bloß. »Auf Wiedersehen.«

Er wandte sich erneut zum Gehen, und ohne ein weiteres Wort trat er auf die Straße hinaus. Ich lief ihm noch ein paar Schritte nach und blieb dann unsicher auf dem Gehweg stehen. Obwohl die Sonne schien, hatte ich eine Gänsehaut.

Ich war mit unserem Einzug derart beschäftigt gewesen, dass ich noch gar keine Zeit gehabt hatte, die Garage in Augenschein zu nehmen. Sie war ganz gewiss auch nicht das Attraktivste an unserem neuen Grund und Boden: zwei blaue Wellblechtüren, die nicht mehr richtig schlossen, weiß bepinselte Außenwände und ein zerbrochenes Fensterchen an der Seite. Drumherum wucherten Gräser. Die Maklerin hatte mir erzählt, dass das Dach asbestverseucht sei und ich Experten zurate ziehen solle, wenn ich die Garage abreißen lassen wolle, dabei sah die aus, als würde sie ohnehin bald in sich zusammenfallen. Sie kauerte hinter dem Haus wie ein alter Säufer, der nicht mehr gerade stehen konnte und alles gab, um nicht seitlich umzukippen.

Die Türen waren mit einem Vorhängeschloss gesichert, zu dem die Maklerin mir einen Schlüssel ausgehändigt hatte. Metall knirschte und kreischte über Asphalt, als ich das Schloss entriegelte, die Tür aufzerrte und dann den Kopf einzog und eintrat.

Ungläubig sah ich mich um. Die Garage war randvoll mit Müll.

Als Mrs. Shearing das Haus nach unserem ersten Besichtigungstermin hatte räumen lassen wollen, hatte ich angenommen, dass sie einen Entrümpler bestellt und das komplette alte Mobiliar hätte entsorgen lassen. Allem Anschein nach hatte sie sich die Kosten gespart und stattdessen alles hier eingelagert. Es roch nach Schimmel und Staub. In der Mitte standen stapelweise Umzugskartons, und die untersten Kisten waren unter dem Gewicht der oberen aus dem Leim gegangen. An der Seite waren wie zu einem Holzpuzzle alte Tische und Stühle übereinandergestapelt und ineinandergeschoben worden. An der Rückwand lehnte eine alte Matratze mit so großen braunen Flecken auf dem Bezug, dass es aussah wie die Landkarte einer fremden Welt. Den rußschwarzen Grill hinter der Tür konnte ich deutlich riechen.

Rund um die Wände hatte sich vertrocknetes braunes Laub angesammelt. Vorsichtig schob ich mit dem Fuß einen Farbeimer aus der Ecke, und mein Blick fiel auf die größte Spinne, die ich je gesehen hatte. Das Ding wippte leicht auf der Stelle auf und nieder und schien sich von meinem Besuch nicht im Geringsten stören zu lassen.

Tja, dachte ich und sah mich um. *Schönen Dank auch, Mrs. Shearing.*

Viel Platz, um sich zu bewegen, war hier nicht, trotzdem

machte ich einen Schritt auf den Kistenstapel zu und zog die oberste auf. Die Pappe fühlte sich klamm an. Als ich über den Rand spähte, entdeckte ich Weihnachtsdeko. Ausgebleichte Lamettaspindeln, matte Weihnachtsbaumkugeln und irgendetwas, was auf den ersten Blick mit Schmucksteinen besetzt zu sein schien.

Dann sprang einer der Schmucksteine mir direkt ins Gesicht.

»Herr im Himmel!«

Um ein Haar hätte ich das Gleichgewicht verloren, wäre auf den Blättern ausgerutscht, und ich riss den Arm nach vorn vor mein Gesicht. Das Ding flatterte zur Decke, prallte dort ab und wirbelte kurz durch die Luft, ehe es gegen das grauschlierige Fenster schlug und mehrmals dagegenflog.

Tock. Tock. Tock. Zarteste Aufschläge.

Ein Schmetterling, dämmerte mir. Keiner, den ich hätte benennen können. Nicht dass ich neben dem Kohlweißling und dem Großen Fuchs noch sehr viel mehr kannte.

Vorsichtig arbeitete ich mich zum Fenster vor. Der Schmetterling flatterte immer noch gegen die Scheibe, und ich sah ihm ein paar Sekunden lang zu, bis er endlich begriff, was die Stunde geschlagen hatte, und sich auf das schmutzige Fensterbrett setzte und die Flügel spreizte. Das Ding war genauso groß wie die Spinne hinter mir, aber während Letztere einen hässlichen Grauton gehabt hatte, war der Falter erstaunlich farbenfroh: Über seine Flügel zogen sich gelbe und grüne Bogen und über die Spitzen ein Hauch Violett. Er war wirklich bildschön.

Ich drehte mich zu den Kisten um, spähte erneut hinein und entdeckte drei weitere Schmetterlinge, die auf dem Lametta saßen. Sie rührten sich nicht, vielleicht waren sie tot, aber als ich genauer hinsah, konnte ich seitlich an der untersten Kiste noch einen erkennen, der langsam und leicht wie ein Atemhauch die Flügel bewegte.

Ich hatte keine Vorstellung davon, wie lange sie schon hier drinnen festsaßen oder wie alt Schmetterlinge überhaupt werden konnten, aber hier in der Garage schienen sie keine allzu rosige Zukunft zu haben – außer womöglich als Mahlzeit für die Spinne zu enden. Unwillkürlich verspürte ich den Drang, diesem speziellen Ökosystem den Garaus zu machen. Ich riss den klammen Deckel von der obersten Kiste und wedelte und scheuchte damit einen der Falter in Richtung Tür. Doch davon wollte er nichts wissen. Ich versuchte es stattdessen mit dem Falter vom Fenster, doch der war ganz genauso stur. Trotz ihrer Größe sahen sie aus der Nähe ziemlich fragil aus, sodass sie wahrscheinlich unter der leichtesten Berührung zu Staub zerfallen würden. Sie zu verletzen wollte ich nicht riskieren.

»Tja, Jungs.« Ich warf den Pappdeckel beiseite und rieb die Handfläche über die Jeans. »Ich habe mein Bestes gegeben.«

Noch länger hierzubleiben hatte keinen Zweck. Die Garage war nun mal, was sie war. Ich würde das Ausräumen auf meine lange Liste anstehender Aufgaben setzen – aber zumindest war das hier nicht dringend.

Doch was bitte lag hier herum, was meinen Besucher derart interessiert hatte? Es war doch nur Müll. Und jetzt, da die Begegnung schon ein Weilchen zurücklag, fragte ich mich, ob der Mann nicht vielleicht doch die Wahrheit gesagt und ich alles einfach nur fehlinterpretiert hatte.

Draußen schob ich das Vorhängeschloss wieder zu und sperrte die Falter ein. Erstaunlich, dass sie überhaupt so lange unter so kargen, unwirtlichen Bedingungen überlebt hatten. Doch als ich über die Zufahrt zurück zur Vorderseite des Hauses lief, musste ich an Jake und mich denken, und mir dämmerte, dass es bei uns genau das Gleiche war.

Auch die Falter hatten keine andere Wahl.

Genau das taten Lebewesen: Selbst unter den härtesten Bedingungen lebten sie eben weiter.

15

Das Zimmer war winzig, doch weil sämtliche Oberflächen in Weiß gehalten waren, fühlte es sich an wie ein Zimmer ohne Wände. Oder vielleicht komplett jenseits von Raum und Zeit. Wer immer sich das Überwachungsmaterial ansehen würde, dachte Pete, für den würde es nach einer Szene aus einem Science-Fiction-Film aussehen, in dem eine einzelne Person in einem unendlichen, leeren Raum saß, in dem die virtuelle Kulisse erst noch errichtet werden müsste.

Er fuhr mit der Fingerspitze über die Tischplatte, die das Zimmer in zwei Hälften zerteilte. Es quietschte leise. Alles hier war sauber, poliert, steril.

Dann war es wieder mucksmäuschenstill.

Er wartete.

Wenn einem etwas Schlimmes bevorstand, dann stellte man sich dem am besten direkt; so schlimm das Ereignis auch wäre, es würde ja ohnehin eintreten, und zumindest musste man sich so nicht auch noch mit Warten herumquälen. Frank Carter wusste das. Pete hatte ihn seit der Inhaftierung mindestens einmal im Jahr besucht, und der Mann hatte ihn bislang noch jedes Mal warten lassen. Irgendein nichtiger Grund, der zu einer Verspätung geführt hatte – irgendwas Inszeniertes. Es war eine Machtdemonstration, die deutlich machen sollte, wer von ihnen am längeren Hebel saß. Der Umstand, dass Pete derjenige war, der hinterher wieder gehen konnte, hätte ihn beruhigen sollen, tat es aber nicht. Er hatte Carter nichts weiter zu bieten als ein bisschen Ablenkung und Unterhaltung. Nur einer von ihnen besaß etwas, das der andere wollte, und das war ihnen beiden nur zu bewusst.

Also saß er da wie ein Schuljunge und wartete.

Minuten später wurde die Tür auf der anderen Seite des Tischs entriegelt, zwei Gefängniswärter traten ein und postierten sich zu beiden Seiten der Tür. Ansonsten tat sich nichts. Das Ungeheuer nahm sich wie immer Zeit.

Und wie immer machte sich Unbehagen in Pete breit, als der entscheidende Moment dann endlich bevorstand. Sein Puls beschleunigte sich. Er hatte schon vor Langem aufgehört, sich für ihre Treffen Fragen zurechtzulegen, weil jeder vorformulierte Satz in seinem Gehirn unvermeidlich durcheinandergeriet. Aber er zwang seine Mimik zur Reglosigkeit und versuchte, so gut es ging, ruhig zu bleiben. Sein Oberkörper schmerzte von der Trainingseinheit am Morgen.

Und dann endlich kam Carter in Sicht.

Er trug einen blassblauen Overall und war an Händen und Füßen gefesselt. Immer noch der altbekannte kahl geschorene Schädel und der rötliche Ziegenbart. Wie immer machte er einen Buckel, als er hereinschlurfte, auch wenn er den Kopf gar nicht hätte einziehen müssen. Mit seinen knapp zwei Metern und fast hundertzehn Kilo war Carter ein Riesenkerl und ließ ansonsten keine Gelegenheit aus, sich auch noch aufzuplustern.

Zwei weitere Wärter folgten ihm und führten ihn an den Tisch. Dann ließen sie Pete mit Carter allein. Als die Tür in der Rückwand zuschlug, klang es wie der lauteste Knall, den er je gehört hatte.

Carter sah ihn amüsiert an.

»Morgen, Peter.«

»Frank«, sagte Pete. »Sie sehen gut aus.«

»Ist ein gutes Leben hier.« Carter tätschelte sich den Bauch, und die Ketten an seinen Handgelenken klirrten leise. »Ein sehr gutes Leben.«

Pete nickte. Wann immer er zu Besuch gewesen war, hatte er das befremdliche Gefühl gehabt, dass Carter seine Haftstrafe hier nicht nur absaß, sondern sie regelrecht genoss. Die meiste Zeit schien er im Fitnessraum des Gefängnisses zu verbringen. Doch auch wenn er ebenso fit war wie zum Zeitpunkt seiner Verhaftung, war nicht von der Hand zu weisen, dass die Jahre hinter Gittern ihn auf gewisse Weise weich gemacht hatten – er sah *zufrieden* aus. So wie er jetzt dasaß – Beine breit, einen muskelbepackten Arm lässig auf der Lehne –, glich er einem König auf seinem Thron, der einen Höfling musterte. Es war fast, als wäre Carter außerhalb dieser Mauern ein gefährliches Raubtier gewesen, zornig und im Clinch mit der Welt; doch hier hinter Schloss und Riegel, mit seinem Promistatus und seinem Hofstaat kriecherischer Fans, hatte er schlussendlich eine Nische gefunden, in der er sich entspannen konnte.

»Sie sehen auch gut aus, Peter«, erwiderte Carter. »Sie essen gut. Und halten sich fit, wie ich sehe. Wie geht's der werten Familie?«

»Keine Ahnung«, antwortete Pete. »Wie geht's Ihrer?«

Im selben Moment war das Blitzen in Carters Augen erloschen. Es war immer ein Fehler, den Mann zu piesacken, aber manchmal konnte Pete der Versuchung schlichtweg nicht widerstehen, und Carters Frau und Sohn stellten ein leichtes Ziel dar. Pete konnte sich immer noch gut an den Ausdruck in Carters Gesicht erinnern, als er bei Gericht Jane Carters aufgezeichneter Zeugenaussage gelauscht hatte. Der Mann musste davon ausgegangen sein, dass sie zu verängstigt und verstört wäre, um gegen ihn auszusagen – und doch war es dazu gekommen: Sie hatte Pete in den Anbau gelassen und sämtliche Alibis widerrufen, die sie ihrem Ehemann in den vorangegangenen Monaten gegeben hatte. An jenem Tag war sein Gesichtsausdruck ganz ähnlich wie heute gewesen. So zufrieden Carter hier drinnen zu sein schien – der Hass, den er für seine Familie empfand, hatte nie abgenommen.

Unvermittelt lehnte er sich nach vorn.

»Wissen Sie«, sagte er, »ich hatte gestern Nacht einen so was von merkwürdigen Traum.«

Pete zwang sich zu einem Lächeln. »Wirklich? Himmel, Frank ... Ich bin mir nicht sicher, ob ich den hören will.«

»Oh, klar wollen Sie.« Carter lehnte sich wieder zurück und kicherte in sich hinein. »Das wollen Sie ganz sicher hören. Weil der Junge darin vorkam, wissen Sie? Der kleine Smith. Aber weil es ein Traum war, war ich mir erst nicht sicher, ob er es wirklich war, weil diese kleinen Scheißkerle doch alle gleich aussehen, nicht wahr? Da tut's einer wie der andere. Außerdem hat er sich das T-Shirt über den Kopf gezogen, sodass ich ihn nicht richtig sehen kann – so wie ich's am liebsten mag. Aber er ist es. Weil – wissen Sie ... Ich kann mich noch erinnern, was er angehabt hat. Klar?«

Blaue Jogginghose. Schwarzes Poloshirt.

Pete reagierte nicht.

»Und irgendwer heult«, fuhr Carter fort. »Aber nicht er. Er ist ja über das Stadium längst hinaus. Das hat er hinter sich. Und außerdem kommt das Geräusch aus der anderen Richtung. Ich drehe mich also zur Seite und sehe sie beide da stehen – die Mutter und den Vater. Sie haben gesehen, was ich ihrem Jungen angetan habe, und heulen – so viele Hoffnungen und Träume, und jetzt schau einer, was ich gemacht habe.« Er zog die Stirn in Falten. »Wie heißen sie gleich wieder?«

Auch diesmal reagierte Pete nicht.

»Miranda und Alan.« Carter nickte leicht. »Jetzt weiß ich's wieder. Waren die beiden nicht im Gerichtssaal? Sie haben neben Ihnen gesessen.«

»Ja.«

»Richtig. Also, Miranda und Alan heulen dicke, fette Tränen, und sie sehen mich an. *Sag uns, wo er ist.* Sie betteln mich an, okay? Ganz schön erbärmlich. Aber dann denk ich mir, stimmt eigentlich, Peter will es doch auch wissen, und vielleicht kommt er mich ja bald besuchen.« Carter lächelte ihn über den Tisch hinweg an. »Er ist schließlich mein Freund, oder nicht? Ich sollte ihm helfen. Also schaue ich mich noch ein bisschen genauer um und versuche zu sehen, wo ich eigentlich bin und wo der Junge ist. Denn daran hab ich mich doch nie erinnern können, nicht wahr?«

»Nein.«

»Und dann passiert etwas ganz Erstaunliches.«

»Wirklich?«

»Wirklich erstaunlich. Und wissen Sie, was?«

»Sie wachen auf«, sagte Pete.

Carter warf den Kopf in den Nacken und brach in lautes Gelächter aus. Dann klatschte er, so gut es ging, in die Hände, dass die Ketten rasselten. Als er erneut das Wort ergriff, sprach er wieder leiser, und in seinen Augen war das alte Blitzen zu sehen.

»Sie kennen mich einfach zu gut, Peter. Ganz richtig: Ich wache auf. Bedauerlich, was? Ich nehme an, Miranda und Alan – und Sie – werden noch ein bisschen weiterheulen müssen.«

Diesen Köder würde Pete nicht schlucken. »Haben Sie noch jemanden in Ihrem Traum gesehen?«

»Noch jemanden? Wer sollte das sein?«

»Keine Ahnung. Irgendwer, der bei Ihnen war? Der Ihnen vielleicht geholfen hat.«

Der Versuch war zu plump, als dass er darauf eine Antwort erhalten würde, trotzdem studierte er Carters Reaktion wie immer genau. Was einen potenziellen Komplizen anging, hatte

Carter weitgehend souverän reagiert: mal amüsiert, mal gelangweilt, aber er hatte nie auch nur ansatzweise bestätigt oder von sich gewiesen, dass er bei den Morden einen Mittäter gehabt hatte. Diesmal lächelte er in sich hinein, doch die Reaktion war anders als sonst. Heute hatte sie eine unterschwellige Schärfe.

Er weiß, warum ich hier bin.

»Ich hab mich schon gefragt, wann Sie mich wieder besuchen kommen«, sagte Carter. »Mit dem verschwundenen Jungen und so. Bin überrascht, dass es so lange gedauert hat.«

»Ich hab den Antrag vor Urzeiten gestellt. Sie haben Nein gesagt.«

»Was? Ich hab meinen guten Freund Peter nicht sehen wollen?« Carter tat empört. »Als würde ich so etwas machen! Ich würde doch annehmen, dass Ihre Anfrage nicht bis zu mir durchgedrungen ist. Irgendein Fehler in der Verwaltung. Die sind hier zu nichts zu gebrauchen.« Pete zuckte gekünstelt mit den Schultern.

»Ist schon okay, Frank. War nicht so wichtig. Immerhin sitzen Sie schon eine Weile, insofern kann ich mit einiger Sicherheit sagen, dass Sie diesmal nicht zu den Verdächtigen zählen.«

Carters Lächeln war zurück.

»Ich? Nicht doch! Aber für Sie hat es trotzdem mit mir zu tun, nicht wahr? Es geht doch immer dort zu Ende, wo es angefangen hat.«

»Was soll das heißen?«

»Es heißt, was es heißt. Also, was wollen Sie von mir wissen?«

»Ihr Traum, Frank – wie gesagt. War da noch jemand anderes anwesend?«

»Vielleicht? Aber Sie wissen, wie Träume sind. Man vergisst sie im Handumdrehen. Wirklich schade, was?«

Pete sah Carter eine Weile prüfend an. Es wäre ein Leichtes

für ihn, von Neil Spencers Verschwinden zu erfahren; der Junge war überall in den Nachrichten gewesen. Aber wusste Carter mehr? Es gefiel ihm sichtlich, genau diesen Anschein zu erwecken, aber das musste noch lange nichts heißen. Es konnte genauso gut eins seiner Machtspielchen sein. Nur eine weitere Methode, sich wichtig zu machen.

»Man vergisst so viel«, pflichtete Pete ihm bei. »Sogar Berühmtheiten.«

»Nicht hier drinnen.«

»Aber draußen. Die Leute haben Sie vergessen.«

»Oh, das stimmt nicht, da bin ich mir sicher.«

»Sie haben schon eine Weile nicht mehr in der Zeitung gestanden, wissen Sie? Sie sind von gestern. Wahrscheinlich nicht mal mehr das. Und dass dieser kleine Junge verschwunden ist, ist jetzt Monate her – genau wie Sie angedeutet haben –, und wissen Sie, in wie vielen Meldungen Ihr Name erwähnt war?«

»Das weiß ich natürlich nicht, Peter. Warum erzählen Sie es mir nicht?«

»In keiner einzigen.«

»Huch? Vielleicht sollte ich anfangen, diesen Forschern und Reportern Interviews zu geben, die hier die ganze Zeit anfragen? Womöglich sollte ich das machen.«

Er feixte, und Pete dämmerte es, wie sinnlos das Ganze war. Er setzte sich alledem vergebens aus – Carter wusste nichts. Er wusste genau, wie es ihm hinterher gehen würde – nachdem sein Gespräch mit Carter alles wieder nach oben gespült hätte. Sein Küchenschrank würde eine größere Anziehungskraft haben denn je.

»Ja, womöglich sollten Sie das machen.« Er stand auf und wandte sich zum Gehen. »Auf Wiedersehen, Frank.«

»Diese Leute könnten sich vielleicht für das Flüstern interessieren.«

Mit der Hand an der Klinke hielt Pete inne. Es lief ihm eiskalt den Rücken hinunter und dann die Arme hinab.

Das Flüstern.

Neil Spencer hatte seiner Mutter erzählt, dass ihm ein Monster am Fenster etwas zugeflüstert hatte. Dieses Detail hatten sie nie öffentlich gemacht, sodass es auch nie in den Nachrichten erwähnt worden war. Es hätte natürlich Zufall sein können. Außer dass Carter es gerade wie einen Trumpf ausgespielt hatte – mit Genugtuung.

Langsam drehte Pete sich um.

Carter lümmelte immer noch auf seinem Stuhl, doch inzwischen hatte er einen süffisanten Ausdruck im Gesicht. Er hatte den Einsatz gerade so weit erhöht, dass Pete nicht mehr darüber hinwegsehen konnte. Und mit einem Mal war Pete auch klar, dass die Anspielung auf das Flüstern alles andere als ein Schuss ins Blaue gewesen war.

Irgendwie wusste dieser Mistkerl Bescheid.

Aber wie?

Mehr denn je musste er Ruhe bewahren. Carter würde auf das leiseste Anzeichen von Bedürftigkeit reagieren, und Pete hatte bereits mehr als genug davon an den Tag gelegt.

Sie könnten sich vielleicht für das Flüstern interessieren.

»Was meinen Sie damit, Frank?«

»Na ja, der Junge hat doch ein Monster am Fenster gesehen, oder nicht? Das mit ihm gesprochen hat.« Carter lehnte sich wieder vor. »Das. Ganz. Leise. Geflüstert. Hat.«

Pete kämpfte gegen den Frust an, doch der arbeitete sich bereits in ihm nach oben. Carter wusste etwas – und ein kleiner Junge war verschwunden. Sie mussten ihn wiederfinden.

»Woher wissen Sie von dem Flüstern?«, fragte er.

»Ah! Wenn das mal nicht Bände spricht!«

»Sagen Sie es mir.«

Carter grinste. Der Ausdruck eines Mannes, der nichts zu

verlieren oder zu gewinnen hatte – außer die Qualen und die Frustration seines Gegenübers.

»Ich würde es Ihnen ja sagen«, erwiderte er. »Aber Sie müssen mir erst etwas geben, was ich haben will.«

»Und das wäre?«

Carter lehnte sich wieder zurück. Inzwischen blickte er alles andere als amüsiert drein. Für einen kurzen Moment war sein Gesicht komplett ausdruckslos – dann flackerte sichtbar Hass in seinem Blick auf.

»Bringen Sie mir meine Familie.«

»Ihre Familie?«

»Diese Hure und das kleine Arschloch. Bringen Sie beide hierher. Ich will fünf Minuten mit ihnen allein sein.«

Pete starrte Carter an. Für einen winzigen Moment war er vom Zorn und vom Wahnsinn, der auf der anderen Seite des Tisches aufgelodert war, regelrecht überwältigt. Dann warf Carter den Kopf zurück, rasselte mit den Ketten an seinen Händen, und im zuvor stillen Zimmer hallte sein Lachen, sein Gelächter, sein Gewieher wider.

16

»Er will fünf Minuten mit seiner Familie?« Amanda dachte laut nach. »Könnten wir das denn eventuell arrangieren?«

Dann sah sie den Ausdruck auf Petes Gesicht.

»Das war ein Scherz.«

»Ist mir schon klar.«

Er ließ sich auf der anderen Seite des Schreibtischs in einen Stuhl fallen und schloss die Augen.

Amanda sah ihn noch einen Moment lang an. Verglichen mit ihrem ersten Aufeinandertreffen sah er ausgelaugt und eingefallen aus. Sie kannte ihn natürlich nicht gut, und in den vergangenen zwei Monaten hatten sie nun wirklich nicht gerade Hand in Hand gearbeitet, aber er war ihr immer vorgekommen wie … Tja, wie eigentlich? Wie ein Mann, der seine Gefühle unter Kontrolle hatte. Und definitiv wie ein Mann, der gut in Form war. Ausgeglichen und kompetent. Er hatte kaum ein Wort über den alten Fall verloren und einen abgeklärten, wenn auch unversöhnlichen Eindruck hinterlassen, als er ihr die Fotos aus Frank Carters Anbau gezeigt hatte – jenes Horrorszenario, das er mit eigenen Augen hatte ansehen müssen. Tatsächlich war es ziemlich bedrückend gewesen. Sie hatte sich unwillkürlich Sorgen gemacht, weil sie schon jetzt alle Mühe hatte durchzuhalten, ganz zu schweigen davon, wenn es zum Äußersten käme.

Kommt es aber nicht.

Kluge Cops ließen so etwas hinter sich. DCI Lyons beispielsweise, davon war sie überzeugt. Es war die einzige Möglichkeit, die Karriereleiter emporzuklettern – mit so wenig Ballast wie nur möglich, der einen unten hielt. Bevor Neil Spencer verschwunden war, hatte sie das Gleiche für sich selbst beansprucht; inzwischen war sie sich nicht mehr so sicher. Und obwohl sie anfangs geglaubt hatte, Pete Willis sei ruhig und abgeklärt, musste sie inzwischen bei seinem Anblick ihr Urteil revidieren. Er war einfach nur gut darin, die Außenwelt auf Abstand zu halten, schoss es ihr durch den Kopf; doch Frank Carter war einer der wenigen, die ihm nahegingen.

Was nicht weiter überraschend war, wenn man bedachte, welche Geschichte sie teilten und dass eins von Carters Opfern nie gefunden wurde – ein Kind, das quasi unter Petes Aufsicht verschwunden war. Sie betrachtete auf ihrem Monitor das ihr nur allzu gut bekannte Foto von Neil Spencer im Fußballtrikot. Neil wurde jetzt seit gut zwei Monaten vermisst, und sie empfand sein Verschwinden wie einen körperlichen Schmerz. Ganz gleich wie viel Mühe sie sich gab, nicht darüber nachzudenken – das Gefühl, versagt zu haben, wurde von Tag zu Tag schlimmer. Sie wollte sich gar nicht vorstellen, wie schrecklich es sich nach zwanzig Jahren anfühlen mochte. Sie wollte nicht so enden wie der Mann, der ihr jetzt gegenübersaß.

So weit wird es nicht kommen.

»Gehen wir noch mal Ihre Komplizentheorie durch«, sagte sie.

»Da ist ehrlich gesagt nicht viel dran.« Pete schlug die Augen wieder auf. »Es gab da eine Zeugenaussage zu einem älteren, grauhaarigen Mann, der sich mit Tony Smith unterhalten haben soll. Nur stimmt die Beschreibung nicht mit Carter überein. Und was die Entführungen angeht, gab es gewisse Überschneidungen bei den Zeitfenstern.«

»Das ist nicht viel.«

»Ich weiß. Manchmal wollen die Leute die Dinge einfach nur komplizierter machen, als sie es in Wahrheit sind.«

»Er könnte theoretisch sämtliche Taten allein verübt haben. Nach dem Sparsamkeitsprinzip …«

»Ich weiß, was dieses Prinzip besagt.« Er fuhr sich mit der Hand durchs Haar. »*Für jede Hypothese so wenige Erklärungen wie nur möglich heranziehen.* Für unsere Annahme sollte die einfachste Erklärung, die trotzdem sämtliche Sachverhalte umfasst, diejenige sein, mit der wir arbeiten.«

»Richtig.«

»Aber genau das machen wir hier doch? Wir haben einen Verdächtigen, wir beweisen, dass er der Täter war, und nur das zählt für uns. Wir machen ein Schleifchen dran, legen die Sache ad acta und nehmen uns den nächsten Fall vor. Der alte ist gelöst, Soll erfüllt. Und weiter geht's.«

Sie musste wieder an Lyons denken. An die Karriereleiter.

»Weil wir genau das machen müssen …«, murmelte sie.

»Aber manchmal reicht das eben nicht.« Pete schüttelte den Kopf. »Manchmal entpuppen sich Zusammenhänge, die auf den ersten Blick einfach aussehen, als wesentlich komplizierter, und man übersieht gewisse Dinge.«

»Und das könnte in unserem Fall bedeuten«, überlegte sie, »dass irgendjemand mit einem Mord davonkommt?«

»Wer weiß? Ich hab versucht, über die Jahre nicht allzu viel darüber nachzudenken.«

»Ist wohl das Klügste.«

»Nur dass es jetzt einen Neil Spencer gibt. Wir haben das Wispern und das Monster. Und wir haben Frank Fucking Carter, der etwas darüber weiß.«

Sie wartete ab, was noch kommen würde.

»Und ich hab keinen Schimmer, was ich davon halten soll«, fuhr Pete fort. »Carter wird uns nichts erzählen. Und ich hab all seine Kumpels, die wir kennen, Hunderte Male abgeklopft. Die sind alle sauber.«

Amanda dachte kurz darüber nach. »Nachahmungstat?«

»Wahrscheinlich. Allerdings war das von Carter im Knast kein Schuss ins Blaue. Von dem Wispern haben wir der Presse nie etwas erzählt, trotzdem wusste er darüber Bescheid. Außer mir selbst hat ihn nie jemand besucht. Seine Post wird kontrolliert. Wie hat er also davon Wind bekommen?«

Sie war insgeheim überrascht, dass er nicht die Faust auf den Tisch donnerte, so frustriert wirkte er plötzlich. Stattdessen schüttelte er nur erneut den Kopf und sah weg. Aber zumindest war wieder ein bisschen Leben in ihm, dachte Amanda. Das war ein gutes Zeichen. Scheiß auf ausgeglichen – sie war fest davon überzeugt, dass Wut durchaus ein guter Motor war, und hin und wieder brauchte man weiß Gott etwas, das einen antrieb. Gleichzeitig war ihr klar, dass ein Gutteil von Petes Wut nach innen gerichtet war: dass er sich selbst die Schuld daran gab, die Wahrheit nie herausgefunden zu haben. Und das war nicht gut. Genauso überzeugt war sie nämlich davon, dass Schuld unproduktiv war. Wenn die Schuldgefühle einen erst mal im Klammergriff hatten, dann ließen sie nicht mehr los.

»Carter hatte nie vor, uns zu helfen«, sagte sie.

»Nein.«

»Und dieser Traum von Tony Smith …«

Er winkte ab. »Das übliche Geschwätz. Das hab ich alles schon zigmal gehört. Ich weiß genau, dass er Tony ermordet hat, und er weiß genau, wo er ihn vergraben hat. Aber das verrät er uns nicht. Nicht, solange er uns damit hinhalten kann. Oder *mich*.«

Allmählich war ihr klar, wie sehr es an Pete zehrte, Carter treffen zu müssen. Trotzdem – und so hart es sein mochte – setzte er sich dieser Tortur Mal für Mal aus, weil es ihm unendlich viel bedeutete, Tony Smith zu finden. Doch jetzt hatte Carter ein neues Spiel eröffnet, und darauf mussten sie sich konzentrieren. Auch wenn sie Petes Qualen nur zu gut nachvollziehen konnte, war nun mal Tatsache, dass Tony Smith seit Langem tot war, während Neil Spencer noch immer am Leben sein konnte ...

Noch immer am Leben *war*.

»Also hat er etwas in der Hand«, schlussfolgerte Amanda. »Sie haben doch gesagt, Sie besuchen ihn weiterhin für den Fall, dass er versehentlich etwas verraten könnte ...«

»Richtig.«

»Und das hat er – er hat uns immerhin verraten, dass er etwas weiß, oder nicht? Wir müssen also herausfinden, woher er es weiß.«

Als er nicht antwortete, ging sie es selbst noch mal in Gedanken durch.

Keine Besucher. Keine Briefe.

»Was ist mit Freunden im Knast?«, fragte sie.

»Da gibt's eine Menge.«

»Aber das ist ungewöhnlich – Stichwort Kindsmörder und so ...«

»Die Morde hatten nie eine sexuelle Komponente, das hilft ihm ein bisschen. Und körperlich ist er immer noch ein Ungetüm. Außerdem wäre da noch die Popularität – dieser ganze Kinderflüsterer-Blödsinn. Er hat da drin sein eigenes kleines Königreich.«

»Okay. Wer ist seine rechte Hand?«

»Keine Ahnung.«

»Aber das lässt sich herausfinden, oder?« Amanda lehnte sich nach vorn. »Vielleicht kriegt er ja Infos über Bande? Irgendwer hat einen Kumpel besucht. Kumpel berichtet an Carter. Carter spricht mit Ihnen.«

Pete dachte kurz darüber nach und sah im nächsten Moment verärgert aus, weil er auf die Idee nicht selbst gekommen war.

Sie empfand einen Anflug von Stolz – nicht dass sie ihn hätte beeindrucken müssen. Aber sie musste ihn antreiben oder zumindest davon überzeugen, dass er die Kraft hatte weiterzumachen.

»Stimmt«, sagte er schließlich. »Gute Idee.«

»Dann mal los.« Sie hielt kurz inne. »Nicht dass ich in der Position wäre, Ihnen Aufgaben zu erteilen. Aber das wäre doch eine Stoßrichtung, oder nicht? Wenn Sie dafür Zeit hätten …«

»Zeit hab ich.«

Trotzdem blieb er an der Tür stehen.

»Da ist noch etwas«, sagte er. »Sie meinten, Carter hat uns etwas verraten – nämlich dass er irgendwie von dem Wispern erfahren hat.«

»Richtig.«

»Aber dann ist da auch noch das Timing. Er hat sich jetzt zwei Monate lang geweigert, mich zu treffen. Das ist vorher noch nie passiert. Und auf einmal überlegt er es sich anders und will mich treffen.«

»Heißt?«

»Weiß ich nicht genau. Aber wir sollten darauf gefasst sein, dass er einen guten Grund dafür hatte.«

Sie brauchte ein, zwei Sekunden, bis ihr dämmerte, was er ihr damit sagen wollte; sie sah wieder zu Neil Spencers Foto, wollte lieber nicht über diese Option nachdenken.

So weit wird es nicht kommen.

Nur dass Pete recht hatte. Zwei Monate lang hatten sie auf der Stelle getreten und bei dem Fall nicht den kleinsten Durchbruch erzielt. Vielleicht bedeutete Carters Entschluss, endlich wieder zu reden, dass ein Durchbruch bevorstand.

17

In der Mittagspause saß Jake allein auf einer Bank auf dem Schulhof und sah den anderen Kindern zu, wie sie herumflitzten, bis sie komplett erhitzt und schweißgebadet waren. Es war laut, und von den anderen beachtete ihn niemand. Das neue Schuljahr hatte gerade angefangen, trotzdem kannten seine Klassenkameraden einander länger, und schon früher am Morgen war offensichtlich gewesen, dass sie kaum daran interessiert waren, zusätzlich jemand Neuen kennenzulernen. Was völlig in Ordnung war. Jake wäre zwar glücklicher gewesen, wenn er hätte drinnenbleiben und zeichnen dürfen, aber das war nicht erlaubt, also musste er hier neben ein paar Büschen sitzen, ließ die Beine baumeln und wartete nur darauf, dass der Gong ertönte.

Morgen geht die Schule wieder los. Dort lernst du eine Menge neuer Freunde kennen.

Daddy wusste gar nicht, wie falsch er oft lag. Auch wenn Jake sich manchmal fragte, ob er es nicht doch vielleicht ahnte, weil er es ihm gegenüber so hoffnungsvoll beteuert hatte, war ihnen beiden womöglich insgeheim klar, dass es so niemals sein würde. Mummy hätte ihm gesagt, dass es keine Rolle spielte. Doch Jake glaubte, dass es für Daddy durchaus eine Rolle spielte, und er war sich im Klaren darüber, dass er mitunter eine Enttäuschung für seinen Vater darstellte.

Zumindest war der Vormittag halbwegs okay verlaufen. Sie

hatten ein paar einfachere Rechenübungen gemacht, mit denen er klargekommen war, und das war schon mal gut. In der Klasse hatten sie eine Art Ampelsystem an der Wand für Betragen, und im Moment standen noch alle Namen ganz unten im grünen Bereich. George, der Hilfslehrer, war nett, aber Mrs. Shelley, die Klassenlehrerin, machte einen strengen Eindruck, und Jake wollte an seinem ersten Schultag nun wirklich nicht hoch in den gelben Bereich rutschen. Zumindest das sollte ihm gelingen, wenn er schon keine Freunde fand. Und letztlich ging es in der Schule doch nur darum – zu tun, was gesagt wurde, und Antworten in Lücken zu schreiben und keine Probleme zu machen, indem man sich zu viele eigene Fragen ausdachte.

Knack.

Jake zuckte zusammen, als ein Fußball in den Busch neben ihm einschlug. Er hatte sich die Namen seiner Klassenkameraden schon eingeprägt, und jetzt kam Owen herübergerannt, um sich den Ball zurückzuholen. Owen angelte ihn zwar sofort aus dem Gebüsch, sah dabei aber die ganze Zeit verstohlen zu Jake hinüber, sodass der schon mutmaßte, es könnte ein absichtlicher Fehlschuss gewesen sein. Oder aber Owen spielte echt schlecht.

»Sorry.«

»Schon in Ordnung.«

»Ja, ich weiß, dass es schon in Ordnung ist.«

Owen sah Jake immer noch schief an, als wäre es dessen Schuld gewesen. Dann stakste er davon. Was keinen Sinn ergab. Vielleicht war Owen auch einfach nur dumm. Trotzdem war es wahrscheinlich besser, dass er sich verzog.

»Hallo, Jake.«

Als er sich zur Seite drehte, kniete das kleine Mädchen in dem Gebüsch. Sein Herz machte einen Satz, und er stemmte sich hoch.

»Pssst!« Sie legte den Finger an die Lippen. »Nicht!«

Er setzte sich wieder hin. Aber es fiel ihm schwer. Am liebsten wäre er auf der Bank auf und ab gehüpft. Sie sah genauso aus wie immer, hatte dasselbe blau-weiß karierte Kleid an, dieselbe Schramme am Knie, und das Haar stand seitlich über ihrer Schulter vom Kopf ab.

»Bleib sitzen«, sagte sie. »Ich will nicht, dass die anderen sehen, wie du mit mir sprichst.«

»Warum denn nicht?«

»Weil ich nicht hier sein sollte.«

»Stimmt, du hast auch gar nicht die richtige Uniform an.«

»Das ist das eine, ja.« Sie dachte kurz nach. »Schön, dich wiederzusehen, Jake. Du hast mir gefehlt. Hab ich dir auch gefehlt?«

Er nickte eifrig, riss sich dann aber zusammen. Die anderen Kinder waren immer noch da, und immer noch krachte der Fußball hierhin und dorthin. Er wollte das Mädchen nicht verraten. Aber es war so gut, sie wiederzusehen! In Wahrheit hatte er sich in dem neuen Haus ziemlich einsam gefühlt. Daddy hatte ein paarmal mit ihm spielen wollen, aber Jake hatte ihm angemerkt, dass er nicht bei der Sache gewesen war. Nach zehn Minuten war er schon wieder aufgestanden. Das Mädchen hatte immer so lange mit ihm gespielt, wie er wollte. Er hatte eigentlich damit gerechnet, sie im neuen Haus ständig zu treffen, aber dann war sie nicht ein einziges Mal da gewesen.

Bis jetzt.

»Hast du schon neue Freunde gefunden?«, wollte sie wissen.

»Eher nicht. Adam, Josh und Hassan sind ganz nett. Owen nicht so.«

»Owen ist ein Aas«, sagte sie.

Jake starrte sie an.

»Aber das sind viele Leute, findest du nicht?«, schob sie eilig nach. »Und nicht jeder, der nett zu dir ist, ist auch wirklich dein Freund.«

»Aber du schon?«

»Na klar.«

»Kommst du wieder vorbei, und wir spielen?«

»Würde ich gern, aber so einfach ist es wohl nicht, oder?«

Jake rutschte das Herz in die Hose. Nein, er wusste, dass es nicht so einfach war. Er hätte sie am liebsten die ganze Zeit um sich gehabt, aber Daddy wollte nicht, dass er mit ihr sprach. »Ich bin hier. *Wir* sind hier. Neues Haus, neues Glück«, sagte er.

Oder zumindest wollte er sie um sich haben, wenn sie nicht so ernst dreinblickte, wie sie es gerade tat.

»Sag es«, forderte sie ihn auf. »Sag den Reim auf.«

»Ich will aber nicht.«

»Sag es.«

»Wenn die Tür halb offen steht, ein Flüstern zu dir rüberweht.«

»Und der Rest?«

Jake schloss die Augen.

»Spielst du draußen ganz allein, findest du bald nicht mehr heim.«

»Weiter.«

Es klang fast, als wäre sie kaum mehr da.

»Bleibt dein Fenster unverschlossen, hörst du ihn gleich daran klopfen …«

»Und?«

Sie hatte es so leise ausgesprochen, dass es genauso gut ein Windhauch hätte sein können. Jake schluckte trocken. Er wollte es nicht sagen, zwang sich dann aber dazu und sprach jetzt so leise wie gerade das Mädchen.

»Denn jedes Kind, das einsam ist, holt der Flüsterer gewiss.«

Der Gong ertönte.

Jake schlug die Augen auf, und sein Blick fiel auf die Kinder, die vor ihm über den Schulhof tobten. Owen war mit ein paar älteren Jungen zugange, die Jake nicht kannte. Sie starrten zu ihm herüber. George war auch da und runzelte die Stirn. Nach einer Sekunde fingen sie an zu lachen, dann steuerten sie den Eingang an und warfen ihm über die Schulter noch einen letzten Blick zu.

Jake sah zur Seite.

Das Mädchen war verschwunden.

»Mit wem hast du dich in der Pause unterhalten?«

Jake hätte Owen am liebsten ignoriert. Sie sollten in ihre linierten Hefte Schreibschriftbuchstaben schreiben, und eigentlich wollte er sich darauf konzentrieren, weil das nun mal die Aufgabe war. Anscheinend scherte Owen sich nicht darum; er lehnte sich über sein Pult und starrte ihn an. Jake war klar, dass Owen einer jener Jungen war, denen es nichts ausmachte, wenn sie getadelt wurden. Und ihm war auch klar, dass es keine gute Idee wäre, Owen von dem Mädchen zu erzählen. Daddy mochte es nicht, wenn er mit ihr sprach, aber Jake bezweifelte, dass er sich je deswegen über ihn lustig machen würde. Bei Owen wäre das garantiert anders.

Also zuckte er bloß mit den Schultern. »Mit niemandem.«

»Sag schon …«

»Ich hab da niemanden gesehen. Du?«

Owen überlegte kurz und lehnte sich wieder zurück. »Das da«, sagte er dann, »war Neils Platz.«

»Was?«

»Dein *Stuhl*, du Depp. Das war Neils Platz.«

Owen schien deswegen wütend zu sein, und schon wieder wusste Jake nicht, was er falsch gemacht haben sollte. Mrs. Shelley hatte ihm am Morgen gesagt, wo er sich hinsetzen sollte. Es war ja nun nicht so, als hätte er diesem Neil den Platz streitig gemacht.

»Wer ist Neil?«

»Er war letztes Schuljahr noch hier«, antwortete Owen. »Er ist nur deswegen nicht mehr da, weil jemand ihn mitgenommen hat. Und jetzt hast du seinen Platz gekriegt.«

Owen hatte da eindeutig einen Denkfehler gemacht.

»Ihr wart letztes Jahr doch noch im anderen Klassenzimmer«, wandte Jake ein. »Also war das hier nie im Leben Neils Platz.«

»Wär's aber gewesen, wenn sie ihn nicht mitgenommen hätten.«

»Wo ist er denn hin?«

»Er ist nirgends *hin*, jemand hat ihn *mitgenommen.*«

Jake wusste nicht, was er davon halten sollte, weil das alles doch gar keinen Sinn ergab. Wenn Neils Eltern ihn mitgenommen hatten, aber er nirgends *hin*gegangen war? Jake sah Owen verständnislos an, und dessen zorniger Blick war so voll düsterem Wissen, dass Jake sich einfach nur wünschte, er würde ihn in Ruhe lassen.

»Ein böser Mann hat ihn mitgenommen«, sagte Owen.

»*Wohin* denn?«

»Das weiß kein Mensch. Aber jetzt ist er tot, und du sitzt auf seinem Platz.«

Ein Mädchen namens Tabby saß neben ihm.

»Das ist schrecklich«, sagte sie, an Owen gewandt. »Du weißt doch überhaupt nicht, ob Neil wirklich tot ist. Und als ich meine Mummy danach gefragt habe, hat sie gesagt, so was zu sagen wäre nicht nett.«

»Aber er *ist* tot.« Owen drehte sich wieder zu Jake um und deutete auf dessen Stuhl. »Das heißt, du bist der Nächste.«

Jake kam zu dem Schluss, dass auch das keinen Sinn ergab. Owen hatte all das nicht richtig durchdacht. Zum einen hatte – ganz gleich was ihm zugestoßen war – Neil nie auf diesem Stuhl gesessen. Insofern konnte der Stuhl auch nicht verflucht sein oder so. Zum anderen gab es eine sehr viel näherliegende Erklärung. Eine, die er besser nicht aussprechen sollte, wie er sehr wohl wusste, und für eine Sekunde hielt er den Mund. Dann erinnerte er sich wieder an das, was das kleine Mädchen ihm draußen erzählt hatte, und daran, wie einsam er sich fühlte, und er beschloss, wenn Owen ihn so behandeln konnte, dann durfte er ihn umgekehrt doch wohl genauso behandeln.

»Vielleicht heißt das auch, ich bin der *Letzte*«, sagte er.

Owen kniff die Augen zusammen.

»Was meinst du denn damit?«

»Vielleicht will der böse Mann sich ja einen nach dem anderen aus der Klasse holen und alle durch neue Jungen und Mädchen ersetzen. Und das heißt doch, der Kinderflüsterer holt erst euch, bevor er sich mich holt.«

Tabby keuchte entsetzt auf und fing an zu weinen.

»Wegen dir heult sie jetzt«, stellte Owen ungerührt fest, während die Lehrerin bereits auf sie zukam. »Mrs. Shelley, Jake hat Tabby erzählt, dass der Kinderflüsterer sie umbringt, genau wie Neil, und da hat sie angefangen zu weinen.«

So landete Jake an seinem ersten Schultag im gelben Bereich.

Daddy wäre bitter enttäuscht.

18

Der Tag war besser verlaufen, als ich erwartet hatte.

Achthundert Wörter waren zwar eine verhältnismäßig geringe Ausbeute, aber nachdem ich monatelang überhaupt nichts geschrieben hatte, war es zumindest ein Anfang.

Ich las alles noch einmal durch.

Rebecca.

Für den Moment drehte sich alles um sie. Keine Geschichte oder auch nur der Anfang einer Geschichte, so wie es zurzeit aussah – aber es war der Anfang eines Briefs, den ich an sie richtete. Es gab so viele schöne Erinnerungen, auf die ich zurückgreifen konnte, und mir war klar, dass sie alle mit der Zeit nach oben drängen würden, doch während ich sie mehr liebte und vermisste, als ich es auszudrücken vermocht hätte, konnte ich über den hässlich bitteren Keim doch nicht hinwegsehen, der in mir spross – den Kummer darüber, dass ich mit Jake allein zurückgeblieben war, das Gefühl, alleingelassen worden zu sein mit all diesen Dingen, um die ich mich kümmern musste und die mir über den Kopf zu wachsen drohten, dazu das leere Bett. Nichts davon war ihre Schuld, natürlich nicht, aber die Trauer ist ein Gericht aus unzähligen Zutaten, und nicht alle davon sind schmackhaft. Was ich geschrieben hatte, war bloß die ehrliche Schilderung dessen, was ich fühlte.

Das war Basisarbeit, nicht mehr und nicht weniger. Ich hatte jetzt eine Idee, worüber ich schreiben konnte: über einen Mann, der mir nicht ganz unähnlich war und der seine Frau verloren hatte, die ihr nicht ganz unähnlich war. Und so schmerzhaft die Arbeit daran auch werden mochte – ich konnte sie meistern, ich konnte die Hässlichkeit in Schönheit verwandeln und hoffentlich zu guter Letzt auch in eine Art Erlösung und Akzeptanz. Manchmal kann Schreiben zur Heilung beitragen. Ich wusste noch nicht, ob das auch hier der Fall sein würde, aber zumindest konnte ich darauf zuhalten.

Ich speicherte die Datei, dann ging ich Jake abholen.

Als ich an der Schule ankam, standen die anderen Eltern an der Mauer und warteten schon. Anscheinend gab es ein unausgesprochenes Gesetz, wer wo zu stehen hatte, aber es war ein langer Tag gewesen, und ich beschloss, dass mir das Gesetz egal sein konnte. Dann fiel mein Blick auf Karen, die allein in der Nähe des Schultors stand, und ich lief kurzerhand auf sie zu. Jetzt am Nachmittag war es noch wärmer als am Morgen, trotzdem war sie eingepackt, als rechnete sie mit Schnee.

»Hallo«, sagte sie. »Und, wird er's überlebt haben?«

»Ich bin mir sicher, sie hätten mich sonst angerufen.«

»Davon gehe ich aus. Wie war Ihr Tag? Na ja, Tag … Wie waren Ihre sechs Stunden Freiheit?«

»Spannend«, antwortete ich. »Ich habe endlich unsere neue Garage inspiziert und entdeckt, dass der Vorbesitzer nur insofern ausgeräumt hat, als er den ganzen Müll einfach dort drin versteckt hat.«

»Oh, das ist ärgerlich. Aber irgendwie auch *gerissen.*«

Ich lachte, wenn auch nur kurz. Das Schreiben hatte mich von dem unbehaglichen Gefühl abgelenkt, das ich nach dem Besuch des Mannes gehabt hatte, doch jetzt war es wieder da.

»Außerdem hat ein Fremder bei uns rumgeschnüffelt.«

»Okay, das klingt weniger gut.«

»Ja. Er ist in dem Haus aufgewachsen, meinte er, und wollte sich ein bisschen umsehen. Bin mir nicht ganz sicher, ob ich das glauben soll.«

»Sie haben ihn aber nicht reingelassen?«

»Gott, nein!«

»Wo wohnen Sie überhaupt?«

»Garholt Street.«

»Bei uns um die Ecke.« Sie nickte. »Aber nicht zufällig im Gruselhaus?«

Im Gruselhaus. Mir rutschte das Herz in die Hose.

»Womöglich doch ... Auch wenn ich mir lieber einrede, dass es Charakter hat.«

»Oh, das ist wahr.« Sie nickte. »Ich habe im Sommer gesehen, dass es zum Verkauf stand. Es ist natürlich nicht wirklich gruselig. Adam hat bloß immer gesagt, es sieht eigenartig aus.«

»Dann ist es ja genau das Richtige für Jake und mich.«

»Ach was, jetzt übertreiben Sie.« Sie lächelte und rückte ein Stück von der Wand ab, als die Tür aufging. »Es ist so weit. Wehe, wenn sie losgelassen.«

Jakes Klassenlehrerin kam als Erste heraus, stellte sich neben die Tür, warf einen Blick hinüber zu den Eltern und rief dann ein Kind nach dem anderen auf. Nacheinander kamen sie mit in der Hand baumelnden Büchertaschen und Wasserflaschen herausgerannt. Mrs. Shelley, fiel mir wieder ein. Sie sah irgendwie verärgert aus. Mehrmals sah sie zu mir her, dann aber sofort wieder weg, noch ehe ich ihr hätte zurufen können, dass ich Jakes Vater war. Ein Junge – Adam, wie ich vermutete –, kam auf uns zugelaufen, und Karen zerzauste ihm das Haar.

»Na, war's gut?«

»Ja, Mum.«

»Dann komm.« Sie drehte sich zu mir um. »Bis morgen!«

»Bis morgen.«

Nachdem sie losmarschiert waren, wartete ich noch ein Weilchen, bis ich der letzte Elternteil zu sein schien. Mrs. Shelley winkte mich heran, und artig ging ich auf sie zu.

»Sie sind Jakes Vater?«

»Ja.«

Jake machte einen Schritt auf mich zu und starrte zu Boden. Er sah niedergeschlagen und kleinlaut aus. *O Gott*, schoss es mir durch den Kopf. *Irgendwas ist passiert.*

Deshalb war er bis zuletzt übrig geblieben.

»Gibt's ein Problem?«

»Nichts Weltbewegendes«, erwiderte Mrs. Shelley. »Trotzdem wollte ich kurz mit Ihnen sprechen. Möchtest du deinem Vater erzählen, was vorgefallen ist, Jake?«

»Ich bin auf Gelb gerutscht, Dad.«

»Auf was?«

»Wir haben ein Ampelsystem an der Wand«, erklärte Mrs. Shelley. »Für den Fall, dass sie sich danebenbenehmen. So wie Jake sich heute verhalten hat, war er der Erste in der Klasse, der auf Gelb gerutscht ist.«

»Was hat er denn gemacht?«

»Ich hab zu Tabby gesagt, dass sie stirbt«, antwortete Jake.

»Und zu Owen auch«, ergänzte Mrs. Shelley.

»Und zu Owen auch.«

»Also«, sagte ich – und dann, weil mir nichts Vernünftigeres einfallen wollte: »Sterben müssen wir alle.«

Mrs. Shelley war nicht beeindruckt.

»Das ist nicht witzig, Mr. Kennedy.«

»Ich weiß.«

»Letztes Jahr hatten wir einen Jungen hier«, erklärte sie. »Neil Spencer – vielleicht haben Sie von ihm in den Nachrichten gehört.«

Der Name kam mir vage bekannt vor.

»Er ist verschwunden«, fuhr sie fort.

»Ah, richtig.«

Jetzt wusste ich es wieder. Irgendwas mit den Eltern, die ihn allein nach Hause hatten gehen lassen.

»Das war alles sehr unangenehm …« Mrs. Shelley warf Jake einen zögerlichen Blick zu. »Und wir reden nicht gern darüber. Jake hat angedeutet, dass eins der Kinder das Nächste sein könnte.«

»Okay. Dann ist er jetzt also … auf Gelb?«

»Für die kommende Woche. Wenn er auf Rot rutscht, muss er zur Direktorin.«

Ich sah Jake an, dem hundeelend zumute zu sein schien. Die Vorstellung, dass er an dieser Wand öffentlich an den Pranger gestellt wurde, behagte mir nicht; gleichzeitig war ich verärgert. Was er gesagt hatte, war wirklich grässlich. Warum hatte er das nur getan?

»In Ordnung«, sagte ich. »Tja, so etwas zu hören macht mich nicht eben froh, Jake. Ich bin sehr enttäuscht.«

Er ließ den Kopf noch tiefer hängen.

»Wir reden zu Hause darüber«, wandte ich mich an Mrs. Shelley. »Und es kommt nicht noch mal vor, Ehrenwort.«

»Sorgen Sie dafür. Und da ist noch etwas anderes.« Sie machte einen Schritt auf mich zu und senkte die Stimme, auch wenn Jake sie immer noch hören konnte. »Unser Hilfslehrer hat in der Pause etwas beobachtet, was ihn ein bisschen beunruhigt hat. Er meinte, Jake hat Selbstgespräche geführt …«

Ich schloss die Augen, und mir krampfte sich vollends die Brust zusammen. Gott, das nicht auch noch. Nicht vor all diesen Leuten.

Warum konnte es nicht *einfach* sein?

Warum konnten wir uns hier nicht anpassen?

»Ich rede mit ihm«, versicherte ich ihr noch einmal.

Nur dass Jake sich weigerte, mit mir zu reden.

Ich versuchte noch auf dem Heimweg, ihm ein paar Details zu entlocken, erst vorsichtig, doch als er weiter stumm blieb, herrschte ich ihn an. Mir war sofort klar, dass das falsch war, weil ich in Wahrheit nicht mal auf *ihn* sauer war. Es war die Gesamtsituation. Der Ärger darüber, dass es nicht so lief wie gehofft. Die Enttäuschung darüber, dass seine imaginäre Freundin zurückgekehrt war. Die Sorge, was die anderen Kinder denken und wie sie ihn behandeln könnten. Irgendwann verstummte ich ebenfalls, und wir liefen nebeneinander her wie zwei Fremde.

Zu Hause ging ich seine Büchertasche durch. Sein *Päckchen mit Besonderen Sachen* war zumindest noch da. Und er sollte etwas lesen, was mir ein bisschen zu leicht für ihn vorkam.

»Ich hab alles vermasselt, oder?«, fragte Jake leise.

Ich legte seine Arbeitsblätter beiseite. Er stand neben dem Sofa, ließ den Kopf hängen und sah so niedergeschlagen aus wie nie zuvor.

»Ach was«, sagte ich. »Natürlich nicht.«

»Aber insgeheim denkst du so.«

»Ich denke nicht so, Jake. Ehrlich gesagt bin ich stolz auf dich.«

»Ich nicht. Ich hasse mich.«

Es fühlte sich an wie ein Messerstich.

»Sag so was nicht«, entgegnete ich eilig, ging vor ihm in die Hocke und versuchte, ihn in die Arme zu nehmen. Er kam mir kein Stück entgegen. »Das darfst du niemals sagen.«

»Kann ich malen?«, fragte er tonlos.

Ich holte tief Luft und rückte ein Stück von ihm ab. Ich wäre so gern zu ihm durchgedrungen, doch es war offensichtlich, dass das in diesem Moment nicht passieren würde. Aber wir konnten ja später darüber sprechen. Das würden wir.

»In Ordnung.«

Ich ging zurück in mein Arbeitszimmer und tippte auf mein Trackpad, um mein Tagespensum noch einmal durchzusehen. *Ich hasse mich.* Ich hatte ihm verboten, so etwas noch mal zu sagen, aber wenn ich ganz ehrlich war, hatte ich im vergangenen Jahr den gleichen Gedanken auch oft gehabt. Und jetzt wieder. Warum war ich so ein Versager? Warum war ich nicht in der Lage, das Richtige zu sagen und zu tun? Rebecca hatte immer behauptet, dass Jake und ich uns ähnlich waren, insofern gingen ihm womöglich in diesem Moment genau die gleichen Gedanken durch den Kopf. Obwohl es stimmte, dass wir einander immer noch lieb hatten, sogar wenn wir stritten, hieß das eben noch lange nicht, dass wir uns selbst lieb hatten.

Warum hatte er in der Schule so etwas Fürchterliches gesagt? Und er hatte wieder Selbstgespräche geführt – auch wenn er das bestreiten würde. Ohne jeden Zweifel hatte er sich mit dem Mädchen unterhalten – das uns wieder heimgesucht hatte –, und ich wusste beim besten Willen nicht, was ich dagegen tun sollte. Wenn er keine echten Freunde finden konnte, würde er sich für immer auf seine imaginären Freunde verlassen müssen. Und wenn die ihn dazu brachten, dass er sich so verhielt – bedeutete das dann nicht, dass er Hilfe brauchte?

»Spiel mit mir.«

Ich sah vom Bildschirm auf.

Es folgte ein Moment der Stille, und mein Herz begann zu rasen.

Die Stimme war aus dem Wohnzimmer gekommen, nur hatte sie gar nicht nach Jake geklungen. Es war ein widerwärtiges Krächzen gewesen.

»Ich will nicht.«

Das war Jake.

Ich trat an den Türstock und lauschte.

»Spiel mit mir, hab ich gesagt.«

»Nein.«

Auch wenn beide Stimmen von meinem Sohn stammten, hatten sie sich so unterschiedlich angehört, dass man glatt hätte meinen können, dass da ein zweites Kind bei ihm wäre. Nur dass es überhaupt nicht nach einem Kind geklungen hatte. Dazu war die Stimme zu alt und zu kehlig gewesen. Ich warf einen Blick zur Eingangstür. Ich hatte sie weder verschlossen, als wir nach Hause gekommen waren, noch die Sicherheitskette vorgelegt. War da möglicherweise jemand hereingekommen? Nein – ich hatte gleich nebenan in meinem Zimmer gesessen, das hätte ich doch gehört.

»O doch, du spielst jetzt mit mir.«

Die Stimme klang, als würde sie sich darauf freuen.

»Du machst mir Angst«, entgegnete Jake.

»Ich will dir auch Angst machen.«

Und bei diesen Worten musste ich einfach das Zimmer betreten. Jake saß am Boden vor seinen Bildern und sah mich mit weit aufgerissenen Augen verängstigt an.

Er war komplett allein, was aber an meinem Herzrasen nichts änderte. Ich hatte in diesem Haus schon einmal das Gefühl gehabt, als wäre hier irgendwas anwesend, was nur Sekunden, ehe ich eintrat, außer Sicht gehuscht war.

»Jake?«, sagte ich leise.

Er schluckte trocken und sah aus, als würde er gleich in Tränen ausbrechen.

»Jake, mit wem hast du gesprochen?«

»Mit niemandem.«

»Ich hab dich gehört. Du hast so getan, als wärst du jemand anderes. Jemand, der mit dir spielen wollte.«

»Nein, hab ich nicht!« Mit einem Mal sah er eher wütend denn verängstigt aus, als hätte ich ihn irgendwie enttäuscht. »Das sagst du immer, und das ist nicht fair!«

Ich blinzelte ihn überrascht an und stand hilflos in der Tür, während er einzelne Blätter in sein *Päckchen mit Besonderen Sachen* stopfte. Das sagte ich doch wohl nicht immer? Er musste inzwischen doch wissen, dass ich es nicht mochte, wenn er Selbstgespräche führte – dass mir das Sorgen bereitete –, aber dass ich ihm deshalb Vorhaltungen gemacht hätte, war noch nie vorgekommen.

Ich durchquerte das Zimmer und setzte mich neben ihn aufs Sofa.

»Jake …«

»Ich geh in mein Zimmer.«

»Bitte nicht. Ich mache mir Sorgen um dich.«

»Nein, machst du nicht. Du sorgst dich kein bisschen um mich.«

»Das ist *nicht wahr*.«

Aber da war er schon an mir vorbei und marschierte zur Wohnzimmertür hinaus. Mein Bauchgefühl sagte mir, ich sollte ihn fürs Erste in Ruhe lassen – um den Druck rauszunehmen und dann später in Ruhe mit ihm sprechen zu können. Gleichzeitig wollte ich ihn beschwichtigen. Doch mir fielen die richtigen Worte nicht ein.

»Ich dachte, du magst das kleine Mädchen«, rief ich. »Ich dachte, du wolltest sie wiedersehen.«

»Das war sie nicht.«

»Wer war es dann?«

»Das war der Junge im Boden.«

Dann verschwand er über den Flur außer Sichtweite.

Ich blieb noch kurz sitzen und wusste nicht, was ich davon halten sollte. Der Junge im Boden. Ich rief mir die heisere Stimme in Erinnerung, in der Jake mit sich selbst gesprochen hatte. Und natürlich war das die einzig mögliche Erklärung für alles, was ich gehört hatte. Trotzdem lief es mir eiskalt den Rücken hinunter. Es hatte kein bisschen nach ihm geklungen.

Ich will dir auch Angst machen.

Dann erst sah ich zu Boden. Während Jake seine Sachen großteils zusammengeklaubt hatte, waren ein vereinzeltes Blatt Papier und ein paar Filzstifte liegen geblieben. Gelb, Grün und Violett.

Ich starrte auf das Bild hinab. Jake hatte Schmetterlinge gezeichnet. Sie sahen kindlich naiv aus, trotzdem waren es eindeutig solche, wie ich sie am Morgen in der Garage entdeckt hatte. Nur dass das unmöglich war – er war nie in der Garage gewesen. Ich war drauf und dran, das Blatt in die Hand zu nehmen und es mir genauer anzusehen, als ich hörte, dass er anfing zu weinen.

Ich sprang auf, lief in den Flur, als er im selben Moment aus meinem Arbeitszimmer kam, sich an mir vorbeidrückte und die Treppe hochrannte.

»Jake ...«

»Lass mich in Ruhe! *Ich hasse dich!*«

Ich sah ihm nach, fühlte mich hilflos, begriff nicht, was los war, verstand gar nichts mehr.

Er donnerte die Zimmertür hinter sich zu.

Wie vor den Kopf geschlagen ging ich weiter ins Arbeitszimmer.

Und dort fiel mein Blick auf die schrecklichen Sachen, die auf dem Bildschirm in meinem Brief an Rebecca standen. All die Gedanken – wie schwierig alles ohne sie war und wie ein Teil von mir ihr die Schuld dafür gab, dass ich allein mit alledem zurückgeblieben war. Gedanken, die mein Sohn wohl gelesen hatte. Ich schloss die Augen. Ich verstand ihn nur zu gut.

19

Pete saß am Esstisch, als der Anruf einging. Eigentlich hätte er kochen oder fernsehen sollen, aber die Küche hinter ihm war heute dunkel und kalt geblieben, und im Wohnzimmer herrschte Stille. Stattdessen starrte er Flasche und Foto an.

Schon seit einer Weile.

Der Tag hatte seinen Tribut gefordert. Carter zu besuchen war immer schon anstrengend gewesen, doch diesmal war es schlimmer denn je. Auch wenn er Amandas Frage zuvor einfach beiseitegewischt hatte, hatte Carters Schilderung seines Traums von Tony Smith Pete zugesetzt – und war alles andere als »das übliche Geschwätz«. Am Vorabend war Pete noch fest entschlossen gewesen, Neil Spencer zu vergessen, aber das ging jetzt nicht mehr. Die Fälle standen in Verbindung. Aber was konnte er selbst noch beisteuern? Einen kompletten Nachmittag mit der Durchsicht der Besucher von Carters Kumpels zu verbringen hatte sich als fruchtlos erwiesen – zumindest bislang; es standen noch einige aus. Die traurige Wahrheit war, dass der Mistkerl im Knast mehr Freunde hatte als außerhalb.

Dann trink doch.

Du bist wertlos. Du bist ein Versager. Mach es endlich.

Das Bedürfnis war stärker als jemals zuvor, aber das würde er überstehen. Er hatte der Stimme auch früher schon widerstanden. Und doch weckte die Vorstellung, die Flasche ungeöffnet zurück in den Küchenschrank zu stellen, in ihm die reine Verzweiflung. Das Trinken fühlte sich einfach nur unausweichlich an.

Er legte die Hand ans Kinn, rieb sich über die Haut rund um die Lippen und sah das Foto von sich selbst und Sally an.

Vor etlichen Jahren hatte Sally ihn bei dem Versuch, seinen quälenden Selbsthass zu bekämpfen, dazu ermuntert, eine Liste zu schreiben: zwei Spalten, eine für gute Eigenschaften, eine für schlechte, damit er selbst sehen konnte, wie ausgewogen alles war. Es hatte nichts genützt. Das Gefühl, ein Versager zu sein, war zu tief verwurzelt, um durch derlei Rechenspielchen ausgeräumt zu werden. Sie hatte sich solche Mühe gegeben, ihm zu helfen, doch am Ende hatte er sich stattdessen doch immer dem Alkohol zugewandt.

Und genau das konnte er auf dem Foto erkennen. Auch wenn sie beide fröhlich aussahen, waren die Anzeichen bereits da. So wie Sallys Augen im Sonnenlicht weit offen waren und ihre Haut regelrecht leuchtete, während er leicht verunsichert wirkte, als würde ein Teil von ihm das Licht nicht einlassen wollen. Er hatte sie ebenso sehr geliebt wie sie ihn, doch diese Liebe war für ihn eine Sprache mit unerklärlicher Grammatik gewesen. Und weil er geglaubt hatte, dass er eine solche Liebe nicht verdiente, hatte er sich Stück für Stück zu dem Mann gesoffen, der er jetzt war. Genau wie bei seinem Vater hatte nur geholfen, auf Abstand zu gehen, um all das zu verstehen.

Zu spät.

Inzwischen waren so viele Jahre vergangen, und trotzdem fragte er sich, wo Sally steckte und was sie wohl gerade machte. Dass sie irgendwo glücklich war und die Trennung sie vor einem Leben an seiner Seite bewahrt hatte, war sein einziger Trost. Die Vorstellung, dass sie jetzt das Leben lebte, das sie verdiente, gab ihm Kraft.

Das verliert man, wenn man säuft.

Deshalb lohnt es sich nicht.

Aber natürlich hatte die Stimme auch darauf eine Antwort, genau wie auf alles andere. Wenn Sally doch ohnehin das Schönste gewesen war, das er im Leben gehabt hatte – warum erlegte er sich da noch diese Qualen auf?

Was tat es dann noch zur Sache?

Er starrte die Flasche an. Und dann spürte er, wie sein Handy an seiner Hüfte vibrierte.

Aber für Sie hat es trotzdem mit mir zu tun, nicht wahr?

Es geht immer dort zu Ende, wo es angefangen hat.

Frank Carters Worte gingen ihm wieder und wieder durch den Kopf, während er den Lichtkegel der Taschenlampe über die Brachfläche wandern ließ und langsam und vorsichtig auf deren tiefschwarzes Herz zulief. In die Übelkeit und die düstere Vorahnung in seiner Brust mischte sich das Gefühl, versagt zu haben. Carters Worte hatten beiläufig geklungen, einfach dahingesagt, doch er hätte es besser wissen müssen. Nichts, was Carter je tat oder sagte, war einfach dahingesagt. Er hätte die subtile Andeutung der Botschaft auffangen müssen, die ganz eindeutig so formuliert gewesen war, dass sie nur aus der Rückschau verständlich war.

Sein Blick fiel auf das Zelt und die Flutlichter, die ein Stück voraus aufgestellt worden waren, und die Silhouetten der Officers, die dort vorsichtig auf und ab liefen. Die Übelkeit wurde stärker. Fast wäre er gestolpert. *Einen Fuß vor den anderen.* Zwei Monate zuvor hatten sie hier einen kleinen Jungen gesucht, der verschwunden war. Heute Nacht waren sie hier, weil ein kleiner Junge gefunden worden war.

Ihm fiel wieder ein, dass er an jenem Juliabend sein Abendessen auf dem Esstisch hatte stehen lassen. Heute Nacht war dort die Flasche stehen geblieben. Wenn er hier fände, wonach es aussah, würde er nach seiner Rückkehr die Flasche aufmachen.

Als er sich dem Zelt näherte, schaltete er die Taschenlampe aus. Bei all dem gleißenden Flutlicht ringsum war die Lampe entbehrlich. In Anbetracht dessen, was dort in der Mitte lag, war es ohnehin viel zu hell. Darauf war er nicht vorbereitet gewesen. Er sah weg und entdeckte neben dem Zelt DCI Lyons, der mit ausdrucksloser Miene zu ihm herüberstarrte. Für einen kurzen Moment meinte Pete, in dessen Blick Verachtung aufblitzen zu sehen – *das hättest du verhindern müssen* –, und wandte sich erneut ab. Sein Blick blieb an einem Fernseher mit durchlöchertem Bildschirm hängen. Erst einen Moment später bekam er mit, dass Amanda neben ihm stand.

»Genau hier ist er entführt worden«, sagte Pete.

»Da können wir uns nicht sicher sein.«

»Ich bin mir sicher.«

Sie sah hinaus in die Dunkelheit. Das gleißende Licht und die angespannte Betriebsamkeit direkt vor ihnen unterstrich nur die Schwärze der Brache, die sich rundum erstreckte.

»Es geht immer dort zu Ende, wo es angefangen hat«, sagte Amanda. »So hat es Carter zu Ihnen gesagt, oder nicht?«

»Ja. Es hätte bei mir sofort klick machen müssen.«

»Oder bei mir. Es ist nicht Ihre Schuld.«

»Dann aber auch nicht Ihre.«

»Mag sein.« Sie lächelte schief. »Aber Sie sehen aus, als müssten Sie das dringender als ich noch mal hören.«

Ob sie damit recht hatte, wusste er nicht. Sie sah selbst blass und kränklich aus. Im Lauf der vergangenen Monate hatte er durchaus gesehen, wie fähig, wie effizient sie war, und hatte angenommen, dass sie über einen gewissen Ehrgeiz verfügte – dass sie sich vielleicht vorgestellt hatte, ein Fall wie dieser wäre ihrer Karriere förderlich. Doch in diesem Augenblick fühlte er sich ihr auf merkwürdige Weise verbunden. Die Jungen in Carters Haus tot aufzufinden hatte ihn nachhaltig aus der Bahn geworfen. Er wusste, dass Amanda beinahe verzweifelt an dem Fall gearbeitet hatte, so wie er selbst vor zwanzig Jahren, und dass sie sich jetzt schwach und verletzt fühlte.

Über die Parallelen würde er jedoch kein Wort verlieren. Diesen Weg musste man allein gehen. Entweder schaffte man es, oder man schaffte es nicht.

Amanda atmete hörbar aus.

»Der Scheißkerl hat's *gewusst*«, sagte sie. »Oder nicht?«

»Ja.«

»Dann ist jetzt also die Frage, *woher* er es wusste.«

»Da bin ich mir noch nicht ganz sicher. In dieser Richtung bin ich bislang auf nichts gestoßen. Aber da ist noch eine ganze Reihe Kumpels, die ich mir ansehen muss.«

Sie zögerte.

»Wollen Sie die Leiche sehen?«

Du gönnst dir einen Drink, wenn du zu Hause bist.

Heute darfst du das.

»Ja«, antwortete er.

Gemeinsam traten sie unter das Zeltdach, wo der Junge mit ausgestreckten Armen und Beinen gleich neben dem alten Fernseher lag. Sein billiger Rucksack mit dem Tarnmuster lag direkt neben ihm. Pete gab sich alle Mühe, die Details so unbeteiligt wie nur möglich zu studieren. Natürlich die Kleidungsstücke: die blaue Jogginghose; das weiße Shirt, das ihm über den Kopf gezogen worden war, sodass das Muster auf links gedreht sichtbar war.

»Das ist nie bekannt gemacht worden«, stellte er fest.

Noch eine Verbindung zu Carter.

»Kein Blut.« Er sah sich die Fundstelle genauer an. »Zumindest nicht genug – nicht für diese Verletzungen. Tatort und Fundort sind nicht identisch.«

»Sieht ganz danach aus.«

»Das wäre ein Unterschied zwischen dem neuen Täter und Carter. Carter hat die Kinder dort umgebracht, wo ich sie gefunden habe. Er hat sich nie die Mühe gemacht, die Leichen aus seinem Haus zu schaffen.«

»Außer die von Tony Smith.«

»Das war den Umständen geschuldet. Außerdem ist das hier offen zugänglich.« Er deutete vage in die Umgebung. »Wer immer das getan hat, wollte, dass die Leiche gefunden wird. Und zwar nicht irgendwo. Dort, wo alles angefangen hat – genau wie Carter es gesagt hat.«

Du gönnst dir einen Drink, wenn du zu Hause bist.

»Die Kleidung ist dieselbe, die er zum Zeitpunkt seines Verschwindens getragen hat. Mal abgesehen von den Verletzungen sieht es so aus, als wäre es ihm den Umständen entsprechend ganz gut gegangen. Er ist zumindest nicht sichtlich abgemagert.«

»Noch ein Unterschied zu Carter«, stellte Amanda fest.

»Richtig.«

Pete schloss die Augen und versuchte, es zu begreifen. Neil Spencer war zwei Monate lang irgendwo festgehalten worden, bevor ihn jemand umgebracht hatte. Er war umsorgt worden, doch dann war irgendetwas passiert. Und er war wieder dorthin zurückgebracht worden, wo er entführt worden war.

Wie ein Geschenk, schoss es ihm durch den Kopf.

Ein Geschenk, das für jemanden gedacht gewesen war, der es nicht haben wollte.

»Der Rucksack.« Er schlug die Augen auf. »Ist die Wasserflasche noch drin?«

»Ja. Kommen Sie, ich zeige sie Ihnen.«

Sie hatte sich Handschuhe übergestreift und zog jetzt die Rucksacklasche auf, damit er hineinsehen konnte. Da lag die Flasche, immer noch halb voll mit Wasser. Und noch etwas. Ein blauer Hase – ein Kuscheltier. Das hatte nicht auf der Liste gestanden.

»Hatte er das dabei?«

»Wir versuchen, die Eltern dazu zu befragen«, erklärte Amanda. »Aber ja, ich nehme an, das hatte er dabei, und sie haben es einfach nicht gewusst.«

Pete nickte bedächtig. Er wusste inzwischen alles über Neil Spencer. Der Junge war in der Schule ein Störenfried gewesen. Aggressiv. Für sein Alter zu reif und hart, so wie Leute werden, wenn das Leben ihnen zu viele Schläge verpasste. Doch trotzdem war er gerade erst sechs Jahre alt gewesen.

Er zwang sich erneut dazu, die Leiche anzusehen und die Gefühle, die sie in ihm wachrief, und die Erinnerungen beiseitezuschieben. Er würde sich einen Drink nehmen können, wenn er nach Hause käme.

Wir kriegen den Scheißkerl, der dir das angetan hat.

Dann drehte er sich um und ging davon. Als er in die Finsternis jenseits des Flutlichts eintauchte, schaltete er die Taschenlampe wieder ein.

»Pete, ich brauche Sie bei dieser Sache«, rief Amanda ihm nach.

»Ich weiß.« Aber in Gedanken war er bereits bei der Flasche auf seinem Esstisch. Er versuchte, nicht in den Laufschritt zu verfallen. »Bin dabei.«

20

Zitternd stand der Mann in der Dunkelheit.

Der blauschwarze Himmel über ihm war klar und mit Sternen gesprenkelt; die Nacht stand in eisig hartem Kontrast zu der Hitze des Tages, der hinter ihm lag. Aber es waren nicht die Temperaturen, die dafür sorgten, dass er zitterte. Auch wenn er sich weigerte, an das zu denken, was er am Nachmittag getan hatte, war die Schwere der Tat doch immer noch gegenwärtig, lauerte unter seiner Haut.

Vor dem heutigen Tag hatte er noch nie getötet.

Zuvor hatte er geglaubt, er sei dagegen gewappnet, und der Zorn, der Hass, den er in jenem Moment empfunden hatte, hatte ihn tatsächlich durch den entscheidenden Moment getragen – doch seit der Tat selbst hatte er ein eigenartiges Gefühl, war sich nicht sicher, was er noch empfand. Er hatte an diesem Abend gelacht, und er hatte geweint. Er hatte vor Scham und Selbsthass am ganzen Leib gebebt und sich in verwirrter Euphorie auf dem Badezimmerboden hin und her gewiegt. Es war unbeschreiblich. Er hatte eine Tür aufgeschoben, die er nie mehr würde schließen können, und eine Erfahrung gemacht, die nur wenige andere auf diesem Planeten je machten. Auf diese Reise konnte man sich weder vorbereiten, noch gab einem jemand praktische Tipps – es gab keine Landkarte, die einen hier hindurchmanövrierte. Die konkrete Tötungshandlung hatte ihn hinaus in ein unkartiertes Meer aus Emotionen katapultiert, in dem er jetzt dahintrieb.

Langsam atmete er die kalte Nachtluft ein. Es war so leise hier draußen, dass er lediglich die leichte Brise hören konnte, als würde die Welt im Schlaf vor sich hin murmeln. Die Straßenlaternen ein Stück weiter verbreiteten helles Licht, aber er stand so weit davon entfernt und, obwohl er innerlich bebte, so still, dass jemand zwei Meter an ihm hätte vorbeilaufen können und ihn nicht bemerkt hätte. Er selbst hätte diesen Jemand gesehen – oder zumindest gespürt. Er fühlte sich, als hätte er sich auf die Welt eingestimmt. Und in diesem Moment, in dieser frühen Morgenstunde, konnte er mit Gewissheit sagen, dass er hier draußen allein war.

Und wartete.

Zitternd.

Es fiel ihm nicht leicht, sich in Erinnerung zu rufen, wie wütend er noch am Nachmittag gewesen war. Der Zorn hatte ihn schier verschlungen, hatte in seiner Brust gelodert, bis sein ganzer Körper sich unter der Wucht verkrampft hatte, wie eine Marionette, an deren Fäden gezerrt wurde. Sein Schädel war derart voll von gleißender Helligkeit gewesen, dass er sich womöglich nicht mal mehr an alles würde erinnern können, selbst wenn er sich anstrengte. Es fühlte sich an, als wäre er für einen Moment aus sich herausgetreten und hätte zugelassen, dass etwas anderes in Erscheinung trat. Wäre er gläubig gewesen, hätte er sich vorstellen können, dass er von einer fremden Kraft besessen gewesen wäre, aber er war nicht gläubig, und ihm war klar: Was immer in jenen grässlichen Minuten von ihm Besitz ergriffen hatte, war aus seinem Innern gekommen.

Jetzt war es weg – oder zumindest hatte es sich tief in seine Höhle zurückgezogen. Was sich in jenem Moment richtig angefühlt hatte, hinterließ bei ihm jetzt kaum mehr als ein

Gefühl von Schuld und Versagen. In Neil Spencer hatte er das geplagte Kind wiedererkannt, das gerettet und umsorgt werden musste, und er hatte ehrlich geglaubt, dass er derjenige war, der sich der Aufgabe annehmen sollte. Er hatte Neil helfen und ihn heilen wollen. Ihn beherbergen. Sich um ihn sorgen.

Er hatte nie vorgehabt, ihm wehzutun.

Und zwei Monate lang hatte es funktioniert. Er hatte einen solchen Frieden verspürt – allein dass der Junge bei ihm gewesen war und allem Anschein nach zufrieden, war Balsam für seine Seele gewesen. Zum ersten Mal, seit er sich erinnern konnte, hatte sich die Welt *richtig* angefühlt, als hätte eine lange andauernde Infektion in ihm endlich begonnen abzuklingen.

Aber natürlich war es nur eine Illusion gewesen.

Neil hatte ihn die ganze Zeit belogen, hatte die Zeit ausgesessen und nur so getan, als wäre er glücklich. Zu guter Letzt hatte der Mann einsehen müssen, dass jener Funken Güte in den Augen des Jungen nie echt, sondern immer nur Schwindel, immer nur Betrug gewesen war. Er war von Anfang an zu naiv, zu gutgläubig gewesen. Neil Spencer war immer die Schlange im Körper eines kleinen Jungen gewesen, und in Wahrheit hatte er nichts anderes verdient als das, was ihm heute widerfahren war.

Sein Herz schlug hart und schnell. Er schüttelte den Kopf, dann zwang er sich zur Ruhe, atmete wieder gleichmäßig und schob jene Gedanken beiseite. Was heute passiert war, war unerträglich. Und es war grässlich und falsch, dass er neben all den anderen Gefühlen auch einen gewissen Grad an Zufriedenheit, an Befriedigung verspürte. Dagegen musste er ankämpfen. Er würde sich an den Frieden klammern müssen, den er in den vorangegangenen Wochen verspürt hatte, ganz gleich, als wie falsch der sich letztlich erwiesen hatte. Er hatte die verkehrte Entscheidung getroffen, das war auch schon alles. Neil war ein Fehler gewesen, und das würde nicht noch mal passieren.

Der nächste Junge würde perfekt sein.

21

Einzuschlafen war mir noch nie so schwergefallen wie in dieser Nacht. Nach unserem Streit war es mir nicht mehr gelungen, mit Jake auch nur irgendetwas zu klären. Während ich mir selbst gegenüber rechtfertigen konnte, was ich über Rebecca geschrieben hatte, war es unmöglich, dies alles einem Siebenjährigen verständlich zu machen. Von seiner Warte aus war der Text ein Angriff auf seine Mutter. Als er ins Bett gegangen war, hatte er seine Gutenachtgeschichte verweigert, und einen Moment lang stand ich wieder einmal hilflos da und war zwischen Frust und Selbsthass und dem verzweifelten Wunsch hin- und hergerissen, ihm alles zu erklären. Am Ende gab ich ihm bloß einen Kuss auf die Schläfe, versicherte ihm, dass ich ihn lieb hätte, sagte Gute Nacht und hoffte einfach, dass die Welt am Morgen wieder ein bisschen rosiger aussähe. Als würde es jemals so funktionieren. Morgen war zwar immer ein neuer Tag, aber es gab keinen glaubhaften Grund anzunehmen, dass dieser neue Tag besser sein würde.

Später, in meinem Schlafzimmer, wälzte ich mich von einer Seite zur anderen und versuchte, zur Ruhe zu kommen. Dass wir derart auseinanderdrifteten, war schwer zu ertragen. Noch schlimmer war allerdings, dass ich keinen Schimmer hatte, wie ich verhindern konnte, dass wir uns noch weiter voneinander entfernten, geschweige denn wie ich uns wieder zusammenbringen sollte. Und während ich dort in der Dunkelheit lag, wanderten meine Gedanken wiederholt zu der heiseren Stimme, mit der Jake gesprochen hatte, und jedes Mal bekam ich eine Gänsehaut.

Ich will dir auch Angst machen.

Der Junge im Boden.

So irritierend das gewesen sein mochte – sein Bild mit den Schmetterlingen machte mir noch viel mehr Sorgen. Die Garage war mit einem Vorhängeschloss gesichert. Jake hätte ohne mein Wissen dort gar nicht hineingehen können. Und doch hatte ich mir das Bild immer und immer wieder angesehen – und eine andere Erklärung war schlichtweg ausgeschlossen. Irgendwie musste er sie gesehen haben. Aber wie? Und wo?

Natürlich war es reiner Zufall. Es musste Zufall sein. Vielleicht war diese Schmetterlingsart weiter verbreitet, als mir klar war – die aus der Garage mussten schließlich auch irgendwoher gekommen sein. Selbstverständlich hatte ich auch darüber mit Jake sprechen wollen – aber genauso selbstverständlich hatte er sich geweigert, mir zu antworten. Noch während ich mich hin und her wälzte und versuchte einzuschlafen, dämmerte mir irgendwann, dass das Rätsel um die Schmetterlinge sich letztlich genauso in Luft auflösen würde wie unser Streit.

Zersplitterndes Glas.

Meine kreischende Mutter.

Ein brüllender Mann.

Wach auf, Tom!

Wach sofort auf!

Irgendjemand ruckelte an meinem Fuß.

Ich schreckte auf, war schweißgebadet, und das Herz hämmerte in meiner Brust. Im Schlafzimmer war es pechschwarz und totenstill – es war immer noch mitten in der Nacht. Und wieder stand Jake an meinem Fußende – eine schwarze Silhouette vor tiefdunklem Hintergrund. Ich rieb mir übers Gesicht.

»Jake?«, sagte ich leise.

Keine Antwort. Ich konnte sein Gesicht nicht erkennen, aber sein Oberkörper schwankte ganz leicht hin und her wie der Zeiger eines Metronoms. Ich runzelte die Stirn.

»Bist du wach?«

Wieder keine Antwort. Ich setzte mich im Bett auf und fragte mich, was ich jetzt am besten tun sollte. Wenn er schlafwandelte, sollte ich ihn dann sachte aufwecken? Oder ihn schlafend wieder zurück in sein Zimmer bugsieren? Als sich meine Augen dann aber besser an die Dunkelheit gewöhnt hatten, wurden die Konturen klarer. Seine Haare sahen komisch aus. Sie waren länger, als sie hätten sein dürfen, und irgendwie standen sie zu einer Seite ab.

Und ...

Irgendwer flüsterte.

Nur dass die Gestalt an meinem Fußende, die ganz langsam hin und her schwankte, vollkommen stumm war. Das Flüstern, das ich hören konnte, kam woandersher.

Ich sah nach links. Durch die offene Schlafzimmertür konnte ich den dunklen Flur erkennen. Dort war niemand, aber ich meinte zu hören, dass das Flüstern von dort draußen kam.

»Jake ...«

Als ich wieder zurücksah, war die Gestalt an meinem Bett verschwunden und das Zimmer leer.

Ich rieb mir den Schlaf aus den Augen, rutschte über die kalte Seite des Betts und tapste leise hinaus auf den Flur. Hier draußen war das Flüstern eine Spur lauter. Obwohl ich keine einzelnen Wörter ausmachen konnte, hörte ich jetzt eindeutig zwei Stimmen: eine gewisperte Unterhaltung, bei der ein Teilnehmer mürrischer klang als der andere. Jake führte wieder

Selbstgespräche. Intuitiv steuerte ich sein Zimmer an, doch als ich im Vorbeigehen einen Blick die Treppe hinunter warf, blieb ich wie angewurzelt stehen.

Mein Sohn saß am Fuß der Treppe direkt vor der Eingangstür. Zwischen den Vorhängen in meinem Arbeitszimmer fiel ein Streifen sanften Straßenlichts seitlich herein und färbte sein zerzaustes Haar orange. Er saß im Schneidersitz, hatte den Kopf in Richtung Tür geneigt und presste die Hand an den Türrahmen. In der anderen Hand, die auf seinem Oberschenkel ruhte, hielt er den Bund mit Ersatzschlüsseln, den ich in meinem Schreibtisch verwahrte.

Ich spitzte die Ohren.

»Ich bin mir nicht sicher«, flüsterte Jake.

Die Antwort kam von der mürrischen Stimme, die ich zuvor gehört hatte.

»Ich pass auf dich auf, versprochen.«

»Ich weiß nicht …«

»Mach schon auf, Jake.«

Jakes Hand wanderte zum Briefschlitz. Erst in diesem Moment entdeckte ich, dass der Schlitz von außen aufgeschoben wurde. Und ich sah Finger. Bei dem Anblick blieb mir das Herz stehen. Vier dünne, blasse Finger, die sich durch die schwarzen Spinnenborsten schoben und den Briefschlitz offen hielten.

»Lass mich rein!«

Jake hob seine schmale Hand in Richtung eines der Finger, der sich krümmte und ihm federleicht über den Handrücken strich.

»Lass mich einfach rein.«

Jake streckte sich nach der Sicherheitskette.

»Nicht!«, schrie ich.

Es platzte aus mir, aus meinem Herzen, heraus, ohne dass ich darüber nachgedacht hätte. Augenblicklich zogen sich die

Finger zurück, und der Briefschlitz klapperte zu. Jake drehte sich nach mir um, als ich die Treppe hinunterpolterte. Das Herz hämmerte weiter in meiner Brust. Ich riss ihm die Schlüssel aus der Hand.

Solange er dort sitzen bliebe, würde er die Tür versperren.

»Weg«, schrie ich ihn an, »los, *weg!*«

Er robbte zur Seite. Ich riss die Türkette aus der Schiene, ruckelte am Türknauf, der sich problemlos drehen ließ – Jake hatte das verdammte Ding schon aufgeschlossen! Dann riss ich die Eingangstür auf, rannte hinaus auf den Gartenweg und starrte in die Nacht.

Soweit ich sehen konnte, war niemand auf der Straße. Unter den Straßenlaternen hing gelblicher Dunst; die Gehwege waren verwaist. Als ich zur anderen Straßenseite blickte, war mir, als würde dort eine Gestalt im Laufschritt über das Feld verschwinden, eine unscharfe Kontur und Beine, die wie Kolben durch die Dunkelheit hämmerten.

Zu weit weg, als dass ich noch hinterhergekommen wäre.

Trotzdem lief ich instinktiv in Richtung Bürgersteig, blieb dann aber auf halber Strecke stehen. Atemwölkchen in der kalten Nachtluft. Was machte ich hier überhaupt, verdammt? Ich konnte doch nicht die Tür hinter mir sperrangelweit offen stehen lassen und jemanden über den Acker verfolgen – ich konnte Jake dort drinnen doch nicht sich selbst überlassen?

Ich blieb noch ein, zwei Sekunden lang stehen und starrte über das dunkle Feld. Die Gestalt – wenn sie denn überhaupt je da gewesen war – war mittlerweile verschwunden.

Sie *war* da gewesen.

Ich hielt noch kurz inne. Dann kehrte ich um, verriegelte die Tür und rief die Polizei.

Teil drei

22

Ehre, wem Ehre gebührt. Binnen zehn Minuten nach meinem Anruf standen zwei Officers vor meiner Tür. Und ab diesem Zeitpunkt ging es bergab.

Teilweise war ich selbst dafür verantwortlich. Es war halb fünf in der Nacht, ich war erschöpft, erschüttert und konnte nicht mehr klar denken, und was ich ihnen erzählen konnte, war nicht allzu detailliert. Doch darüber hinaus spielte leider Jake die entscheidende Rolle.

Als ich wieder ins Haus gerannt war, um die Polizei zu rufen, hatte er mit hängenden Schultern, die Knie umschlungen, am Fuß der Treppe gehockt. Irgendwann hatte ich mich selbst so weit beruhigt, dass ich auch ihn beruhigen konnte, und trug ihn ins Wohnzimmer, wo er sich in der Sofaecke zusammenkauerte. Und sich weigerte, mit mir zu reden.

Selbst als die Officers zu uns ins Wohnzimmer kamen, blieb Jake zusammengekauert sitzen. Unbeholfen setzte ich mich neben ihn. Sogar jetzt spürte ich die Kluft zwischen uns, und ich war mir ganz sicher, dass die Polizisten sie ebenfalls spüren konnten. Beide – ein Mann und eine Frau – waren überaus höflich und legten die erforderliche Besorgnis, das nötige Verständnis an den Tag, trotzdem sah die Frau immer wieder argwöhnisch zu Jake, und mich beschlich der Verdacht, dass ihr besorgter Gesichtsausdruck nicht allein auf meinen Bericht zurückzuführen war.

Irgendwann ging der männliche Officer noch mal seine Notizen durch.

»Ist Jake denn schon mal geschlafwandelt?«

»Hin und wieder ganz kurz«, sagte ich. »Aber nicht oft. Und wenn, dann nur rüber in mein Schlafzimmer. Nach unten ist er noch nie gelaufen.«

Wenn er denn überhaupt geschlafwandelt war. Obwohl es mich ein klein wenig beruhigte, dass er in so einem Fall die Tür nicht willentlich geöffnet hätte, war mir durchaus klar, dass ich mir dessen mitnichten sicher sein konnte. Und Himmel, wenn doch – was sagte das dann über den Hass aus, den mein Sohn mir gegenüber empfand?

Der Officer hatte sich noch etwas aufgeschrieben.

»Und Sie können den Mann wirklich nicht beschreiben?«

»Nein. Er war schon zu weit über das Feld gerannt, und er war schnell. Außerdem war es stockfinster, ich konnte ihn also nicht richtig sehen.«

»Körperbau? Bekleidung?«

Ich schüttelte den Kopf. »Nichts, tut mir leid.«

»Aber Sie sind sich sicher, dass es ein Mann war?«

»Ja. Ich habe seine Stimme durch die Tür gehört.«

»Hätte das auch Jake sein können?« Der Officer warf meinem Sohn einen Blick zu.

Jake kauerte immer noch neben mir und starrte ins Leere, als wäre er der einzige Mensch auf der ganzen Welt.

»Manchmal führen Kinder Selbstgespräche ...«

Kein Thema, das ich gern vertiefen wollte.

»Nein«, sagte ich, »das war definitiv jemand anderes. Ich hab die Finger gesehen, mit denen der Mann den Briefschlitz aufgedrückt hat. Ich hab ihn gehört. Die Stimme klang älter. Er hat versucht, Jake zu überreden, die Tür aufzumachen – und er hätte es auch fast geschafft. Weiß der Himmel, was passiert wäre, wenn ich nicht rechtzeitig aufgewacht wäre.«

Erst in diesem Moment wurde mir das Ausmaß des Ganzen klar. Die Szene lief erneut vor meinem inneren Auge ab, und mir dämmerte, wie knapp es gewesen war. Wenn ich nicht aufgestanden wäre, wäre Jake jetzt verschwunden. Ich stellte mir vor, wie er weg wäre, wie die Polizei mir aus einem ganz anderen Grund gegenübersäße, und fühlte mich einfach nur hilflos. Obwohl ich wegen seines Verhaltens zutiefst frustriert war, hätte ich ihn am liebsten in die Arme genommen – um ihn zu beschützen und ihn fest an mich zu drücken. Doch mir war klar, dass ich das nicht konnte. Dass er es nicht zulassen, geschweige denn wollen würde.

»Wie ist Jake an die Schlüssel gekommen?«

»Sie lagen im Arbeitszimmer drüben am Flur.« Ich schüttelte den Kopf. »Den Fehler mache ich nicht noch mal.«

»Ist wahrscheinlich klug.«

»Und was ist mit dir, Jake?« Die Polizistin lehnte sich vor und lächelte freundlich. »Kannst du uns irgendwas darüber erzählen, was da passiert ist?«

Jake schüttelte bloß den Kopf.

»Nicht? Warum bist du denn überhaupt an der Tür gewesen, Schätzchen?«

Er zuckte kaum merklich mit den Schultern und schien dann noch ein Stück weiter von mir abzurücken. Die Frau lehnte sich wieder zurück, sah Jake zwar immer noch an, neigte jetzt aber den Kopf. Versuchte, ihn einzuschätzen.

»Da war noch ein anderer Mann«, warf ich ein. »Der war gestern hier hinterm Haus. Er hat sich an der Garage zu schaffen gemacht und sich merkwürdig verhalten. Als ich ihn angesprochen habe, meinte er, er sei hier aufgewachsen und wolle sich umsehen.«

Der Polizist war sofort hellhörig.

»Wie haben Sie ihn denn angesprochen?«

»Er kam an die Tür.«

»Wirklich?« Er machte sich wieder Notizen. »Können Sie ihn beschreiben?«

Er schrieb auf, was ich sagte. Allerdings war auch klar, dass der Mann, der hier ganz normal angeklopft hatte, für ihn im Licht der aktuellen Ereignisse weniger interessant war. Außerdem fiel es mir schwer zu vermitteln, warum mir wegen des Mannes so mulmig zumute gewesen war. Von ihm war keinerlei physische Bedrohung ausgegangen, trotzdem hatte er irgendwie gefährlich gewirkt.

»Neil Spencer«, fiel mir wieder ein.

Der Polizist hörte auf zu schreiben.

»Bitte?«

»Ich glaube, so hieß er. Wir sind gerade erst hierhergezogen. Aber hier ist doch schon mal ein Junge entführt worden, oder? Irgendwann früher im Jahr?«

Die zwei Officers wechselten einen Blick.

»Was wissen Sie über Neil Spencer?«, fragte der Mann.

»Nichts. Jakes Lehrerin hat ihn erwähnt. Ich wollte ihn noch googeln, aber dann war … Es war ein anstrengender Abend.« Auch diesmal wollte ich lieber nicht den Streit erwähnen, den Jake und ich gehabt hatten. »Ich habe gearbeitet.«

Auch das zu sagen war natürlich verkehrt, weil meine Arbeit darin bestand zu schreiben und Jake gelesen hatte, was ich geschrieben hatte. Ich konnte spüren, wie er sich neben mir leicht wegduckte.

Dann nahm der Frust überhand.

»Es ist einfach nur … Ich hätte gedacht, dass das Ganze Sie wesentlich mehr beunruhigen würde, als es der Fall zu sein scheint«, sagte ich.

»Mr. Kennedy …«

»Ich hab das Gefühl, dass Sie mir nicht glauben.«

Der Mann lächelte mich an, aber es war ein verhaltenes Lächeln.

»Von *nicht glauben* kann keine Rede sein, Mr. Kennedy. Aber wir können nur mit dem arbeiten, was Sie uns an die Hand geben.« Er sah mich noch einen Moment lang an und schien mich zu mustern, wie seine Kollegin Jake musterte. »Wir nehmen so etwas sehr ernst. Wir nehmen den Vorfall auf, aber nach allem, was Sie uns erzählt haben, können wir derzeit nicht allzu viel unternehmen. Wie schon gesagt, ich rate Ihnen, fürs Erste die Schlüssel außer Jakes Reichweite aufzubewahren. Beachten Sie die üblichen häuslichen Sicherheitsmaßnahmen. Halten Sie die Augen offen. Und rufen Sie sofort wieder an, wenn Sie noch einmal jemanden beobachten, der auf Ihrem Grundstück herumschleicht und hier nichts zu suchen hat.«

Ich schüttelte den Kopf. Wenn man bedachte, was passiert war – *dass jemand versucht hatte, meinen Sohn zu entführen* –, war diese Reaktion alles andere als zufriedenstellend. Ich war wütend auf mich selbst und gegen meinen Willen auch auf Jake. Ich versuchte doch, ihm zu helfen! In ein, zwei Minuten wären die Polizisten wieder weg und er und ich allein. Nur wir zwei. Und keiner von uns beiden der Aufgabe gewachsen, mit dem anderen zusammenzuleben.

»Mr. Kennedy?«, wandte die Polizistin sich jetzt vorsichtig an mich. »Wohnen Sie und Ihr Sohn allein hier? Wohnt seine Mutter woanders?«

»Seine Mutter ist gestorben.«

Es kam ein wenig zu unverblümt. Als wollte sich die Wut, die ich verspürt hatte, schonungslos Bahn brechen. Die Polizistin wirkte fast vor den Kopf gestoßen.

»Oh. Das tut mir sehr leid.«

»Ich bin nur … Es ist nicht einfach. Und was heute Nacht passiert ist, hat mir Angst gemacht.«

Und im selben Moment erwachte Jake wieder zum Leben – womöglich angefeuert von seiner eigenen Wut. Was ich geschrieben hatte ... dass ich gerade so kaltschnäuzig verlautbart hatte, dass seine Mutter gestorben war ... Er stemmte sich hoch, setzte sich gerade hin und sah mich mit ausdrucksloser Miene erstmals wieder direkt an. Als er das Wort ergriff, klang seine Stimme rau und unwirklich und viel zu alt.

»Ich will dir auch Angst machen.«

23

Als der Wecker auf dem Nachttisch losklingelte, blieb Pete noch kurz liegen. Irgendwas stimmte nicht, und dafür musste er sich wappnen. Dann schlug die Panik ein, als er sich wieder an das erinnerte, was am vergangenen Abend passiert war. Der Anblick von Neil Spencers Leiche auf dem Brachgelände. Die fast schon fieberhafte Heimfahrt. Das beruhigende Gewicht der Flasche in seiner Hand.

Das Reißen, als er das Siegel aufgebrochen hatte.

Und dann …

Erst jetzt schlug er die Augen auf. Die Morgensonne hatte bereits Kraft, ihr Licht ergoss sich zwischen den dünnen blauen Vorhängen hindurch spitzwinklig über die Bettdecke über seinen Beinen. Irgendwann in der Nacht musste er sie sich von der Brust geschoben haben, weil er darunter geschwitzt hatte, und jetzt, um seine Unterschenkel gewickelt, kam sie ihm absurd schwer vor.

Er drehte den Kopf in Richtung Nachttisch.

Die Flasche war immer noch da. Mit aufgebrochenem Siegel. Doch den Inhalt hatte er nicht angerührt, sie war immer noch bis obenhin voll.

Er dachte daran, wie lange er am Vorabend überlegt und den Impuls wieder und immer wieder zurückgedrängt hatte. Am Ende hatte er die Flasche mitsamt Glas sogar mit ans Bett genommen. Selbst da hatte er noch gekämpft.

Und letztlich gewonnen.

Erleichterung spülte über ihn hinweg. Er spähte zu dem Glas hinüber. Bevor er eingeschlafen war, hatte er noch Sallys Foto darübergelegt. Selbst nach den Schrecken des gestrigen Abends hatten das Foto und die Erinnerungen ihn vom Alkohol fernhalten können.

Er versuchte, nicht über den bevorstehenden Tag und die nächsten Abende nachzudenken.

Er duschte und frühstückte. Auch ohne etwas getrunken zu haben, fühlte er sich derart ausgelaugt, dass er darüber nachdachte, das Fitnesstraining heute ausfallen zu lassen. Gleich für den Dienstbeginn war eine Besprechung angesetzt worden, und dafür wollte er gerüstet sein. Dabei fühlte er sich jetzt schon, als wäre er randvoll mit Details zu dem Fall. Sosehr er versucht hatte, Neil Spencers Leiche aus sachlicher Distanz in Augenschein zu nehmen, sollte er, um in den nächsten Stunden kompetent und professionell rüberzukommen, einen Teil des Grauens rauslassen.

Also ging er trainieren.

Anschließend lief er – schon ein wenig ruhiger – nach oben, spähte in sein Büro und starrte für einen Augenblick die glückseligen Stapel sicheren, unschuldigen Papierkrams an. Dann griff er sich seine alten, heimtückischen Notizen, auf die er würde zurückgreifen müssen, und steuerte die Einsatzzentrale eine Etage höher an.

Sowie er die Tür aufschob, war seine Ruhe schlagartig verflogen. Die Besprechung würde zwar erst in zehn Minuten beginnen, aber der Raum quoll schon jetzt vor Officers über. Allerdings sprachen sie nicht miteinander; jedes einzelne Gesicht, das er mit dem Blick streifte, sah düster aus. Inzwischen wussten sie alle, was gestern Abend entdeckt worden war.

Bis gestern war ein Kind verschwunden gewesen.

Seit heute war ein Kind tot.

Als er sich an die Wand gegenüber vom Podium lehnte, war er sich der Blicke, die auf ihn gerichtet waren, nur allzu bewusst. Auch wenn seine anfängliche Beteiligung an dem Fall nirgends hingeführt hatte, war ihnen allen bestimmt klar, dass seine Anwesenheit heute kein Zufall war. Vorn saß DCI Lyons, der zu ihm nach hinten sah. Pete versuchte, dessen Gesichtsausdruck zu deuten. Genau wie am Vorabend auf dem Brachgelände war seine Miene ausdruckslos, und Pete konnte nur mutmaßen, was dem Mann durch den Kopf ging. War es eine merkwürdige Art von Triumph? Es lag im Bereich des Möglichen. Obwohl ihre Karrieren denkbar unterschiedlich verlaufen waren, war Pete bewusst, dass Lyons es ihm auf gewisse Weise immer verübelt hatte, dass er Frank Carter geschnappt hatte. Diese jüngste Entwicklung bewies indes, dass der Fall nie wirklich abgeschlossen gewesen war – und jetzt saß Lyons da und wachte über das, was sich als Großes Finale erweisen und Pete wieder auf die Rolle des Bauern zurückstufen sollte.

Er verschränkte die Arme, sah zu Boden und wartete.

Keine zwei Minuten später marschierte Amanda im Stechschritt quer durch die versammelte Menge vor zur Stirnseite des Raums. Sie sah eindeutig gehetzt und müde aus, auch wenn er nur einen kurzen Blick von der Seite auf sie erhaschte. Dieselben Klamotten wie am vergangenen Abend. Sie hatte entweder in einem der hiesigen Notzimmer übernachtet oder gar nicht geschlafen. Als sie das kleine Podium erreichte, blickte sie niedergeschlagen drein.

»Guten Morgen, alle zusammen«, sagte sie. »Sie haben gehört, was passiert ist. Gestern Abend kam die Meldung rein, dass eine Kinderleiche draußen auf dem Brachgelände an der Gair Lane gefunden wurde. Wir sind sofort ausgerückt und haben den Fundort gesichert. Der Tote ist noch nicht final identifiziert, aber wir gehen davon aus, dass es sich um Neil Spencer handelt.«

Sie waren alle darauf vorbereitet gewesen – und doch: Pete konnte sehen, wie einer nach dem anderen leicht in sich zusammensackte, die Temperatur im Raum schien zu sinken, die ohnehin vorherrschende Stille wurde noch dichter.

»Außerdem gehen wir davon aus, dass es sich nicht um einen natürlichen oder einen Unfalltod handelt. Die Leiche weist schwere fremdverursachte Verletzungen auf.«

Bei diesen Worten brach ihr fast die Stimme, und er konnte sehen, wie sie sich wie unter Schmerzen krümmte. Unter anderen Umständen wäre ihr das vielleicht als Schwäche ausgelegt worden, doch Pete bezweifelte, dass in ihrer derzeitigen Lage irgendjemand im Raum so dachte. Er ließ sie nicht aus den Augen, während sie um Fassung rang.

»Einzelheiten gehen zum jetzigen Zeitpunkt natürlich nicht an die Presse raus. Dort draußen ist weiträumig abgesperrt worden – trotzdem wissen die Medien, dass wir eine Leiche gefunden haben. Aber das ist auch alles, was sie von uns kriegen, bis wir selbst genauer wissen, womit wir es zu tun haben.«

Eine Frau an der Querwand nickte in sich hinein. Pete erkannte in der Geste sich selbst in den schlimmsten Phasen seiner Sucht wieder, als er sich nach einem Drink verzehrt hatte.

»Die Leiche ist zur Obduktion transportiert worden, die noch heute Vormittag stattfindet. Schätzungsweise liegt der Todeszeitpunkt zwischen drei und fünf Uhr gestern Nachmittag. Sollte es sich tatsächlich um Neil Spencer handeln, wurde er in etwa an derselben Stelle gefunden, wo er auch verschwunden ist, was von Bedeutung sein dürfte. Es ist davon auszugehen, dass Neil an einem anderen Ort ermordet wurde, wahrscheinlich dort, wo er auch gefangen gehalten wurde. Daumen drücken, dass die Spurensicherung Hinweise findet, wo das gewesen sein könnte. In der Zwischenzeit gehen wir sämtliche Überwachungskameras aus der Umgebung noch einmal durch und befragen die Anrainer – weil ich schlicht und ergreifend nicht will, dass dieses Monster weiter unerkannt durch unsere Stadt streift. Das lasse ich nicht zu.« Sie blickte auf. Trotz der offensichtlichen Müdigkeit blitzte es jetzt in ihren Augen. »Wir alle hier – wir haben hart an diesem Fall gearbeitet. Und auch wenn wir auf alles vorbereitet waren, ist das hier nicht der Ausgang, auf den wir gehofft haben. Lassen Sie es mich also noch mal deutlich machen: Das hier lassen wir nicht so stehen. Haben Sie mich verstanden?«

Pete sah sich im Raum um. Hier und da ein Nicken; allmählich erwachten sie wieder zum Leben. Er brachte Hochachtung für die bewegenden Worte auf und wusste um deren Notwendigkeit, aber er erinnerte sich auch noch gut daran, wie er vor zwanzig Jahren ganz ähnliche Wutreden gehalten hatte, und auch wenn er jedes Mal fest daran geglaubt hatte, wusste er mittlerweile, dass gewisse Dinge nicht nur stehen blieben, ob man nun wollte oder nicht, sondern einen mitunter sogar für den Rest seines Lebens verfolgten.

»Wir haben getan, was wir konnten«, fuhr Amanda fort. »Wir haben Neil Spencer nicht rechtzeitig wiedergefunden. Aber eins sei gewiss: Denjenigen, der ihm das angetan hat – den finden wir!«

Pete wusste genau, dass sie fest an das glaubte, was sie dort gerade genauso leidenschaftlich vortrug, wie er selbst es vor Jahren getan hatte. Weil man das einfach tun musste. Es war direkt vor ihrer Nase etwas ganz Grässliches passiert, und es gab nur eine Möglichkeit, dieser Belastung die Schärfe zu nehmen: nämlich alles Erdenkliche zu tun, um für Gerechtigkeit zu sorgen. Um denjenigen dingfest zu machen, der für die Tat verantwortlich war, bevor er sich sein nächstes Opfer schnappte. Zumindest musste man es versuchen.

Denjenigen, der ihm das angetan hat – den finden wir.

Er hoffte inständig, dass sich das bewahrheiten würde.

24

Schon erstaunlich, wie schnell man, wenn man musste, wieder zur Normalität zurückkehren konnte.

Nachdem die Polizei weg war, kam ich zu dem Schluss, dass es weder für Jake noch für mich Zweck hatte zu versuchen, noch einmal einzuschlafen. Entsprechend war ich bis halb neun komplett fix und fertig. Ich hatte ihm Frühstück gemacht und sorgte dafür, dass er bereit für die Schule war. Nach allem, was vorgefallen war, kam es mir absurd vor, aber es gab nun mal keinen Grund, warum er zu Hause hätte bleiben müssen. Zudem wollte ein gemeiner Teil von mir, nachdem er sich zuvor unter den Augen der Officers derart verhalten hatte, in Wahrheit nur noch, dass er nicht mehr in meiner Nähe wäre.

Während er seine Cornflakes löffelte und immer noch nicht mit mir sprechen wollte, stand ich neben ihm in der Küche, goss mir ein Glas Wasser ein und trank es in einem Zug leer. Ich wusste einfach nicht mehr, was ich tun oder denken sollte. Obwohl gerade mal ein paar Stündchen vergangen waren, wirkten die Ereignisse der vergangenen Nacht unendlich weit weg und irreal. Vielleicht hatte mir die Fantasie einen Streich gespielt? Aber nein, ich *hatte* all das gesehen. Ein besserer Vater – oder auch nur ein durchschnittlicher – hätte die Polizei vom Ernst der Lage überzeugen können. Ein besserer Vater hätte einen Sohn, der mit ihm redete; der ihm nicht in den

Rücken fiel; der erkennen konnte, dass ich einfach nur Angst um ihn hatte und versuchte, ihn zu beschützen.

Meine Finger legten sich fester um das Glas.

Du bist nicht dein Vater, Tom.

Rebeccas leise Stimme in meinem Kopf.

Vergiss das nie.

Ich sah auf das leere Glas in meiner Hand hinab. Ich hielt es zu fest. Und prompt holte mich jene schreckliche Erinnerung wieder ein – zersplitterndes Glas, meine kreischende Mutter –, und ich stellte es eilig beiseite, bevor ich noch auf viel schlimmere Art und Weise versagen konnte.

Um Viertel vor neun liefen Jake und ich zusammen zur Schule. Er schlurfte neben mir her und schmetterte noch immer jeden meiner Versuche ab, mit ihm zu reden. Erst als wir das Schultor erreichten, ergriff er wieder das Wort.

»Wer ist Neil Spencer, Daddy?«

»Ich weiß es nicht.« Trotz des heiklen Themas war ich erleichtert, dass er überhaupt wieder redete. »Irgendein Junge hier aus Featherbank. Ich glaube, er ist in diesem Frühling verschwunden. Ich meine, dass ich darüber mal was in der Zeitung gelesen habe. Kein Mensch weiß, was aus ihm geworden ist.«

»Owen sagt, er ist tot.«

»Dieser Owen klingt wirklich wahnsinnig nett ...«

Ich konnte Jake ansehen, dass er drauf und dran war, etwas zu erwidern, es sich dann aber anders überlegte.

»Er meint, ich hab Neils Platz gekriegt.«

»Das ist doch Blödsinn. Du hast doch den Platz nicht gekriegt, nur weil dieser Neil verschwunden ist. Da wird wohl jemand umgezogen sein, genau wie wir.« Ich runzelte die Stirn. »Hatte die Klasse im letzten Schuljahr nicht sowieso ein anderes Klassenzimmer?«

Jake sah mich interessiert an.

»Achtundzwanzig«, sagte er.

»Was, achtundzwanzig?«

»Achtundzwanzig Kinder«, sagte er. »Macht mit mir neunundzwanzig.«

»Ganz genau.« Keine Ahnung, ob das den Tatsachen entsprach, trotzdem pflichtete ich ihm bei. »Die haben hier Klassen von bis zu dreißig Schülern. Insofern – wo immer dieser Neil steckt: Sein Stuhl wartet hier auf ihn.«

»Glaubst du, er kommt zurück?«

Wir betraten den Schulhof.

»Keine Ahnung, Kumpel.«

»Krieg ich eine Umarmung, Daddy?«

Ich sah zu ihm runter. Nichts in seinem Gesichtsausdruck wies auf die Ereignisse der vergangenen Nacht und des Morgens hin. Andererseits war er sieben – er löste Probleme in seiner eigenen Zeit, auf seine eigene Weise. Und ich war im Moment zu müde, als dass ich das nicht hingenommen hätte.

»Klar kriegst du eine.«

»Denn auch wenn wir streiten …«

»Haben wir einander immer noch lieb. Und zwar so richtig.«

Ich ging in die Hocke, und die feste Umarmung fühlte sich sogar an, als verliehe sie mir wieder ein wenig Kraft. Als würde sie mich wieder neu antreiben. Als Nächstes wieselte Jake an Mrs. Shelley vorbei nach drinnen, ohne sich auch nur ein einziges Mal nach mir umzusehen. In der Hoffnung, dass er sich heute nicht noch mehr Ärger einhandelte, ging ich zurück durchs Schultor.

Aber wenn es so wäre …

Tja, dann wäre es eben so.

Lass ihn sein, wie er ist.

»Hallo!«

Als ich mich umdrehte, lief Karen hinter mir her und hatte mich schon fast eingeholt.

»Hey«, sagte ich. »Wie geht's?«

»Freu mich auf ein paar Stündchen Ruhe und Frieden.« Sie schloss zu mir auf. »Wie hat sich Jake gestern gemacht?«

»Er ist auf Gelb gerutscht«, sagte ich.

»Ich hab nicht den leisesten Schimmer, was das heißen soll.«

Ich erzählte ihr von dem Ampelsystem. Der Ernst und die Schwere der Maßnahme erschienen in Anbetracht der nächtlichen Vorkommnisse so bedeutungslos, dass ich fast laut gelacht hätte.

»Klingt verdammt noch mal abscheulich«, sagte sie.

»Fand ich auch.«

Ich fragte mich, ob es wohl einen definierten Moment gab, ab dem Schulhof-Eltern wie normale Leute fluchen durften. Wenn ja, war ich froh, dass wir diesen Moment hinter uns gelassen hatten.

»Auf gewisse Weise ist das doch sogar eine Auszeichnung«, fuhr sie fort. »Seine Klassenkameraden werden ihn dafür beneiden. Adam meinte, sie hatten gestern kaum Gelegenheit, zusammen zu spielen.«

»Jake findet Adam nett«, flunkerte ich.

»Er meinte auch, dass Jake ab und zu Selbstgespräche führt.«

»Ja, das macht er manchmal. Bildet sich Freunde ein.«

»Okay«, sagte Karen. »Da hat er mein vollstes Verständnis. Einige meiner besten Freunde bilde ich mir auch nur ein. Kleiner Scherz, haha. Aber Adam hatte das auch eine Weile, und ich bin sicher, ich war als Kind kein bisschen anders. Sie doch wahrscheinlich auch nicht.«

Ich runzelte die Stirn, weil ich mich mit einem Mal wieder an etwas erinnerte.

»Mister Night«, sagte ich.

»Wie bitte?«

»Gott, an den hab ich ja schon seit Jahren nicht mehr gedacht!« Ich fuhr mir durchs Haar. Wie hatte ich das nur vergessen können? »Klar, ich hatte auch mal einen imaginären Freund. Als ich noch klein war, hab ich meiner Mutter immer erzählt, dass jemand nachts in mein Zimmer gekommen wäre und mich umarmt hätte. Mister Night. So hab ich ihn genannt.«

»Tja ... ziemlich gruselig. Andererseits erzählen Kinder die ganze Zeit Gruselgeschichten. Es gibt ganze Webseiten, die nur davon handeln. Schreiben Sie das doch auf und schicken Sie es ein.«

»Sollte ich vielleicht machen.« Was mich wiederum an eine andere Sache erinnerte. »Jake hat in letzter Zeit eine ganze Reihe von gruseligen Sachen erzählt. ›Wenn die Tür halb offen steht, ein Flüstern zu dir rüberweht.‹ Sagt Ihnen das was?«

»Hm.« Karen dachte kurz darüber nach. »Klingt vage bekannt. Ich bin mir sicher, dass ich das schon mal irgendwo gehört habe. Ich glaube, das ist einer dieser Reime, die sie auf dem Schulhof öfter mal aufsagen.«

»Ah, vielleicht hat er es da aufgeschnappt.«

Nur eben nicht auf *diesem* Schulhof, weil Jake den Reim noch am Vorabend seines ersten Schultags an der neuen Schule aufgesagt hatte. Aber vielleicht war es ja auch irgendein bekanntes Kinderlied, von dem ich einfach noch nie gehört hatte – irgendwas aus einer der Kindersendungen, vor die ich ihn parkte und denen ich dann keine Beachtung mehr schenkte.

Ich seufzte. »Ich hoffe einfach nur, dass es heute für ihn besser läuft. Ich mache mir Sorgen um ihn.«

»Das ist doch normal. Was sagt denn Ihre Frau dazu?«

»Die ist letztes Jahr gestorben«, erwiderte ich. »Ich bin mir nicht sicher, ob er gut damit klarkommt. Was aber nur verständlich ist, nehme ich an.«

Karen war für einen Moment still. »Tut mir wirklich sehr leid, das zu hören.«

»Danke. Ich bin mir nicht mal sicher, wie gut ich selbst damit klarkomme, um ganz ehrlich zu sein. Und ich bin mir in keiner Sekunde sicher, ob ich für ihn ein guter Vater bin. Ob ich wirklich mein Bestes gebe.«

»Das ist doch nur natürlich. Und ganz bestimmt geben Sie Ihr Bestes.«

»Vielleicht sollte ich mich eher fragen, ob mein Bestes überhaupt gut genug ist.«

»Und noch mal: Ganz bestimmt ist es das.«

Sie blieb stehen und schob die Hände in die Taschen. Wir waren an einer Kreuzung angelangt, und unser beider Körpersprache besagte unmissverständlich, dass sie geradeaus und ich nach rechts weiterlaufen würde.

»Sei's drum«, sagte sie. »Es klingt für mich, als würden Sie beide eine schwierige Zeit durchmachen. Insofern glaube ich – nicht dass Sie mich nach meiner Meinung gefragt hätten, wird mir gerade klar, aber scheiß drauf –, Sie sollten vielleicht damit aufhören, so hart mit sich selbst ins Gericht zu gehen.«

»Vielleicht.«

»Zumindest ein kleines bisschen?«

»Mag sein.«

»Leichter gesagt als getan, schon klar.« Sie zog die Schultern hoch, und ihr ganzer Körper schien zu seufzen. »Egal. Wir sehen uns. Bis dann!«

»Ja, bis dann.«

Auf dem restlichen Heimweg dachte ich über das nach, was sie gesagt hatte. *Vielleicht sollte ich damit aufhören, so hart mit mir ins Gericht zu gehen.* Da war womöglich etwas Wahres dran, immerhin wurstelte ich mich doch auch nur durchs Leben wie alle anderen auch, oder nicht? Und versuchte, mein Bestes zu geben.

Zurück zu Hause tigerte ich trotzdem erst mal im Erdgeschoss auf und ab und wusste nichts mit mir anzufangen. Noch vor Minuten hatte ich mir ausgemalt, wie gut es sich anfühlen würde, ein bisschen Zeit ohne Jake zu verbringen. Doch jetzt, da das Haus leer und um mich herum alles totenstill war, wollte ich nichts lieber, als ihn so nah wie möglich bei mir zu haben.

Weil ich ihn in Sicherheit wissen wollte.

Und ich hatte mir *nicht* eingebildet, was gestern Nacht vorgefallen war.

Schlagartig verfiel ich in Panik. Die Polizei würde uns nicht helfen, und das bedeutete, dass ich das tun müsste. Auf meiner Wanderung durch die leeren Zimmer fühlte ich mich einfach nur verzweifelt – ich hatte das dringende Bedürfnis, irgendetwas zu unternehmen, auch wenn ich keinen Schimmer hatte, was das hätte sein sollen. Schließlich landete ich in meinem Arbeitszimmer. Der Laptop war über Nacht angeschaltet geblieben. Ich tippte auf das Trackpad, der Bildschirm erwachte zum Leben und offenbarte die Worte, die ich aufgeschrieben hatte.

Rebecca …

Sie hätte gewusst, was zu tun wäre; sie hatte es immer gewusst. Ich stellte mir vor, wie sie mit Jake im Schneidersitz auf dem Boden saß und begeistert mit jedwedem Spielzeug spielte, das zwischen ihnen am Boden lag. Wie sie ihm auf dem Sofa eine Geschichte vorlas, sein Scheitel unter ihrem Kinn und ihre beiden Leiber so eng aneinandergekuschelt, als wären sie eins. Wann immer er nachts gerufen hatte, war Rebecca schon auf dem Weg zu ihm gewesen, während ich mich immer noch aus dem Schlaf gekämpft hatte. Und es war immer seine Mutter, nach der er gerufen hatte.

Ich löschte alles, was ich tags zuvor geschrieben hatte, und schrieb drei neue Sätze.

Du fehlst mir.
Ich habe das Gefühl, dass ich unserem Sohn nicht gerecht werde, und weiß nicht, was ich tun soll.
Es tut mir leid!

Ich starrte den Bildschirm einen Moment lang an.

Genug. Genug Selbstmitleid. So schwer es auch sein mochte – es war nun mal meine Aufgabe, mich um unseren Sohn zu kümmern, und wenn mein Bestes nicht reichte, dann musste ich eben noch besser werden.

Ich lief zurück zur Eingangstür. Türschloss, Sicherheitskette – aber eindeutig war das nicht genug. Ich würde zusätzlich Scharnierriegel anbringen, und zwar so hoch oben, dass Jake von allein dort nicht rankäme. Bewegungsmelder am Fuß der Treppe. Alles machbar. Nichts davon überstieg meine Möglichkeiten, ganz gleich was meine Selbstzweifel mir einreden mochten.

Aber zuallererst konnte ich noch eine andere Sache erledigen. Also wandte ich mich den Briefen zu, die sich immer noch hinter mir auf der Treppe stapelten. Es waren zwei weitere Briefe an Dominic Barnett gekommen, beides Inkassoschreiben. Ich nahm sie mit in mein Arbeitszimmer, schloss das Word-Dokument auf dem Laptop und klickte stattdessen den Browser auf.

Dann wollen wir doch mal sehen, wer Sie sind, Dominic Barnett.

Ich war mir nicht sicher, was ich erwartet hatte, online über ihn herauszufinden. Ein Facebook-Profil vielleicht – irgendwas mit einem Foto, das mir einen Hinweis darauf geben würde, ob es sich bei ihm um ein und denselben Mann handelte, der tags zuvor hier aufgetaucht war –, und wenn nicht, dann vielleicht zumindest eine Nachsendeadresse, die man in der realen Welt aufsuchen konnte. Was immer mir helfen mochte, Jake zu beschützen und herauszufinden, was zur Hölle hier in meinem Haus vor sich ging.

Gleich im ersten Suchdurchlauf stieß ich auf ein Foto. Dominic Barnett war nicht mein mysteriöser Besucher. Er war jünger, hatte einen rabenschwarzen Haarschopf. Allerdings stammte das Foto nicht aus einem sozialen Netzwerk. Es war gleich zuoberst in den Suchergebnissen neben eine Nachrichtenmeldung eingeklinkt.

Polizei behandelt Tod eines Einwohners als Mord

Ich nahm nicht mal mehr das Zimmer um mich herum wahr. Ich starrte nur noch die Schlagzeile an, bis die einzelnen Wörter ihre Bedeutung einbüßten. Im Haus war es mucksmäuschenstill geworden, und ich konnte nur noch meinen eigenen Herzschlag hören.

Und dann …

Knack.

Ich sah zur Zimmerdecke. Wieder dieses Geräusch – genau wie zuvor schon einmal. Als hätte jemand in Jakes Zimmer einen einzelnen Schritt gemacht. Meine Haut kribbelte, als ich wieder an das dachte, was gestern Nacht geschehen war – die Gestalt, die ich an meinem Fußende zu sehen geglaubt hatte, mit dem Haar, das zur Seite abstand, genau wie bei dem Mädchen, das Jake gezeichnet hatte … das Gefühl, als rüttelte jemand an meinem Fuß …

Wach auf, Tom!

Im Gegensatz zu dem Mann an der Tür hatte ich mir das ganz gewiss eingebildet. Ich hatte immer noch halb geschlafen. Es war einfach nur eine Nachwehe meines früheren Albtraums gewesen, die durch aktuelle Ängste Gestalt angenommen zu haben schien.

Es war niemand in unserem Haus gewesen.

Widerwillig, aber fest entschlossen, mich von dem Geräusch abzulenken, klickte ich den Artikel an.

Polizei behandelt Tod eines Einwohners als Mord

Wie von den örtlichen Polizeibehörden verlautbart, wird der Tod von Dominic Barnett, dessen Leiche am vergangenen Dienstag in einem nahe gelegenen Waldgebiet entdeckt wurde, inzwischen als Morddelikt eingestuft.
Barnett, 42, zuletzt wohnhaft in der Garholt Street in Featherbank, war an einem Bachlauf im Hollingbeck Wood von dort spielenden Kindern tot aufgefunden worden.
Wie DCI Lyons heute bei einer Pressekonferenz bekannt gab, war Barnett schwerwiegenden Kopfverletzungen erlegen.
Die Polizei gehe einer Reihe von Tatmotiven nach, doch die Spurenlage am Tatort lege nah, dass ein Raubmord ausgeschlossen werden könne.
»Ich will die Gelegenheit nutzen und der Öffentlichkeit versichern, dass keine allgemeine Bedrohungslage vorliegt«, so Lyons. »Mr. Barnett war bei der Polizei bereits zuvor in Erscheinung getreten, sodass wir von einer gezielten Tat ausgehen. Trotzdem verstärken wir die Polizeipräsenz in der Gegend und fordern Zeugen auf, sich mit jedwedem Hinweis bei uns zu melden.«

Ich las den Artikel gleich noch einmal und wurde zusehends panisch. Nachdem die Adresse genannt war, bestand kein Zweifel mehr, dass es sich um den richtigen Dominic Barnett handelte. Er hatte in diesem Haus gewohnt. Vielleicht sogar an derselben Stelle gesessen wie ich jetzt gerade oder in demselben Zimmer geschlafen, das inzwischen Jakes Kinderzimmer war.

Und er war im April dieses Jahres ermordet worden.

In dem Versuch, Ruhe zu bewahren, klickte ich zurück und suchte nach anderen Artikeln. Es gab nur wenig mehr Informationen, die lediglich bruchstückhaft und oftmals nur zwischen den Zeilen herauszulesen waren. *Mr. Barnett war bei der Polizei bereits zuvor in Erscheinung getreten.* Vorsichtig formuliert – aber aus den Andeutungen ließ sich wohl schließen, dass er irgendwie mit Drogen zu tun gehabt hatte und damit womöglich auch das Mordmotiv zusammenhing. Der Hollingbeck Wood lag südlich von Featherbank am gegenüberliegenden Flussufer. Was Barnett dort gewollt hatte, ging aus den Artikeln nicht hervor. Die mutmaßliche Mordwaffe war eine Woche später gefunden worden; danach waren immer seltener Meldungen erschienen. Nach allem, was ich online finden konnte, war der Mörder nie gefasst worden.

Was bedeutete, dass er immer noch irgendwo dort draußen unterwegs war.

Bei dieser Schlussfolgerung kribbelte mein ganzer Körper. Keine Ahnung, was ich jetzt tun sollte. Noch mal die Polizei rufen? Was ich entdeckt hatte, schien allerdings nichts Relevantes zu dem beizutragen, was ich ihnen bereits erzählt hatte. Ich würde trotzdem anrufen, beschloss ich kurzerhand, weil es *wenigstens etwas* war. Aber erst brauchte ich mehr Informationen.

Nachdem ich kurz überlegt hatte – und immer noch mit zitternden Händen –, holte ich sämtliche Unterlagen hervor, die ich zum Kauf des Hauses aufbewahrt hatte. Ich fand die Adresse, nach der ich gesucht hatte, und schnappte mir meine Schlüssel. Die zusätzlichen Sicherheitsvorkehrungen würden noch ein bisschen warten müssen. Es gab da eine Person, die mir über Dominic Barnett mehr erzählen konnte, und ich fand, es war an der Zeit, mit ihr zu reden.

25

Es geht immer dort zu Ende, wo es angefangen hat, dachte Amanda. Angesichts der Videos sämtlicher Überwachungskameras rund um das Brachgelände, die erneut angefordert worden waren, musste sie unwillkürlich daran denken, wie sie gerade erst zwei Monate zuvor Aufzeichnungen ein und derselben Straße durchgesehen hatte. Damals hatten sie alle noch die Hoffnung gehabt, Neil Spencers Entführer darauf zu entdecken. Jetzt suchte sie denjenigen, der die Leiche des Jungen dorthin zurückgebracht hatte – leider bislang mit dem gleichen Ergebnis.

Nichts.

Es ist noch zu früh, versuchte sie sich einzureden. Doch in Wahrheit war es verdammt noch mal zu spät, nicht zuletzt für Neil Spencer selbst. Immer wieder kehrten ihre Gedanken zu dem Moment zurück, als sie die Leiche vor sich gesehen hatte, auch wenn es sie kein Stück weiterbringen würde, sich das Grauen wieder vor Augen zu führen – genau wie die Tatsache, dass sie es nicht geschafft hatte, Neil rechtzeitig zu finden. Stattdessen musste sie sich auf ihre Arbeit konzentrieren. Einen Fuß vor den anderen setzen. Ein Detail nach dem anderen. Nur so würden sie den Mistkerl finden, der dem kleinen Jungen all das angetan hatte.

Noch eine Erinnerung …

Sie schüttelte den Kopf und sah zum rückwärtigen Teil des

Raums, wo Pete Willis stumm an dem ihm zugewiesenen Schreibtisch vor sich hin tüftelte. Seit sie an ihren Platz zurückgekehrt war, hatte sie sich wiederholt dabei ertappt, ihm verstohlene Blicke zuzuwerfen. Hin und wieder hatte er zum Hörer gegriffen und jemanden angerufen; die restliche Zeit hatte er sich komplett auf die Fotos und Unterlagen konzentriert, die vor ihm lagen. Frank Carter wusste etwas – und Pete ging gerade die Besuche durch, die dessen Freunde und Bekannte im Gefängnis empfangen hatten; er versuchte herauszufinden, ob einer von ihnen möglicherweise Informationen an Carter weitergegeben hatte. Doch im Moment war es Pete selbst, der sie in seinen Bann schlug.

Wie konnte er so *ruhig* sein?

Allerdings wusste sie, dass er unter der Oberfläche ebenfalls litt wie ein Tier. Sie wusste, wie es ihm tags zuvor gegangen war, nachdem er den Besuch bei Frank Carter hinter sich gebracht hatte – und dann später am Abend auf dem Brachgelände. Wenn er im Augenblick fast entrückt wirkte, lag das nur daran, dass er genau wie sie versuchte, sich von alledem abzulenken, und falls ihm das wirklich gelang, dann nur, weil er mehr Übung darin hatte.

Amanda hätte ihn am liebsten nach seinem Geheimrezept gefragt. Stattdessen zwang sie sich dazu, sich wieder dem Überwachungsmaterial zuzuwenden, auch wenn sie schon ahnte, dass darauf nichts zu finden sein würde – genauso wenig wie schon zwei Monate zuvor, als ihr Team nach und nach sämtliche Personen identifiziert und ausgeschlossen hatte, die von der Handvoll Kameras in der Umgebung erfasst worden waren. Es war ein frustrierender Job. Je weiter man kam, umso schlechter fühlte man sich dabei. Trotzdem war diese Arbeit notwendig.

Sie wühlte sich durch die unscharfen Aufnahmen. Standbilder von Männern, Frauen und Kindern. Sie alle mussten befragt werden, auch wenn keiner von ihnen etwas Relevantes würde bezeugen können. Dafür war die Person, nach der sie fahndeten, schlicht und ergreifend zu vorsichtig. Und mit den Fahrzeugen wäre es das Gleiche. Was sie beim Briefing gesagt hatte, war ihre feste Überzeugung gewesen, und ein Teil von ihr wollte noch immer daran glauben, aber tief im Innern wusste sie, dass sie alle machtlos waren. Es war und blieb eine Tatsache, dass man spielend leicht kreuz und quer durch Featherbank fahren und dabei sämtliche Überwachungskameras meiden konnte. Sofern man wusste, was man tat.

Genau das notierte sie jetzt in ihrem Schreibblock.

Kenntnis des Kameranetzes?

Die gleiche Notiz hatte sie schon zwei Monate zuvor gemacht. Die Geschichte wiederholte sich.

Es geht immer dort zu Ende, wo es angefangen hat.

Frustriert warf sie den Stift beiseite, stand auf und lief auf Petes Arbeitsplatz zu. Er war so vertieft, dass er sie nicht mal bemerkte. Der Drucker auf seinem Schreibtisch spuckte in einem fort Bilder aus – Standbilder, die die Überwachungskameras im Gefängnis von Besuchern gemacht hatten. Pete glich sie mit den Angaben auf seinem Bildschirm ab und vermerkte Details auf der Rückseite des jeweiligen Ausdrucks. Außerdem lagen alte Zeitungsartikel auf seinem Schreibtisch. Sie neigte den Kopf zur Seite, um die Überschrift lesen zu können.

»›Knasthochzeit für Kannibalen von Coxton‹?«

Pete zuckte zusammen. »Was?«

»Der Artikel.« Sie las die Überschrift noch einmal vor. »Ich bin immer wieder sprachlos, was in der Welt vor sich geht … und meistens nicht vor Begeisterung.«

»Oh. Ja.« Pete nickte in Richtung der Fotos, die sich vor ihm stapelten. »Das hier sind seine Besucher. Im wahren Leben heißt er Victor Tyler. Hat vor fünfundzwanzig Jahren ein Mädchen verschleppt. Mary Fisher?«

»An die erinnere ich mich noch«, sagte Amanda.

Sie waren ungefähr im selben Alter gewesen. Obwohl Amanda sich nicht mehr an das Gesicht des Mädchens erinnern konnte, hatte sie bei dem Namen sofort wieder die grässlichen Gerüchte und alten, grobkörnigen Zeitungsfotos vor Augen. Fünfundzwanzig Jahre … Schwer zu glauben, dass es schon so lange her war.

»Bestimmt wäre sie inzwischen selbst verheiratet«, sagte Amanda. »Ist nicht fair, oder?«

»Nein.« Pete nahm ein weiteres Bild aus dem Drucker und starrte für ein paar Sekunden seinen Bildschirm an. »Tyler hat vor fünfzehn Jahren geheiratet. Louise Dixon. Unglaublich, aber sie sind bis heute zusammen. Haben natürlich nie auch nur eine Nacht miteinander verbracht. Aber Sie wissen, wie es manchmal läuft. Der Appeal, den solche Männer haben können.«

Amanda nickte kaum merklich. Verbrecher – selbst die allerschlimmsten – bekamen nicht selten unzählige Zuschriften aus der Außenwelt. Ein bestimmter Typ Frau fühlte sich von ihnen magisch angezogen. *Er hat all das nicht getan*, redeten sie sich ein. Oder dass er sich verändert hätte – und selbst wenn nicht, dass sie ihn auf den rechten Weg zurückführen könnten. Manche von ihnen liebäugelten womöglich sogar mit der Gefahr. Amanda hatte all das nie auch nur ansatzweise nachvollziehen können, trotzdem entsprach es nun mal den Tatsachen.

Pete schrieb etwas auf die Rückseite des Fotos, legte es beiseite und nahm sich das nächste vor.

»Und Carter ist mit dem Typen befreundet?«, wollte sie wissen.

»Er war Trauzeuge.«

»Oh, war bestimmt eine lauschige Zeremonie. Wer hat sie denn getraut? Der Teufel persönlich?«

Pete antwortete nicht. Diesmal sah er nicht auf den Bildschirm, sondern starrte konzentriert das Foto an, das er zur Hand genommen hatte. Noch einer von Tylers Besuchern, mutmaßte sie, nur dass dieser Petes komplette Aufmerksamkeit beanspruchte.

»Wer ist das?«

»Norman Collins.« Pete sah zu ihr hoch. »Den kenne ich.«

»Erzählen Sie.«

Pete setzte sie ins Bild. Norman Collins, wohnhaft hier in der Gemeinde, war zwanzig Jahre zuvor im Zuge der damaligen Ermittlungen befragt worden, nicht weil gegen ihn etwas Konkretes vorgelegen hätte, sondern aufgrund seines Verhaltens. Nach allem, was Pete erzählte, klang er wie einer dieser gruseligen Dreckskerle, die sich gern im Dunstkreis laufender Ermittlungen aufhielten. Auf die musste man ein Auge haben – diejenigen, die ganz hinten bei Pressekonferenzen oder auf Beerdigungen herumlungerten. Diejenigen, die ein bisschen zu genau hinzuhören schienen oder zu viele Fragen stellten. Die zu interessiert wirkten – oder einfach nur irgendwie auffällig. Denn auch wenn es sich dabei bloß um makabres, krankes Verhalten handeln mochte, verhielten sich so mitunter eben auch die Täter selbst.

Was aber auf Collins anscheinend nicht zugetroffen hatte.

»Wir hatten nichts gegen ihn in der Hand«, erklärte Pete. »Weniger als nichts. Er hatte wasserdichte Alibis für sämtliche Tatzeiträume. Keinerlei Verbindung zu den Jungen oder ihren Familien. Nichts auf dem Kerbholz. Am Ende war er in dem Fall bloß eine Fußnote.«

»Und trotzdem erinnern Sie sich an ihn.«

Pete starrte erneut das Foto an.

»Ich hab ihm nie über den Weg getraut«, sagte er.

Wahrscheinlich war an der Sache nichts dran, und Amanda wollte sich nicht noch mehr falschen Hoffnungen hingeben, aber auch wenn sie methodisch und vernünftig vorgehen mussten, hatte das Bauchgefühl eines Ermittlers mitunter doch seine Berechtigung. Wenn Pete sich immer noch an den Mann erinnerte, dann musste es dafür einen Grund geben.

»Und jetzt taucht er wieder auf«, sagte sie. »Gibt's eine Adresse?«

Pete tippte kurz in die Tastatur.

»Ja. Wohnt immer noch im selben Haus wie damals.«

»Okay. Fahren Sie hin und reden Sie mit ihm. Wahrscheinlich kommt nichts dabei heraus, aber wir sollten mal hören, warum er Victor Tyler besucht hat.«

Pete starrte noch einen Moment auf den Bildschirm, dann nickte er und stand auf.

Amanda ging zurück zu ihrem Schreibtisch. Auf halber Strecke hielt DS Stephanie Johnson sie auf.

»Ma'am?«

»Sagen Sie nicht Ma'am, Steph. Das klingt, als wär ich irgendjemandes Großmutter. Was Neues von der Befragung der Anwohner?«

»Bisher nichts. Aber Sie wollten doch Bescheid kriegen, sobald etwas von besorgten Eltern käme, wenn irgendwelche Herumtreiber gemeldet würden – solche Sachen?«

Amanda nickte. Neils Mutter hatte ihren Beobachtungen keine Bedeutung beigemessen, und wenn es nach Amanda ginge, durfte niemand noch mal den gleichen Fehler machen.

»Wir haben heute in den frühen Morgenstunden einen Notruf reingekriegt«, berichtete Steph. »Ein Vater, vor dessen Haus jemand aufgetaucht ist und mit dem Sohn gesprochen hat.«

Amanda beugte sich über Stephs Schreibtisch und drehte den Bildschirm, sodass sie den Bericht einsehen konnte. Der betreffende Junge war sieben. Schüler an der Rose Terrace. Ein Mann an der Haustür, der auf das Kind eingeredet haben sollte. Erwähnt war allerdings auch, dass der Junge sich merkwürdig verhalten hatte, und zwischen den Zeilen war herauszuhören, dass die Beamten, die dort nach dem Rechten geschaut hatten, sich nicht ganz sicher gewesen waren, ob es tatsächlich so passiert war.

Sie würde sich mit den Kollegen mal unterhalten.

Amanda wandte sich wieder ab und sah sich auf dem Weg durch die Einsatzzentrale verärgert um. Ihr Blick fiel auf DS John Dyson. Den würde sie sich schnappen – dieses Faultier saß hinter einem Stapel Akten und spielte an seinem Handy. Als sie an seinem Schreibtisch stand und vor seinem Gesicht mit den Fingern schnipste, ließ er es erschrocken in den Schoß fallen.

»Mitkommen«, sagte sie.

26

Die Fahrt zu Mrs. Shearing – zu der Frau, die mir das Haus verkauft hatte –, dauerte zehn Minuten.

Ich stellte den Wagen vor dem zweistöckigen Doppelhaus mit Satteldach und gepflasterter Auffahrt ab. Ein Metallzaun mit einem schwarzen Briefkasten an einem Pfosten trennte das Grundstück vom Bürgersteig. Die Gegend war ein gutes Stück besser als jene, in der Jake und ich jetzt wohnten – in dem Haus, das Mrs. Shearing gehört und das sie jahrelang vermietet hatte.

Zuletzt, wie ich annahm, an Dominic Barnett.

Ich griff durch den Zaun und schob den Riegel zurück. Sobald ich das Tor aufdrückte, schlug drinnen ein Hund an, und der Lärm wurde lauter, als ich mich der Haustür näherte, den Klingelknopf drückte und wartete. Mrs. Shearing zog beim zweiten Klingeln die Tür auf, ließ aber die Sicherheitskette eingehängt und spähte durch den Türspalt. Der Hund war direkt hinter ihr: ein kleiner Yorkshireterrier, der mich wütend ankläffte. Der Pelz war graufleckig; er sah fast genauso alt und gebrechlich aus wie seine Besitzerin.

»Ja?«

»Hallo«, sagte ich. »Ich weiß nicht, ob Sie sich noch an mich erinnern, Mrs. Shearing. Mein Name ist Tom Kennedy. Ich habe vor ein paar Wochen Ihr Haus gekauft … Wir haben uns ein paarmal zu Besichtigungsterminen getroffen – mein Sohn und ich.«

»O ja, natürlich. Pssst, Morris! Zurück!« Morris war wohl der Hund. Sie strich ihr Kleid glatt und drehte sich wieder zu mir um. »Tut mir leid, er regt sich wahnsinnig schnell auf. Was kann ich für Sie tun?«

»Es geht um das Haus ... Ich frage mich, ob Sie mir etwas über einen vorigen Bewohner erzählen könnten?«

»Verstehe.«

Sie blickte verlegen drein, als wüsste sie bereits jetzt, von wem ich sprach, und als wollte sie sich lieber nicht über ihn unterhalten. Ich beschloss, es auszusitzen. Nach ein paar Sekunden Stille besann sie sich trotz aller Bedenken ihres guten Benehmens und zog die Sicherheitskette ab.

»Verstehe«, sagte sie erneut. »Dann kommen Sie besser mal rein.«

Drinnen wirkte sie nervös, strich sich mehrmals über Kleidung und Haar und entschuldigte sich für den Zustand des Hauses. Für Letzteres gab es nicht den geringsten Anlass – das Haus wirkte fast schon feudal, war makellos sauber, und allein der Eingangsbereich, aus dem eine breite Holztreppe ins obere Stockwerk führte, hatte die Größe meines Wohnzimmers. Ich folgte Mrs. Shearing in ihr gemütliches Wohnzimmer, während Morris mir aufgeregt um die Füße tippelte. Zwei Sofas und ein Sessel waren vor einen offenen Kamin gruppiert; der Kaminrost war geleert und gesäubert. An den Wänden standen Vitrinen mit Kristallgeschirr. Darüber hingen Landschaftsgemälde und Jagdszenen. An den vorderen Fenstern waren rote Samtvorhänge vorgezogen.

»Sie haben es wirklich schön«, sagte ich.

»Danke. Im Grunde ist das Haus zu groß für mich, besonders seit die Kinder ausgezogen sind und Derek verstorben ist, Gott hab ihn selig. Aber ich bin einfach zu alt, um noch umzuziehen. Alle paar Tage kommt eine junge Frau zum Putzen. Dekadent ... aber was soll man machen? Bitte setzen Sie sich doch.«

»Danke schön.«

»Kann ich Ihnen einen Tee anbieten? Oder Kaffee?«

»Danke, alles wunderbar.«

Ich setzte mich. Das Sofa war hart und unbequem.

»Haben Sie sich denn gut eingelebt?«, wollte sie wissen.

»Halbwegs.«

»Das ist schön zu hören.« Sie lächelte mich warmherzig an. »Ich bin in dem Haus aufgewachsen, wissen Sie, und ich habe mir immer gewünscht, dass es eines Tages netten Leuten gehört – einer netten Familie. Ihr Sohn – Jake, wenn ich mich recht erinnere? Wie geht es ihm?«

»Er hat gerade an der neuen Schule angefangen.«

»Rose Terrace?«

»Genau.«

Wieder ein Lächeln. »Eine hervorragende Schule. Dort war ich als Kind auch.«

»Also sind dort auch Ihre Handabdrücke an der Wand?«

»Ja, wirklich.« Sie nickte stolz. »Ein roter und ein blauer.«

»Wie schön. Sie haben gesagt, Sie sind in der Garholt Street aufgewachsen?«

»Ja. Als meine Eltern gestorben sind, haben Derek und ich das Haus als Geldanlage behalten. Es war seine Idee, andererseits hat er mich nicht lange überreden müssen. Ich hab das Haus immer gemocht. Hab so viele Erinnerungen daran, müssen Sie wissen.«

»Natürlich.« Ich musste an den Mann denken, der dort herumgeschlichen war, und versuchte, sein Alter zu überschlagen. Er war deutlich jünger als Mrs. Shearing gewesen, aber ganz unmöglich wäre es nicht. »Haben Sie einen jüngeren Bruder?«

»Nein, ich war Einzelkind. Vielleicht hat mir das Haus gerade deshalb immer so am Herzen gelegen. Es war meins, verstehen Sie? Nur meins. Ich hab es geliebt.« Sie verzog das

Gesicht. »Als ich noch klein war, hatten meine Freunde immer Angst davor.«

»Wieso Angst?«

»Ach, ich glaube, es ist einfach diese Art von Haus ... Es sieht ein bisschen merkwürdig aus, finden Sie nicht?«

»Möglich ...« Karen hatte tags zuvor etwas ganz Ähnliches erwähnt. Ich wiederholte, was ich auch zu ihr gesagt hatte, auch wenn es ehrlich gestanden allmählich hohl klang: »Es hat Charakter.«

»Richtig!« Mrs. Shearing schien sich aufrichtig zu freuen. »Das hab ich auch immer gedacht. Und deshalb bin ich so froh, es jetzt endlich in sicheren, guten Händen zu wissen.«

Ihre Worte beruhigten mich kein bisschen. Wie befürchtet hatte der Unbekannte gelogen, als er bei uns aufgetaucht war und behauptet hatte, er sei dort aufgewachsen. Zudem irritierte mich ihre Wortwahl. *Jetzt endlich*? Sie hatte sich gewünscht, es *endlich* in guten Händen zu wissen?

»War es zuvor nicht in guten Händen?«

Wieder blickte sie verlegen drein.

»Nicht wirklich, nein ... Sagen wir es so: Ich hatte in der Vergangenheit nicht immer Glück mit den Mietern. Aber das ist ja auch nicht einfach. Leute können so wunderbar freundlich sein, wenn man sie erstmals trifft. Aber ich hatte nie Grund, mich ernsthaft zu beschweren. Sie haben immer pünktlich die Miete überwiesen. Sie haben sich einigermaßen um das Haus gekümmert ...«

Sie sprach den Satz nicht zu Ende, als wüsste sie nicht, wie sie mir erklären sollte, was das Problem gewesen war, und als wollte sie es lieber dabei bewenden lassen. Doch während ihr das nur recht gewesen wäre, konnte ich mir diesen Luxus nicht leisten.

»Aber?«

»Ach, ich weiß auch nicht. Es gab nie einen konkreten

Grund, warum ich ihnen hätte kündigen sollen, andernfalls hätte ich es getan. Es waren bloß Verdachtsmomente. Dass womöglich auch noch andere Leute dort von Zeit zu Zeit untergeschlüpft sind …«

»Dass sie dort Zimmer untervermietet haben?«

»Ja. Und dann gewisse Geschmacklosigkeiten, die hier und da vorgekommen sind.« Erneut verzog sie das Gesicht. »Das Haus hat manchmal komisch gerochen, wenn ich dort nach dem Rechten gesehen hab … So was darf man heutzutage ja gar nicht mehr ohne Voranmeldung machen. Können Sie sich das vorstellen? Sich für sein eigenes Hab und Gut anmelden zu müssen? Oder eher – sie dort vorzuwarnen? Das einzige Mal, als ich mich nicht angemeldet habe, hat er mich nicht einmal hereingelassen.«

»Sie meinen Dominic Barnett?«

Sie zögerte kurz. »Ja. Den meine ich. Auch wenn der Vormieter keinen Deut besser war. Ich glaube, da hatte ich mit dem Haus einfach eine Pechsträhne.«

Die Sie an mich weitervererbt haben.

»Wissen Sie zufällig, was aus Dominic Barnett geworden ist?«, fragte ich.

»Ja, natürlich.« Sie blickte auf ihre Hände hinunter, die sie sittsam im Schoß verschränkt hatte. »Das war ganz entsetzlich. So etwas wünscht man natürlich niemandem. Aber nach allem, was man im Nachhinein gehört hat, hat er sich in derlei Kreisen bewegt …«

»Drogen«, sagte ich geradeheraus.

Wieder Stille. Dann seufzte sie, als unterhielten wir uns über einen Teil dieser Welt, der ihr vollkommen fremd war.

»Sie haben nie nachgewiesen, dass er sie von meinem Grundstück aus verkauft hat. Aber ja. Es war ein Elend. Und ich nehme an, ich hätte wohl nach seinem Tod einen neuen Mieter finden können, aber ich bin inzwischen alt und habe mich letztlich dagegen entschieden. Ich war der Ansicht, dass es an der Zeit war, das Haus zu verkaufen und einen Schlussstrich zu ziehen. So konnte ich meinem alten Haus mit jemand Neuem eine neue Chance geben. Mit jemandem, der sich besser darum kümmern würde, als ich es zuletzt getan hatte.«

»Jake und ich.«

»Genau.« Bei dem Gedanken hellte sich ihr Gesicht ein wenig auf. »Sie und Ihr hinreißender kleiner Junge. Ich hatte bessere Angebote, aber inzwischen ist Geld nicht mehr wichtig. Sie beide kamen mir einfach richtig vor. Die Vorstellung, dass mein altes Haus einer jungen Familie gehören würde, hat mir gefallen – endlich würde dort wieder ein Kind spielen. Ich wollte sicherstellen, dass es endlich wieder voller Licht und Liebe wäre, voller Farben – genau wie damals, als ich noch ein kleines Mädchen war. Ich bin so froh zu hören, dass es Ihnen beiden dort gut geht.«

Ich lehnte mich zurück.

Jake und mir ging es dort alles andere als gut. Und ich war wütend auf Mrs. Shearing. Ich fand, sie hätte mir gleich zu Beginn von der Geschichte des Hauses erzählen müssen. Andererseits wirkte sie aufrichtig froh, als wäre sie wirklich der Überzeugung, eine gute Tat vollbracht zu haben, und ich konnte nachvollziehen, warum sie sich entschieden hatte, das Haus an mich und Jake zu verkaufen anstatt an …

Ich runzelte die Stirn.

»Sie haben erwähnt, Sie hatten bessere Angebote …«

»O ja – sogar sehr viel bessere. Ein Mann hat meinen Wunschpreis noch deutlich überboten.« Sie rümpfte die Nase und schüttelte den Kopf. »Aber den hab ich nicht ausstehen können. Irgendwie hat er mich entfernt an die anderen erinnert. Außerdem war er so hartnäckig, dass es mich umso mehr abgestoßen hat. Ich mag es nicht, bedrängt zu werden.«

Ich lehnte mich wieder vor.

Irgendjemand war bereit gewesen, ihren Verkaufspreis zu überbieten, und Mrs. Shearing hatte ihn abgelehnt. Er war hartnäckig und aufdringlich gewesen. Etwas an ihm hatte sie gestört.

»Dieser Mann«, tastete ich mich vorsichtig vor, »wie hat der ausgesehen? War er ziemlich klein? Glatze, mit grauen Haaren über den Ohren?«

Sie nickte energisch. »Das war er, ja. Jedes Mal makellos gekleidet.« Und wieder verzog sie das Gesicht, als hätte sein respektables Äußeres sie auch nicht mehr geblendet als mich. »Mr. Collins«, sagte sie. »Norman Collins.«

27

Zu Hause parkte ich das Auto und starrte eine Weile die Zufahrt hinauf. Ich dachte nach – oder versuchte es zumindest. Es fühlte sich an, als würden all die Erkenntnisse und Überlegungen und Erklärungen wie Vögel in meinem Kopf herumschwirren: langsam genug, dass ich sie sehen konnte, aber zu schnell, als dass ich sie hätte einfangen können.

Der Mann, der hier herumgeschnüffelt hatte, hieß also Norman Collins. Entgegen seiner Behauptung war er nicht in diesem Haus aufgewachsen, und aus irgendeinem Grund war er willens gewesen, mehr als den geforderten Kaufpreis zu bezahlen. Haus und Grund schienen für ihn eine Bedeutung zu haben.

Nur welche?

Ich starrte hinüber zur Garage.

Dort hatte Collins sich herumgetrieben, als ich ihn entdeckt hatte. Die Garage – voll mit dem Gerümpel, das aus dem Haus geschafft worden war, ehe wir eingezogen waren, und das wahrscheinlich größtenteils Dominic Barnett gehört hatte. War das gestern Nacht an der Tür ebenfalls Collins gewesen, der versucht hatte, Jake zu überreden, ihm aufzumachen? Wenn ja, war vielleicht gar nicht Jake selbst in Gefahr, sondern Collins hatte hier einfach nur etwas gesucht?

Den Schlüssel zur Garage vielleicht.

Nachdenken würde mich nicht weiterbringen. Ich stieg also aus und steuerte die Garage an, schloss auf, zog dann eine der

Türen sperrangelweit auf und blockierte sie mit einem alten Farbeimer.

Ich trat über die Schwelle.

Natürlich war der ganze Plunder immer noch da: die alten Möbel, die schmutzige Matratze, die feuchten Umzugskistentürme in der Mitte. Rechter Hand war immer noch die Spinne mit ihrem riesigen Netz zugange, allerdings hatte sich darin inzwischen noch ein bisschen mehr angesammelt. Kleine, blasse, zurechtgekaute und in Spinnenseide eingewickelte Falter, wie ich vermutete.

Ich sah mich um. Einer der Falter saß immer noch grazil am Fenster. Ein anderer kauerte auf der Kiste mit der Weihnachtsdekoration und bewegte leicht die Flügel. Die Szenerie erinnerte mich wieder an Jakes Bild – und den Umstand, dass er die Schmetterlinge hier drin wohl kaum gesehen haben konnte. Doch dieses Rätsel konnte ich im Augenblick nicht auch noch lösen.

Wer sind Sie, Norman?

Was haben Sie hier drin gesucht?

Mit dem Fuß schob ich ein bisschen vertrocknetes Laub beiseite, um Platz zu schaffen, hob die Weihnachtsdekokiste auf den Boden und fing an, darin zu wühlen.

Eine halbe Stunde später hatte ich die Umzugskartons durchsucht, indem ich einen nach dem anderen über dem Boden ausgeleert, den Inhalt um mich herum verteilt und mich dann mitten hineingekniet hatte. Der Steinboden fühlte sich eisig an und als würde die Jeans über meinen Knien feuchte ovale Flecken anziehen.

In meinem Rücken schepperte die Garagentür, und von dem Geräusch aufgeschreckt wirbelte ich herum. Doch die Zufahrt war sonnenbeschienen – und menschenleer. Bloß ein laues Lüftchen, das die Tür gegen den Farbeimer gedrückt hatte.

Ich drehte mich wieder zu den Sachen um, die ich gefunden hatte.

Im Grunde war da rein gar nichts. Die Kisten hatten alles mögliche Zeug enthalten, das man nicht dringend brauchte, aber eben auch nicht wegwerfen wollte. Da war zum einen die Weihnachtsdeko; spindelweise Lametta lag um mich herum. Dann gab es Zeitschriften und Zeitungen, zusammengelegte Klamotten, die muffig rochen, staubige alte Verlängerungskabel. Nichts von alledem sah aus, als wäre es mit einem Hintergedanken hier versteckt worden; wahrscheinlicher war es einfach nach und nach weggepackt worden und dann in Vergessenheit geraten. Ich versuchte, meinem Ärger Einhalt zu gebieten. Hier waren keine Antworten zu finden. Allerdings hatte meine Suche weitere Falter aufgeschreckt. Im Augenblick krabbelten fünf oder sechs von ihnen über den Müll, den ich auf dem Boden verteilt hatte, und zuckten mit den Fühlern, während zwei andere gegen das Fenster flatterten. Ich sah zu, wie einer von ihnen von einem Päckchen Lametta abhob und an mir vorbei auf die offene Tür zuflog, ehe das dumme Ding wieder kehrtmachte und vor mir auf dem Boden auf einem der Ziegelsteine landete.

Für einen Moment betrachtete ich ihn und bewunderte die satten, leuchtenden Farben auf seinen Flügeln. Zielgerichtet krabbelte er über den Ziegel und verschwand dahinter in einer Ritze.

Ich starrte zu Boden.

Der Garagenboden vor mir war in weiten Teilen von scheinbar willkürlich zusammengesetzten alten Mauerziegeln bedeckt, und es dauerte einen Augenblick, bis mir dämmerte, worauf ich hinabstarrte: auf eine alte Werkstattgrube, in die sich jemand legen konnte, um den Unterboden eines Fahrzeugs zu bearbeiten. Sie war mit Ziegeln aufgefüllt worden, damit der Boden eben war.

Zaghaft angelte ich den Ziegel heraus, über den der Falter gekrochen war. Er war von Staub und Spinnweben übersät; der Falter klammerte sich hartnäckig an die Unterseite.

Unter dem Loch, in dem der Ziegel gesessen hatte, kam der Deckel einer weiteren Umzugskiste zum Vorschein.

Hinter mir schepperte die Garagentür.

Himmel!

Diesmal stand ich auf und lief hinaus auf die Zufahrt. Es war niemand zu sehen, aber in den letzten paar Minuten war die Sonne hinter einer Wolke verschwunden, und die Welt dort draußen fühlte sich dunkler und kälter an. Der Wind hatte aufgefrischt. Als ich nach unten sah, hielt ich noch immer den Ziegelstein – und meine Hand zitterte leicht.

Zurück in der Garage legte ich den Ziegel beiseite und fing an, die Grube nach und nach freizulegen, sodass der versteckte Umzugskarton zum Vorschein kam. Er war genauso groß wie die anderen, aber auf der Oberseite mit Paketband zugeklebt. Ich griff nach meinem Schlüsselbund, wählte den Schlüssel mit der schärfsten Spitze, und mein Herz hämmerte wie wild.

Haben Sie das hier gesucht, Norman?

Ich zog die Spitze über das Klebeband, schob dann die Finger in den Schlitz und zog die Seiten auseinander. Mit einem scharfen Ratschen ging der Deckel auf. Ich spähte hinein.

Und wich sofort zurück, kauerte mich auf die Fersen und konnte – oder wollte – nicht begreifen, was ich gerade gesehen hatte. Meine Gedanken rasten zurück zu dem, was Jake letzte Nacht gesagt hatte, als er vorn im Wohnzimmer Selbstgespräche geführt hatte. *Ich will dir auch Angst machen.* In jenem Moment hatte ich angenommen, dass das kleine Mädchen wieder in unser Leben getreten war.

Eine Autotür schlug zu. Ich sah über die Schulter. Am unteren Ende der Zufahrt hatte ein Wagen geparkt, und ein Mann und eine Frau kamen auf mich zugeschlendert.

Das war sie nicht, hatte mein Sohn zu mir gesagt.

Das war der Junge im Boden.

»Mr. Kennedy?«, rief die Frau.

Statt ihr zu antworten, wandte ich mich wieder der Kiste zu.

Den Knochen, die darin lagen.

Dem kleinen Schädel, der zu mir emporstarrte.

Und dem wunderschönen, farbigen Falter, der darauf gelandet war und jetzt langsam die Flügel bewegte.

28

Pete hatte Norman Collins damals mehrmals getroffen, aber er hatte den Mann nie in seinem Haus aufgesucht. Trotzdem kannte er es: eine Doppelhaushälfte, die früher Collins' Eltern gehört hatte. Nach dem Tod des Vaters hatte er dort noch einige Jahre lang mit seiner Mutter gewohnt und war geblieben, nachdem auch sie gestorben war.

Dagegen war natürlich nichts einzuwenden, trotzdem hatte Pete bei der Vorstellung ein leicht mulmiges Gefühl. Kinder sollten irgendwann von zu Hause ausziehen und sich ein eigenes Leben aufbauen; alles andere legte eine gewisse ungesunde Abhängigkeit oder Unzulänglichkeit nahe. Vielleicht lag es auch nur daran, dass Pete diesen Collins kannte – und in seiner Erinnerung war der Mann weich, teigig und schwitzte immerzu, als würde etwas in ihm verrotten und aus ihm heraussickern. In Petes Vorstellung war er genau der Typ Mann, der das Elternschlafzimmer so beließ, wie es war, und im Bett seiner toten Mutter schlief.

Doch auch wenn sich Pete die Nackenhaare aufstellten, war Norman Collins nie und nimmer Frank Carters Komplize gewesen.

In dieser Erkenntnis lag ein gewisser Trost. Und was immer Collins mit den aktuellen Ereignissen zu tun hatte – zumindest hatte Pete ihn damals nicht übersehen. Unter Verdacht gestanden hatte er durchaus. Doch seine Alibis waren gründlich abgeklopft worden. Wenn tatsächlich irgendjemand Carter geholfen hatte, war es rein physisch ausgeschlossen, dass es sich dabei um Norman Collins gehandelt hatte.

Aber was hatte er dann im Gefängnis gemacht?

Womöglich gab es dafür einen plausiblen Grund.

Und doch hatte Carter über irgendwelche Kanäle Nachrichten aus der Außenwelt erhalten – und noch während Pete vor Collins' Haus parkte, spürte er ein Flattern in der Magengrube. Er durfte sich bloß nicht allzu viel Hoffnung machen. Trotzdem hatte er das Gefühl, auf der richtigen Spur zu sein, auch wenn noch immer nicht klar war, wohin die Spur führte.

Er ging auf das Haus zu. Der kleine, ungepflegte Vorgarten war von Gras überwuchert. Die Hecke direkt vor dem Haus war derart ausladend, dass er sich seitlich daran vorbeischieben musste, um die Eingangstür zu erreichen. Als er anklopfte, fühlte sich das Holz unter seinen Fingerknöcheln morsch, löchrig und halb zerfressen an. Irgendwann war die Tür weiß lackiert worden, doch inzwischen war der Lack stark abgeblättert.

Er wollte gerade zum zweiten Mal anklopfen, als er drinnen eine Bewegung hörte. Die Tür ging auf, wenn auch nur so weit es die Sicherheitskette zuließ. Er hatte nicht gehört, dass sie zuvor eingehängt worden wäre; anscheinend legte Collins Wert auf Sicherheit in seinem Haus, selbst wenn er daheim war.

»Ja?«

Norman Collins hatte ihn allem Anschein nach nicht wiedererkannt, während Pete sich umso besser an den Mann erinnern konnte: Er hatte sich in zwanzig Jahren kaum verändert – mal abgesehen von der Mönchstonsur, die grau geworden war. Sein kahler Schädel war fleckig und von wütendem Rot. Und obwohl er wahrscheinlich zu Hause entspannt hatte, war er in seinem eleganten Anzug mit Weste fast schon absurd förmlich gekleidet.

Pete hielt seinen Dienstausweis in die Höhe. »Hallo, Mr. Collins. DI Pete Willis – vielleicht erinnern Sie sich nicht mehr, aber wir sind uns vor Jahren schon ein paarmal begegnet.«

Collins' Blick huschte von Petes Ausweis zu dessen Gesicht, und mit einem Mal sah er angespannt und verkrampft aus. Also erinnerte er sich.

»Oh, ja. Natürlich.«

Pete steckte den Ausweis wieder ein. »Könnten wir uns vielleicht drinnen unterhalten? Ich versuche auch, mich kurzzufassen.«

Collins zögerte und warf einen Blick zurück in sein dunkles Haus. Pete konnte sehen, wie ihm Schweißperlen auf die Stirn traten.

»Gerade passt es leider wirklich nicht. Worum geht es?«

»Darüber würde ich gern drinnen mit Ihnen sprechen, Mr. Collins.«

Er wartete. Collins war klein und untersetzt, und Pete war zuversichtlich, dass er schwache Nerven hatte. Und wirklich, nach ein paar Sekunden knickte Collins ein.

»Na dann …«

Die Tür ging kurz zu, öffnete sich wieder – und diesmal zur Gänze. Pete betrat einen schmalen, tristen Flur, von dem direkt vor ihm eine Treppe ins dunstige obere Stockwerk führte. Die Luft roch abgestanden und staubig und einen Hauch süßlich; es erinnerte ihn an alte Schulbänke aus seiner Kindheit, die man aufklappte und aus denen einem der Geruch von Holz und alten Kaugummis entgegenschlug.

»Wie kann ich Ihnen behilflich sein, DI Willis?«

Sie standen am Fuß der Treppe, wo es für Petes Geschmack eindeutig zu eng war. Aus dieser Nähe konnte er Collins'

Ausdünstungen riechen, den Schweiß, der unter dem Anzug strömte. Er deutete vage in Richtung einer offenen Tür, hinter der er das Wohnzimmer vermutete.

»Könnten wir vielleicht dort reingehen?«

Wieder zögerte Collins.

Pete runzelte die Stirn.

Was wollen Sie vor mir geheim halten, Norman?

»Natürlich«, murmelte Collins. »Bitte hier entlang.«

Er führte Pete ins Wohnzimmer. Pete rechnete mit weiteren Zeichen der Verwahrlosung, doch das Zimmer wirkte aufgeräumt und sauber, und die Möbel waren neuer und wesentlich weniger altbacken, als er befürchtet hatte. An einer Wand hing ein riesiger Plasmafernseher, die anderen Wände waren mit gerahmten Bildern und kleineren Glasvitrinen bedeckt.

Collins blieb in der Mitte des Zimmers stehen, hielt den Rücken verkrampft gerade und rang die Hände wie ein Butler. Irgendetwas an diesem merkwürdig formellen Verhalten des Mannes sorgte dafür, dass sich Pete die Nackenhaare aufstellten.

»Geht es … Ihnen gut, Mr. Collins?«

»O ja.« Collins nickte. »Darf ich fragen, was Sie herführt?«

»Vor gut zwei Monaten haben Sie einen Gefängnisinsassen namens Victor Tyler im HMP Whitrow besucht.«

»Hab ich.«

»Was war der Zweck Ihres Besuchs?«

»Ich wollte mich mit ihm unterhalten. Genau wie bei meinen anderen Besuchen.«

»Sie hatten ihn also schon früher besucht?«

»Ja. Mehrmals.« Collins stand immer noch stocksteif da. Und er lächelte immer noch höflich.

»Darf ich fragen, worüber Sie sich mit Victor Tyler unterhalten haben?«

»Na ja, natürlich über seine Tat.«

»Über das Mädchen, das er ermordet hat?«

Collins nickte. »Mary Fisher.«

»Ja, der Name ist mir bekannt.«

Ein Ghul. Genau so war Collins Pete immer schon vorgekommen – ein merkwürdiger kleiner Mann, der sich von derselben Düsternis angezogen fühlte, vor der andere sich instinktiv wegduckten. Immer noch stand Collins lächelnd da, als wartete er geduldig darauf, dass diese Angelegenheit endlich vorüber wäre und Pete wieder ginge. Doch das Lächeln wirkte gekünstelt. Collins war eindeutig nervös, schoss es Pete durch den Kopf. Er hatte etwas zu verbergen. Außerdem dämmerte es Pete, dass auch er selbst stillstand, dass in dem Zimmer eine unangenehme Reglosigkeit herrschte; also ging er auf die Wand zu und musterte die Bilder, die Collins gerahmt hatte, und die Gegenstände, die er dort verwahrte.

Die Zeichnungen sahen eigenartig aus. Erst aus der Nähe war zu erkennen, wie kindlich viele davon wirkten. Er ließ den Blick hierhin und dorthin schweifen, über Strichmännchen, laienhafte Bilder – ehe etwas umso Ungewöhnlicheres seine Aufmerksamkeit erregte. Eine rote Teufelsmaske aus Plastik – die Art, wie man sie in billigen Kostümgeschäften kaufen konnte, nur dass Collins sie aus unerfindlichen Gründen in einem filigranen Glaskasten an die Wand gehängt hatte.

»Das ist ein Sammlerstück.«

Mit einem Mal stand Collins neben ihm. Pete unterdrückte den Impuls zu schreien, trat aber unwillkürlich einen Schritt zur Seite.

»Ein Sammlerstück?«

»Ganz genau.« Collins nickte. »Die hat ein ziemlich bekannter Mörder während seiner Taten getragen. Hat mich ein kleines Vermögen gekostet, aber es ist ein schönes Stück, und Provenienz und Papiere waren einwandfrei.« Collins drehte sich eilig zu Pete um. »Alles komplett offiziell und legal erworben, das kann ich Ihnen versichern. War noch etwas, womit ich Ihnen behilflich sein kann?«

Kopfschüttelnd versuchte Pete zu begreifen, was Collins gerade gesagt hatte. Dann sah er sich die anderen Gegenstände an den Wänden an. Es waren nicht bloß Bilder, wie er jetzt erkannte: Mehrere Rahmen enthielten Notizen und Briefe. Bei einigen handelte es sich eindeutig um behördliche Schreiben und Berichte, während andere handgeschrieben und auf billigen Notizzetteln hingeschmiert waren.

Leicht hilflos deutete er auf die Wand. »Und … die hier?«

»Schriftwechsel«, erklärte Collins stolz. »Ein paar mit mir persönlich, andere Briefe habe ich gekauft. Außerdem Formulare und offizielle Ermittlungsdokumente.«

Pete trat erneut einen Schritt zur Seite und stellte sich wieder in die Zimmermitte. Dann drehte er den Kopf, sah hierhin und dorthin, und als ihm endlich klar wurde, womit er es zu tun hatte, wurde ihm heiß und kalt.

Zeichnungen, Memos, Briefe. Artefakte des Todes, von Gewaltverbrechen.

Ihm war auch zuvor schon klar gewesen, dass es auf der Welt Menschen gab, die alles daransetzten, derlei makabre Gegenstände um sich zu scharen, und dass im Internet damit ein florierender Handel betrieben wurde. Doch er hatte noch nie inmitten einer solchen Sammlung gestanden. Das Zimmer um ihn herum schien vor Boshaftigkeit zu pulsieren, nicht zuletzt weil es sich hierbei nicht bloß um eine Sammlung, sondern um das Zelebrieren der Taten zu handeln schien. Wie all diese Dinge ausgestellt waren, zeugte von Ehrfurcht.

Er sah Norman Collins an, der vor der Wand stehen geblieben war. Das Lächeln war aus seinem Gesicht verschwunden und etwas fast Außerweltlichem, Reptilienhaftem gewichen. Collins hatte Pete nicht hereinlassen wollen, und er hatte eindeutig gehofft, ihre Unterhaltung beenden zu können, noch ehe Pete die Bilder und Sammelobjekte entdeckte. Doch inzwischen hatte sich in seine Miene ein Hauch von höhnischem Stolz geschlichen – ein Gesichtsausdruck, der davon zeugte, dass Collins klar war, wie abstoßend Pete die Sammlung fand, und dass ein Teil von ihm genau das auskostete. Dass er so in gewisser Weise über ihm stand.

Alles komplett offiziell und legal erworben, das kann ich Ihnen versichern.

Pete stand noch einen Moment lang da und wusste nicht recht, was er tun sollte oder ob es überhaupt etwas gab, was er tun konnte. Dann klingelte sein Handy, und er zuckte zusammen. Er nahm es zur Hand, drehte sich weg und ging ran.

»Willis, ja?«

Es war Amanda.

»Pete? Wo sind Sie gerade?«

»Ich bin dort, wo ich gesagt hab, dass ich hinfahren würde.« Er hatte ihren alarmierten Ton durchaus gehört. »Wo sind Sie?«

»Ich bin an der Garholt Street. Wir haben eine zweite Leiche.«

»Eine zweite?«

»Ja. Allerdings sind diese sterblichen Überreste hier wesentlich älter. Sieht aus, als hätten sie hier schon seit Jahren gelegen.«

Pete versuchte zu begreifen, was er gerade gehört hatte.

»Das Haus ist kürzlich erst verkauft worden.« Amanda klang fast atemlos, als wäre auch sie immer noch dabei, alles zu verarbeiten. »Der neue Besitzer hat Knochen in einer Kiste in seiner Garage gefunden. Außerdem hat er gemeldet, dass jemand gestern Nacht versucht hat, seinen Sohn zu entführen. Und Ihr Typ – dieser Norman Collins … Sieht ganz danach aus, als wäre er hier auf dem Grundstück herumgeschlichen.

Der Besitzer hat ihn wiedererkannt. Ich glaube, Collins wusste, dass die Leiche hier lag.«

Als wäre er sich schlagartig der körperlichen Nähe bewusst geworden, wirbelte Pete herum. Collins hatte sich erneut unbemerkt an ihn herangepirscht. Er stand jetzt direkt neben Pete, und zwar so nah, dass Pete die Poren in dessen Haut und die Schwärze in dessen Augen sehen konnte.

»Wär dann noch was, DI Willis?«, wisperte Collins.

Pete wich einen Schritt zurück. Sein Herz hämmerte.

»Bringen Sie ihn aufs Revier«, sagte Amanda.

29

Eine Straße von Jakes Schule entfernt stellte ich den Wagen ab. Eigentlich hätte es mir Sicherheit geben sollen, dass neben mir ein Polizeibeamter saß.

Ich war verärgert gewesen, dass die Officers, die am frühen Morgen vorbeigekommen waren, unseren nächtlichen Besucher und die versuchte Entführung meines Sohnes nicht so ernst genommen hatten. Doch das hatte sich jetzt geändert – nur dass daran rein gar nichts beruhigend war. Es bedeutete lediglich, dass die Gefahr für Jake real war.

DS Dyson blickte auf. »Sind wir da?«

»Die Schule ist dort um die Ecke.«

Er schob sein Handy in die Hosentasche. Dyson war über fünfzig; trotzdem war er die ganze Fahrt vom Revier hierher wie ein Teenager in sein Handy vertieft gewesen. »Gut«, sagte er jetzt. »Ich möchte, dass Sie sich genauso verhalten wie sonst. Holen Sie Ihren Sohn ab. Unterhalten Sie sich mit den anderen Eltern – oder was immer Sie sonst machen. Nehmen Sie sich Zeit. Ich lasse Sie nicht aus den Augen, und ich habe auch die anderen Leute, die sich dort befinden, im Blick.«

Ich trommelte aufs Lenkrad. »DI Beck hat gesagt, Sie haben den Typen bereits erwischt …«

»Sicher.« Dyson zuckte mit den Schultern. Offenbar leistete er einfach einem Befehl Folge und exerzierte das hier pro forma durch. »Ist bloß eine Vorsichtsmaßnahme.«

Eine Vorsichtsmaßnahme.

Genau so hatte es auch DI Amanda Beck auf dem Revier formuliert. Die Ereignisse hatten sich überschlagen, seit die Polizei bei mir angekommen war und ich ihnen gezeigt hatte, worauf ich gestoßen war. In der Zwischenzeit war Norman Collins verhaftet worden, was mir nur umso deutlicher vor Augen führte, was in der vergangenen Nacht mit Jake hätte passieren können. Aber jetzt, da Collins in seiner Zelle saß, sollte mein Sohn doch in Sicherheit sein.

Warum also die Eskorte?

Bloß eine Vorsichtsmaßnahme.

Es hatte mich weder auf dem Revier beruhigt, noch beruhigte es mich jetzt. Mit der Polizei hatte ich eine kompetente, starke Kraft an meiner Seite, und trotzdem fühlte es sich so an, als wäre Jake erst in Sicherheit, wenn ich ihn bei mir hätte. Wenn er irgendwo wäre, wo *ich* auf ihn aufpassen konnte.

Dyson ließ sich zurückfallen, während ich auf die Schule zuging, und es fühlte sich surreal an zu wissen, dass ich undercover von einem Polizisten beschattet wurde. Andererseits hatte sich schon der ganze Tag seltsam und unwirklich angefühlt. Nachdem alles so schnell gegangen war, hatte ich immer noch nicht vollends begriffen, dass ich sterbliche Überreste gefunden hatte – aller Wahrscheinlichkeit nach die eines Kindes, und das auf meinem Grundstück. Das Ausmaß des Ganzen war mir immer noch nicht voll begreiflich. Ich hatte auf dem Revier wie ferngesteuert meine Aussage gemacht, die jetzt abgetippt wurde und die ich noch unterschreiben müsste, sobald ich Jake abgeholt hätte. Ich hatte immer noch keinen Schimmer, was danach passieren würde.

Ich solle mich normal verhalten, hatte Dyson gesagt, was unter den derzeitigen Umständen eine komplett unmögliche Anweisung war. Doch als ich den Schulhof erreichte, sah ich Karen mit den Händen in den Taschen ihres weiten Mantels am Zaun lehnen und beschloss, dass mit ihr zu plaudern doch wohl ebenso normal wäre wie alles andere. Ich ging auf sie zu und lehnte mich neben ihr gegen den Zaun.

»Na«, sagte sie, »was macht die Kunst?«

»Verkünstelt sich.«

»Haha.« Dann sah sie mich direkt an. »Auch wenn's nicht wirklich ein Scherz ist, oder, so wie es den Anschein hat? Schlechten Tag gehabt?«

Ich atmete langsam aus. Die Polizei hatte mir nicht ausdrücklich verboten, über die jüngsten Ereignisse zu sprechen, aber ich nahm an, dass es zum jetzigen Zeitpunkt verfrüht gewesen wäre. Mal abgesehen davon, dass ich gar nicht gewusst hätte, wo ich anfangen sollte.

»Kann man so sagen. Die letzten vierundzwanzig Stunden waren ziemlich vertrackt. Was genau passiert ist, erzähle ich lieber ein andermal.«

»O weh, na, da bin ich gespannt. Ich hoffe, es geht Ihnen gut? Ist nicht böse gemeint, aber Sie sehen ziemlich scheiße aus ...« Sie dachte kurz darüber nach. »Hm, das klang jetzt wahrscheinlich doch böse, oder? Entschuldigung! Ich sag immer die falschen Sachen – schlechte Angewohnheit ...«

»Schon in Ordnung. Ich hab gestern Nacht einfach nicht genug geschlafen.«

»Hat der imaginäre Freund Ihres Sohnes Sie wach gehalten?«

Ich musste tatsächlich lachen.

»Das ist näher an der Wahrheit dran, als Sie ahnen.«

Der Junge im Boden.

Sofort war ich in Gedanken wieder bei den rostig aussehenden Knochen und dem hohläugigen Schädel mit dem rissigen Scheitel. Bei den leuchtenden Farben der Falter, die Jake nicht gesehen haben konnte und trotzdem gezeichnet hatte. Sosehr ich ihn jetzt hier draußen bei mir haben wollte, war ich bei der

Vorstellung doch leicht nervös; *er* machte mich nervös. Mein empfindsamer Sohn, der schlafwandelte und eingebildete Freunde hatte, der mit Leuten sprach, die gar nicht da waren, die ihm gruselige Abzählreime vorsagten und versuchten, ihm Angst einzujagen …

Sie jagten mir ebenfalls Angst ein.

Die Tür ging auf, Mrs. Shelley trat vor, sah zu den Eltern und rief dann einen Kindernamen nach dem anderen über die Schulter. Ihr Blick wanderte zu Karen und mir.

»Adam«, rief sie und machte dann sofort mit einem anderen Jungen weiter.

»Oh, oh«, sagte Karen. »Sieht so aus, als wären Sie wieder für schlechtes Betragen dran …«

»Nach so einem Tag wundert mich das nicht.«

»Fühlt sich an, als wäre man selbst wieder Schulkind, was? So wie sie dann mit einem reden.«

Ich nickte. Auch wenn ich nicht ganz sicher war, ob ich in meinem Zustand heute damit klarkäme.

»Na ja. Passen Sie gut auf sich auf!«, sagte Karen, als Adam bei uns angekommen war.

»Wird gemacht.«

Ich sah ihnen nach und wartete so lange, bis auch die restlichen Kinder draußen waren. Zumindest, nahm ich an, hatte Dyson auf die Weise ausreichend Zeit für seine *Vorsichtsmaßnahmen.* Bei dem Gedanken wanderte mein Blick unwillkürlich über die Gesichter auf dem Schulhof. Nur was sollte das bringen? Ein paar andere Eltern erkannte ich wieder, aber ich war nie lange genug hier gewesen, um mehr als eine Handvoll von ihnen zu kennen. Und für sie sah ich wahrscheinlich selbst verdächtig aus.

Als nur noch Jake übrig war, winkte Mrs. Shelley mich zu sich. Jake tauchte neben ihr auf, und wieder blickte er zu Boden. Er sah so verletzlich aus, dass ich ihn am liebsten sofort von hier wegholen wollte – ihn einfach hochnehmen und irgendwo in Sicherheit bringen. In diesem Moment spürte ich, wie sehr ich ihn liebte. Vielleicht war er einfach zu zerbrechlich, um normal zu sein, um sich anzupassen und akzeptiert zu werden. Aber nach allem, was vorgefallen war – was spielte das noch für eine Rolle?

»Wieder Ärger?«, fragte ich.

»Ich fürchte, ja.« Mrs. Shelley lächelte mich traurig an. »Jake ist auf Rot gerutscht. Er musste zu Miss Wallace. War es nicht so, Jake?«

Er nickte niedergeschlagen.

»Was ist denn passiert?«, wollte ich wissen.

»Er hat einen Mitschüler geschlagen.«

»Oh.«

»Owen hat angefangen.« Jake klang, als wäre er den Tränen nah. »Er hat versucht, mir mein *Päckchen mit Besonderen Sachen* wegzunehmen. Ich wollte ihn nicht schlagen.«

»Tja …« Mrs. Shelley verschränkte die Arme und sah mich vorwurfsvoll an. »Ich bin mir nicht sicher, ob so was das Richtige ist für ein Kind seines Alters; er sollte es gar nicht erst mit in die Schule bringen.«

Ich wusste nicht, was ich sagen sollte. Nach guter gesellschaftlicher Sitte hätte ich mich in dieser Lage auf die Seite der Erwachsenen schlagen müssen, was bedeutete, ich hätte Jake jetzt erzählen müssen, dass Gewalt keine akzeptable Lösung und seine Lehrerin, was das Päckchen betraf, womöglich im Recht war. Aber ich brachte es nicht übers Herz. Die ganze Situation kam mir mit einem Mal lächerlich banal vor. Dieses verdammte Scheißampelsystem. Dieses Schreckgespenst Miss Wallace. Und vor allen Dingen die Vorstellung, Jake dafür zu tadeln, dass irgend so ein kleines Arschloch ihn gepiesackt und – ziemlich sicher – nichts anderes gekriegt hatte als das, was er verdiente.

Ich sah meinen Sohn an, der so schüchtern vor mir stand und unter Garantie damit rechnete, dass ich ihn gleich ausschimpfte, obwohl ich doch einfach nur zu ihm sagen wollte: *Gut gemacht. Ich hatte in deinem Alter nie den Mut, so was zu tun. Ich hoffe, du hast ihm ordentlich eins übergezogen.*

Doch dann gewann die gesellschaftliche Konvention doch Oberhand.

»Ich rede mit ihm«, sagte ich.

»Gut. Denn das war nun wirklich kein gelungener Start, oder, Jake?« Mrs. Shelley strich ihm durchs Haar, und die gesellschaftliche Konvention knickte noch auf der Zielgeraden ein.

»Fassen Sie ihn nicht an!«

»Wie bitte?«

Sie zog die Hand zurück, als hätte sie einen elektrischen Schlag abbekommen. Auch wenn ich gar nicht über das nachgedacht hatte, was ich da sagte, und mir nicht sicher war, was als Nächstes käme, verspürte ich eine gewisse Befriedigung.

»Genau das meine ich«, sagte ich. »Sie können ihn nicht in ihrem Ampelsystem hochschieben und dann so tun, als wären Sie nett zu ihm. Ehrlich gesagt finde ich, was Sie da tun, ist für die Kinder fürchterlich – ganz zu schweigen von einem Kind, das offenkundig aktuell Probleme hat.«

»Was für Probleme?« Sie wirkte verlegen. »Wenn es Probleme gibt, sollten wir darüber reden.«

Mir war klar, dass es dumm war, derart in die Offensive zu gehen, trotzdem freute ich mich insgeheim ein bisschen, dass ich mich so vor meinen Sohn stellte. Ich blickte wieder zu Jake, der mich jetzt neugierig ansah, als wäre er sich nicht ganz sicher, wie er mein Verhalten deuten sollte. Ich lächelte ihn an. Ich war froh, dass er sich verteidigt hatte, dass er allen gezeigt hatte, was in ihm steckte.

Ich sah wieder Mrs. Shelley an.

»Ich rede mit ihm«, versicherte ich ihr. »Dass er den Jungen geschlagen hat, war verkehrt. Ich unterhalte mich mit ihm ausführlich darüber, wie man sich noch anders zur Wehr setzen kann, wenn man gemobbt wird.«

»Also ... das hört sich doch gut an.«

»In Ordnung. Hast du alles, Kumpel?«

Jake nickte.

»Gut«, sagte ich. »Ich glaub nämlich, dass wir heute nicht nach Hause zurückfahren.«

»Warum denn nicht?«

Wegen des Jungen im Boden. Doch das sprach ich nicht aus. Das Merkwürdigste war, dass ich das Gefühl hatte, er wüsste die Antwort ohnehin.

»Komm«, sagte ich sachte.

30

Sie haben ihn gefunden, dachte Pete.

Nach all der Zeit.

Sie haben Tony gefunden.

Er saß in seinem Auto und sah zu, wie die Spurentechniker Norman Collins' Haus betraten. Im Augenblick war dies das Einzige, was entlang dieser Straße passierte. Obwohl sich jede Menge Polizei eingefunden hatte, war von der Presse noch nichts zu sehen, und sofern rundherum Nachbarn zu Hause waren, ließen die sich fürs Erste nicht blicken. Ein Techniker war auf der Vordertreppe stehen geblieben, presste sich die Hand an den unteren Rücken und dehnte sich.

In Handschellen beobachtete Collins das Treiben vom Rücksitz aus.

»Dazu haben Sie kein Recht«, sagte er ausdruckslos.

»Seien Sie still, Norman.«

Im Innern des Wagens war seinen Körperausdünstungen nicht zu entkommen, aber reden wollte Pete mit ihm nicht auch noch. Weil sie noch keine handfesten Beweise gesichert hatten, hatte er Collins für den Moment nur wegen des Verdachts auf den Erwerb illegaler Waren festnehmen können, einfach weil sie mit dieser Anklage angesichts einiger Objekte aus der Sammlung höchstwahrscheinlich durchkommen würden und sie damit jede Legitimation für eine Hausdurchsuchung hätten. Allerdings wollten sie ihn für mehr als das drankriegen. Und ganz gleich, wie viele Fragen Pete durch den Kopf gingen – er würde jetzt nicht die Ermittlungen gefährden, indem er Collins an Ort und Stelle befragte. Das würde warten müssen, bis sie im Revier wären. Bis sie die Befragung aufzeichnen könnten und alles wasserdicht wäre.

»Sie werden nichts finden«, sagte Collins.

Pete ignorierte ihn. Denn sie hatten bereits etwas gefunden – und Collins schien damit in Verbindung zu stehen. Sie waren auf weitere, ältere sterbliche Überreste gestoßen. Collins war immer schon von Carter und dessen Verbrechen besessen gewesen; er hatte Frank Carters Kumpel im Gefängnis besucht; er war auf dem Grundstück herumgeschlichen, auf dem die Knochen des zweiten Jungen aufgetaucht waren. Collins *musste* gewusst haben, dass die Leiche dort versteckt worden war – da war Pete sich ganz sicher. Und noch wichtiger – auch wenn die offizielle Identifizierung noch ausstand: Er war sich sicher, dass es sich um Tony Smiths sterbliche Überreste handelte.

Nach zwanzig Jahren bist du endlich gefunden worden.

Mal abgesehen von allem anderen hätte diese Wendung ihm Erleichterung und das Gefühl bescheren müssen, endlich einen Schlussstrich ziehen zu können, nachdem er so lange nach dem Jungen gesucht hatte. Doch es fühlte sich nicht so an. Er konnte einfach nicht aufhören, an all die Wochenenden zu denken, die er meilenweit von hier entfernt durch Gestrüpp und Waldstücke gestreift war, während Tony die ganze Zeit viel näher an seinem Zuhause gelegen hatte, als alle vermutet hätten.

Und das bedeutete, dass er vor zwanzig Jahren irgendetwas übersehen hatte.

Er blickte auf das Tablet auf seinem Schoß.

Gott, wie sehr er sich jetzt einen Drink wünschte – und war das nicht komisch? Die meisten Leute hielten den Alkohol für einen Puffer gegen die Schrecken der Außenwelt. Doch jetzt waren Tony Smiths sterbliche Überreste aufgetaucht, und es war mehr als wahrscheinlich, dass sie den Mann, der für Neil Spencers Ermordung verantwortlich war, in ihrem Gewahrsam hatten, dass er just in diesem Moment hinter Pete auf der Rückbank saß – und trotzdem war sein Bedürfnis zu trinken stärker denn je. Es gab so viele Gründe zu trinken. Und nur einen einzigen Grund, es nicht zu tun.

Nachher darfst du trinken. So viel du willst.

Er nahm es so hin. Was auch immer funktionieren mochte – so einfach war es nun mal. Im Krieg griff man zu jedweder Waffe, die man zur Hand hatte, um eine bevorstehende Schlacht zu schlagen, und dann sammelte man sich wieder und bereitete die nächste Attacke vor. Und die übernächste. Und alle weiteren.

Was auch immer funktionieren mochte.

»Ich habe nichts Falsches getan«, sagte Collins nachdrücklich.

»Halten Sie den Mund.«

Pete tippte auf das Tablet. Er konnte es nicht länger aufschieben: Er musste wissen, was er all diese Jahre übersehen hatte – und warum. Und er würde mit dem Haus an der Garholt Street anfangen, wo Tony Smiths sterbliche Überreste aufgetaucht waren.

Er überflog die Einträge. Bis vor Kurzem hatte das Haus einer gewissen Anne Shearing gehört. Sie hatte es von ihren Eltern geerbt, dort aber selbst schon seit Jahrzehnten nicht mehr gewohnt, sondern es stattdessen über die Jahre an diverse Personen vermietet.

Die Liste der Mieter war lang, doch Pete nahm an, dass er sämtliche Personen vor 1997 ausschließen konnte, als Frank Carter die Morde begangen hatte. Damals hatte ein gewisser Julian Simpson das Haus gemietet – und das bereits seit vier

Jahren. Und er hatte bis 2008 dort gewohnt. Pete öffnete ein neues Fenster und gab den Namen in die Suchmaske ein. Simpson war im selben Jahr mit siebzig Jahren an Krebs gestorben. Er klickte zurück. Der nächste Mieter war ein gewisser Dominic Barnett gewesen, der das Haus bis zu diesem Frühjahr bewohnt hatte.

Dominic Barnett.

Pete runzelte die Stirn. Der Name kam ihm bekannt vor. Und sobald er ihn durch die Suchmaschine gejagt hatte, wusste er auch wieder, worum es gegangen war, obwohl er selbst damals mit dem Fall nichts zu tun gehabt hatte. Barnett war eine kleine Halbweltnummer gewesen, hatte sich mit Drogendeals und Erpressung über Wasser gehalten und war zwar polizeibekannt, aber im Gesamtzusammenhang eher zu vernachlässigen gewesen. In den letzten zehn Jahren hatte nichts mehr gegen ihn vorgelegen – was natürlich nicht bedeutete, dass er sich nichts hatte zuschulden kommen lassen. Und niemand war überrascht gewesen, als er tot aufgefunden worden war. Die Tatwaffe – ein Hammer – hatte Teilfingerabdrücke aufgewiesen, die aber in der Datenbank keinen Treffer erzielt hatten. Einen mutmaßlichen Täter hatten sie bei der anschließenden Fahndung nicht ausfindig machen können. Doch zumindest hatten sie die Öffentlichkeit beruhigen können. Auch wenn niemand dafür zur Verantwortung gezogen werden konnte, war die Polizei davon ausgegangen, dass es sich um eine zielgerichtete Einzeltat handelte, und jeder, der ein bisschen zwischen den Zeilen lesen konnte, hatte sich sicherlich denken können, was das zu bedeuten hatte. Jetzt kamen Pete Zweifel. Drogen waren noch immer das wahrscheinlichste Motiv für den Mord; dann wiederum hatte Barnett in einem Haus gewohnt, in dem sterbliche Überreste versteckt worden waren, und es schien nicht sehr wahrscheinlich, dass er darüber nicht Bescheid gewusst haben sollte. Legte das vielleicht ein anderes Mordmotiv nahe?

Er sah auf und betrachtete für einen Moment Norman Collins im Rückspiegel. Collins starrte reglos hinüber zu seinem Haus.

Er würde sich mit drei Personen beschäftigen müssen: mit Julian Simpson sowie Dominic Barnett, die beide in dem Haus gewohnt hatten – und mit Norman, der anscheinend gewusst hatte, was im Schuppen versteckt worden war. In welcher Beziehung standen die drei zueinander? Was war vor zwanzig Jahren passiert und was in der Zwischenzeit?

Pete rief die Straßenkarte von Featherbank auf.

Die Garholt Street war die nächstliegende Verbindung zwischen der Stelle, an der Tony Smith entführt worden, und der Richtung, in die Frank Carter geflüchtet war. Damals hatten die Spurentechniker nachweisen können, dass Tony sich in Carters Wagen befunden hatte – aber wenn Carter nun irgendwie erfahren hatte, dass sein Haus durchsucht werden sollte, könnte er die Leiche des Jungen an der Garholt Street abgelegt haben, bevor er die Flucht ergriffen hatte. Und damals hatte Julian Simpson dort gewohnt.

Pete musste die alte Akte gar nicht erst aufrufen, um zu wissen, dass Simpson bei der Ermittlung nie in Erscheinung getreten war. Wer immer bekanntermaßen mit Carter in Verbindung gestanden hatte, war damals gründlich durchleuchtet worden, und Simpsons Name hatte nicht auf der Liste gestanden.

Trotzdem …

Simpson wäre zum Zeitpunkt der Entführungen um die fünfzig gewesen, was mit einer der abweichenden Beschreibungen aus den Zeugenbefragungen übereinstimmte. Vielleicht war er ja Carters Komplize gewesen. Wenn ja, musste es eine – wenn auch noch so vage – Verbindung zwischen den beiden Männern geben, die Pete nicht hergestellt hatte.

Das Gefühl, versagt zu haben, war überwältigend.

Du hättest ihn viel früher finden müssen.

Was immer er getan oder nicht getan hatte – es würde immer sein Fehler sein. Er wusste, dass er einen Weg finden würde, um es so zu drehen, dass er schuld wäre. Wertlos. Ein Versager.

Nachher darfst du trinken.

Sein Handy klingelte – es war wieder Amanda.

»Willis«, meldete er sich. »Ich bin immer noch vor Collins' Haus. In einer Minute fahre ich los.«

»Wie läuft's bei der Hausdurchsuchung?«

»Läuft.«

Er warf einen Blick hinüber. Ihm war klar, dass sie sich jetzt darauf konzentrieren mussten. Oberste Priorität war jetzt, Collins für seine Beteiligung festzunageln – aufdröseln, was Pete zwanzig Jahre zuvor getan oder nicht getan hatte, könnten sie später.

»Okay«, sagte Amanda. »Der Hausbesitzer und sein Sohn sind jetzt hier, und ich brauche jemanden, der mir mit ihnen hilft. Der eine Unterkunft für die zwei organisiert – solche Sachen.«

Pete runzelte die Stirn. Das wäre bestenfalls Anfängerarbeit, und er wusste, was das bedeutete: Amanda würde die Vernehmung von Norman Collins selbst durchführen. Vielleicht war es besser so. Sauberer. Sie durften nicht riskieren, dass seine früheren Begegnungen mit dem Mann die jetzige Ermittlung beeinflussten. Die Antworten auf seine Fragen würde er alsbald erhalten, aber er musste nicht selbst derjenige sein, der die Fragen stellte. Er drehte den Zündschlüssel herum.

»Bin schon unterwegs.«

»Der Vater heißt Tom Kennedy«, sagte Amanda. »Sein Sohn heißt Jake. Liefern Sie zuallererst Collins ab, bis dahin warten die beiden in einem unserer Aufenthaltsräume auf Sie.«

Pete antwortete nicht sofort. Er legte die freie Hand aufs Lenkrad, starrte darauf hinab und sah, wie sie leicht zu zittern begann.

»Pete?«, fragte Amanda. »Sind Sie noch dran?«

»Ja. Bin unterwegs.«

Er legte auf und warf das Handy auf den Beifahrersitz. Doch statt loszufahren, stellte er den Motor wieder ab und griff zu seinem Tablet. Er war viel zu sehr mit der Vergangenheit beschäftigt gewesen, um einen Gedanken an die Gegenwart zu verschwenden. Er hatte nicht eine Sekunde lang über die Person nachgedacht, der das Haus inzwischen gehörte.

Schon wieder versagt.

Er klickte sich durch den Bericht und fragte sich, ob er Amanda eventuell missverstanden haben könnte. Aber da stand es.

Tom Kennedy.

Endlich. Ein Name, den er kannte.

31

»Haben sie ihn gefunden, Daddy?«, wollte Jake wissen.

Ich war in dem Zimmer auf dem Polizeirevier auf und ab gewandert und hatte auf DI Amanda Beck gewartet, für die ich die Zeugenaussage unterschreiben sollte, doch die Frage meines Sohnes katapultierte mich zurück in die Wirklichkeit.

Er saß auf einem Stuhl, der für ihn viel zu groß war, und ließ die Beine baumeln. Neben ihm auf einem Beistelltisch stand eine ungeöffnete Flasche Orangensaft, die DS Dyson ihm in die Hand gedrückt hatte, gleich nachdem wir hier angekommen waren. Angeblich war für mich Kaffee unterwegs, allerdings warteten wir jetzt schon seit zwanzig Minuten, und von dem Kaffee war so viel zu sehen wie von DI Beck. Jake und ich hatten in der ganzen Zeit kaum ein Wort gewechselt. Ich wusste nicht, was ich zu ihm hätte sagen sollen, und indem ich auf und ab getigert war, hatte ich irgendwie sowohl die Stille im Raum als auch die Leere verdrängt.

Haben sie ihn gefunden, Daddy?

Ich lief zu ihm und ging vor ihm in die Hocke.

»Ja. Sie haben den Mann gefunden, der sich vor unserem Haus herumgetrieben hat.«

»Den meinte ich nicht.«

Der Junge im Boden.

Ich starrte meinen Sohn ein paar Sekunden lang an, doch er legte keinerlei Anzeichen für Angst oder Besorgnis an den Tag.

Es war schon erstaunlich, dass er all das, was gerade um uns herum passierte, so gelassen hinnahm, als wäre es komplett alltäglich – als unterhielten wir uns gerade über einen Jungen, der Verstecken gespielt hatte, und nicht über ein Skelett, das für weiß Gott wie lange schon unter unserer Garage gelegen hatte und von dem er unmöglich etwas hatte wissen können.

Wir hätten gar nicht darüber sprechen sollen – nicht hier. Meine Aussage bei der Polizei war ehrlich gewesen – aber ich hatte auch etwas verschwiegen: das Schmetterlingsbild und dass Jake den Jungen im Boden erwähnt hatte. Ich hätte nicht sagen können, was der Grund dafür war – außer dass ich es mir selbst nicht erklären konnte und dass ich meinen Sohn beschützen wollte. Die Bürde sollte auf den Schultern eines Erwachsenen, nicht auf denen eines siebenjährigen Kindes lasten.

»Doch, Jake«, erwiderte ich. »Genau *den* hast du gemeint. Verstanden? Das hier ist ernst.«

Er dachte kurz darüber nach.

»Verstanden.«

»Über den Rest reden wir später.« Ich stand auf, und erst da dämmerte mir, dass das wohl noch nicht reichte; dass er es verdient hatte, mehr zu erfahren. »Aber ja, sie haben ihn gefunden.«

Ich habe ihn gefunden.

»Das ist gut. Er hat mir ein bisschen Angst gemacht.«

»Ich weiß.«

»Auch wenn ich nicht glaube, dass das seine Absicht war.« Er zog die Stirn kraus. »Ich glaube, er war einfach verletzt und einsam, und deshalb war er manchmal ein bisschen gemein. Aber sie haben ihn gefunden, also ist er jetzt nicht mehr allein, oder? Er kommt wieder nach Hause. Dann braucht er nicht mehr gemein zu sein.«

»Das hast du dir nur eingebildet, Jake.«

»Ist gar nicht wahr.«

»Wir reden später darüber. Okay?«

Ich bedachte ihn mit dem gleichen Blick, den ich ihm immer zuwarf, wenn ich eine Diskussion beenden wollte. Für gewöhnlich zeigte er keinerlei Wirkung, und nur ein, zwei Minuten später ging es auch schon wieder los, aber diesmal nickte er bloß. Dann ruckelte er sich auf dem Stuhl zurecht, griff nach dem Orangensaft und nahm ein paar Schlucke, ohne auch nur im Geringsten besorgt zu wirken.

Hinter mir ging die Tür auf, und als ich mich umdrehte, kam DS Dyson mit zwei Bechern Kaffee herein. Er hielt die Tür mit dem Hintern für DI Beck auf, die an ihm vorbei ins Zimmer marschierte. Sie wedelte mit ein paar Unterlagen und sah genauso müde aus, wie ich mich fühlte: eine Frau, die Abertausende Dinge zu tun hatte und sich um alles selbst kümmern wollte.

»Mr. Kennedy«, sagte sie. »Entschuldigen Sie, dass Sie so lange warten mussten. Ah … und das hier muss Jake sein.«

Mein Sohn war immer noch mit dem Saft beschäftigt und würdigte sie keines Blicks.

»Jake?«, sagte ich. »Kannst du bitte Hallo sagen?«

»Hallo.«

Ich drehte mich wieder zu Beck um. »War ein langer Tag.«

»Verstehe ich vollkommen. Das alles ist für ihn sicher total merkwürdig.« Sie lehnte sich vor, stützte leicht unbeholfen die Hände auf die Knie, als wüsste sie nicht recht, wie man mit einem Kind redete. »Warst du schon mal in einem Polizeirevier, Jake?«

Er schüttelte den Kopf, sagte aber nichts.

»Tja.« Sie kicherte unsicher und stellte sich wieder gerade hin. »Das erste und hoffentlich letzte Mal. Aber gut. Mr. Kennedy, ich habe Ihre Aussage mitgebracht. Wenn Sie sich die bitte noch einmal durchlesen könnten? Wenn alles zu Ihrer

Zufriedenheit ist, unterschreiben Sie bitte – und hier ist endlich auch Ihr Getränk.«

»Danke.«

Dyson drückte mir den Kaffee in die Hand, und ich nippte daran, während ich am Tisch die Aussage überflog. Ich hatte von Norman Collins berichtet und wiedergegeben, was Mrs. Shearing mir über ihn und Dominic Barnett erzählt hatte, und ich hatte den Mann erwähnt, der in der vergangenen Nacht durch unsere Tür auf Jake eingeflüstert hatte. Was zusammengenommen dazu geführt hatte, dass ich die Garage in Augenschein hatte nehmen wollen, um zu sehen, wonach Collins womöglich gesucht hatte. Und so wiederum war ich auf das Skelett gestoßen.

Ich spähte zu Jake, der an seinem Orangensaft nuckelte. Der Rest gluckerte am Boden der Flasche. Ich seufzte und setzte meine Unterschrift auf die letzte Seite.

»Ich fürchte, Sie werden heute nicht zu Hause übernachten können«, sagte DI Beck.

»Okay ...«

»Womöglich morgen auch noch nicht. Aber wir organisieren für Sie beide so lange gern ein Dach über dem Kopf. Die Polizei hat hier ganz in der Nähe eine sichere Unterkunft.«

Ich hielt mit dem Stift über meiner Unterschrift inne.

»Warum brauchen wir eine sichere Unterkunft?«

»Brauchen Sie nicht«, entgegnete sie eilig. »Es ist einfach nur ein Haus, das uns jederzeit zur Verfügung steht. Aber die Details soll mein Kollege, DI Willis, mit Ihnen durchgehen. Er dürfte jeden Moment hier sein, und dann haben Sie endlich wieder Ruhe. Und da ist er auch schon.«

Die Tür ging erneut auf, und ein Mann kam herein.

»Pete«, sagte Beck. »Das sind Tom und Jake Kennedy.«

Ich starrte den Mann an, und der Rest der Welt trat in den Hintergrund. Es war eine Ewigkeit her, aber die Jahre hatten es gut mit ihm gemeint. Auch wenn er viel schlanker und gesünder aussah, als ich ihn in Erinnerung hatte, erkannte ich ihn sofort wieder – dann wieder veränderten sich Erwachsene auch nicht so eklatant wie Kinder. Mein Herz setzte für einen Schlag aus, und dann sprossen und blühten in meinem Kopf Hunderte verschütteter Erinnerungen auf.

Und auch er hatte mich wiedererkannt. Natürlich. Inzwischen hatte er meinen Namen gehört und Zeit gehabt, sich auf diese Begegnung vorzubereiten. Als er – ganz Profi und durch und durch förmlich – auf mich zukam, war ich fest davon überzeugt, dass niemand sonst in diesem Zimmer den kranken Ausdruck in seinem Gesicht bemerkte.

Zersplitterndes Glas.

Meine kreischende Mutter.

»Mr. Kennedy«, sagte mein Vater.

32

Es war ein *sehr* verwirrender Tag gewesen, dachte Jake.

Zum einen war er extrem müde – was an dem lag, was in der vorigen Nacht passiert war, auch wenn er sich nicht mehr an allzu viel davon erinnern konnte, weil er im Halbschlaf gewesen war. Dann wiederum war er wegen alledem, was Daddy geschrieben hatte, immer noch wütend auf ihn gewesen, und als die Polizei gekommen war und Daddy einfach so gesagt hatte, dass Mummy tot war, als wäre nichts dabei, hatte er die Beherrschung verloren. Das war nicht gut – aber er hatte einfach nicht anders gekonnt.

Über den Tag war die Wut dann verflogen, und das allein war schon verwirrend. Andererseits verflüchtigten sich Streitgespräche oft am Morgen wie Nebel. Im Klassenzimmer wiederum hatte er sich einsam gefühlt und hätte Daddy am liebsten umarmt und ihm gesagt, dass es ihm leidtat – und er hätte gern gehört, dass Daddy genau das Gleiche sagte.

Er hatte das Gefühl, dann wäre alles besser.

Doch dann hatte Owen getan, was er nun mal getan hatte, und Jake ebenso – woraufhin er ins Büro von Miss Wallace geschickt wurde. An sich war das nicht weiter schlimm – außer in zweierlei Hinsicht: Zum einen lag sein *Päckchen mit Besonderen Sachen* immer noch im Klassenzimmer, was bedeutete, dass es der Gnade des gemeinen Owen ausgesetzt war. Ein unerträglicher Gedanke.

»Würdest du mich bitte angucken?«, musste Miss Wallace gleich zweimal sagen, weil Jake den Blick nicht von der geschlossenen Bürotür abwenden konnte.

Und zum anderen: Er wusste, dass Daddy enttäuscht von ihm wäre und wütend, weil er sich wieder Ärger eingehandelt hatte, was bedeutete, dass es für die nächste Zeit nicht besser mit ihnen würde. Unter diesen Umständen womöglich sogar nie wieder.

Vielleicht würde Daddy auch über *ihn* so etwas Böses schreiben. Jake hatte so eine Ahnung, dass er das nur zu gern wollte.

Als er aber zurück im Klassenzimmer war, schien niemand das Päckchen angerührt zu haben, und ihn beschlich der Verdacht, dass er gewisse Leute vielleicht noch viel häufiger schlagen sollte. Bei Schulschluss wirkte Daddy dann alles andere als sauer auf ihn. Er stritt sogar mit Mrs. Shelley! Was ziemlich mutig war, wie Jake fand. Nur – noch viel wichtiger war, dass Daddy auf seiner Seite war. Auch wenn er es nicht geradeheraus gesagt hatte, war Jake sich da absolut sicher. Und das war genauso gut, als hätte er eine Umarmung gekriegt.

Inzwischen saßen sie im Polizeirevier.

Das war anfangs echt gut gewesen, weil es tatsächlich ganz spannend hier war, besonders weil alle so wahnsinnig nett zu ihm waren, aber allmählich wollte er wieder gehen. Und dann war als Nächstes dieser neue Polizist hereingekommen, und so wie Daddy sich auf einmal verhielt, war alles noch viel verwirrender. Mit den anderen beiden Polizisten hatte er sich normal verhalten, aber jetzt sah er mit einem Mal blass und verängstigt aus – als wäre dies hier seine Art Klassenzimmer und der neue Polizist jemand wie Mrs. Shelley.

Bei genauerem Hinsehen schien dem neuen Polizisten ebenfalls mulmig zu sein. Als die Polizistin mit Daddys unterschriebener Zeugenaussage wieder weg und die Tür hinter ihr zugefallen war, hing wirklich eine merkwürdige Stimmung in der Luft – als würde hier alles mit einer Art Kleber zusammengehalten werden.

Der neue Polizist schlenderte langsam auf uns zu und sah ihn an.

»Du musst Jake sein«, stellte er fest.

»Ja.« Einfache Antwort. »Ich bin Jake.«

Der Mann lächelte – wenn auch irgendwie schief. Er sah eigentlich aus, als wäre er ganz freundlich, aber sein Lächeln sah bekümmert aus. Im nächsten Moment streckte er die Hand aus, und Jake schüttelte sie, so wie es sich gehörte. Die Hand war groß, warm und der Griff ganz sanft.

»Freut mich, dich kennenzulernen, Jake. Du kannst gern Pete zu mir sagen.«

»Hallo, Pete«, sagte Jake. »Schön, Sie ebenfalls kennenzulernen. Warum können wir denn nicht nach Hause fahren? Einer von den anderen Polizisten hat Daddy gesagt, wir dürfen nicht.«

Stirnrunzelnd ging Pete vor Jake in die Hocke und sah ihn dann an, als erwartete er in dessen Gesicht irgendein Geheimnis. Jake starrte zurück, um ihm zu signalisieren, dass er nichts vor ihm geheim hielt. *Keine Geheimnisse von meiner Seite, Mister.*

»Es ist ein bisschen kompliziert«, sagte Pete. »Wir müssen euer Haus noch eine Weile absuchen.«

»Wegen des Jungen im Boden?«

»Ja.«

Doch dann sah Pete zu Daddy, und Jake erinnerte sich wieder daran, dass er das gar nicht hätte erwähnen dürfen. Aber mal ernsthaft, die Stimmung im Raum war dermaßen merkwürdig, dass man so was leicht vergessen konnte.

»Ich hab ihm erzählt, was ich gefunden habe«, erklärte Daddy.

»Aber wie konnten Sie wissen, dass es sich um einen Jungen handelt?«

Daddy stand einfach da, sah jedoch irgendwie aus, als wäre er festgenagelt, als hätte er sich vor oder zurück bewegen wollen, aber vergessen, wie sein Körper funktionierte. Jake hatte das ungute Gefühl, dass Daddy – sobald er sich wieder erinnerte, wie er sich bewegen musste –, nach vorn stürzen würde, und zwar auf aggressive Weise.

»Wusste ich nicht«, erwiderte Daddy. »Ich hab *Kind* gesagt. Das muss er missverstanden haben.«

»Das stimmt«, fügte Jake eilig an. Er wollte nicht, dass Daddy irgendwen schlug, erst recht keinen Polizisten, auch wenn es derzeit den Anschein hatte, als wollte er genau das tun.

Langsam stand Pete wieder auf.

»Okay. Na ja, dann wenden wir uns mal den praktischen Fragen zu. Sie sind bloß zu zweit?«

»Ja«, antwortete Daddy.

»Und Jakes Mutter …«

Daddy sah immer noch zornig aus. »Meine Frau ist letztes Jahr gestorben.«

»Mein Beileid. Das muss für Sie sehr schwer sein.«

»Es geht uns gut.«

»Das sehe ich.«

Einfach nur verwirrend! Jake hätte am liebsten den Kopf geschüttelt. Pete schien nicht einmal mehr imstande zu sein, Daddy anzusehen. Aber Pete war Polizist, das bedeutete doch, dass er hier das Sagen hatte?

»Wir stellen für Sie gern eine Unterkunft bereit, aber vielleicht möchten Sie das nicht? Gibt es Angehörige, bei denen Sie lieber unterschlüpfen würden?«

»Nein«, antwortete Daddy. »Meine Eltern sind beide tot.«

Pete hielt inne.

»Aha. Auch das tut mir leid zu hören.«

»Schon in Ordnung.«

Und dann machte Daddy einen Schritt nach vorn.

Jake hielt den Atem an.

Inzwischen sah es allerdings so aus, als *wollte* Daddy jemanden schlagen, würde es aber nicht tun.

»Ist schon sehr lange her.«

»Verstehe.« Pete holte tief Luft, sah Daddy dabei aber immer noch nicht an. Er starrte bloß die Wand an, und Jake hatte mit einem Mal den Eindruck, als sähe er um Jahre älter aus als in dem Moment, als er das Zimmer betreten hatte. »Dann organisieren wir für Sie ein Dach über dem Kopf.«

»Das wäre gut, ja.«

»Und ich bin sicher, dass Sie ein paar Sachen brauchen. Ich kann mit Ihnen zu Ihrem Haus fahren, wenn Sie wollen, und Sie packen ein, was Sie beide benötigen könnten. Wechselkleidung und so.«

»Müssen Sie wirklich dabei sein?«

»Ja, tut mir leid. Es handelt sich um einen Tatort, da muss ich alles aufschreiben, was von dort mitgenommen wird.«

»Okay. Aber ideal ist das nicht.«

»Ich weiß.« Jetzt endlich sah Pete zu Daddy auf. »Tut mir leid.«

Daddy zuckte mit den Schultern. »So ist es eben. Dann legen wir mal los, oder? Jake, du denkst schon mal darüber nach, welche Spielsachen du mitnehmen willst, in Ordnung?«

»In Ordnung.«

Als Jake von einem zum anderen sah – von Daddy zu Pete und wieder zurück –, hatte sich immer noch keiner von beiden in Bewegung gesetzt oder wirkte auch nur, als wüsste er, was er als Nächstes tun sollte, und Jake dämmerte, dass niemand den ersten Schritt machen würde, wenn er es nicht selbst täte.

Also stellte er die leere Orangensaftflasche laut und entschlossen neben sich auf dem Tisch ab.

»Meine Malsachen, Daddy«, sagte er. »Mehr brauche ich nicht.«

33

An schlimmen Tagen kleine Siege – an denen musste man sich festklammern, dachte Amanda, als sie sich im Vernehmungsraum wieder Norman Collins gegenübersetzte. Nach dem Grauen, das sie in der vergangenen Nacht erlebt hatte, und dem Gefühl des Versagens, weil sie Neil Spencer nicht rechtzeitig gefunden hatten, hatte sie jetzt Blut geleckt. Und mitunter waren nun mal nur kleine Siege zu erringen.

»Entschuldigen Sie die Unterbrechung, Norman«, sagte sie. »Machen wir weiter.«

»Sicher. Bringen wir das hier schnell hinter uns, ja?«

»Absolut.« Sie lächelte höflich. »Das machen wir.«

Collins verschränkte die Arme und lächelte geziert. Was nicht weiter verwunderlich war. Sowie sie ihn erstmals zu Gesicht bekommen hatte, hatte sie verstanden, was Pete gemeint hatte, als er angedeutet hatte, der Mann sei nicht koscher. Er war der Typ, bei dem man instinktiv die Straßenseite wechselte. Die übertriebene Förmlichkeit seines Aufzugs kam ihr wie eine Art Verkleidung vor – wie der Versuch, respektabel zu wirken, der jedoch das Widerliche darunter nicht zu vertuschen vermochte. Und sein Auftreten legte nahe, dass er sich von anderen Leuten fernhielt. Dass er sich ihnen eher sogar überlegen fühlte.

Selbst nach zwanzig Minuten Vernehmung, in denen er auf jede ihrer Fragen eine Antwort parat gehabt hatte, hatte er sich ihr immer noch überlegen gefühlt. Doch dann hatte Steph angeklopft, den Kopf durch die Tür gesteckt, und Amanda hatte eine Pause eingelegt. Jetzt beugte sie sich nach vorn und schaltete die Aufnahmegeräte wieder an.

Gegenüber seufzte Collins theatralisch in sich hinein.

Sie sah auf das Blatt Papier hinab, das sie mit hereingebracht hatte. Es wäre ihr eine Freude, diesem gruseligen Arschloch das selbstgefällige Lächeln aus dem Gesicht zu wischen.

Aber alles zu seiner Zeit.

»Mr. Collins«, fing sie an. »Um ganz sicher zu sein, will ich noch mal auf einige Fragen zu sprechen kommen, die wir schon behandelt haben. Im Juli dieses Jahres haben Sie Victor Tyler im Gefängnis Whitrow besucht. Was war der Grund für diesen Besuch?«

»Ich interessiere mich für Verbrechen. In gewissen Kreisen gelte ich als Experte. Ich wollte mich mit Mr. Tyler über seine Vorgehensweise unterhalten – sicher genau wie sich die Polizei über die Jahre mit ihm unterhalten hat.«

Eher nicht genau so, dachte Amanda.

»Haben Sie auch über Frank Carter gesprochen?«

»Nein.«

»Wussten Sie, dass Tyler und Carter miteinander befreundet sind?«

»Nein.«

»Wie merkwürdig – nachdem Sie doch so ein Experte sind.«

»Man kann nicht alles wissen.« Collins lächelte.

Amanda war felsenfest davon überzeugt, dass er log, aber Collins' und Tylers Unterhaltung war nicht aufgezeichnet worden, sodass sie es nicht hätte beweisen können.

»Gut«, sagte sie. »Wo waren Sie am Nachmittag und Abend des 30. Juli – der Sonntagabend, an dem Neil Spencer verschwand?«

»Das habe ich Ihnen doch schon gesagt. Den Großteil des Nachmittags habe ich zu Hause verbracht. Später dann bin ich zur Town Street gegangen und habe dort zu Abend gegessen.«

»Schön, dass Sie sich daran noch so genau erinnern können.«

Collins zuckte mit den Schultern. »Ich bin ein Gewohnheitstier. Es war ein Sonntag. Als meine Mutter noch am Leben war, sind wir immer zu zweit ausgegangen. Inzwischen gehe ich allein essen.«

Amanda nickte. Der Restaurantbesitzer hatte das bestätigt, insofern schien Collins für den geschätzten Zeitpunkt von Neil Spencers Entführung tatsächlich ein Alibi zu haben. Und auch wenn die Hausdurchsuchung noch nicht abgeschlossen war, hatten die Officers bislang nichts finden können, was darauf hätte schließen lassen, dass Neil dort festgehalten worden wäre. Collins, da war sie sich sicher, steckte bis zur Halskrause in dieser Sache mit drin, doch nach derzeitigem Kenntnisstand schien er an Neil Spencers Entführung selbst nicht beteiligt gewesen zu sein.

»Garholt Street, Hausnummer 13«, sagte sie.

»Ja?«

»Sie wollten das Haus kaufen.«

»Ja. Es stand ja auch zum Verkauf. Ich wüsste nicht, was daran illegal sein sollte.«

»Ich habe nicht behauptet, dass das illegal ist.«

»Das Haus war auf dem Markt, und ich lebe hier inzwischen lange genug, sodass ich das Gefühl hatte, es wäre an der Zeit, die Flügel zu spreizen. Mich ein bisschen breiter aufzustellen, wenn man so will.«

»Aber als Ihr Angebot abgelehnt wurde, haben Sie sich trotzdem auf dem Grundstück herumgetrieben.«

Collins schüttelte den Kopf. »Das stimmt nicht.«

»Mr. Kennedy behauptet, Sie hätten versucht, in seine Garage einzubrechen.«

»Da irrt er sich.«

»Eine Garage, in der die sterblichen Überreste eines Kindes gefunden wurden.«

Diesmal musste Amanda Collins Anerkennung zollen: Auch wenn er ohne jeden Zweifel gewusst hatte, was sie dort gefunden hatten, erinnerte er sich zumindest daran, Überraschung zu heucheln. Nicht dass es überzeugend gewesen wäre – aber immerhin.

»Das ist … schockierend«, sagte er.

»Ich bin mir nicht sicher, Norman, ob ich Ihnen glauben soll.«

»Darüber weiß ich nichts.« Er runzelte die Stirn. »Haben Sie schon mit der früheren Eigentümerin gesprochen? Das sollten Sie vielleicht tun.«

»Im Augenblick interessiert mich viel mehr, was *Sie* dort hingezogen hat.«

»Wie schon gesagt: Das stimmt so nicht. Dieser Mr. … Kennedy hieß er, nicht wahr? Er irrt sich. Ich bin nie in der Nähe seines Hauses gewesen.«

Amanda starrte ihn an, und Collins starrte unerbittlich zurück. Es stand ein Wort gegen das andere. Selbst wenn sie eine Gegenüberstellung organisierten und Kennedy Collins identifizierte, war sie sich nicht sicher, ob das genügte, um Anklage zu erheben. Für den Moment konnten sie ihm schlichtweg nicht nachweisen, dass er über die Leiche in der Garage Bescheid gewusst hatte. Außerdem schien er mit Neil Spencers Entführung nichts zu tun zu haben. Angesichts gewisser Objekte aus seiner Sammlung würden sie ihn vielleicht wegen des Handels und Besitzes von Diebesgut drankriegen, aber vielleicht nicht mal das.

Und dieser eingebildete Wichser wusste das.

Oder glaubte es zumindest.

Amanda sah wieder auf die Unterlagen hinunter, die Steph ihr gebracht hatte – der Datenbanktreffer, den Norman Collins' Fingerabdrücke ergeben hatten, die sie bei seiner Ankunft genommen hatten. Und auch wenn der ihn immer noch nicht mit Neil Spencer in Verbindung brachte, verspürte sie nichtsdestotrotz einen gewissen Nervenkitzel. Genau für solche Momente lohnte die Arbeit sich. Sie wünschte sich, Pete wäre hier, um diesen Augenblick mit ihr gemeinsam zu erleben. Denn auch Pete verdiente es weiß Gott, das hier zu spüren.

»Mr. Collins«, sagte sie. »Verraten Sie mir, wo Sie am Dienstagabend, den 4. April dieses Jahres, waren?«

Collins zögerte.

»Wie bitte?«

Amanda sah immer noch auf die Unterlagen hinab. Zumindest war er jetzt hellhörig geworden. Wahrscheinlich hatte er mit mehr Fragen zu seinen Aktivitäten am Tag von Neil Spencers Entführung gerechnet und sich in dieser Hinsicht in Sicherheit gewiegt.

»Ich bin mir nicht sicher, ob ich mich noch daran erinnere«, sagte Collins vorsichtig.

»Dann helfe ich Ihnen gern. Waren Sie in der Nähe des Hollingbeck Wood?«

»Ich denke nicht.«

»Tja, aber Ihre Finger waren dort.«

»Ich wüsste nicht ...«

»Wir haben Ihre Fingerabdrücke auf dem Hammer identifiziert, mit dem Dominic Barnett ermordet wurde.«

Amanda blickte auf und nahm mit Genugtuung zur Kenntnis, dass sich auf Collins' Stirn Schweiß bildete. Dieser betuliche, überhebliche Kerl – doch wenn es hart auf hart kam, war er im Handumdrehen aus dem Konzept gebracht. Spannend zu sehen, wie er jetzt seine Optionen abwägte, sich nach einem Ausweg umsah, während ihm langsam dämmerte, dass er nun doch tiefer in der Scheiße steckte, als er gedacht hatte.

»Kein Kommentar«, sagte er.

Amanda schüttelte den Kopf. Das war natürlich sein gutes Recht, aber diese Phrase hatte sie immer schon gewurmt. Am liebsten hätte sie den Leuten eingebläut, dass man kein Recht hatte zu schweigen. Und gerade jetzt in diesem Moment wollte sie nichts lieber, als Collins dazu zu bringen, die Verantwortung für seine Tat zu übernehmen, statt sich einfach wegzuducken. Weil es um Menschenleben ging.

»Sie täten gut daran, Norman, mir alles zu erzählen, was Sie wissen.« Sie legte die Unterarme auf den Tisch und versuchte, mehr Mitgefühl in ihre Stimme zu legen, als sie für ihn aufbringen konnte. »Und das wäre nicht nur in *Ihrem* Interesse. Sie behaupten, mit Neil Spencers Entführung nichts zu tun zu haben. Wenn Sie die Wahrheit sagen, bedeutet das, dort draußen ist der Mörder noch immer auf freiem Fuß.«

»Kein Kommentar.«

»Und sofern wir ihn nicht finden, wird er noch mehr Kinder umbringen. Ich glaube, Sie wissen eine Menge mehr über diese Person, als Sie mir erzählt haben.«

Collins starrte sie kreidebleich an. Amanda hatte wohl noch nie einen Mann gesehen, der so schnell in sich zusammengefallen, dessen affektierte Selbstsicherheit so schnell in eine Pfütze selbstmitleidigen Elends zerflossen war.

»Kein Kommentar«, flüsterte er erneut.

»Norman ...«

»Ich will einen Anwalt.«

»Klar, lässt sich machen.« Sie stand abrupt auf und gab sich nicht die geringste Mühe, ihren Ärger zu verbergen. Ihren Ekel. »Vielleicht begreifen Sie dann, in welcher Lage Sie sich wirklich befinden – und dass Ihre beste Option wäre, mit uns zu kooperieren.«

»Kein Kommentar.«

»Ja, hab ich beim ersten Mal schon verstanden.«

Kleine Siege.

Als sie dann jedoch Norman Collins offiziell wegen Mordes an Dominic Barnett verhaftete, ging Amanda im Kopf noch mal alles durch. Wenn er in Sachen Neil Spencer die Wahrheit gesagt hatte, war dessen Mörder tatsächlich immer noch auf freiem Fuß – was bedeutete, dass ein weiterer kleiner Junge in Lebensgefahr schwebte. Sofort sah sie wieder die Kinderleiche auf dem Brachgelände vor sich, und jegliches Hochgefühl, das sie angesichts einer Verhaftung ansonsten gehabt hätte, war komplett verflogen.

Ein kleiner Sieg war einfach nicht genug.

34

Während wir weg gewesen waren, hatte sich die Polizeipräsenz in meinem Haus vervielfacht. Als wir dort vorfuhren, standen zwei Streifenwagen und ein Transporter vor der Tür, und Officers und Spurentechniker waren auf der abgesperrten Zufahrt zugange. Hauptfokus der Untersuchung schien die Garage zu sein, trotzdem waren zwei Polizisten draußen auf dem Bürgersteig postiert worden, um das gesamte Grundstück zu bewachen. Die Haustür stand offen – ein unguter Anblick.

Ich stellte den Wagen hinter den anderen ab. Mein Vater fuhr an mir vorbei und stellte sich vor mich.

Nicht mein Vater, ermahnte ich mich.

DI Pete Willis.

Es gab ja wohl keinen Grund, ihm mehr als das zuzugestehen. Und mal abgesehen davon, wie er sich vor Jake gekniet und ihn angeschaut hatte, hatte auch er mit keiner Silbe erwähnt, dass er das anders sah. Wenn es dabei blieb, konnte mir das nur recht sein.

Den ersten Schreck hatte ich inzwischen halbwegs verdaut. Aber ich wusste noch genau, wie es sich zuvor im Revier angefühlt hatte – mein Vater, der dort mit einem Mal vor mir gestanden hatte, mich angesehen, mich *wahrgenommen* hatte. In Gedanken war ich sofort wieder in der Vergangenheit gewesen, in jenem Moment, da ich ihn letztmals gesehen hatte. Ich hatte mich klein und ohnmächtig gefühlt. Ich war wieder dorthin zurückversetzt worden. Die Angst. Die Beklemmung. Der Wunsch, mich in Luft aufzulösen, damit er mich nicht entdeckte. Doch dann war ich wütend geworden. Er hatte verdammt noch mal kein Recht darauf, mit meinem Sohn zu reden. Schließlich die Verbitterung: Dass ausgerechnet er sich wieder in mein Leben einmischen sollte – obendrein in einer Position, die mir überlegen war –, fühlte sich derart unfair an, dass ich es kaum ertragen konnte.

»Alles in Ordnung, Daddy?«

»Alles gut, Kumpel.«

Ich starrte den Wagen vor uns an. Den Mann auf dem Fahrersitz.

Sein Name ist DI Pete Willis, ermahnte ich mich erneut. *Und er hat für dich keine Bedeutung.*

Nicht die geringste.

Nicht, solange ich sie ihm nicht zugestand.

»Okay«, sagte ich. »Dann bringen wir es mal hinter uns.«

Wir schlossen vor der Absperrung zu ihm auf, wo er dem Kollegen, der dort Wache stand, seinen Ausweis zeigte und uns dann ohne ein weiteres Wort nach drinnen führte. Erneut verspürte ich Verbitterung. Ich brauchte seine Erlaubnis, um mein eigenes verdammtes Haus zu betreten. Es war erniedrigend, ihm hinterherzuschleichen wie ein kleiner Junge, der gefälligst tat, was man ihm sagte. Schlimmer war nur noch, dass all das ihn selbst komplett unbeeindruckt zu lassen schien.

Er hatte ein Klemmbrett und einen Stift in der Hand.

»Ich müsste bitte wissen, was davon Ihnen gehört und was schon hier drin war, als Sie eingezogen sind, und was Sie bestenfalls nicht angefasst haben.«

»Es gehört alles mir«, entgegnete ich. »Abgesehen davon hatte Mrs. Shearing hier vor unserem Einzug alles geputzt.«

»Keine Sorge, mit ihr reden wir auch.«

»Ich mache mir keine Sorgen.«

Wir liefen von Zimmer zu Zimmer und klaubten die nötigsten Sachen zusammen. Toilettenartikel. Klamotten für Jake und für mich. Ein paar Spielsachen aus seinem Zimmer. Es brachte mich um den Verstand, dass ich meinen Vater jedes Mal um Erlaubnis bitten musste, aber er nickte immer nur und schrieb sich alles auf, sodass ich am Ende gar nicht mehr fragte. Sofern ihn das störte, erwähnte er es nicht. Er würdigte mich tatsächlich kaum eines Blicks. Ich fragte mich, was er wohl dachte oder fühlte. Doch dann wischte ich den Gedanken beiseite. Es spielte keine Rolle.

Wir beendeten unseren Rundgang in meinem Arbeitszimmer.

»Ich brauche meinen Laptop«, wollte ich schon sagen, als Jake mir ins Wort fiel: »Wen hat Daddy in der Garage gefunden? War das Neil Spencer?«

Mein Vater blickte verlegen drein.

»Nein. Die Knochen waren viel, viel älter.«

»Und von wem waren sie?«

»Na ja, unter uns gesagt ... Ich glaube, die sind von einem anderen kleinen Jungen. Von einem, der schon vor Langem verschwunden ist.«

»Wie lange?«

»Zwanzig Jahre.«

»Wow.« Eine so lange Zeitspanne musste er erst mal verarbeiten.

»Ja. Und ich hoffe, dass er es war, weil ich ihn über all diese Jahre gesucht habe.«

Jake sah verblüfft aus, als wäre das irgendeine Art von Verdienst, und das gefiel mir nicht. Ich wollte nicht, dass er sich für diesen Mann interessierte, geschweige denn Begeisterung aufbrachte.

»Ich hätte da längst aufgegeben.«

Mein Vater lächelte traurig. »Es war mir immer wichtig. Jeder sollte irgendwann wieder heimkehren können, findest du nicht?«

»Darf ich den einpacken, DI Willis?« Ich wollte, dass diese Unterhaltung ein Ende fand, und zog die Kabel aus dem Laptop. »Den brauche ich für die Arbeit.«

»Sicher.« Er drehte sich weg. »Klar dürfen Sie.«

Die »sichere Unterkunft« entpuppte sich als Wohnung über einem Zeitschriftenladen am Ende der Town Street. Von der Straße aus sah sie nicht besonders aus, und das änderte sich auch nicht, als Willis uns hineinführte.

Von der Eingangstür ging eine Treppe auf den oberen Absatz, von dem vier Türen abgingen: Wohnzimmer, Bad, Küche und ein Zimmer mit zwei Einzelbetten – alles spärlich möbliert. Dass die Wohnung von der Polizei genutzt und nicht einfach nur spottbillig vermietet wurde, war lediglich daran zu erkennen, dass draußen eine diskrete Überwachungskamera hing, drinnen ein Notknopf installiert und die Wohnungstür mit mehreren Bolzenriegeln gesichert war.

»Tut mir leid, dass Sie sich das Zimmer teilen müssen.«

Willis lief mit dem Arm voller Bettwäsche vor uns her ins Schlafzimmer. Ich packte unsere Taschen aus und stapelte die Sachen auf eine alte Holzkommode, von der ich erst den Staub hatte abwischen müssen. Hier war offensichtlich schon länger nicht mehr geputzt worden.

»Schon okay«, sagte ich.

»Ich weiß, es ist klein – wir brauchen sie manchmal für Zeugen, aber meistens dann doch für Frauen und Kinder.« Er schien noch etwas sagen zu wollen, schüttelte dann aber den Kopf. »Die wollen normalerweise in ein und demselben Zimmer schlafen.«

»Häusliche Gewalt, nehme ich an.«

Mein Vater antwortete nicht, aber die Spannung zwischen uns erhöhte sich kaum merklich, sodass mir klar war, dass die Spitze gesessen hatte. Wie es mit Stille mitunter war, wurde sie zusehends lauter.

»Ist schon gut«, sagte ich. »Wie lange bleiben wir?«

»Sicher nicht länger als ein, zwei Tage. Vielleicht nicht mal das. Aber möglicherweise wird es ein größerer Fall, und da müssen wir sicherstellen, dass wir nichts übersehen.«

»Sie gehen davon aus, dass Ihr Verdächtiger Neil Spencer ermordet hat?«

»Zumindest wäre es möglich. Wie gesagt, ich glaube, die Knochen, die wir in Ihrem Haus sichergestellt haben, gehören zu einem ähnlich gelagerten Fall. Es hat immer Gerüchte gegeben, dass Frank Carter – der Mörder von damals – eine Art Helfer gehabt haben könnte. Norman Collins hat nie offiziell zu den Verdächtigen gezählt, aber er war schon damals ein bisschen zu sehr an dem Fall interessiert. Ich hab nie geglaubt, dass er direkt involviert war, aber …«

»Aber?«

»Vielleicht habe ich mich geirrt.«

»Tja, vielleicht.«

Darauf erwiderte mein Vater nichts. Dass ich ihm damit erneut einen Seitenhieb verpasst hatte, bescherte mir eine gewisse Befriedigung, wenn auch nur eine kleine, enttäuschende. Er wirkte niedergeschlagen und unbehaglich. Auf seine eigene Weise fühlte er sich in diesem Moment vielleicht gerade ebenso ohnmächtig wie ich.

»Okay.«

Wir kehrten zurück ins Wohnzimmer, wo Jake am Boden kniete und zeichnete. Hier standen ein Sofa, ein Stuhl, ein kleiner Beistelltisch auf Rädern, und auf einer hölzernen Anrichte thronte ein alter Fernseher, hinter dem sich Kabel wickelten. Das komplette Ambiente fühlte sich kalt und ungastlich an.

Ich versuchte, nicht an das zu denken, was derzeit in unserem Haus vor sich ging – in unserem *Zuhause*. Die Probleme, die wir dort gehabt hatten, fühlten sich im Vergleich hierzu regelrecht paradiesisch an.

Aber du kommst damit klar. Und es ist bald vorbei.

Und dann wäre Pete Willis auch wieder aus meinem Leben verschwunden.

»Ich lasse Sie jetzt allein«, sagte er. »War schön, dich kennenzulernen, Jake.«

»Danke, gleichfalls, Pete.« Jake sah nicht mal von seiner Zeichnung auf. »Danke für die tolle Wohnung.«

Er zögerte kurz. »Gern geschehen.«

Draußen im Flur schob ich die Wohnzimmertür ins Schloss. Es gab zwar ein Fenster, aber es war inzwischen Abend geworden, und es fiel nicht mehr allzu viel Licht herein. Willis schien nicht recht gehen zu wollen, also standen wir für einen Moment im Zwielicht. Sein Gesicht lag im Schatten.

»Haben Sie alles, was Sie brauchen?«, fragte er.

»Ich denke schon.«

»Jake scheint mir ein guter Junge zu sein.«

»Ja«, sagte ich. »Ist er.«

»Er ist kreativ. Genau wie … du.«

Ich reagierte nicht darauf. Die Stille vibrierte regelrecht. Soweit ich es im Dämmerlicht erkennen konnte, sah es aus, als bereute Willis, dass er etwas gesagt hatte. Doch dann erklärte er, was er meinte.

»Ich hab in eurem Haus die Bücher gesehen, die du geschrieben hast.«

»Vorher nicht?«

Er schüttelte den Kopf.

»Ich hätte angenommen, dass du dich vielleicht dafür interessiert hättest«, sagte ich. »Dass du vielleicht mal nachgeforscht hättest.«

»Hast du nach mir geforscht?«

»Nein, aber das ist auch was anderes.«

Sobald ich es ausgesprochen hatte, hasste ich mich dafür, weil es von einem überholten hierarchischen Verhältnis zeugte – von der Vorstellung, dass es seine Aufgabe gewesen wäre, sich um mich zu kümmern, sich um mich zu sorgen, sich für mich zu interessieren, und nicht andersherum. Dabei wollte ich nicht, dass er glaubte, es wäre so. Es war nicht so. Er bedeutete mir nichts.

»Ich hab vor Jahren beschlossen«, erklärte er, »dass es für mich am besten wäre, mich aus deinem Leben herauszuhalten. Deine Mutter und ich hatten es so beschlossen.«

»So kann man es natürlich auch sagen.«

»Wahrscheinlich ... Ich sag es eben so. Und ich hab mich daran gehalten. Es war nicht immer leicht. Ich hab oft überlegt. Aber es war am besten ...«

Er sprach nicht zu Ende. Und er sah ohnmächtiger aus denn je.

Erspar mir das Selbstmitleid.

Aber das sagte ich nicht. Was immer mein Vater früher getan hatte – ganz offenbar hatte er sich verändert. Er roch nicht mehr wie ein Säufer, sah nicht wie ein Säufer aus. Er sah fit aus. Und trotz aller Anspannung strahlte er eine gewisse Ruhe aus. Ich rief mir in Erinnerung, dass dieser Mann und ich Fremde waren. Wir waren nicht Vater und Sohn. Wir waren auch keine Feinde.

Wir waren gar nichts.

Er sah aus dem Fenster, hinter dem der Tag langsam zur Neige ging.

»Sally ... Ich meine, deine Mutter ... Wie ist es ihr ergangen?«

Zersplitterndes Glas.

Meine kreischende Mutter.

Ich musste an all das denken, was anschließend passiert war. Wie sie trotz aller Hürden, die sie als Alleinerziehende hatte nehmen müssen, alles für mich getan hatte. Die Schmerzhaftigkeit, die Niedertracht ihres Todes. Genau wie Rebecca war sie viel zu jung gestorben, lange bevor auch nur einer von uns einen solchen Verlust verdient gehabt hätte.

»Sie ist gestorben«, sagte ich.

Er schwieg. Für einen kurzen Moment schien er in sich zusammenzusacken. Dann riss er sich zusammen.

»Wann?«

»Das geht dich nichts an.«

Die Wut in meiner Stimme überraschte mich selbst – anscheinend aber nicht meinen Vater. Ungerührt nahm er die Wucht des Schlags entgegen.

»Nein«, sagte er leise. »Wahrscheinlich nicht.«

Dann wandte er sich ab und ging die Treppe hinunter zur Eingangstür.

Ich sah ihm nach. Als er auf halber Höhe war, sagte ich gerade laut genug, dass er mich hören konnte: »Ich kann mich an diese letzte Nacht noch erinnern, weißt du? Die Nacht, bevor du dann weg warst. Das letzte Mal, dass wir uns gesehen haben. Ich weiß noch, wie betrunken du warst. Wie rot im Gesicht. Was du gemacht hast. Wie du das Glas nach ihr geworfen hast. Wie sie geschrien hat.«

Er blieb auf der Stufe stehen und rührte sich nicht.

»Ich kann mich an alles erinnern«, sagte ich. »Wie kannst du es also wagen, jetzt nach ihr zu fragen?«

Er antwortete nicht.

Und als er lautlos weiter die Treppe hinunterging, ließ er mich mit nichts als dem kranken, zornigen Hämmern meines Herzens zurück.

35

Nachdem er die Wohnung verlassen hatte, fuhr Pete viel zu schnell die leeren Straßen entlang zu sich nach Hause. Der Küchenschrank rief, und diesmal würde er dem Ruf folgen. Jetzt, da der Beschluss gefasst war, war der Drang stärker denn je, und es fühlte sich an, als würde sein Leben nur davon abhängen, so schnell wie möglich heimzukommen.

Zu Hause schloss er die Eingangstür ab und zog sämtliche Vorhänge zu. Um ihn herum war alles still, und selbst mit ihm wirkte es so verwaist, wie es gewesen sein musste, noch ehe er angekommen war. Er sah sich in seinem spärlich möblierten Wohnzimmer um. Genau so sah es auch im restlichen Haus aus – asketisch, akkurat organisiert. Im Grunde hatte er all diese Jahre in einem leeren Haus verbracht. Die kaum sichtbaren Spuren jenes kaum gelebten Lebens, jenes vermiedenen Lebens, waren nicht weniger traurig anzusehen, nur weil sie reinlich und ordentlich waren.

Leer. Sinnlos.

Wertlos.

Die Stimme klang schadenfroh. Hier stand er, atmete langsam ein und wieder aus und lauschte seinem Herzschlag. Das hatte er schon so oft gemacht. Ab einem gewissen Punkt verstärkte alles den Drang, zur Flasche zu greifen – jedwedes Ereignis, jede Beobachtung, ob gut oder schlecht, wurde umgedeutet und passend gemacht.

Und doch war all das eine Lüge.

An diesem Punkt warst du schon mal.

Du kannst es schaffen.

Für einen Moment war der Drang verstummt. Doch jetzt griff er Pete wieder ins Steuer.

Der Schmerz kreiste und wirbelte unerträglich in seiner Brust.

An diesem Punkt warst du schon mal.

Du kannst es schaffen.

Der Esstisch. Flasche und Foto.

Heute stellte er noch ein Glas dazu, und nach kurzem Zögern machte er die Flasche auf und goss sich zwei Fingerbreit Wodka ein. Warum auch nicht? Entweder würde er ihn trinken oder eben nicht. Es ging nicht darum, wie weit er diesen Weg ging – es ging einzig darum, ob er am Ende des Weges ankam.

Sein Handy vibrierte. Als er ranging, setzte Amanda ihn über Norman Collins' Vernehmung ins Bild. Sie hatten Collins anscheinend für den Mord an Dominic Barnett drangekriegt. Was Neil Spencer anging, war die Lage undurchsichtiger, und Collins hatte beschlossen, sich einen Anwalt zu nehmen.

»Sie gehen davon aus, dass Ihr Verdächtiger Neil Spencer ermordet hat?«, hatte Tom ihn gefragt.

»Zumindest wäre es möglich«, hatte er geantwortet – denn dass der Mann irgendwie damit zu tun hatte, war offensichtlich. Doch wenn nicht Collins Neil entführt und ermordet hatte, bedeutete das, der Mörder war immer noch irgendwo dort draußen unterwegs. Bei der Vorstellung verpuffte die Erleichterung, die er bei der Nachricht von Collins' Festnahme verspürt hatte, genau wie schon zwanzig Jahre zuvor, als er Miranda und Alan Smith am Empfang des Reviers entdeckt und ihm gedämmert hatte, dass der Albtraum alles andere als vorbei war.

Doch im Grunde ging es ihn nichts mehr an. Tom war sein Sohn, und auch wenn sie schon lange keinen Kontakt mehr zueinander hatten, bestand hier ein Interessenkonflikt. Er würde gleich tags darauf mit Amanda sprechen, damit sie ihn aus der Ermittlung ausschloss. Allein von diesem Druck befreit zu sein würde ihm wahrscheinlich Erleichterung verschaffen. Und trotzdem wollte er – der jetzt schon so tief in der Sache mit drinsteckte, der Carter erneut hatte begegnen müssen, der am vergangenen Abend Neil Spencers Leiche auf dem Brachgelände hatte sehen müssen –, bis zum Ende dabei sein, ganz gleich welchen Schaden er davontragen würde.

Er legte sein Handy beiseite, starrte das Glas an und versuchte, dem nachzuspüren, was er nach so vielen Jahren bei seinem Wiedersehen mit Tom empfunden hatte. Die Begegnung hätte ihn bis ins Mark erschüttern müssen, nahm er an, und doch war er merkwürdig ruhig. Mit der Zeit war der Umstand, dass er Vater war, so weit in den Hintergrund gerückt wie etwas, das er mal in der Schule gelernt, das aber für sein Leben nie Relevanz gehabt hatte. Die Erinnerungen an Sally schmerzten und lasteten immer noch auf ihm, doch was Tom anging, hatte er derart komplett versagt, dass er alles getan hatte, um nie wieder darüber nachdenken zu müssen. Es war tatsächlich besser, nichts mehr mit dem Leben seines Sohnes zu tun zu haben, und wann immer er sich gefragt hatte, was für ein Mensch wohl aus Tom geworden war, hatte er die Gedanken schleunigst beiseitegewischt.

Mittlerweile wusste er es.

Er hatte kein Recht dazu, sich selbst als Vater zu sehen, und doch war es ihm unmöglich, den Mann nicht abzuschätzen, den er an diesem Nachmittag getroffen hatte. Schriftsteller. Was natürlich irgendwie Sinn ergab. Tom war schon als kleiner Junge kreativ gewesen. Er hatte Geschichten erfunden, denen Pete nicht hatte folgen können, und mit Spielsachen ausgeklügelte Szenarios nachgespielt. Jake schien seinem Vater im gleichen Alter wahnsinnig ähnlich zu sein: ein empfindsames, kluges Kind. Nach allem, was Pete erfahren hatte – auch wenn es nicht allzu viel war –, war Toms Leben von Schicksalsschlägen und Tragödien geprägt gewesen, und doch schaffte er es irgendwie, Jake allein großzuziehen. Es konnte wohl kaum Zweifel daran bestehen, dass aus seinem Sohn ein guter Mann geworden war.

Er war nicht wertlos. Weder wertlos noch ein Versager.

Was nur gut war.

Pete fuhr mit der Fingerspitze über den Rand des Glases. Es war nur gut, dass Tom es geschafft hatte, die schlimme Kindheit hinter sich zu lassen, für die er – Pete – verantwortlich gewesen war. Gut, dass er sich aus Toms Leben ferngehalten hatte, bevor er es hätte vergiften können – mehr, als es ohnehin schon der Fall gewesen war. Was er getan hatte, war so schrecklich gewesen, dass sein Sohn es nie vergessen hatte.

Ich kann mich an diese letzte Nacht noch erinnern.

Und Pete konnte sich immer noch an den hasserfüllten Gesichtsausdruck erinnern, als sein Sohn das gesagt hatte. Er griff nach dem Glas. Setzte es wieder ab. Aber so lief es doch nicht, oder? Er verdiente Toms Hass – dessen war er sich mehr denn je bewusst –, aber auch Hass musste man sich erst verdienen. Pete hatte damals, als Sally und Tom ihn verlassen hatten, fast durchgehend getrunken, die Tage und Nächte waren ineinandergeflossen; doch ausgerechnet an jenen Abend konnte er sich noch glasklar erinnern. So wie Tom es geschildert hatte, war es nicht passiert.

Aber spielte das eine Rolle?

Womöglich nicht. Wenn die Erinnerung seines Sohnes vielleicht auch nicht präzise wahr war, fühlte sie sich allemal wahr genug an, und nur das zählte letztendlich.

Er sah das vertraute Foto von Sally und ihm an. Es war entstanden, bevor sie Tom gezeugt hatten, trotzdem hatte Pete das Gefühl, dass man im Gesichtsausdruck des jungen Mannes, wenn man nur wollte, bereits die Ahnung der bevorstehenden Vaterschaft erkennen konnte. Die gegen die Sonne zusammengekniffenen Augen. Das schiefe Lächeln, das aussah, als würde es bald verblassen. Als wüsste der Mann auf dem Foto bereits, dass er ganz schrecklich versagen und alles verlieren würde.

Sally sah immer noch überglücklich aus.

Er hatte sie schon vor einer Ewigkeit verloren, aber immer die Vorstellung gehabt, dass sie irgendwo ein zufriedenes, von Liebe durchdrungenes Leben führte. Immer die elende Überzeugung genährt, dass sein Verlust gleichbedeutend mit ihrer und Toms Rettung gewesen wäre. Doch jetzt kannte er die Wahrheit. Es war keine Rettung gewesen. Sally war tot.

Es fühlte sich an, als wäre alles tot.

Wieder griff er nach dem Glas, doch diesmal behielt er es in der Hand und sah zu, wie die seidige Flüssigkeit hin und her schwappte. Sie hatte bis dahin so unschuldig ausgesehen – wie Wasser. Bis man das Glas bewegte und den Nebel darin entdeckte.

An diesem Punkt war er schon mal gewesen. Er konnte es schaffen.

Aber warum sollte er sich die Mühe machen?

Er sah sich im Zimmer um, spürte der Leere seines Lebens nach. Er war nichts. Er bestand nur mehr aus Luft. Ein Leben ohne jedes Gewicht. Nichts aus seiner Vergangenheit war gut genug, um hinübergerettet, und nichts in der Zukunft wäre es wert, erinnert zu werden.

Nur dass das nicht wahr war. Oder? Neil Spencers Mörder war immer noch auf freiem Fuß. Wenn der Mord irgendeinem Versagen seinerseits geschuldet war, dann lag es in seiner Verantwortung, das wiedergutzumachen, ganz gleich was das für ihn persönlich bedeutete. Ob er nun wollte oder nicht – er war wieder in seinem Albtraum gefangen, und er war davon überzeugt, dass er ihn diesmal bis ganz zum Ende durchstehen musste, selbst wenn er dabei zugrunde ging. Ja, es gab einen Interessenkonflikt, aber wenn er vorsichtig wäre, würde vielleicht niemand davon Wind bekommen. Er bezweifelte, dass Tom ihre Vergangenheit zur Sprache bringen würde.

Das war ein Grund, nüchtern zu bleiben.

Ein anderer … *Danke für die tolle Wohnung.*

Als er sich Jakes Worte in Erinnerung rief, musste Pete lächeln. Merkwürdig, dass er das gesagt hatte – aber auch besonders. Er war ein besonderes Kind. Ein freundliches Kind. Er war kreativ. Er hatte Charakter. Womöglich hatte auch er sein Päckchen zu tragen. Genau wie Tom damals.

Pete hing noch eine Weile seinen Gedanken über Jake nach. Er sah sich selbst, wie er sich zu dem Jungen setzte und mit ihm redete. Mit ihm spielte, genau wie er es damals mit dem kleinen Tom gemacht haben könnte – und zumindest hätte machen sollen. Aber natürlich war das albern. Zwischen ihnen bestand keinerlei Verbindung. In ein paar Tagen würde seine Zeit mit den beiden zu Ende sein, und wahrscheinlich würde er sie danach nie wiedersehen.

Trotzdem beschloss er, nicht zu trinken.

Nicht heute Abend.

Er stand er auf, ging in die Küche und leerte den Inhalt ganz langsam ins Spülbecken. Er sah zu, wie die Flüssigkeit durch den Ausguss verschwand, und über den Drang in seiner Brust hinweg dachte er wieder an Jake und empfand mit einem Mal etwas, das er schon seit Jahren nicht mehr empfunden hatte. Es gab dafür keinen Anlass. Keinen Grund. Und doch war sie da: Hoffnung.

Teil vier

36

Als ich Jake tags darauf zur Schule brachte, war ich insgeheim immer noch erstaunt, wie gut er mit der neuen Situation klarkam. Am vergangenen Abend, in der sicheren Unterkunft, war er ohne Widerrede ins Bett gegangen, sodass ich noch eine Weile mit meinem Laptop und meinen Gedanken im Wohnzimmer hatte sitzen können. Als ich ihm irgendwann ins Schlafzimmer gefolgt war, hatte ich zu ihm hinübergespäht, und er hatte so entspannt ausgesehen, dass ich mich schon fragte, ob er sich in dieser Wohnung vielleicht wohler fühlte als in unserem neuen Zuhause. Und ich fragte mich, ob – und wenn ja, wovon – er wohl träumte.

Das fragte ich mich oft.

Auch wenn ich selbst wahnsinnig müde war, konnte ich in der ungewohnten Umgebung schlechter denn je einschlafen, insofern war es am Morgen eine Erleichterung zu sehen, wie brav und unkompliziert er sich verhielt. Möglicherweise betrachtete er dies alles als großes Abenteuer. Aber was immer der Grund dafür war – ich war dankbar dafür, weil ich selbst so erschöpft war und meine Nerven derart angespannt waren, dass ich mit weiteren Herausforderungen nicht mehr zurechtgekommen wäre.

Wir fuhren mit dem Auto zur Schule, und ich brachte ihn noch zum Schulhof.

»Alles in Ordnung, Kumpel?«

»Alles okay, Daddy.«

»Dann ist ja gut. Hier.« Ich drückte ihm die Wasserflasche und seine Büchertasche in die Hand. »Hab dich lieb.«

»Hab dich auch lieb.«

Als er auf die Eingangstür zulief, baumelte die Tasche an seiner Seite hin und her. Mrs. Shelley wartete schon. Ich hatte mich nicht wie versprochen mit Jake unterhalten; ich hatte einfach gehofft, dass es heute für ihn ein wenig leichter oder er sich zumindest mit niemandem prügeln würde.

»Sie sehen immer noch scheiße aus.«

Karen hatte zu mir aufgeschlossen, als ich zurück durchs Schultor lief. Sie hatte trotz der Wärme an diesem Morgen wieder ihren weiten Mantel an.

»Gestern haben Sie noch befürchtet, Sie würden mich damit beleidigen.«

»Ja, hab ich aber nicht, oder?« Sie zuckte mit den Schultern. »Ich hab eine Nacht darüber geschlafen und bin zu dem Schluss gekommen, dass es wahrscheinlich okay war.«

»Da haben Sie besser geschlafen als ich.«

»Das sieht man.« Sie schob die Hände in die Taschen. »Haben Sie gleich was vor? Wollen wir einen Kaffee trinken gehen? Oder müssen Sie los und woanders müde sein?«

Ich zögerte kurz. Ich hatte nichts vor. Meinem Vater hatte ich zwar erzählt, dass ich den Laptop bräuchte, um zu arbeiten, aber dass ich in meinem Zustand etwas zustande brächte, war doch recht unwahrscheinlich. Viel wahrscheinlicher war, dass ich nur die Zeit totschlagen würde. Und um Zeit totzuschlagen, war Karen, wenn ich mir sie so ansah, sicher nicht die schlechteste Alternative.

»Warum nicht«, sagte ich. »Das wäre nett.«

Wir liefen die Hauptstraße entlang, und sie führte mich an einem kleinen Supermarkt und der Post vorbei zu einem Bistro namens Happy Pig. Die Schaufenster waren mit Bildern von Weiden bemalt, und drinnen war es betont rustikal und mit Holztischen vollgestellt.

»Ein bisschen arg verkünstelt«, sagte sie, schob die Tür auf, und ein Glöckchen klingelte. »Aber der Kaffee ist ganz okay.«

»Solange Koffein drin ist.«

Und es roch gut. Man bestellte am Tresen, unbeholfen schweigend standen wir nebeneinander, nahmen dann unsere Getränke entgegen und setzten uns an einen freien Tisch.

Karen schlüpfte aus ihrem Mantel. Darunter trug sie eine weiße Bluse und Jeans, und ich war überrascht, wie schlank sie ohne Rüstung war. War der Mantel eine Rüstung? Es kam mir so vor. Die Holzarmreifen an ihren Handgelenken klapperten leise, als sie sich mit beiden Händen die Haare zurückstrich und sie zu einem lockeren Pferdeschwanz zusammenband.

»Also«, sagte sie. »Was ist bei Ihnen los?«

»Ist eine lange Geschichte. Wie viel wollen Sie wissen?«

»Oh, alles.«

Ich dachte kurz darüber nach. Als Schriftsteller war ich immer schon der Meinung gewesen, dass man über seine Geschichten besser nicht reden sollte, solange sie noch nicht fertig waren. Denn ansonsten verflüchtigte sich das Bedürfnis, sie niederzuschreiben – fast als wollte die Geschichte auf eine bestimmte Weise erzählt werden, und je häufiger man sie wiedergab, umso mehr reduzierte sich ihre Dringlichkeit.

Und genau mit diesem Hintergedanken beschloss ich kurzerhand, Karen alles zu erzählen.

Na ja, fast alles.

Über den Plunder in der Garage und über den Besuch des Mannes, der sich als Norman Collins entpuppt hatte, wusste sie ja schon Bescheid, doch bei Jakes Beinahe-Entführung mitten in der Nacht zog sie die Augenbrauen nach oben. Dann

Mrs. Shearing und die Ereignisse des vergangenen Tages. Die Knochen, die ich entdeckt hatte. Die sichere Unterkunft.

Und zu guter Letzt mein Vater.

Bislang hatte ich den Eindruck gehabt, dass Karen eher von der leichtherzigen Fraktion war: Sie legte einen spielerischen Sarkasmus an den Tag und machte witzige Randbemerkungen. Als ich aber mit meiner Geschichte fertig war, sah sie todernst und geradezu entsetzt aus.

»Scheiße«, sagte sie leise. »Bislang stand noch nichts in der Zeitung – nur dass auf irgendeinem Grundstück hier in der Gemeinde Knochen gefunden wurden. Ich hatte keine Ahnung, dass das Ihr Grundstück war.«

»Sie halten sich wohl fürs Erste bedeckt. Nach allem, was ich mitbekommen habe, gehen sie davon aus, dass es sich um einen gewissen Tony Smith handelt, einen von Frank Carters Opfern.«

»Die armen Eltern.« Karen schüttelte den Kopf. »Zwanzig Jahre! Andererseits dürften sie nach so langer Zeit wohl damit gerechnet haben. Vielleicht ist es ja eine Erleichterung für die Familie, endlich einen Schlussstrich ziehen zu können.«

Mir kamen die Worte meines Vaters wieder in den Sinn.

»Jeder sollte irgendwann heimkehren können«, sagte ich.

Karen drehte sich weg. Ich hatte den Eindruck, sie wollte noch mehr wissen, wäre sich aber aus irgendeinem Grund nicht sicher, ob sie fragen sollte.

»Dieser Mann, den sie verhaftet haben«, sagte sie dann.

»Norman Collins.«

»Richtig, Norman Collins. Wie hat *er* davon erfahren?«

»Keine Ahnung. Anscheinend hat er sich immer schon für den Fall interessiert.« Ich nippte an meinem Kaffee. »Mein Vater scheint zu glauben, dass er womöglich Carters Komplize war.«

»Und dass er obendrein Neil Spencer ermordet hat?«

»Da bin ich mir nicht sicher.«

»Ich hoffe doch sehr. Also …«, fügte sie eilig hinzu, »ich meine, ich weiß schon, das klingt jetzt schlimm, aber zumindest hätten sie dann dieses Arschloch verhaftet. Gott, wenn Sie nicht aufgewacht wären …«

»Ich weiß. Ich will gar nicht darüber nachdenken.«

»Das ist einfach nur entsetzlich.«

»Ich habe mich gestern Nacht ein bisschen über ihn schlau gemacht«, sagte ich. »Über Carter, meine ich. Schon ein bisschen makaber – aber ich hatte das Gefühl, ich müsste über ihn Bescheid wissen. Kinderflüsterer. Einige Details waren einfach nur grässlich.«

Karen nickte. »›Wenn die Tür halb offen steht, ein Flüstern zu dir rüberweht.‹ Ich hab Adam danach gefragt, nachdem Sie es erwähnt hatten. Ein paar von den Kindern sagen diesen Reim wohl auf – natürlich hatte er von Carter selbst noch nie gehört, aber ich nehme an, daher stammt dieses Sätzchen. Und wird dann weitererzählt.«

»Als Warnung vor dem Schwarzen Mann.«

»Genau. Nur dass der in diesem Fall echt war.«

Ich ließ mir den Vers erneut durch den Kopf gehen. Anscheinend hatte Adam ihn irgendwo aufgeschnappt, aber die Bedeutung nicht begriffen, und vielleicht war er ja wirklich über die Grenzen von Featherbank hinaus bekannt.

Natürlich musste es so gewesen sein. Das kleine Mädchen hatte ihm den Vers sicher nicht beigebracht, weil es nun mal nicht existierte.

Allerdings erklärte das nicht das Schmetterlingsbild. Oder den Jungen im Boden.

Karen schien Gedanken lesen zu können.

»Was ist mit Jake? Wie kommt er mit alledem klar?«

»Ganz okay, glaube ich.« Ich zuckte mit den Schultern. »Na ja, eigentlich weiß ich nicht genau, wie es ihm geht. Er und ich … Manchmal kriegen wir es einfach nicht hin, miteinander zu reden. Er kann ziemlich schwierig sein.«

»Niemand ist schwierig«, entgegnete Karen.

»Und ich bin auch nicht immer einfach.«

»Wie gesagt … Aber was ist mit Ihnen? Es muss doch merkwürdig gewesen sein, als Sie nach all der Zeit plötzlich Ihrem Vater gegenüberstanden. Hatten Sie wirklich gar keinen Kontakt mehr?«

»Nein. Als es damals zu viel wurde, hat meine Mutter mich geschnappt, und wir sind gegangen. Seither hab ich ihn nicht mehr gesehen. Zu viel Alkohol. Und die Ausbrüche …«

Ich sprach nicht zu Ende. Es war leichter, es dabei bewenden zu lassen, als ins Detail zu gehen; in Wahrheit konnte ich mich – von der letzten Nacht einmal abgesehen – nicht mehr konkret daran erinnern, dass mein Vater gegenüber meiner Mutter oder mir je gewalttätig gewesen wäre. An das Trinken konnte ich mich nur zu gut erinnern, auch wenn ich es damals nicht richtig hatte einordnen können; ich hatte einfach nur gewusst, dass er die ganze Zeit wütend gewesen war, dass er tagelang abtauchen konnte, dass wir immer zu wenig Geld hatten, dass meine Eltern sich ständig in den Haaren lagen. Und ich erinnerte mich noch an die Feindseligkeit und Verbitterung, die er ausgestrahlt hatte – das Gefühl von Bedrohung, das in der Luft gehangen hatte, als könnte jeden Augenblick etwas Schreckliches passieren. Und ich wusste noch, wie verängstigt ich gewesen war.

»Tut mir leid, das zu hören«, sagte Karen.

»Danke. Aber ja, es war merkwürdig, ihn wiederzusehen. Ich kann mich natürlich noch an ihn erinnern, aber er hat sich schon sehr verändert. Er sieht nicht mehr wie der Säufer von damals aus. Sein ganzes Verhalten ist anders. Ruhiger.«

»Leute entwickeln sich weiter.«

»Stimmt. Wir sind inzwischen beide andere Menschen. Ich

bin kein Kind mehr. Und er ist nicht wirklich mein Vater. Es spielt also keine Rolle.«

»Ich bin mir nicht sicher, ob ich Ihnen glaube.«

»Tja, aber es ist, wie es ist.«

»Das wiederum glaub ich sofort.« Karen hatte ihren Kaffee ausgetrunken und griff wieder nach ihrem Mantel. »Und in diesem Sinne werde ich Sie jetzt wohl hier sitzen lassen müssen.«

»Sie müssen noch woanders müde sein?«

»Nein, ich hab gut geschlafen, schon vergessen?«

»Ja, richtig.« Ich ließ den Rest meines Kaffees in der Tasse kreisen. Sie schien nicht das Bedürfnis zu haben, mir zu erzählen, was sie noch vorhatte, und erst da dämmerte mir, dass ich über sie im Grunde rein gar nichts wusste. »Wir haben die ganze Zeit nur von mir geredet, ist Ihnen das eigentlich klar? Das ist doch nicht fair.«

»Weil Sie viel spannender sind als ich. Besonders jetzt gerade, im Licht der Ereignisse. Vielleicht können Sie das ja in einem Ihrer Bücher verwenden.«

»Vielleicht.«

»Ja, tut mir leid ... Ich hab Sie gegoogelt.« Sie blickte verschämt drein. »Ich bin ganz gut darin, Sachen herauszufinden. Aber erzählen Sie das niemandem.«

»Ihr Geheimnis ist bei mir sicher.«

»Gut zu hören.« Sie hielt inne, als wollte sie noch etwas hinzufügen. Dann schien sie es sich anders zu überlegen und schüttelte den Kopf. »Also bis bald?«

»Na klar. Passen Sie auf sich auf.«

Noch während sie das Bistro verließ, trank ich meinen Kaffee aus und fragte mich, was sie gerade noch hatte sagen wollen. Und ich fragte mich, warum sie mich gegoogelt hatte. Was hatte das zu bedeuten?

Und war es verkehrt, dass mir die Vorstellung gefiel?

37

»Darf ich das schon mitnehmen?«

Der Mann schüttelte den Kopf und war sich kurz nicht sicher, wo er war und wie die Frage gelautet hatte. Dann sah er, dass die Bedienung ihn anlächelte und auf den Tisch hinabnickte, und ihm dämmerte, dass er vor einer leeren Tasse saß.

»Klar.« Er lehnte sich zurück. »Sorry, ich war mit den Gedanken woanders.«

Sie lächelte erneut und nahm seine leere Tasse. »Kann ich Ihnen noch etwas bringen?«

»Vielleicht später.«

Er hatte nicht vor, noch etwas zu bestellen, aber er wollte auch nicht den Eindruck erwecken, jemand zu sein, der Freundlichkeit und Gastfreundschaft ausnutzte. Am liebsten wollte er gar keinen Eindruck erwecken.

Und darin war er sogar ganz gut – auch wenn das wohl daran lag, dass die Leute es ihm einfach machten. Die meisten schienen ohnehin im Trubel der Welt verloren zu sein und nur noch durch ihr Leben zu schlafwandeln und ihre Umgebung gar nicht mehr wahrzunehmen. Sie ließen sich von ihren Handys hypnotisieren. Ignorierten, an wem immer sie vorüberkamen. Drehten und kümmerten sich nur um sich selbst und schenkten ihrer Umwelt keinerlei Aufmerksamkeit. Wenn man da nicht auffiel, verblasste man in ihrer Erinnerung so schnell wie ein Traum.

Er starrte hinüber zu Tom Kennedy.

Kennedy saß mit dem Rücken zu ihm zwei Tische weiter, und jetzt, da die Frau gegangen war, konnte der Mann so viel starren, wie er wollte. Solange sie noch da gewesen war und mit dem Gesicht zu ihm am Tisch gesessen hatte, hatte er lieber nur an seinem Kaffee genippt und so getan, als läse er etwas auf seinem Handy, und war quasi mit der Einrichtung des Bistros verschmolzen. Aber er hatte die ganze Zeit aufmerksam zugehört. Anderer Leute Unterhaltungen konnten an einem vorbeirauschen und zu Hintergrundgeräuschen werden, wenn man das wollte, aber genauso gut konnte man sich eine herauspicken und ihr dann mit Leichtigkeit folgen. Man musste nur fokussiert sein und wie bei einem Radio, an dem man drehte, konzentriert darauf lauschen, dass das Rauschen verschwand und ein klares Signal empfangen wurde.

Wie recht er gehabt hatte, dachte der Mann.

Manchmal kriegen wir es einfach nicht hin, miteinander zu reden.

Er kann ziemlich schwierig sein.

Tja. Der Mann war sich sicher, dass Jake bei *seinen* Bemühungen aufblühen würde. Er würde dem Jungen das Zuhause geben, das er verdiente, und ihm all die Liebe und Aufmerksamkeit schenken, die er brauchte. Und dann würde er selbst sich auch wieder heil und vollständig fühlen.

Und wenn nicht …

Empfindungen stumpften mit der Zeit ab. Inzwischen fiel es ihm deutlich leichter, über das nachzudenken, was er Neil Spencer angetan hatte. Das Zittern, das ihn unmittelbar nach der Tat überkommen hatte, war schon seit einer Weile abgeklungen, und er konnte mit seinen Erinnerungen jetzt völlig neutral umgehen – es machte tatsächlich fast Spaß, sich zu erinnern. Denn dieser Junge hatte doch wohl nichts anderes verdient? Und auch wenn er in den zwei vorangegangenen

Monaten Momente der Ruhe, des Glücks erlebt hatte, damals als alles noch so gut ausgesehen hatte, hatte auch im Nachklang jenes finalen Tages eine gewisse Ruhe geherrscht, ein Gefühl der Richtigkeit, das ihm ein Trost gewesen war.

Aber nein.

So weit würde es nicht kommen.

Tom Kennedy stand auf und ging auf den Ausgang zu. Als er an dem Mann vorbeikam, starrte der aufs Handy.

Er blieb noch einen Moment sitzen und dachte über all das nach, was er gehört hatte. Wer war Norman Collins? Den Namen hatte er noch nie gehört. Einer der anderen, vermutete er – aber er konnte sich nicht erklären, warum dieser Collins jetzt festgenommen worden sein sollte. Allerdings passte ihm das wunderbar – so wäre die Polizei abgelenkt. Und Kennedy wäre womöglich weniger aufmerksam. Was bedeutete, dass er sich nur noch für einen Zeitpunkt entscheiden müsste, und alles wäre gut.

Er stand auf.

Je lauter es war, umso leichter war es, sich still und leise einzuschleichen, ohne bemerkt zu werden.

38

Ich habe so lange nach dir gesucht.

Pete stieg aus seinem Wagen, lief auf die Klinik zu und nahm dann den Aufzug ins Untergeschoss, wo die Pathologie untergebracht war. Der Aufzug war auf einer Seite verspiegelt – er sah okay aus. Sogar ruhig. In seinem Inneren mochte alles in Trümmern liegen, aber von außen wirkte er wie ein sorgsam verpacktes Geschenk, das nur leicht klapperte, wenn man es schüttelte.

Er konnte sich nicht erinnern, sich je zuvor derart beklommen gefühlt zu haben.

Zwanzig Jahre lang hatte er nach Tony Smith gesucht. Ein Teil von ihm fragte sich, ob das Verschwinden des Jungen ihm nicht sogar Kraft gegeben hatte – ob es ihm nicht vielleicht einen Lebenszweck und einen Grund beschert hatte, um weiterzumachen, auch wenn er diesen Grund immer bis ganz zuhinterst in seinem Kopf verdrängt hatte. Doch auch wenn er sich noch so viel Mühe gegeben und versucht hatte, nicht darüber nachzudenken, war der Fall für ihn nie abgeschlossen gewesen.

Also musste er anwesend sein, jetzt da er geschlossen wurde.

Er hasste die Obduktionsräumlichkeiten, hatte sie immer gehasst. Der Geruch der Antiseptika hatte nie den darunterliegenden Gestank überdecken können, und das grelle Licht und die blank polierten Metalloberflächen dienten bloß dazu, die fleckigen Leichen darauf hervorzuheben. Hier wurde der

Tod greifbar – wurde ausgestellt und anschaulich gemacht. In diesen Räumlichkeiten ging es um Gewicht und Winkel, und auf Klemmbrettern wurden chemische und biologische Einzelheiten notiert – alles wahnsinnig kalt und klinisch. Wann immer er herkam, gelangte er zu dem Schluss, dass die wichtigsten Aspekte menschlichen Lebens – Gefühle, Charakter, Erfahrungen – in ihrer Abwesenheit nur umso offensichtlicher wurden.

Der Pathologe, Chris Dale, wies Pete den Weg zu einer Rollbahre am rückwärtigen Ende. Als er dem Mann folgte, fühlte er sich kraftlos und musste dem Impuls widerstehen, auf der Stelle kehrtzumachen.

»Hier ist unser Junge.«

Dale sprach sehr leise. Er war im Revier berühmt-berüchtigt für sein barsches, abweisendes Verhalten gegenüber den Ermittlungsbehörden; er sparte sich seinen Respekt für all jene auf, die er als seine Patienten bezeichnete.

Unser Junge.

So wie Dale es gesagt hatte, war nur zu klar, dass die sterblichen Überreste jetzt seiner Verantwortung oblagen. Dass die Demütigungen, die der Junge hatte erleiden müssen, Geschichte waren und sich jetzt um ihn gekümmert wurde.

Unser Junge, dachte Pete.

Die Knochen waren so angeordnet, dass sie annähernd die Form eines Kindes hatten, allerdings waren sie mit der Zeit aus den Gelenken gefallen, und es war kein bisschen Fleisch mehr daran. Pete hatte über die Jahre diverse Skelette vor Augen gehabt, und auf gewisse Weise waren sie immer leichter zu betrachten als kürzlich verstorbene Opfer, die immer noch aussahen wie Menschen und in ihrer geisterhaften Reglosigkeit dann doch wieder nicht. Ein Skelett war so weit entfernt von jeder Alltagserfahrung, dass man es mit deutlich weniger Emotion betrachten konnte. Und doch schlug einem jedes Mal wieder die Tatsache entgegen, dass Menschen sterblich waren und dass schon nach kurzer Zeit nur mehr *Objekte* von ihnen zurückblieben, dass die Knochen bloß eine Ansammlung von Gegenständen waren, die keinem mehr nützten.

»Die Obduktion steht noch aus«, sagte Dale. »Die machen wir später. Ich kann Ihnen derzeit aber schon sagen, dass es sich hierbei um die Knochen eines männlichen Kindes handelt, das zum Todeszeitpunkt ungefähr sechs Jahre alt war. Im Augenblick könnte ich über die Todesursache nicht mal spekulieren, und womöglich finden wir es nie heraus. Aber er ist auf jeden Fall schon eine Weile tot.«

»Zwanzig Jahre?«

»Möglich.« Dale zögerte. Er wusste, worauf Pete hinauswollte, und wies auf die Rollbahre neben ihm. »Dann wären da auch noch ein paar Gegenstände, die ebenfalls vom Fundort stammen. Die Kiste selbst natürlich, dann die Kleidungsstücke, die unter der Leiche lagen ...«

Pete trat einen Schritt näher heran. Die Kleidung sah alt aus und war mit Spinnweben überzogen, aber Dale und sein Team hatten sie sorgsam herausgenommen und sie exakt so übereinandergelegt, wie sie in der Kiste gelegen hatte. Er musste sie gar nicht erst durchsehen, um zu wissen, worum es sich handelte.

Eine blaue Jogginghose. Ein kleines schwarzes Poloshirt.

Er drehte sich wieder zu dem Skelett um. Der Fall hatte ihn so viele Jahre im Klammergriff gehabt – und doch war dies das erste Mal, dass er Tony Smith leibhaftig vor sich sah. Bis heute hatte er immer nur Fotos des Jungen gesehen, in der Zeit erstarrte Momentaufnahmen. Wären die Umstände nur ein klein wenig anders gewesen, hätte Pete heute auf der Straße an einem sechsundzwanzigjährigen Tony Smith vorbeilaufen können, ohne je dessen Namen gehört zu haben. Er starrte auf die kleine, zerschmetterte Struktur hinab, die einst einen

Menschen gehalten und getragen hatte – mitsamt all den ihm innewohnenden Möglichkeiten.

So viele Hoffnungen und Träume, und jetzt schau einer, was ich gemacht habe.

Eilig verbannte Pete Frank Carters Worte aus seinem Kopf und sah noch ein paar Sekunden lang hin, weil er die enorme Tragweite dieses Moments auf sich wirken lassen wollte. Nur dass ihm im selben Augenblick klar wurde, dass es keine Tragweite gab – genauso wenig wie Tony Smith inmitten dieser kahlen Knochen auf der Rollbahre präsent war. Pete hatte sich jahrzehntelang nur in der Umlaufbahn dieses Jungen bewegt, sein ganzes Leben war um die Frage gekreist, wo der Junge steckte. Jetzt war sein Gravitationszentrum weggefallen. Aber die Flugbahn fühlte sich immer noch unverändert an.

»Davon haben wir mehrere in der Kiste gefunden«, sagte Dale.

Als Pete sich umdrehte, beugte sich der Pathologe mit den Händen in den Hosentaschen über den Rand der Kiste, in der Tony Smith gelegen hatte, und starrte auf einen Falter hinab, der sich in den Spinnweben verfangen hatte. Dass das Tier tot war, war offensichtlich; trotzdem waren die Flügel klar und leuchtend farbig gemustert.

»Ein Leichenspinner«, stellte Pete fest.

Der Pathologe sah ihn überrascht an. »Ich wusste gar nicht, dass Sie ein Schmetterlingsexperte sind, Detective.«

»Hab mal eine Doku gesehen.« Pete zuckte mit den Schultern. Er hatte eigentlich immer angenommen, dass er fernsah und las, um Zeit totzuschlagen; dass tatsächlich mal etwas hängen geblieben war, überraschte ihn selbst. »Ich hab abends viel Zeit.«

»Kann ich mir vorstellen.«

Pete kramte in seinem Hirn nach Einzelheiten. Diese Art war hierzulande zwar heimisch, aber nicht sehr weit verbreitet. Die Sendung, die er sich angesehen hatte, hatte von einem Trupp exzentrischer Männer gehandelt, die über Felder und durch Gestrüpp gestreift waren, um einen dieser Falter zu finden. Am Ende waren sie auf einen gestoßen. Der Leichenspinner ernährte sich von Aas. Pete selbst hatte nie einen zu Gesicht bekommen, aber seit er die Doku gesehen hatte, hatte er sich immer wieder dabei ertappt, wie er Nebenstraßen und Hecken, die er an den Wochenenden abgelaufen war, danach abgesucht und sich gefragt hatte, ob diese Falter ihm einen Hinweis darauf geben könnten, dass er auf der richtigen Fährte war.

Sein Handy vibrierte in der Hosentasche. Eine Nachricht von Amanda, ein kurzes Update zu ihrem Fall. Nach einer Nacht in der Zelle hatte Norman Collins sich anscheinend eines Besseren besonnen; nach »kein Kommentar« war er jetzt bereit, mit ihnen zu reden. Sie wollte, dass Pete so schnell wie möglich ins Revier zurückkehrte.

Er steckte das Handy ein, hielt aber noch einen Moment lang inne und starrte die Umzugskiste an. Sie war mit braunem, sich überlappendem Paketklebeband eingewickelt gewesen: Allem Anschein nach war der Karton über die Jahre mehrmals geöffnet, zugeklebt, erneut geöffnet und wieder zugeklebt worden. Er würde zur forensischen Untersuchung ins Labor weitergeschickt werden, wo sie ihn auf Fingerabdrücke untersuchen würden. Petes Blick wanderte über die Pappwände, und er stellte sich all die unsichtbaren Hände vor, die sie mit den Jahren angefasst haben könnten. Er stellte sich vor, wie Leute die Fingerspitzen dagegendrückten – und die Pappe als Ersatzhaut herhielt, die die darin eingeschlossenen Knochen umspannte.

Bei Sammlern hochbegehrt.

Kurz fragte er sich, ob sich diese Leute wohl auch einen Herzschlag eingebildet hatten. Oder ob sie sich daran ergötzt hatten, dass es keinen gab.

39

Im Vernehmungsraum saß Norman Collins' Anwalt Amanda und Pete gegenüber und seufzte vernehmlich.

»Mein Mandant hat sich dazu entschlossen, den Mord an Dominic Barnett zu gestehen«, erklärte er. »Was die Entführung und Ermordung von Neil Spencer angeht, weist er jede Beteiligung von sich.«

Amanda sah ihn abwartend an.

»Allerdings ist er bereit, Ihnen zu erzählen, was er über die sterblichen Überreste weiß, die gestern an der Garholt Street gefunden wurden. Es liegt nicht in seinem Interesse, dass Sie wichtige Ressourcen auf ihn verschwenden und so womöglich das Wohlergehen eines weiteren Kindes gefährden, und er glaubt, dass sein Wissen Ihnen möglicherweise helfen könnte, die Person zu lokalisieren, die für den Mord verantwortlich ist.«

»Dafür wären wir wirklich sehr dankbar.«

Amanda lächelte höflich, auch wenn sie genau wusste, dass er Unsinn redete. Auf der anderen Seite des Tischs saß ihr Collins schweigend gegenüber und sah zerknirscht und angeschlagen aus. Der Mann war nicht fürs Gefängnis gemacht; die Nacht hinter Gittern hatte ihm die Überheblichkeit ausgetrieben. Dass er nun reden wollte, bescherte ihr trotzdem nur wenig Genugtuung, weil der Grund dafür eindeutig nicht der Wunsch war, das Leben eines anderen zu retten, sondern einzig und allein die eigene Haut. Er hatte schlichtweg begriffen, dass es ihn auf lange Sicht weiterbringen würde, wenn er kooperierte und seine Unterstützung anböte.

Doch jetzt war nicht der Zeitpunkt, um deshalb angewidert zu sein. Nicht wenn er ihnen tatsächlich helfen konnte.

Sie lehnte sich zurück. »Dann schießen Sie mal los, Norman.«

»Ich weiß gar nicht, wo ich anfangen soll.«

»Sie wussten, dass sich Tony Smiths sterbliche Überreste auf dem Grundstück befanden, nicht wahr? Fangen wir doch einfach dort an.«

Collins starrte auf die Tischplatte hinab und schien sich sammeln zu müssen. Amanda spähte zu Pete hinüber, der neben ihr saß und das Gleiche zu tun schien. Sie war alarmiert. Er wirkte niedergeschlagener denn je und hatte seit seiner Rückkehr ins Revier kaum ein Wort gesagt. Sie hatte das Gefühl gehabt, dass er drauf und dran gewesen war, ihr etwas zu erzählen, es dann aber aus irgendeinem Grund gelassen hatte. Das hier würde hart für ihn werden, so viel war sicher. Er war auf direktem Weg aus der Pathologie gekommen, wo er aller Wahrscheinlichkeit nach Tony Smiths Knochen in Augenschein genommen hatte – die Knochen eines Jungen, nach dem er jahrzehntelang gesucht hatte –, und jetzt würde er womöglich nach all der Zeit endlich erfahren, was damals wirklich passiert war. Mit der Zeit mochte er einen Panzer angelegt haben; doch sie wollte sich gar nicht ausmalen, wie in seinem Innern all die alten Wunden wieder aufrissen.

»Ich weiß schon, was Sie von meinem Zeitvertreib halten«, sagte Collins leise.

Amanda konzentrierte sich wieder auf ihn.

»Ich weiß, was die meisten davon halten. Aber es ist und bleibt Tatsache, dass ich auf meinem Gebiet hoch angesehen bin. Und dass ich mir als Sammler mit den Jahren einen gewissen Ruf erarbeitet habe.«

Als Sammler.

So wie er es sagte, klang es harmlos – fast respektabel –, doch sie hatte Teile seiner Sammlung gesehen. Was für ein Mensch fühlte sich bitte hingezogen zu solchen Sachen und verbrachte Jahr um Jahr damit, sie zusammenzutragen? In ihrer Vorstellung waren Collins und seine Gesinnungsgenossen nichts weiter als Ratten, die durch die finstersten Winkel des Internets streiften. Die an den Grundfesten der Gesellschaft nagten. Als Collins aufblickte und sie direkt ansah, ahnte sie, dass der Ekel ihr ins Gesicht geschrieben stand.

»In Wahrheit ist es doch nichts anderes als das, was andere Leute auch machen«, sagte er defensiv. »Ich weiß schon lange, dass mein Hobby für die meisten eher ein Nischeninteresse darstellt – und dass ein paar wenige es sogar für verwerflich halten. Aber ich bin nicht der Einzige. Und ich habe mich über die Jahre als vertrauenswürdig erwiesen, sodass ich an wichtigere Objekte herankommen konnte als die Konkurrenz.«

»Dann sind Sie also ein ernst zu nehmender Händler?«

»Ein ernst zu nehmender Händler ernst zu nehmender Sammlerobjekte.« Er leckte sich die Lippen. »Und wie in so vielen Bereichen gibt es auch für mein Gebiet offene Foren – und dann gibt es geschlossene. In Letzteren war mein Interesse am Kinderflüsterer-Fall hinlänglich bekannt. Dann bin ich vor mehreren Jahren darauf aufmerksam gemacht worden, dass sich mir eine gewisse ... Erfahrung ... eröffnen könnte. Natürlich nur, sofern ich bereit wäre zu zahlen.«

»Und was war das für eine *Erfahrung*?«

Er starrte sie einen Moment lang an und antwortete dann, als wäre es das Natürlichste der Welt: »Mit Tony Smith Zeit zu verbringen.«

Kurz herrschte Stille.

»Wie?«, hakte sie nach.

»Zuallererst sollte ich Victor Tyler im Gefängnis besuchen.

Tyler hat das alles organisiert. Frank Carter wusste zwar Bescheid, hatte aber kein Interesse daran, persönlich in Erscheinung zu treten. Es lief folgendermaßen ab: Tyler hat seine Besucher auf Herz und Nieren geprüft. Ich war froh, dass ich den Test bestanden habe. Gegen eine Zahlung an Tylers Ehefrau bin ich dann zu einer Adresse geschickt worden.« Er verzog das Gesicht. »Ich war nicht überrascht, dass mich dort Julian Simpson erwartete.«

»Wie meinen Sie das?«

»Er war abstoßend … mangelhafte Körperhygiene …« Collins tippte sich an die Schläfe. »Nicht ganz zurechnungsfähig. Die Leute haben sich über ihn lustig gemacht, aber in Wahrheit hatten sie alle Angst vor ihm. Vor dem Haus auch. Es sieht aber auch komisch aus, finden Sie nicht? Ich weiß noch, wie es eine Art Mutprobe unter Kindern war, sich dort in den Garten zu trauen. Sie haben sich dort gegenseitig fotografiert. Und selbst früher – als ich noch ein Kind war – haben die Leute es immer als das Gruselhaus in der Gemeinde angesehen.«

Amanda spähte wieder zu Pete hinüber. Er zuckte nicht mit der Wimper, aber sie konnte sich vorstellen, was ihm durch den Kopf ging. Julian Simpsons Name war damals bei den Ermittlungen nie gefallen; die Polizei hatte weder von dem Mann noch von seinem Gruselhaus auch nur die leiseste Ahnung gehabt. Und das war sogar nachvollziehbar. Leute wie Simpson gab es überall; was unter Kindern über sie kursierte, war selten einem handfesten Grund geschuldet und gewiss nichts, dem Erwachsene irgendeine Bedeutung beimaßen.

Trotzdem wusste sie, dass Pete sich genau hierfür die Schuld geben würde.

»Wie ging es dann weiter?«, fragte sie.

»Ich bin in die Garholt Street gefahren«, antwortete er. »Nachdem ich Simpson ebenfalls ausbezahlt hatte, musste ich im Erdgeschoss warten. Nach einiger Zeit ist er mit einem zugeklebten Umzugskarton zurückgekommen. Er hat ihn vorsichtig aufgeschnitten. Und da … da war er.«

»Für die Aufnahme bitte den Namen, Norman …«

»Tony Smith.«

Amanda brachte es kaum fertig, die nächste Frage zu stellen. »Und was haben Sie mit Tony Smiths sterblichen Überresten gemacht?«

»Was ich damit *gemacht* habe?« Collins sah aufrichtig entsetzt aus. »Ich habe nichts damit *gemacht*! Ich bin doch kein Monster – nicht wie einige andere. Und ich hätte das Exponat auch nie beschädigen wollen, nicht einmal wenn es mir erlaubt worden wäre. Nein, ich habe einfach nur dagestanden. Habe ihm meinen Respekt gezollt. Habe die Atmosphäre in mich aufgenommen. Das mag für Sie schwer zu verstehen sein, aber es waren einige der nachhaltigsten Stunden in meinem ganzen Leben.«

Amanda schluckte schwer. Der Mann sah aus wie jemand, der an eine verflossene Liebe zurückdachte. Von sämtlichen Szenarien, die sie sich ausgemalt hatte, stellten seine Antworten das Banalste und zugleich das Entsetzlichste dar – die Zeit, die er mit der Leiche eines ermordeten kleinen Jungen verbracht hatte, kam für ihn eindeutig einer fast religiösen Erfahrung gleich, und allein schon sich vorzustellen, wie er dastand und glaubte, eine besondere Verbindung zu den traurigen Überresten in der Kiste zu verspüren, war dermaßen furchtbar, dass sie sich gar nichts Schlimmeres vorstellen konnte.

Neben ihr lehnte sich Pete langsam nach vorn.

»Sie sagten, ›nicht wie einige andere‹ …«

Sie hätte nicht sagen können, was Collins' Schilderung in ihm ausgelöst hatte, aber er klang erschöpft – müde an Leib und Seele, dachte Amanda.

»Wer waren diese anderen, Norman? Und was haben sie gemacht?«

Collins schluckte trocken. »Das war später, als Dominic Barnett übernommen hatte – nachdem Julian gestorben war. Ich glaube, die zwei waren befreundet, aber Barnett brachte nicht den gleichen Respekt auf. Unter seiner Aufsicht ist alles den Bach runtergegangen.«

»Haben Sie ihn deshalb umgebracht?«, wollte Amanda wissen.

»Um das Exponat zu schützen! Außerdem hat Barnett mir irgendwann – nach diesem letzten Abend – den Zutritt verweigert. Tony musste doch in Sicherheit bleiben!«

»Erzählen Sie uns von *den anderen*«, forderte Pete ihn gleichmütig auf.

»Das war, als Barnett übernommen hatte …« Collins zögerte. »Ich war über die Jahre mehrmals dort gewesen, und für mich war es immer so: Ich habe Tony meine Aufwartung gemacht – und dabei wollte ich mit ihm allein sein. Aber sobald Barnett am Ruder saß, kamen andere dazu. Und die waren weit weniger respektvoll als ich.«

»Was haben sie gemacht?«

»Ich habe nichts mehr davon mitgekriegt«, sagte Collins. »Ich bin vorher gegangen – und Barnett hat sich geweigert, mir das Geld zurückzuerstatten. Er hat mich verhöhnt. Was hätte ich denn tun sollen?«

»Weshalb sind Sie gegangen?«, hakte Pete nach.

»Das letzte Mal waren noch fünf oder sechs andere da – ganz unterschiedliche Leute – Sie wären wirklich überrascht, ehrlich –, und ich hatte den Eindruck, ein paar von ihnen waren von ziemlich weither angereist. Wir kannten uns nicht. Aber es war klar, dass einige von ihnen aus einem komplett anderen Grund gekommen waren als ich.« Collins schluckte erneut. »Barnett hatte eine Matratze in das Zimmer geschleift. Dann hat er eine rote Glühbirne reingeschraubt. Es war …«

»Etwas Sexuelles?«, half Amanda ihm aus.

»Ja. Vermutlich.« Kopfschüttelnd starrte Collins auf die Tischplatte hinab, als läge das jenseits seiner Vorstellungskraft. »Nicht mit der Leiche – sondern miteinander. Aber das war schon schlimm genug. An so etwas konnte ich mich doch nicht beteiligen!«

»Also sind Sie gegangen.«

»Ja. Früher, wenn ich dort gewesen war, war es immer wie in der Kirche gewesen. Es war leise, es war wunderschön ... Ich habe die Anwesenheit *Gottes* gespürt. Aber diesmal, mit dem Licht und mit diesen Leuten ...«

Wieder sprach er nicht zu Ende.

»Norman?«

Endlich blickte er auf.

»Es war, wie in der Hölle gelandet zu sein.«

»Glauben Sie ihm?«, wollte Amanda wissen.

Sie waren wieder in der Einsatzzentrale. Pete lehnte an seinem Schreibtisch und starrte konzentriert die Fotos von den Überwachungskameras an, die über viele Jahre Victor Tylers Besucher im Gefängnis aufgezeichnet hatten. Auch sie ließ den Blick darüberwandern. Es waren Männer und Frauen gewesen, junge wie alte.

Eine bunte Mischung, hatte Collins ihnen erzählt – »Sie wären wirklich überrascht, ehrlich«.

»Ich glaube ihm, dass er Neil Spencer nicht umgebracht hat.« Pete wies in Richtung der Fotos. »Aber was die da angeht ...«

Dann verstummte er wieder und schien genauso ungläubig zu sein wie sie selbst. Im Lauf ihrer Karriere hatte sie so viel Entsetzliches mit ansehen müssen, dass die menschliche Fähigkeit zu Grausamkeiten sie nicht mehr schockierte. Sie hatte an Tatorten und Unfallorten gestanden und zugesehen, wie sich Gaffer versammelt oder vorüberfahrende Fahrzeuge das

Tempo gedrosselt hatten, um einen Blick auf das Blutbad zu erhaschen. Sie verstand durchaus, welche Faszination der Tod haben konnte. Doch das hier verstand sie nicht.

»Wissen Sie, warum man ihn Kinderflüsterer genannt hat?«, fragte Pete leise.

»Wegen Roger Hill.«

»Richtig.« Er nickte bedächtig. »Roger war Carters erstes Opfer. Sein Elternhaus wurde damals gerade renoviert, und vor seiner Entführung hatte Roger seinen Eltern erzählt, dass er vor dem Fenster ein Flüstern gehört hatte. Der Gerüstbauer – das war Carters Firma gewesen. So ist er überhaupt erst in unser Blickfeld gerückt.«

»Er hat sein Opfer umgarnt.«

»Ja. Dort hatte Carter alle Möglichkeiten ... Aber das Seltsame ist: Auch die Eltern der anderen Jungen haben behauptet, ihre Kinder hätten ein Flüstern gehört. Und dort gab es keine offensichtliche Verbindung zu Carter. Trotzdem haben sie alle das Gleiche erzählt.«

»Vielleicht stimmt es ja wirklich.«

»Kann sein. Oder vielleicht lag es nur daran, dass der Name zu dem Zeitpunkt schon durch die Presse gegeistert ist und die Leute auf dumme Gedanken gebracht hat. Wer weiß? Auf jeden Fall ist er hängen geblieben ... Kinderflüsterer. Ich hab den Namen immer gehasst.«

Sie wartete ab.

»Weil ich nicht wollte, dass die Leute sich an ihn erinnern, verstehen Sie? Ich wollte nicht, dass er eine Art Ehrentitel bekommt. Nur dass es sich inzwischen einfach nur noch passend anfühlt. Weil er die ganze Zeit weiter vor sich hin geflüstert hat. Und die Leute – diese Leute da – haben ihm zugehört.« Er breitete die Fotos mit der flachen Hand vor sich aus. »Und ich glaube, dass einer von ihnen genauer hingehört hat als alle anderen.«

Amanda blickte erneut auf die Fotos hinab. Er hat recht, schoss es ihr durch den Kopf. Nach allem, was Collins ihnen erzählt hatte, waren einige dieser Leute hier den Weg hin zum Bösen ein gutes Stück gegangen. Da lag es nicht allzu fern anzunehmen, dass einer von ihnen – von Frank Carters Flüstern verlockt – den Weg weiter gegangen war als die Übrigen. Diese Leute waren bestenfalls Speichellecker des Bösen; doch einer von ihnen war schlimmer.

Ein Schüler.

Unter diesen Leuten, ahnte sie, würden sie Neil Spencers Mörder finden.

40

Nachdem Jake ins Bett gegangen war, blieb ich mit einem Glas Weißwein und meinem Laptop im Wohnzimmer der sicheren Unterkunft sitzen.

Auch wenn ich die Ereignisse der vergangenen Tage immer noch nicht vollends verdaut hatte, war mir trotz allem klar, dass ich dringend würde schreiben müssen. Unter den derzeitigen Umständen schien das fast unmöglich zu sein, doch meine Rücklagen würden nicht ewig reichen. Umso stärker war mein Bedürfnis, an etwas zu arbeiten – nicht einfach nur, um mich abzulenken; sondern weil ich immer schon so funktioniert hatte. So war ich nun mal. So musste ich wieder werden.

Rebecca.

Ich löschte alles, was ich sonst geschrieben hatte, und starrte ihren Namen an. Tags zuvor hatte ich beschlossen niederzuschreiben, was ich derzeit fühlte, und gehofft, dass aus dem Nebel früher oder später irgendeine Geschichte aufsteigen würde. Doch im Augenblick hatte ich Schwierigkeiten, meine Gefühle zu benennen, von der Umsetzung in etwas so Banales wie Wörter ganz zu schweigen.

Meine Gedanken wanderten zurück zu dem, was Karen am Morgen im Café gesagt hatte: »Vielleicht können Sie das ja in einem Ihrer Bücher verwenden.« Und zu dem Umstand, dass sie mich gegoogelt hatte. Diesbezüglich wusste ich, wie ich mich fühlte – es bescherte mir einen Anflug von Aufgeregtheit.

Sie interessierte sich für mich. Interessierte sie mich denn auch? Ja. Ich war nur nicht sicher, ob das in Ordnung war. Ich sah wieder zu Rebeccas Namen auf dem Bildschirm. Die Aufregung verblasste und wich einem Gefühl von Schuld.

Rebecca.

Eilig tippte ich drauflos.

Ich weiß genau, was du hierüber denken würdest, weil du immer so viel praktischer veranlagt warst als ich. Du würdest wollen, dass ich mit meinem Leben weitermache. Du würdest wollen, dass ich glücklich bin. Du wärst natürlich traurig, aber du würdest mir sagen, dass das Leben genau so funktioniert.

Die Sache ist nur – ich bin mir nicht sicher, ob ich schon *bereit* bin, dich loszulassen.

Vielleicht bin ich ja selbst derjenige, der glaubt, dass ich nicht glücklich sein soll. Dass ich es nicht verdiene

Es klingelte an der Tür.

Ich klappte den Laptopdeckel zu und lief nach unten, um einem zweiten Klingeln zuvorzukommen, das Jake wecken könnte. An der Tür rieb ich mir schnell über die Augen und war froh, dass ich nicht angefangen hatte zu weinen – erst recht, als ich die Tür aufmachte und sah, dass mein Vater dort stand.

»DI Willis«, sagte ich.

Er nickte kurz. »Darf ich reinkommen?«

»Jake schläft schon.«

»Hab ich mir gedacht. Es dauert auch nicht lange. Und ich bin leise, versprochen. Es geht nur um ein kurzes Update, wo wir gerade stehen.«

Eigentlich wollte ich ihn nicht hereinlassen, aber das wäre kindisch gewesen; außerdem war er doch bloß von der Polizei.

Wenn dies alles vorbei wäre, müsste ich ihn nie mehr wiedersehen. Dass er derart niedergeschlagen, fast schon unterwürfig, aussah, half natürlich auch. In diesem Augenblick fühlte ich mich wie der Stärkere von uns beiden. Ich zog die Tür ein Stück weiter auf.

»Na gut.«

Er ging hinter mir her nach oben ins Wohnzimmer.

»Wir sind mit dem Haus so gut wie fertig«, berichtete er. »Du und Jake, ihr könnt morgen früh wieder dorthin zurückkehren.«

»Das ist gut. Was ist mit Norman Collins?«

»Wir haben gegen ihn Anklage wegen Mordes an Dominic Barnett erhoben. Er hat bestätigt, dass die Knochen in eurem Haus Carters Opfer zuzuordnen sind, das nie gefunden wurde. Tony Smith. Collins hat es die ganze Zeit gewusst.«

»Wie das?«

»Ist eine lange Geschichte. Die Einzelheiten spielen da keine Rolle.«

»Nicht? Also ... Und was ist mit Neil Spencer? Und der versuchten Entführung von Jake?«

»Daran arbeiten wir noch.«

»Das beruhigt mich ungemein.« Ich griff zu meinem Weinglas und nahm einen Schluck. »Oh, tut mir leid – wo ist nur mein gutes Benehmen? Willst du auch ein Glas?«

»Ich trinke nicht.«

»Hast du früher.«

»Deshalb tu ich's nicht mehr. Einige Leute können damit umgehen, andere nicht. Hat eine Weile gedauert, bis ich das begriffen habe. Ich nehme an, du gehörst zu denen, die damit umgehen können.«

»Ja.«

Er seufzte. »Ich nehme außerdem an, dass es für dich nicht einfach gewesen sein kann, was über die Jahre passiert ist.

Aber du scheinst jemand zu sein, der so einiges ziemlich gut hinkriegt. Das freut mich sehr. Da bin ich froh.«

Ich hätte am liebsten widersprochen. Nicht nur hatte er kein Recht, sich ein Urteil über mich zu erlauben; auch die Aussage selbst war verkehrt. Er lag damit kolossal falsch – nichts kriegte ich hin, ich hatte mein Leben absolut nicht im Griff. Andererseits wollte ich vor meinem Vater um keinen Preis Schwäche zeigen, also sagte ich nichts.

»Sei's drum«, fuhr er fort. »Ja. Ich hab früher getrunken. Ich hatte diverse Gründe dafür – Gründe, keine Entschuldigungen. Ich hatte damals mit einigen Sachen zu kämpfen.«

»Zum Beispiel damit, ein guter Ehemann zu sein.«

»Ja.«

»Und Vater zu sein.«

»Auch das. Die Verantwortung ... Ich hab einfach nie begriffen, was es mit sich brachte, Vater zu sein. Ich hatte nie Vater sein wollen. Und du warst ein schwieriges Kind ... Das ist dann später natürlich leichter geworden. Du warst immer sehr kreativ. Du hast schon damals Geschichten erfunden.«

»Hab ich das?«

»Ja. Du warst sensibel. Jake ist dir da sehr ähnlich.«

»Jake ist zu sensibel, finde ich.«

Mein Vater schüttelte den Kopf. »So etwas gibt es nicht.«

»Und ob es das gibt – es erschwert einem das Leben.« Ich musste an die Freunde denken, die ich nie gefunden hatte oder die mich nie gefunden hatten. »Und was weißt du schon. Du hast es nicht miterlebt.«

»Nein, hab ich nicht. Und wie gesagt, es war zu eurem Besten.«

»Tja, darauf können wir uns wohl einigen.«

Und damit schien alles gesagt zu sein. Er wandte sich um, als wollte er gehen, hielt dann aber inne und drehte sich einen Moment später noch mal zu mir um.

»Ich hab über das nachgedacht, was du gestern Abend gesagt hast. Dass du gesehen hast, wie ich ein Glas nach deiner Mutter geworfen habe, bevor ich gegangen bin.«

»Und?«

»Das hast du nicht gesehen«, sagte er. »Es ist nie passiert. Du warst in der Nacht gar nicht zu Hause. Du hast bei einem Freund aus der Schule übernachtet.«

Mein erster Impuls war zu glauben, dass mein Vater mich anlog – es musste so sein, weil meine Erinnerungen an jene Nacht so greifbar waren. Und weil ich damals keine Freunde gehabt hatte. Aber stimmte das wirklich? Und ganz gleich, wie mein Vater früher einmal gewesen war – inzwischen erweckte er nicht den Eindruck, ein Lügner zu sein. So ungern ich es mir eingestehen wollte: Er erweckte vielmehr den Eindruck, mittlerweile schonungslos ehrlich mit sich selbst zu sein, was seine Fehler anging.

Ich rief mir jene Erinnerung erneut ins Gedächtnis.

Zersplitterndes Glas.

Ein brüllender Mann.

Meine kreischende Mutter.

Ich konnte es regelrecht vor mir sehen; war es wirklich möglich, dass ich mich irrte? Das Bild war lebendiger als jede andere Kindheitserinnerung. War es vielleicht sogar zu lebendig? War es womöglich eher ein Gefühl denn eine echte Erinnerung? Eine Mischung aus alledem, was ich empfunden hatte, und gar kein tatsächliches Ereignis, das stattgefunden hatte?

»Aber *ungefähr* so ist es schon gewesen«, sagte mein Vater leise. »Ich werde mich immer dafür schämen, denn genau das hab ich getan. Ich hab das Glas nicht *nach deiner Mutter* geworfen. Es ging haarscharf vorbei.«

»Ich weiß, dass ich es gesehen habe.«

»Keine Ahnung – vielleicht hat Sally dir davon erzählt.«

»Sie hat nie auch nur ein schlechtes Wort über dich gesagt.«

Ich schüttelte den Kopf. »Das weißt du, oder? Selbst nach allem, was passiert war.«

Er lächelte gequält. Mir war klar, dass er mir glaubte und dass es ihn daran gemahnte, wie viel er verloren hatte.

»Dann weiß ich auch nicht«, sagte er. »Aber ich wollte dir noch etwas anderes erzählen, wozu auch immer es jetzt noch gut sein mag. Es ist nicht viel, aber immerhin ... Du hast gesagt, dass ich dich an jenem Abend das letzte Mal gesehen habe. Aber auch das stimmt nicht.«

Ich zeigte vage um mich herum. »Offenkundig ...«

»Ich meine, damals. Deine Mutter hat mich vor die Tür gesetzt, und das war für alle das Beste. Ich hab es respektiert. Ich war fast schon erleichtert, um ehrlich zu sein – oder zumindest hat es sich angefühlt, als hätte ich es verdient. Trotzdem gab es später Momente – bevor ihr weggezogen seid –, in denen ich nüchtern war und Sally mich hereingelassen hat. Sie wollte dich damit nicht verschrecken oder Verwirrung stiften – und ich ebenso wenig. Also bin ich immer nur da gewesen, wenn du schon geschlafen hast. Ich bin zu dir ans Bett gegangen und hab dich umarmt. Du bist nie aufgewacht. Du hast es nie mitbekommen. Aber ich hab es getan.«

Ich schwieg.

Denn auch diesmal hatte ich nicht das Gefühl, als würde mein Vater mich anlügen, und was er da sagte, erschütterte mich zutiefst. Ich musste an Mister Night denken, meinen imaginären Freund aus der Kindheit. Den unsichtbaren Mann, der nachts in mein Kinderzimmer kam und mich in den Arm nahm, während ich schlief. Und noch schlimmer – ich musste daran denken, wie *tröstlich* es sich angefühlt hatte; es war nie etwas gewesen, wovor ich Angst gehabt hatte. Und wie mir etwas gefehlt hatte, als Mister Night irgendwann aus meinem Leben verschwunden war – als hätte ich einen wichtigen Teil meiner selbst eingebüßt.

»Das soll jetzt keine Entschuldigung sein«, sagte mein Vater. »Ich wollte nur, dass du weißt, dass damals alles … kompliziert war. Dass *ich* kompliziert war. Es tut mir leid.«

»Okay.«

Und dann war tatsächlich alles gesagt.

Er ging die Treppe hinunter, und ich war zu aufgewühlt, um irgendetwas zu tun, außer ihn ziehen zu lassen.

41

Am nächsten Morgen sorgte ich dafür, dass Jake sich früher als sonst für die Schule fertig machte, damit wir noch Zeit genug hatten, zu Hause vorbeizufahren, ehe die erste Stunde begann. Mein Vater wartete bereits draußen in seinem Auto. Als wir rauskamen, kurbelte er das Fenster hinunter.

»Hallo.«

»Guten Morgen, Pete«, entgegnete Jake ernst. »Wie geht es Ihnen heute?«

Das Gesicht meines Vaters hellte sich auf. Der formelle Tonfall, den mein Sohn manchmal an den Tag legen konnte, schien ihn zu amüsieren. Er konterte auf die gleiche Weise.

»Sehr gut, danke der Nachfrage. Und wie geht es dir, Jake?«

»Gut. Es war interessant, in dieser Wohnung zu übernachten. Aber jetzt freue ich mich darauf, wieder nach Hause zu kommen.«

»Das kann ich mir vorstellen.«

»Nur auf die Schule nachher freue ich mich nicht.«

»Auch das kann ich mir vorstellen. Aber Schule ist wichtig.«

»Ja«, sagte Jake. »Anscheinend.«

Mein Vater musste lachen, hörte aber sofort wieder auf. Womöglich glaubte er, dass es mich störte, wie er mit Jake interagierte. Das Seltsame war nur, dass es mich inzwischen nicht mehr störte. Es gefiel mir, wenn die Leute von meinem

Sohn beeindruckt waren; das machte mich stolz. Natürlich war es dumm, so zu denken – er war immerhin eine eigenständige Persönlichkeit, nicht irgendeine Errungenschaft meinerseits –, trotzdem war das Gefühl immer da, und bei meinem Vater war es sogar noch intensiver als sonst. Warum, hätte ich nicht genau sagen können. Wollte ich ihn in Sachen Vaterschaft vorführen? Oder war es das Bedürfnis, ihn zu beeindrucken?

»Dann bis gleich.« Ich wandte mich zum Gehen. »Komm, Jake.«

Bis zu unserem Haus war es nicht weit, trotzdem dauerte es im Berufsverkehr eine Weile. Jake schlug die Zeit tot, indem er von hinten gegen den Fahrersitz kickte und eine Melodie vor sich hin summte. Immer wieder warf ich einen Blick in den Rückspiegel, um nach ihm zu sehen. Er hatte den Kopf zur Seite gedreht und sah wie so oft mit zusammengekniffenen Augen aus dem Fenster, als wäre er leicht verwirrt, dort draußen eine Welt zu sehen.

»Daddy, warum kannst du Pete nicht leiden?«

»Du meinst, DI Willis.« Ich bog in unsere Straße ab. »Ich kenne ihn doch gar nicht. Er ist ein Polizist, kein Freund.«

»Aber er ist freundlich. Ich mag ihn.«

»Du kennst ihn doch auch nicht.«

»Aber wenn du ihn nicht kennst und nicht leiden kannst, kann ich ihn genauso gut nicht kennen und trotzdem gut leiden.«

Ich war zu müde für derlei Gedankenexperimente.

»Es ist ja nicht so, dass ich ihn nicht leiden kann.«

Jake antwortete nicht, und ich hatte nicht das Bedürfnis, dieses Gespräch weiter zu vertiefen. Kinder hatten einen siebten Sinn für Spannungen, und obendrein war mein Sohn sensibler dafür als die meisten anderen. Wahrscheinlich war ihm klar, dass ich gelogen hatte.

Aber war es wirklich eine Lüge gewesen? Unser Gespräch am Vorabend hing mir immer noch nach, und vielleicht fiel es mir gerade deswegen jetzt leichter, mich mit meinem Vater zu identifizieren – ihn genauso sehr wie mich selbst als einen Mann zu betrachten, der seine Schwierigkeiten hatte, Vater zu sein. Und ganz abgesehen davon war er nicht mehr der Mann, an den ich mich erinnerte, ebenso wenig wie ich noch das Kind von früher war.

Wie lange dauert es und wie grundlegend muss ein Mensch sich verändern, bis die Person, die man mal gehasst hat, verschwunden ist und eine andere Person ihren Platz einnimmt? Pete war mittlerweile ein anderer.

Es war wirklich nicht so, dass ich ihn nicht leiden konnte. In Wahrheit kannte ich ihn kein bisschen.

Als wir bei unserem Haus ankamen, wies nichts mehr darauf hin, dass die Polizei hier gewesen war – sogar das Absperrband war verschwunden. Und es waren wider Erwarten auch keine zahllosen Reporter mehr da, bloß ein kleines Grüppchen, das ein Stück weiter zusammenstand und sich unterhielt. Als ich den Wagen auf der Zufahrt abstellte, schenkten sie uns keine große Beachtung; umso interessierter schien Jake zu sein.

»Kommen wir ins *Fernsehen*?«, fragte er aufgeregt.

»Unter gar keinen Umständen.«

»Oh.«

Pete war die ganze Strecke hinter uns hergefahren. Jetzt stellte er sein Auto neben uns ab und stieg noch vor uns aus. Die Reporter liefen sofort auf ihn zu, und als er sich ihren Fragen stellte, spähte ich verstohlen zu ihm hinüber.

»Was ist denn da los, Daddy?«

»Warte kurz.«

Jake verrenkte den Hals, um alles mitzubekommen.

»Ist das …«

»Oh fuck!«

Im Auto herrschte für einen Moment Stille. Ich starrte das Grüppchen an, das sich um meinen Vater versammelt hatte, und bekam kaum noch mit, dass er sie freundlich anlächelte, ihre Fragen mit einem versöhnlichen Schulterzucken beantwortete und einige der Reporter zustimmend nickten. Ich hatte meine Aufmerksamkeit auf eine bestimmte Person gerichtet.

»Du hast das F-Wort gesagt, Daddy!« Jake klang fast ehrfurchtsvoll.

»Ja, hab ich …« Ich wandte den Blick von Karen ab, die mit einem Notizblock in der Hand inmitten der Reporter stand. »Das da drüben ist Adams Mutter.«

»Sind wir bald im Fernsehen, Pete?«, fragte Jake.

Ich schob die Tür hinter uns zu und legte die Kette vor.

»Das hab ich dir doch schon gesagt, Jake. Nein, sind wir nicht.«

»Ich will aber Pete auch fragen.«

»Nein«, antwortete Pete. »Du kommst nicht ins Fernsehen. Genau wie dein Daddy zu dir gesagt hat. Deshalb hab ich mit diesen Leuten dort draußen gesprochen. Das sind Reporter, und die wollen wissen, was hier drin vor sich geht, aber ich hab sie daran erinnert, dass es mit euch beiden nichts zu tun hat.«

»Na ja, schon irgendwie«, sagte Jake.

»Irgendwie schon, klar. Aber nicht wirklich. Und es wäre etwas anderes, wenn ihr mehr wüsstet oder mehr damit zu tun hättet.«

Bei diesen Worten warf ich Jake einen Blick zu und hoffte, er würde mir ansehen können, dass dies nicht der Zeitpunkt war, um von dem Jungen im Boden zu erzählen. Er sah mich an und nickte, ließ dann aber doch nicht so einfach von dem Thema ab.

»Daddy hat ihn aber gefunden.«

»Das stimmt«, sagte Pete. »Aber das ist keine Information, die wir den Leuten dort draußen gegeben hätten. Was diese Leute angeht, seid ihr zwei nicht Teil der Geschichte. Und es ist das Beste, wenn es fürs Erste auch dabei bleibt, finde ich.«

»Okay.« Jake klang enttäuscht. »Kann ich mich umgucken und sehen, was sie hier gemacht haben?«

»Na klar.«

Er verschwand nach oben. Pete und ich blieben an der Eingangstür stehen.

»Ich meine das ernst, was ich da gesagt habe«, wandte er sich einen kurzen Moment später an mich. »Ihr müsst euch keine Gedanken machen. Die Presse wird niemanden vorverurteilen. Ich kann dir natürlich nicht verbieten, mit ihnen zu sprechen, aber bislang wissen sie nur, dass hier Knochen gefunden wurden, daher glaube ich nicht, dass sie an euch interessiert sein dürften. Und was Jake angeht, werden sie besonders vorsichtig sein.«

Ich nickte, auch wenn mir schlecht war. Was den offiziellen Kenntnisstand anging, mochte das stimmen; aber ich hatte Karen gestern so viel erzählt, dass ich es kaum noch zusammenbekam. Sie wusste von dem nächtlichen Besucher, der versucht hatte, Jake zu entführen. Dass ich derjenige gewesen war, der die Leiche gefunden hatte. Dass Pete mein Vater war – einer, der früher gesoffen hatte. Und ich war mir sicher, dass ich noch mehr erzählt hatte, woran ich mich im Augenblick nur nicht mehr erinnern konnte.

»Ich bin ganz gut darin, Sachen herauszufinden«, hatte sie gesagt.

Da hatte ich noch geglaubt, dass ich es mit einer Unterhaltung unter Freunden zu tun hätte. Ich hatte nicht begriffen, dass ich gerade einer verdammten Reporterin mein Herz ausschüttete.

Und das tat weh.

Sie hätte es mir sagen müssen. Ich hatte das Gefühl gehabt, als wäre sie ehrlich an mir interessiert, und da war ich mir jetzt nicht mehr sicher. Einerseits hatte sie unmöglich wissen können, dass ich mit dem Fall in Verbindung stand; andererseits hatte sie zu keinem Zeitpunkt in unserer Unterhaltung auch nur angedeutet, dass sie nicht die Person war, der ich all das erzählen sollte.

Mein Vater runzelte die Stirn. »Alles in Ordnung?«

»Ja.«

Ich würde mir später Gedanken darüber machen müssen, was ich durch unser Gespräch angerichtet hatte. In der Zwischenzeit konnte ich meinem Vater unmöglich davon erzählen.

»Sind wir denn jetzt hier sicher?«, wollte ich wissen.

»Ja. Norman Collins wird noch eine Weile in Untersuchungshaft bleiben, aber selbst wenn er rauskäme, ist hier nichts mehr, was ihn oder die anderen interessieren dürfte.«

»Die anderen?«

Er zögerte. »An diesem Haus hatten die Leute schon immer einen Narren gefressen. Collins hat mir erzählt, dass es in der Nachbarschaft nur ›das Gruselhaus‹ genannt wurde. Für die Kinder war es eine Mutprobe, sich ihm zu nähern.«

»Das Gruselhaus ... Wie sehr ich das leid bin.«

»Aber das war bloß Kinderkram«, versicherte mir Pete. »Tony Smiths sterbliche Überreste sind jetzt weg, und nur daran war Collins je interessiert. Nicht an Jake oder dir.«

Nicht an Jake oder mir. Trotzdem sah ich wieder Jake vor mir, wie er in jener Nacht am Fuß der Treppe saß und der Mann sich durch den Briefschlitz mit ihm unterhielt. Ich konnte mich nicht mehr erinnern, was genau ich gehört hatte, aber ich wusste noch immer genug, um mir sicher zu sein, dass er Jake hatte überreden wollen, die Tür aufzumachen, und ich war alles andere als überzeugt davon, dass er es nur auf die Garagenschlüssel abgesehen hatte.

»Was ist mit Neil Spencer?«, fragte ich. »Wird Collins für dessen Ermordung auch angeklagt?«

»Nein. Aber wir haben inzwischen eine Handvoll Verdächtige. Wir sind ganz nah dran. Und glaub mir, ich würde euch nicht hierher zurückkehren lassen, wenn ich nicht wüsste, dass ihr hier sicher seid. Neil Spencer ist nur entführt worden, weil die Gelegenheit günstig war – er war draußen allein unterwegs. Wir haben es hier nicht mit einem Täter zu tun, der Aufmerksamkeit erregen will. Hab also Jake immer gut im Blick, auch wenn es keinen Grund zu der Annahme gibt, dass einer von euch in Gefahr sein könnte.«

Klang er wirklich überzeugt? Ich war mir nicht sicher; er sah erschöpft aus. Als ich ihn erstmals wiedergesehen hatte, war er in erkennbar guter körperlicher Verfassung gewesen. Doch heute sah er so alt aus, wie er tatsächlich war.

»Du siehst müde aus«, stellte ich fest, und er nickte.

»Ich bin auch müde. Und ich muss noch etwas erledigen, worauf ich mich nicht besonders freue.«

»Was denn?«

»Spielt keine Rolle«, sagte er knapp. »Wichtig ist nur, dass ich es tue.«

Mir dämmerte, wie sehr ihn dieser Fall in Mitleidenschaft ziehen musste; man konnte es ihm von Kopf bis Fuß ansehen. *Wichtig ist nur, dass ich es tue.* Vor mir stand ein Mann, der eine unendlich große Last geschultert hatte und damit nur schwer klarkam. Er sah aus, wie ich mich nur allzu oft fühlte.

»Meine Mutter«, sagte ich unvermittelt.

Er sah mich an und wartete, stellte jedoch nicht die nächstliegende Frage.

»Sie ist gestorben«, sagte ich.

»Hast du erzählt.«

»Du wolltest wissen, was passiert ist. Sie hatte kein leichtes Leben, aber sie war ein guter Mensch. Ich hätte mir niemand Besseren wünschen können. Sie hatte Krebs. Aber sie hat auch nicht leiden müssen. Es ist wahnsinnig schnell gegangen.«

Das war eine Lüge – der Tod meiner Mutter hatte sich ewig hingezogen und war qualvoll gewesen –, und ich hatte keine Ahnung, warum ich ihn anlog. Es war schließlich nicht mein Job, dafür zu sorgen, dass Pete sich besser fühlte oder sein Schmerz oder seine Schuld leichter zu ertragen wäre. Trotzdem war ich froh zu sehen, wie die Last auf seinen Schultern ein wenig abnahm.

»Wann?«

»Vor fünf Jahren.«

»Dann hat sie Jake noch kennengelernt.«

»Ja. Er kann sich an sie nicht mehr erinnern, aber ja.«

»Tja, das ist doch zumindest etwas.«

Für einen Moment herrschte Stille. Dann kam Jake wieder nach unten, und wir wandten uns im selben Augenblick voneinander ab, als hätte sich eine Art Spannung zwischen uns entladen.

»Sieht immer noch alles genauso aus, Daddy.« Jake klang beinahe misstrauisch.

»Wir haben uns Mühe gegeben, alles ganz vorsichtig zu durchsuchen«, erklärte Pete. »Und dann natürlich auch hinter uns aufzuräumen.«

»Toll.« Jake drehte sich weg und marschierte ins Wohnzimmer.

Pete schüttelte den Kopf. »Er ist echt eine Marke.«

»Ja. Ist er.«

»Ich melde mich, wenn es etwas Neues gibt«, sagte er. »Aber in der Zwischenzeit … Wenn ihr irgendwas brauchen solltet – ich meine wirklich, was auch immer –, kannst du mich hier erreichen.«

»Danke.«

Ich sah zu, wie mein Vater mit leicht hängendem Kopf die Zufahrt entlanglief, und drehte seine Visitenkarte in der Hand. Als er einstieg, warf ich einen Blick hinüber zu den Reportern, die immer noch hinter seinem Wagen standen. Die meisten waren inzwischen gegangen. Ich sah von einem zum anderen. Karen war weg.

42

Das hier ist das letzte Mal, rief Pete sich in Erinnerung. *Denk immer daran.*

An diesem Gedanken konnte er sich festhalten, als er im grell ausgeleuchteten Gefängnisbesprechungsraum saß und auf das Monster wartete. Er war mit der Zeit so oft hier und jedes Mal anschließend in den Grundfesten erschüttert gewesen – doch nach heute würde es für ihn keinen Grund mehr geben zurückzukehren. Tony Smith, um den es in all den Jahren gegangen war, war gefunden worden, und für den Fall, dass Frank Carter sich weigerte, über den Mann zu sprechen, nach dem sie jetzt fahndeten, hatte Pete bereits beschlossen, einfach zu gehen und nicht mehr zurückzublicken. Und dann nie wieder nachhaltig unter Carters Gegenwart zu leiden.

Das hier ist das letzte Mal.

Der Gedanke half, wenn auch nur ein bisschen. Die Luft in dem stillen Raum war geschwängert von Vorahnungen und Bedrohlichkeit, und die verschlossene Tür auf der rückwärtigen Seite triefte nur so von Boshaftigkeit. Denn auch Carter musste klar sein, dass dies ihr letztes Treffen wäre, und Pete war sich sicher, dass der Mann diesmal ein Zeichen setzen würde. Bislang war die Angst vor ihren Treffen immer nur mental und emotional gewesen. Er hatte sich nie körperlich bedroht gefühlt. Doch dieses Mal war er froh über den breiten Tisch, der den Raum zerteilte, und über die soliden Fesseln, die der Mann tragen würde. Er fragte sich sogar, ob er nur deshalb all die Stunden im Fitnessraum zugebracht hatte: um für einen solchen Moment gewappnet zu sein.

Sein Herz setzte für einen Schlag aus, als die Tür entriegelt wurde.

Ruhig bleiben.

Das übliche Prozedere: Die Wachen traten als Erste ein; Carter ließ sich Zeit. Um Ruhe zu bewahren, konzentrierte Pete sich auf den Umschlag, den er mitgebracht hatte und der jetzt vor ihm auf dem Tisch lag. Er starrte darauf hinab und wartete, ignorierte den massigen Mann, der endlich gekommen war und sich ihm gegenüber schwer auf den Stuhl fallen ließ. Er schwieg, bis die Wachen sich zurückgezogen hatten und die Tür hörbar ins Schloss gefallen war. Dann erst blickte er auf.

Auch Carter starrte den Umschlag an. Er sah eindeutig neugierig aus.

»Haben Sie mir einen Brief geschrieben, Peter?«

Pete antwortete nicht.

»Ich habe oft darüber nachgedacht, Ihnen einen zu schreiben.« Carter sah ihn lächelnd an. »Würden Sie sich darüber freuen?«

Pete musste ein Schaudern unterdrücken. Nicht dass Carter so einfach an seine Adresse kommen würde, aber auch die Vorstellung, einen Brief ans Revier zu erhalten, war unerträglich.

Auch diesmal sagte er nichts.

Carter schüttelte missbilligend den Kopf.

»Ich habe es Ihnen doch schon beim letzten Mal gesagt, Peter. Genau das ist Ihr Problem, wissen Sie? Ich gebe mir alle Mühe, mich mit Ihnen zu unterhalten. Ich gebe wirklich mein Bestes, um Ihnen Sachen zu erzählen und Hilfestellung zu leisten. Und dann habe ich manchmal das Gefühl, dass Sie mir überhaupt nicht zuhören.«

»Es geht immer dort zu Ende, wo es angefangen hat«, sagte Pete. »Das habe ich endlich verstanden.«

»Ein bisschen zu spät für Neil Spencer.«

»Ich frage mich, wie Sie das wissen konnten, Frank.«

»Und wie ich schon gesagt habe: Genau das ist Ihr Problem.« Carter lehnte sich zurück. Unter seinem Gewicht knarzte der Stuhl. »Sie hören nicht zu. Ganz ehrlich – was kümmert mich irgend so ein verdammtes Gör? Darauf hatte ich nicht einmal angespielt.«

»Nicht?«

»Kein bisschen.« Er lehnte sich wieder vor und wirkte mit einem Mal deutlich lebendiger, und Pete musste den Impuls unterdrücken zurückzuweichen. »Hey, da ist noch etwas. Wissen Sie noch, wie Sie erzählt haben, dass die Leute draußen mich allmählich vergessen?«

Pete erinnerte sich noch daran. Er nickte. »Sie meinten, das sei nicht wahr.«

»Genau. Haha. Und jetzt verstehen Sie das auch endlich, oder? Sie verstehen endlich, wie falsch Sie lagen. Weil es schon die ganze Zeit diese Gruppe von Leuten dort draußen gab, von denen Sie keine Ahnung hatten, die aber immer an mir interessiert geblieben sind.«

Carters Blick glühte regelrecht. Pete konnte nur ahnen, wie groß seine Genugtuung in all diesen Jahren gewesen war, dass er Fans wie Norman Collins hatte, die das Haus besuchten, in dem Tony Smiths Leiche lag, und diesen Ort wie eine Art Schrein betrachteten. Und umso mehr musste es ihn gefreut haben, dass er Pete dieses Geheimnis die ganze Zeit vorenthalten hatte – dass andere dort gewesen waren, während Pete selbst weiter unablässig nach dem verschwundenen Jungen gesucht hatte.

»Ja, Frank, ich habe falschgelegen. Das weiß ich inzwischen. Und ich bin mir ziemlich sicher, dass die Erfahrung ungemein schmeichelhaft für Sie gewesen ist. Kinderflüsterer …« Er verzog das Gesicht. »Ihre Legende lebt fort.«

Carter grinste. »In vielerlei Hinsicht.«

»Sprechen wir also über ein paar dieser anderen Leute.«

Carter sagte nichts, doch sein Grinsen wurde breiter, als er erneut auf den Umschlag hinabblickte. Er würde sich nicht dazu hinreißen lassen, über Neil Spencers Mörder zu sprechen. Pete wusste, dass er zwischen den Zeilen würde lesen müssen, sofern er etwas erfahren wollte – und das bedeutete: den Mann zum Reden zu ermuntern. Und während Carter bei manchen Themen bewusst vage bleiben mochte, war Pete sich sicher, dass er über die Besucher des Hauses in all den Jahren nur zu gern sprechen wollte, zumindest jetzt, da das Geheimnis gelüftet war.

»In Ordnung«, sagte Pete. »Warum Victor Tyler?«

»Ah, Vic ist ein guter Junge.«

»Interessant, dass Sie das so sehen. Was ich aber eigentlich meinte: Warum brauchten Sie eine Art Zwischenhändler, um all das zu organisieren?«

»Es wäre doch wirklich nicht gut gewesen, selbst Ansprechpartner zu sein, oder, Peter?« Carter schüttelte den Kopf. »Wenn jeder einfach so Gott sehen könnte – wie viele Leute würden sich da noch die Mühe machen, zur Kirche zu gehen? Manchmal ist es besser, auf Abstand zu bleiben. Besser für die anderen natürlich auch. Sicherer. Ich könnte mir vorstellen, dass Sie meine Besucher hier über die Jahre durchleuchtet haben?«

»Ich bin der Einzige, der Sie besuchen kommt.«

»Was für eine Ehre, nicht wahr?« Er brach in Gelächter aus.

»Was ist mit dem Geld?«

»Was soll damit sein?«

»Tyler hat abkassiert – oder zumindest seine Ehefrau. Simpson ebenfalls, später dann Barnett. Sie selbst nie.«

»Was kümmert mich Geld?« Carter sah beleidigt aus. »Was immer ich je im Leben wollte, ist hier drin gratis. Vic – wie gesagt, er ist ein guter Junge, ein anständiger Kerl. Und Julian hat sich mir gegenüber auch immer anständig verhalten. Da war es nur fair, dass er dafür etwas bekommen sollte. Barnett habe ich nie kennengelernt und wäre auch nicht interessiert gewesen. Aber es ist gut, dass diese Leute bezahlt haben, um den Ort zu sehen. Sie sollten verdammt noch mal zahlen – das bin ich dort wohl wert?«

»Nein.«

Carter lachte wieder. »Wenn Sie sie alle verhaften, vielleicht enden sie dann ja sogar hier bei mir? Das wäre für sie doch der wahre Kick? Das würde ihnen gefallen, da wette ich was.«

Nicht annähernd so sehr wie dir, schoss es Pete durch den Kopf. Er nahm den Umschlag zur Hand und nahm die Fotos heraus, die er mitgebracht hatte: einen kleinen Stapel Standbilder von den Überwachungskameras, die über die Jahre Victor Tylers Besucher aufgezeichnet hatten. Obenauf lag ein Foto von Norman Collins, und vorsichtig schob er es auf Carter zu.

»Kennen Sie diesen Mann?«

Carter sah kaum hin.

»Nein.«

Ein zweites Foto. »Und was ist mit dem hier?«

»Ich kenne diese verfickten Leute nicht, Peter!« Carter verdrehte die Augen. »Wie oft soll ich es Ihnen noch sagen? Sie hören mir nicht zu! Wenn Sie wissen wollen, was das für Leute sind, fragen Sie Vic.«

»Das machen wir auch.«

In der Tat hatten er und Amanda gerade erst eine Stunde zuvor Tyler vernommen, und Tyler hatte das Ganze deutlich weniger unterhaltsam gefunden als Carter jetzt. Er war wütend gewesen und hatte jede Zusammenarbeit verweigert. Was nur verständlich war, wie Pete annahm. Immerhin war seine Ehefrau ebenfalls beteiligt; doch zu schweigen würde keinem der beiden helfen. Außerdem würden die Verdächtigen identifiziert werden – und darunter, da war Pete sich sicher, würden sie Neil Spencers Mörder finden. Nach den Leuten wurde inzwischen gefahndet, und sie würden allesamt zur Vernehmung geholt werden.

Alle außer einem.

Pete schob ein weiteres Foto über den Tisch. Darauf war ein jüngerer Mann zu sehen, der vielleicht Ende zwanzig, Anfang dreißig war. Durchschnittlich groß, durchschnittlicher Körperbau. Schwarze Sonnenbrille. Schulterlanges braunes Haar. Er hatte Tyler mehrmals besucht, zuletzt in der Woche vor Neil Spencers Ermordung.

»Was ist mit diesem Mann?«

Carter sah nicht mal hin. Er starrte Pete ins Gesicht und lächelte.

»Das ist derjenige, an dem Sie wirklich interessiert sind, nicht wahr?«

Pete antwortete nicht.

»Sie sind so durchschaubar, Peter. So vorhersehbar. Sie versuchen, mich mit zweien aus der Reserve zu locken, und legen mir dann den einen vor, um den es wirklich geht, damit Sie sehen können, wie ich reagiere. Das ist Ihr Mann, nicht wahr? Oder zumindest glauben Sie das.«

»Sie sind nicht dumm, Frank. Erkennen Sie den Mann wieder?«

Carter sah ihn noch kurz an. Doch noch während er es tat, schob er die gefesselten Hände nach vorn und zog das Foto näher an sich heran. Es sah aus, als würden die Hände unabhängig vom Rest seines Körpers agieren. Sein Kopf bewegte sich keinen Millimeter. In seinem Gesicht regte sich nichts.

Dann sah er nach unten und studierte das Bild.

»Ah«, sagte er sanft.

Pete sah, wie die breite Brust des Mannes sich mit jedem langsamen Atemzug hob und senkte, während er das Bild in allen Einzelheiten betrachtete.

»Erzählen Sie mir von ihm, Peter«, forderte Carter ihn auf.

»Ich wüsste lieber, was Sie mir über ihn erzählen können.«

Pete saß es aus. Nach einer Weile blickte Carter auf und tippte leicht mit einem dicken Finger auf das Foto.

»Der Mann ist ein bisschen cleverer als alle anderen, nicht wahr? Er hat bei seinem Besuch einen falschen Namen benutzt – mitsamt den erforderlichen Unterlagen. Sie haben sich die Papiere angesehen und wissen jetzt, dass sie gefälscht waren.«

Genau so war es. Der Mann hatte sich bei seinen Besuchen ausgewiesen: als Liam Adams, neunundzwanzig, der dreißig Meilen von Featherbank entfernt bei seinen Eltern wohnte. Am frühen Morgen waren Officers zu der Adresse gefahren und dort auf blankes Unverständnis – und dann Entsetzen – vonseiten Liams Eltern gestoßen.

Weil ihr Sohn bereits mehr als zehn Jahre tot war.

»Und weiter?«, forderte Pete Carter auf.

»Wissen Sie eigentlich, Peter, wie leicht es ist, sich eine neue Identität zuzulegen? Viel leichter, als Sie es sich vorstellen. Und wie schon gesagt, er ist clever, dieser Mann. Wenn Sie heutzutage jemandem eine Nachricht zuspielen wollen, müssen Sie das aber auch sein, oder? Dieser Mann« – Carter senkte die Stimme –, »der kümmert sich.«

»Erzählen Sie mir mehr von ihm, Frank.«

Doch statt zu antworten, studierte Carter bloß erneut das Foto. Es war fast, als betrachtete er jemanden, von dem er schon viel gehört hatte und den er jetzt endlich leibhaftig zu Gesicht bekam. Doch dann schnaubte er, schien schlagartig das Interesse verloren zu haben und schob das Foto zurück über den Tisch.

»Ich hab Ihnen alles erzählt, was ich weiß.«

»Ich glaube Ihnen kein Wort.«

»Und wie gesagt, genau das war schon immer Ihr Problem.«

Carter lächelte ihn an, doch sein Blick war inzwischen ausdruckslos. »Sie hören nie zu, Peter.«

Pete ließ sich seinen Ärger nicht anmerken, bis er zurück beim Wagen war, in dem Amanda auf ihn gewartet hatte. Er schob sich auf den Beifahrersitz und donnerte die Tür hinter sich zu. Die Fotos fielen ihm aus der Hand in den Fußraum.

»Verdammt!« Er lehnte sich vor und klaubte sie wieder zusammen, auch wenn nur eins davon wichtig war. Er stopfte die anderen grob in den Umschlag zurück, behielt nur das eine in der Hand und legte es sich auf die Knie. Ein Mann mit dem Namen eines toten Teenagers, mit einer schwarzen Sonnenbrille und braunem Haar, das genauso gut eine Perücke oder längst abgeschnitten worden sein mochte. Nicht mal das Alter hätte er schätzen können. Es hätte jeder sein können.

»Ich vermute«, sagte Amanda, »Carter war nicht sehr entgegenkommend?«

»Charmant wie eh und je.« Pete fuhr sich durchs Haar. Er war wütend auf sich selbst. Es war das letzte Mal gewesen, ja, und er hatte es überlebt. Aber wie jedes vorige Mal auch hatte er nichts in der Hand, auch wenn Carter ganz eindeutig irgendwas gewusst hatte.

»Dieser Wichser«, sagte er.

»Erzählen Sie's mir«, forderte Amanda ihn auf.

Er brauchte einen Moment, um sich zusammenzureißen, ehe er ihr in allen Einzelheiten von dem Gespräch erzählte. Dass er Carter nicht zuhörte, war kompletter Blödsinn; natürlich hörte er ihm zu. Die Unterhaltung sickerte nur so in ihn hinein – die Worte waren gewissermaßen das Gegenteil von Schweiß, er nahm sie in sich auf, sodass er innerlich komplett klamm und klebrig wurde.

Als er fertig war, dachte Amanda kurz nach.

»Sie glauben, Carter kennt diesen Typen?«

»Ich bin mir nicht sicher.« Pete sah auf das Foto hinab. »Vielleicht. Zumindest weiß er etwas *über* ihn. Oder vielleicht auch nicht – und er hat einfach nur eine diebische Freude daran, mir beim Rätselraten zuzusehen, wie ich versuche, jedem seiner beschissenen Worte irgendeinen Sinn zu geben.«

»Sie fluchen mehr als sonst, Pete.«

»Ich bin wütend.«

Sie hören nicht zu.

»Fangen Sie noch mal von vorn an«, sagte Amanda geduldig. »Und zwar nicht bei diesem, sondern bei Ihrem letzten Besuch. Denn da haben Sie ihm doch angeblich nicht zugehört, oder?«

Pete zögerte kurz und versuchte dann, sich alles in Erinnerung zu rufen.

»Es geht immer dort zu Ende, wo es angefangen hat«, sagte er. »Es hat auf dem Brachgelände angefangen, und genau dort sollte Neil Spencer von Anfang an wieder hingebracht werden. Nur dass Carter gesagt hat, das hätte er gar nicht gemeint.«

»Was hat er dann gemeint?«

»Was weiß ich?« Pete hätte sich am liebsten die Haare gerauft. »Dann war da noch dieser Traum von Tony Smith. Aber der war nicht echt. Den hat er nur erfunden, um mich anzustacheln.«

Amanda war für ein paar Sekunden still.

»Und wenn«, sagte sie dann, »er hat ihn auf eine bestimmte Weise erzählt. Und Sie haben doch selbst gesagt – genau deshalb sind Sie ihn besuchen gegangen. Weil Sie immer gehofft haben, dass ihm irgendwann versehentlich etwas herausrutscht.«

Pete wollte schon protestieren, aber sie hatte recht – wenn der Traum nicht echt gewesen war, dann hatte Carter ihn sich bewusst zurechtlegen müssen und beschlossen, ihn auf eine bestimmte Weise nachzuerzählen. Und möglicherweise war ihm da zwischen den Zeilen irgendetwas entschlüpft.

Er ging es im Kopf noch mal durch.

»Er war sich nicht sicher, ob es Tony war.«

»Im Traum?«

»Ja.« Pete nickte. »Der Junge hatte das T-Shirt über den Kopf gezogen, sodass er ihn nicht richtig sehen konnte. Er meinte bloß, genau so mochte er es.«

»So war es bei Neil Spencer.«

»Ja.«

»Nichts von alledem haben wir jemals öffentlich gemacht.« Amanda schüttelte frustriert den Kopf. »Und Carter ist ein Sadist. Warum hätte er sich die Gesichter seiner Opfer nicht ansehen wollen?«

Darauf wusste Pete keine Antwort. Carter hatte sich immer geweigert, über sein Tatmotiv zu reden. Doch auch wenn die Morde nie einen offenkundig sexuellen Hintergrund gehabt zu haben schienen, hatte Amanda doch recht – er hatte diesen Kindern schreckliches Leid angetan, und er war eindeutig ein Sadist. Warum er trotzdem die Gesichter verdeckt hatte, konnte unzählige Gründe haben. Wenn man fünf unterschiedliche Profiler befragte – und das hatten sie damals getan –, bekam man fünf unterschiedliche Antworten: womöglich weil die Opfer rein physisch auf diese Weise leichter zu handhaben waren. Um die Schreie zu dämpfen. Um es ihnen unmöglich zu machen, sich zu orientieren. Um ihnen Angst einzujagen. Um sie nicht länger ansehen zu müssen. Profiling war unter anderem deshalb Schwachsinn, weil bei Tätern fast durchgängig extrem unterschiedliche Tatmotive zu vergleichbaren Verhaltensweisen …

Pete hielt inne.

»Diese Scheißkerle sind alle gleich«, flüsterte er.

»Wie bitte?«

»Das hat Carter zu mir gesagt.« Er runzelte die Stirn. »Zumindest so was in der Art. Als er darüber gesprochen hat, welches der Kinder in seinem Traum vorgekommen war. ›Diese kleinen Scheißkerle sehen doch alle gleich aus. Da tut's einer wie der andere.‹«

»Und weiter?«

Wieder verstummte er und versuchte zu begreifen, was das zu bedeuten hatte, und spürte mit einem Mal, dass irgendeine Erkenntnis in greifbarer Nähe lag. Es war Carter egal gewesen, wem er wehgetan hatte. Mehr noch – er hatte die Gesichter seiner Opfer gar nicht ansehen wollen.

Nur warum?

Um zu verhindern, dass sie *ihn* ansahen?

Oder hatte er sich vorgestellt, dass jemand anderes an ihrer Stelle wäre? Pete starrte wieder auf das Foto hinab – auf den Mann, der jeder hätte sein können –, und rief sich den merkwürdigen Ausdruck in Carters Gesicht in Erinnerung. Er hatte nicht widerstehen können und war neugierig auf den Mann auf dem Foto gewesen. Und wieder war ihm, als hätte Carter in jenem Moment jemanden entdeckt, an dem er schon länger interessiert gewesen war, den er aber erst jetzt erstmals leibhaftig zu Gesicht bekam. Was Pete wiederum an etwas anderes erinnerte. Daran, wie er sich in all den Jahren Mühe gegeben hatte, nicht an Tom zu denken, und dass es ihm trotzdem nicht gelungen war, ihn bei ihrem Wiedersehen nicht sofort anzustarren und abzuschätzen. Wie sehr sich der Mann von dem kleinen Jungen unterschieden hatte, an den er sich noch erinnerte, auch wenn vereinzelt immer noch Eigenschaften des Jungen hindurchblitzten …

Weil Kinder sich eben so sehr veränderten.

Ich hab Ihnen alles erzählt, was ich weiß.

Petes Gedanken wanderten zu einem anderen Kind. Zu einem anderen kleinen Jungen – klein, verängstigt und mangelernährt –, der sich hinter den Beinen der Mutter versteckt hatte, während Pete die Tür zu Frank Carters Anbau aufgeschlossen hatte.

Ein kleiner Junge, der inzwischen Ende zwanzig sein dürfte.

Bringen Sie mir meine Familie, schoss es Pete durch den Kopf. *Diese Hure und das kleine Arschloch.*

Er sah zu Amanda hinüber. Endlich hatte er verstanden.

»Genau an dieser Stelle habe ich ihm nicht zugehört.«

43

Kurz vor der Mittagspause klopfte es an der Tür.

Ich sah von meinem Laptop auf. Nachdem ich Jake am Morgen zur Schule gebracht hatte, hatte ich zuallererst Karen gegoogelt. Sie war einfach zu finden gewesen: Karen Shaw hatte für die hiesige Lokalzeitung Hunderte Online-Artikel geschrieben, unter anderem Meldungen zu Neil Spencers Entführung und Ermordung. Ich hatte mir jede einzelne durchgelesen, und mir war übel geworden: nicht nur aus Angst vor dem, was sie als Nächstes schreiben würde – all die privaten Details, die ich ihr tags zuvor im Café anvertraut hatte –, sondern auch weil ich mich betrogen fühlte. Ich hatte mir eingebildet, sie wäre aufrichtig an mir interessiert, und fühlte mich inzwischen einfach nur, als wäre ich nach Strich und Faden verschaukelt worden.

Dann klopfte es wieder: ein leises, zögerliches Geräusch, als wäre die Person draußen nicht sicher, ob sie überhaupt wollte, dass ich es hörte. Und ich glaubte zu wissen, wen ich dort antreffen würde. Ich schob den Laptop von mir weg und lief zur Tür.

Karen, auf meiner Vordertreppe.

Ich lehnte mich an die Wand und verschränkte die Arme. »Sind Sie darunter verwanzt?« Ich nickte auf ihren weiten Mantel hinab, und sie zuckte zusammen.

»Darf ich vielleicht ganz kurz reinkommen?«

»Warum?«

»Ich will nur … Ich will es erklären. Ich bleib auch nicht lange.«

»Ich wüsste nicht, wozu das gut sein sollte.«

»Ich glaube, es wäre zu etwas gut.«

Sie sah zerknirscht aus – sogar beschämt –, doch mir kam wieder in den Sinn, wie meine Mutter mir einmal gesagt hatte, dass Erklärungen und Entschuldigungen fast immer nur der Person dienten, die sie hervorbrachte, und ich hatte das unbändige Bedürfnis, Karen zu sagen, sie bräuchte meine Zeit nicht zu verschwenden, wenn sie bloß ihr schlechtes Gewissen erleichtern wollte. Doch da sie in diesem Moment so verletzlich wirkte, konnte ich es nicht. Sie wirkte, als wäre ihr dies hier tatsächlich wichtig.

Ich stieß mich von der Wand ab. »Meinetwegen.«

Wir gingen ins Wohnzimmer. Ein Teil von mir schämte sich ein bisschen dafür, wie es hier aussah: Mein Frühstücksteller stand immer noch auf dem Sofa neben dem Laptop, und Jakes Stifte und Zeichnungen waren kreuz und quer über den Boden verteilt. Trotzdem würde ich mich bei Karen nicht für das Durcheinander entschuldigen. Immerhin spielte es doch wohl keine Rolle mehr, was sie dachte. Vor heute Morgen wäre es mir wichtig gewesen. Bescheuert, aber wahr.

Immer noch im Mantel, blieb sie an der Schwelle stehen und schien sich nicht sicher zu sein, ob sie wirklich hereingebeten worden war.

»Kann ich Ihnen etwas zu trinken anbieten?«

Sie schüttelte den Kopf. »Ich will Ihnen nur das von heute Morgen erklären. Ich weiß, wie das für Sie ausgesehen haben muss.«

»Ich bin mir nicht sicher, wie es ausgesehen hat … oder was ich glauben soll.«

»Es tut mir leid. Ich hätte es Ihnen erzählen müssen.«

»Stimmt.«

»Und ich war sogar kurz davor. Ob Sie es glauben oder nicht, aber ich hab mir gestern Morgen dafür selbst in den Arsch getreten. In dem Café, meine ich – die ganze Zeit, während Sie mir all diese Sachen erzählt haben.«

»Trotzdem haben Sie mich einfach reden lassen.«

»Na ja, Sie haben mir irgendwie ja auch keine Wahl gelassen.« Sie riskierte den Hauch eines Lächelns – den Hauch jener Karen, die ich zuvor gekannt hatte. »Ehrlich, es hatte einfach den Anschein, als hätten Sie sich jede Menge von der Seele reden müssen. Und diesbezüglich war ich froh, dass ich behilflich sein konnte. All dem als Journalistin zuzuhören war allerdings wirklich schmerzhaft.«

»Ach, wirklich?«

»Ja. Weil ich genau wusste, dass ich nichts davon würde verwenden können.«

»Könnten Sie, da bin ich mir sicher.«

»Na ja, schon. Weil es nicht ausdrücklich *off the record* war, nehm ich an. Aber das wäre Ihnen und Jake gegenüber nicht fair. Das würde ich Ihnen nie antun. Da geht es eher um meinen persönlichen Ehrbegriff als um die Berufsehre.«

»Okay.«

»Was mal wieder verdammt typisch ist.« Sie lachte bitter. »Die größte Story seit Menschengedenken in dieser Gegend – und ich hätte die eine spezielle Sichtweise, die keiner der anderen Großen hätte. Aber ich kann sie nicht bringen.«

Ich antwortete nicht. Es stimmte, dass sie nichts davon verwendet hatte – zumindest noch nicht. Ihr jüngster Artikel war gerade erst heute Morgen online gegangen, und der hatte dieselben Hintergrundinfos enthalten, über die auch sämtliche anderen Redaktionen verfügten. Was ich ihr erzählt hatte, ging weit über das hinaus, was bereits öffentlich war, aber sie hatte darüber keine Silbe veröffentlicht. Ob ich ihr glaubte, dass sie es auch weiterhin nicht täte? Ja, das wollte ich zumindest.

»Haben Sie mit irgendwem von den anderen gesprochen?«, fragte sie.

»Nein.« Ich war schon drauf und dran zu wiederholen, was mein Vater mir eingebläut hatte – dass ich mit der ganzen Sache rein gar nichts zu tun hätte –, aber unter den derzeitigen Umständen wäre diese Lüge zwecklos gewesen. »Die anderen sind ziemlich bald abgerückt. Das Telefon hat ein paarmal geklingelt, aber das hab ich ignoriert.«

»Wie nervig.«

»Ich telefoniere sowieso nicht.«

»Nein, ich mag Telefone auch nicht besonders.«

»Es ist eher so, dass mich sowieso niemand anruft.«

Was kein Scherz gewesen war. Trotzdem grinste ich. Und das war in Ordnung, beschloss ich. Unsere Unterhaltung war ruhiger geworden, je länger wir miteinander gesprochen hatten, und ein Teil der Anspannung im Zimmer hatte sich in Luft aufgelöst. Ich war fast überrascht, wie erleichtert ich mich fühlte.

»Versuchen die es noch weiter?«

»Kommt sicher darauf an, was passiert. Wenn sie gar nicht aufhören, könnte es sich meiner Erfahrung nach lohnen, sich einen herauszupicken und mit ihm zu reden.« Sie riss die Hand in die Höhe. »Das muss auch nicht ich sein! Ehrlich gestanden – und sosehr es mich zerreißt, das jetzt zu sagen –, würde ein Teil von mir sich sogar wünschen, dass ich es nicht wäre.«

»Warum?«

»Weil wir Freunde sind, Tom, und umso schwerer ist es da, objektiv zu bleiben. Wie ich schon gesagt habe: Ich hab mir selbst dafür in den Arsch getreten … Ihnen ist aber schon klar, dass ich den Kaffee gestern nicht vorgeschlagen hab, weil ich eine Story gewittert habe? Ich war total überrascht, als Sie mir all das erzählt haben! Wie hätte ich das denn auch wissen sollen? Aber der Punkt ist doch der – sobald Sie Ihre Sicht der Dinge einmal dargelegt haben, werden Sie weniger interessant. Warten Sie doch einfach, was als Nächstes passiert.«

Ich dachte darüber nach. »Aber ich könnte mit Ihnen sprechen? Und von dieser Sache mal abgesehen wäre es doch eigentlich nett, mal wieder einen Kaffee trinken zu gehen. Vielleicht könnte ich dabei ja ein bisschen Dreck über Sie ausbuddeln.«

Sie lächelte. »Klar, vielleicht.«

»Sicher, dass Sie nichts trinken wollen?«

»Leider ja – ich hab das vorhin nicht einfach nur so gesagt. Ich muss wirklich weiter.« Sie war schon drauf und dran, aus dem Zimmer zu marschieren, als ihr noch etwas einzufallen schien. »Wie wäre es denn mit heute Abend? Wir könnten in den Pub gehen oder so.«

Ihre Mutter würde babysitten.

Einen Mann oder Partner gab es nicht.

Ich hatte bereits gemutmaßt, dass sie Single war, war mir aber nicht sicher, ob sie es gerade absichtlich oder versehentlich bestätigt hatte. Aber wie dem auch war – ich wollte einfach nur Ja sagen. Himmel, wie toll wäre es bitte, mit einer Frau etwas trinken zu gehen? An das letzte Mal konnte ich mich nicht mal mehr erinnern. Aber noch viel mehr als das, dämmerte mir, wollte ich gern mit *ihr* etwas trinken gehen. Ich war den Vormittag lang aus einem ziemlich offensichtlichen Grund verletzt und beleidigt gewesen …

Aber natürlich war das unmöglich.

»Ich würde wahrscheinlich gar nicht an einen Babysitter rankommen«, sagte ich.

»Okay. Verstehe. Warten Sie kurz.« Sie griff in ihre Manteltasche und zückte eine Visitenkarte. »Mir wird gerade klar, dass Sie mich gar nicht erreichen können. Hier drauf steht alles. Wenn Sie die wollen, meine ich.«

Klar wollte ich. »Danke.« Ich nahm die Karte entgegen. »Ich hab gar keine eigenen ...«

»Pff. Schreiben Sie mir eine Nachricht, dann hab ich ja Ihre Nummer.«

»Stimmt. Wirklich ...«

An der Haustür blieb sie noch mal stehen. »Wie geht's Jake heute?«

»Erstaunlich gut«, antwortete ich. »Keine Ahnung, wie er das macht.«

»Ich schon. Wie gesagt, Sie gehen zu hart mit sich ins Gericht.«

Dann marschierte sie die Zufahrt hinunter. Ich sah ihr einen Moment lang nach und starrte dann hinab auf die Visitenkarte in meiner Hand. Dachte fieberhaft nach. Es war schon die zweite Visitenkarte, die ich heute bekommen hatte, und mit beiden war es – wenn auch unterschiedlich – kompliziert. Aber Himmelherrgott, mit Karen was trinken zu gehen wäre tatsächlich gut. So etwas machten normale Leute, also sollte es doch möglich sein, dass ich es auch machte.

Sobald ich wieder im Wohnzimmer war, griff ich zu meinem Handy, dachte dann aber noch eine ganze Weile länger darüber nach.

Zweifelte. Zögerte.

Schreiben Sie mir eine Nachricht, dann hab ich ja Ihre Nummer.

Am Ende war es gar nicht die erste Nachricht, die ich verschickte.

44

Zurück im Revier sirrte die Einsatzzentrale regelrecht vor Aktionismus. Auch wenn die meisten Officers weiter mit ihren laufenden Tätigkeiten beschäftigt waren, hatte sich ein kleiner Teil darangesetzt, Frank Carters Sohn – Francis – aufzuspüren. Die Nachricht hatte die ganze Truppe elektrisiert. Die erneuerte Energie im Raum war regelrecht greifbar. Nach zwei Monaten, in denen sie sich im Kreis bewegt hatten und wertlosen Spuren gefolgt waren, fühlte es sich an, als hätte sich ihnen endlich ein neuer Weg eröffnet.

Nicht dass der Weg sie zwangsläufig irgendwo hinführen musste, rief Amanda sich in Erinnerung; es war immer besser, sich nicht allzu große Hoffnung zu machen.

Und so schwer, es nicht doch zu tun.

»Nein«, sagte Pete.

Er legte ein weiteres Blatt Papier zu den anderen, die sich zwischen ihnen auf dem Schreibtisch stapelten.

»Nein«, sagte auch sie und legte ihrerseits ein Blatt dazu.

Nachdem Frank Carter vor Gericht gestellt und verurteilt worden war, waren Francis und seine Mutter weggezogen, und aufgrund der Monstrosität des Falles hatten sie neue Identitäten angenommen und die Möglichkeit erhalten, ein neues Leben zu beginnen, in dem nicht mehr der Schatten des Ungeheuers über ihnen hing, mit dem sie zuvor zusammengelebt hatten. Aus Jane Carter war Jane Parker und aus Francis

David geworden. Seither fehlte von den beiden jede Spur. Es handelte sich um weitverbreitete Namen, die schwer aufzuspüren waren, was sicher einer der Gründe war, warum sie sich dafür entschieden hatten. Amanda und Pete widmeten sich derzeit der Aufgabe, aus den Tausenden David Parkers den richtigen auszusortieren.

Nächster Ausdruck. Dieser David Parker war vierundvierzig Jahre alt. Derjenige, nach dem sie suchten, war siebenundzwanzig.

»Nein«, sagte sie.

Und so ging es weiter.

Sie wühlten sich mehr oder weniger schweigend durch die Ausdrucke. Pete war komplett auf die Seiten vor ihm konzentriert – seine Art, sich von allem anderen abzulenken, nahm sie an. Die Unterhaltung mit Frank Carter musste ihn wieder ebenso mitgenommen haben wie schon die anderen, doch diesmal war eine gewisse Anspannung hinzugekommen. Pete hatte Carters Sohn ein Mal getroffen, als Francis noch ein kleiner Junge gewesen war. Er hatte das Kind eigenhändig gerettet. Soweit sie Pete inzwischen kannte, fiel es ihr nicht schwer, sich vorzustellen, was ihm derzeit durch den Kopf ging. Er stellte sich schonungslose Fragen: Was, wenn sein Eingreifen damals der Samen gewesen war, der jetzt zu neuerlichem Grauen aufgeblüht war? Was, wenn all dies – trotz bester Absichten – ursprünglich sein Fehler gewesen war?

»Wir können uns nicht mal sicher sein, ob Francis beteiligt ist«, sagte sie.

»Nein.«

Pete legte einen weiteren Ausdruck beiseite.

Amanda seufzte frustriert in sich hinein. Nichts, was sie derzeit sagen konnte, würde Pete von seinen unguten Überlegungen abbringen. Doch was sie gesagt hatte, entsprach der Wahrheit: So grässlich Francis Carters Kindheit gewesen sein mochte – sie hatte schon viele Leute erlebt, die eine schreckliche Kindheit gehabt hatten, samt Gewalt und Missbrauch, und trotzdem zu anständigen Erwachsenen herangewachsen waren. Aus der Hölle führten genauso viele Wege heraus, wie es Menschen gab – und die Mehrzahl der Wege führte nach oben.

Sie hatte sich inzwischen hinreichend mit dem alten Fall vertraut gemacht, um zu wissen, dass Pete kein Fehler unterlaufen war. Er war seinem Bauchgefühl gefolgt, hatte sich auf Frank Carter fokussiert und den Mann irgendwann tatsächlich zur Strecke gebracht. Zwar hatte er Tony Smith nicht rechtzeitig retten können, doch es war nun mal unmöglich, die ganze Welt zu retten. Und es würde immer Indizien geben, die man zum jeweiligen Zeitpunkt nicht hätte erkennen können.

Und im Hinblick auf Neil Spencer musste auch sie an diesem Gedanken festhalten. Sie wollte nicht glauben, dass gewisse Dinge, die man übersah – die Dinge, auf die man gar nicht stoßen *konnte* –, einen derart nach unten zu ziehen vermochten, dass man Gefahr lief unterzugehen.

Sie wandte ihre Aufmerksamkeit wieder den Ausdrucken zu und arbeitete sich weiter durch die Liste der David Parkers.

»Nein.«

Der Stapel wurde höher.

»Nein.«

Nein. Nein. Nein. Tatsächlich bemerkte sie erst, nachdem sie drei hintereinander aussortiert hatte, dass Pete schon länger nichts mehr gesagt hatte. Hoffnungsvoll sah sie zu ihm hinüber, erkannte dann aber, dass er sich nicht mehr auf die Ausdrucke konzentrierte, sondern stattdessen sein Handy in der Hand hielt und auf das Display starrte.

»Was?«, fragte sie.

»Nichts.«

Dabei war klar, dass etwas war – und tatsächlich wollte sie

ihren Augen kaum trauen. Denn Pete lächelte. Konnte das wirklich wahr sein? Es war nur der Hauch eines Lächelns, doch im selben Moment dämmerte ihr, dass sie so etwas an ihm noch nie gesehen hatte. Er war immer ernst und streng gewesen – düster wie ein Haus, dessen Besitzer sich standhaft weigerte, Licht anzumachen. Doch im Augenblick schien ein Zimmerchen erleuchtet zu sein. Eine Nachricht, nahm sie an. Vielleicht von einer Frau? Oder natürlich von einem Mann – schließlich wusste sie rein gar nichts von seinem Privatleben. Doch wer auch immer es gewesen war – ihr gefiel dieser ungewöhnliche Ausdruck in seinem Gesicht. Es war eine willkommene Abwechslung von der Anspannung, an die sie sich inzwischen gewöhnt und die ihr Sorgen bereitet hatte.

Sie wollte, dass dieses neue Licht angeschaltet blieb.

»Was?«, fragte sie diesmal nachdrücklicher.

»Nur jemand, der fragt, ob ich heute Abend Zeit habe …« Er legte das Handy beiseite, und das Lächeln verschwand. »Was aber nicht der Fall ist.«

»Machen Sie sich nicht lächerlich.«

Pete sah ihr ins Gesicht.

»Das ist mein Ernst«, sagte sie. »Genau genommen ist das hier *mein* Fall und nicht Ihrer. Ich bleibe so lange wie nötig. Aber Sie machen nachher Feierabend, hören Sie?«

»Nein.«

»Doch. Und dann können Sie tun und lassen, was immer Sie wollen. Ich halte Sie auf dem Laufenden.«

»Es sollte umgekehrt sein.«

»Absolut nicht. Selbst wenn wir den richtigen David Parker finden sollten, wissen wir immer noch nicht, ob und, wenn ja, inwiefern er beteiligt ist. Zunächst einmal reden wir nur miteinander. Und ich glaube, es ist sowohl für ihn als auch für Sie besser, wenn jemand anderes das übernimmt. Ich weiß, wie viel Ihnen der Fall bedeutet, aber Sie können nicht ewig in der

Vergangenheit leben, Pete. Andere Sachen sind auch wichtig.« Sie nickte in Richtung des Handys. »Hin und wieder müssen Sie all das doch auch mal hinter sich lassen. Sie wissen, was ich meine?«

Er war einen Moment lang still, und sie glaubte schon, er würde erneut protestieren. Doch dann nickte er nur.

»Man kann nicht ewig in der Vergangenheit leben«, wiederholte er. »Da haben Sie recht. Und zwar mehr, als Sie ahnen.«

»Oh, ich weiß schon, wie recht ich habe, glauben Sie mir.«

Er lächelte. »Also gut.« Dann nahm er sein Handy wieder zur Hand und fing an, ungeschickt zu tippen, als hätte er im Leben nicht allzu viele Nachrichten bekommen und wäre es nicht gewohnt zu antworten. Oder vielleicht war er aufgrund dieser speziellen Nachricht auch einfach nur nervös. Doch was immer der Grund war – sie freute sich für ihn. Das leise Lächeln war wieder da, und das war schön zu sehen. Schön zu wissen, dass es möglich war.

Dass er lebendig war, schoss ihr durch den Kopf, als sie ihn betrachtete. Denn genau so sah er aus.

Nach allem, was er durchgemacht hatte, sah er aus wie jemand, der sich endlich wieder auf etwas freute.

45

Ich hatte mit meinem Vater ausgemacht, dass er um sieben kommen sollte, und er war auf die Minute pünktlich, sodass ich mich schon fragte, ob er früher gekommen war und dann bis zur vereinbarten Zeit draußen im Wagen gewartet hatte. Vielleicht aus Wertschätzung – vielleicht aus der Vorstellung heraus, dass er in Jakes und mein Leben nur dann eingelassen würde, wenn er sich genau an die Vorgaben hielte –, auch wenn ich glaubte, dass er so auch mit anderen Leuten umging. Ein Mann, für den Disziplin wichtig war.

Er hatte eine ordentliche Anzughose und ein Hemd an, als wäre er direkt von der Arbeit gekommen, sah aber aus, als hätte er sich frisch gemacht, und seine Haare waren noch feucht, er musste also geduscht und sich umgezogen haben. Und er roch auch sauber. Als er hinter mir das Haus betrat, dämmerte mir, wie sehr ich unbewusst genau darauf geachtet hatte. Wenn er immer noch getrunken hätte, dann hätte er um diese Uhrzeit längst angefangen, und noch wäre es für mich nicht zu spät gewesen, um die ganze Sache abzublasen.

Jake hockte über eine Zeichnung gebeugt im Wohnzimmer.

»Pete ist da«, rief ich ihm zu.

»Hallo, Pete.«

»Könntest du wenigstens so tun, als würdest du ihn ansehen?«

Jake seufzte in sich hinein und schob den Deckel auf seinen Filzstift. Er hatte bunte Tintenflecken an den Fingern.

»Hallo, Pete«, sagte er noch einmal.

Mein Vater lächelte. »Guten Abend, Jake. Danke, dass ich heute Abend ein bisschen auf dich aufpassen darf.«

»Keine Ursache.«

»Wir sind beide sehr froh«, sagte ich. »Es sollte auch wirklich nur ein paar Stündchen dauern.«

»Bleib so lange weg, wie du magst. Ich hab mir ein Buch mitgebracht.«

Ich spähte auf das dicke Taschenbuch hinab, das er in der Hand hielt. Ich konnte den Titel nicht erkennen, aber auf dem Umschlag war ein Schwarz-Weiß-Bild von Winston Churchill abgedruckt. Durch solche anstrengende Lektüre hätte ich mich nur ungern hindurchgequält, und schlagartig war ich verlegen. Mein Vater hatte sich sowohl physisch als auch mental in diesen unaufdringlich beeindruckenden Mann verwandelt – was mir im Vergleich unwillkürlich meine eigene Unzulänglichkeit vor Augen führte. Unnötigerweise.

Sie gehen zu hart mit sich ins Gericht.

Mein Vater legte das Buch aufs Sofa. »Kannst du mir kurz alles zeigen?«

»Du warst doch schon mal da?«

»In einer anderen Funktion«, erwiderte er. »Das hier ist euer Haus.«

»Okay. Wir sind kurz oben, Jake.«

»Ja, schon klar.«

Er hatte sich bereits wieder seiner Zeichnung zugewandt. Ich winkte meinen Vater hinter mir her nach oben und zeigte ihm das Bad und Jakes Kinderzimmer.

»Normalerweise geht er abends in die Wanne, aber das lassen wir heute ausfallen«, erklärte ich. »In einer halben Stunde oder so geht er ins Bett. Sein Schlafanzug liegt dort auf der

Decke, sein Buch ist da unten. Normalerweise lesen wir noch ein Kapitel zusammen, bevor das Licht ausgeht. Das letzte Kapitel haben wir bis zur Hälfte geschafft.«

Mein Vater sah neugierig auf das Buch hinab.

»*Power of Three*?«

»Ja, Diana Wynne Jones. Ist womöglich ein bisschen zu alt für ihn, aber er mag es.«

»Das ist gut.«

»Und wie gesagt, ich bleibe nicht lange weg.«

»Hast du was Schönes vor?«

Ich zögerte.

»Ich gehe bloß mit einer Freundin was trinken.«

Mehr wollte ich ihm nicht verraten. Zum einen fühlte ich mich merkwürdigerweise wie ein Teenager, der etwas vorhatte, was ihm als Date ausgelegt werden könnte. Natürlich hatten mein Vater und ich diese unbehagliche Zeit meiner Jugend komplett übersprungen, sodass es vielleicht nur natürlich war, dass ich mich jetzt eigenartig fühlte. Wir hatten nie die Gelegenheit gehabt, über derlei Dinge zu reden oder eben nicht zu reden.

»Ich bin sicher, es wird nett«, sagte er.

»Ja.« Da war ich mir ebenfalls sicher – was mir sogleich das zweite Teenagergefühl bescherte: Schmetterlinge im Bauch. Dabei war es überhaupt kein Date, und es wäre dumm von mir, mit dieser Vorstellung in den Abend zu starten. So konnte es nur eine Enttäuschung werden. Sowohl Karen als auch ich selbst hatten Kinder daheim, insofern konnte gar nichts passieren. Wie machten das andere überhaupt? Ich hatte wirklich keine Ahnung. Ich hatte so lange kein Date mehr gehabt, dass ich tatsächlich genauso gut als Teenager hätte durchgehen können.

Schmetterlinge.

Was mich wiederum daran erinnerte, dass ich die Eingangstür nicht abgeschlossen hatte, als mein Vater hereingekommen war. Es war lächerlich – aber meine Vorfreude wich augenblicklich einem Anflug von Angst.

»Komm«, sagte ich. »Gehen wir wieder runter.«

46

Die Zimmerdecke knarzte, als Daddy und Pete im ersten Stock auf und ab gingen. Sie unterhielten sich, das konnte Jake hören, auch wenn er nicht verstehen konnte, was sie sagten. Ganz sicher unterhielten sie sich über ihn – Anweisungen, wie er ins Bett gebracht werden musste, solche Sachen. Das war in Ordnung. Er wollte ohnehin so schnell wie möglich schlafen.

Weil er wollte, dass dieser Tag endlich zu Ende wäre.

Denn darum ging es doch beim Schlafen. Dass gewisse Dinge ausgelöscht wurden. Man konnte Angst haben oder sich über irgendwas aufregen und glauben, dass man nie würde einschlafen können, doch nach einer Weile passierte es doch, und wenn man am nächsten Morgen aufwachte, war das Gefühl vom Vortag erst mal verschwunden – wie ein Sturm, der in der Nacht vorbeigezogen war. Oder vielleicht war es auch, wie wenn man vor einer OP in Narkose gelegt wurde – was manchmal vorkam, hatte Daddy ihm erzählt. Da wurde man von Ärzten betäubt und verpasste all die furchtbaren Sachen, die die Ärzte tun mussten, und wenn man wieder aufwachte, ging es einem besser.

Im Moment wollte er, dass die Angst endlich weg wäre.

Nur dass *Angst* nicht mal das richtige Wort dafür war. Wenn man Angst hatte, dann vor etwas Konkretem – zum Beispiel davor, ausgeschimpft zu werden. Dabei fühlte er sich eher wie ein Vogel, der nirgends landen konnte. Seit dem Morgen hatte er dieses ungute Gefühl, dass irgendetwas Schlimmes bevorstand, auch wenn er nicht genau wusste, was. Trotzdem war Jake sich sicher – er wollte nicht, dass Daddy heute Abend wegging. Andererseits war dieses Gefühl so irreal, dass er glaubte, je schneller er ins Bett ginge, umso besser. Er hätte zwar Angst – oder wie immer man dieses Gefühl benennen mochte –, aber wenn er am kommenden Morgen aufwachte, wäre Daddy wieder zu Hause, und alles wäre gut.

»Nein, es ist richtig, dass du Angst hast.«

Jake zuckte heftig zusammen.

Das kleine Mädchen saß mit ausgestreckten Beinen neben ihm. Er hatte sie seit seinem ersten Tag an der Schule nicht mehr gesehen, und trotzdem sahen die Schrammen auf ihrem Knie immer noch rot und wund aus, und ihre Haare standen wie immer zur Seite ab. Er konnte ihr ansehen, dass sie auch dieses Mal wieder keine Lust hatte zu spielen – und dass auch sie wusste, dass irgendetwas im Busch war. Sie sah noch verängstigter aus, als er sich fühlte.

»Er sollte nicht weggehen«, stellte sie fest.

Jake sah wieder auf seine Zeichnung hinab. Genau wie das Gefühl war auch das Mädchen irreal, das wusste er, auch wenn es einen anderen Anschein hatte. Auch wenn er gern wollte, dass sie real wäre.

»Es wird nichts Schlimmes passieren«, flüsterte er.

»Doch, wird es. Das weißt du genau.«

Er schüttelte den Kopf. Er musste jetzt vernünftig sein und erwachsen, weil Daddy sich darauf verließ, dass er ein braver Junge war. Also widmete er sich wieder seinem Bild, als wäre sie gar nicht wirklich da. Was ja tatsächlich auch stimmte.

Trotzdem konnte er ihre Verzweiflung spüren.

»Du willst nicht, dass er sie trifft«, sagte sie.

Jake zeichnete weiter.

»Du willst nicht, dass deine Mummy ersetzt wird, oder?«

Jake hielt jäh inne.

Nein, natürlich wollte er das nicht. Aber das würde doch auch nicht passieren? Andererseits war nicht von der Hand zu weisen, dass Daddy sich irgendwie komisch verhalten hatte, als er ihm von seinen Plänen für den Abend erzählt hatte. Auch in dieser Hinsicht hätte er sein Gefühl nicht genau benennen können, aber irgendwie schien alles aus dem Lot und verkehrt zu sein, als wäre da etwas, das Daddy ihm verschwieg. Trotzdem würde nie jemand Mummy ersetzen; das wollte Daddy auch nicht.

Dann erinnerte er sich wieder daran, was Daddy geschrieben hatte.

Aber darüber hatten sie doch gesprochen, oder nicht? Genau wie die Sachen, die in Büchern standen, war das nicht echt gewesen. Und außerdem war Daddy in letzter Zeit immer so traurig gewesen, und das hier könnte ihm vielleicht helfen. Es war wichtig. Jake musste Daddy Daddy sein lassen, sodass er irgendwann auch für Jake wieder er selbst wäre.

Er musste jetzt stark sein.

Einen Moment später hatte das Mädchen den Kopf an seine Schulter gelehnt, und ihr abstehendes Haar bürstete ihm über den Nacken.

»Ich hab solche Angst«, sagte sie sachte. »Lass ihn nicht gehen, Jake.«

Sie wollte noch mehr sagen, doch dann waren schwere Schritte von der Treppe zu hören, und im nächsten Augenblick war das Mädchen verschwunden.

47

Als wir wieder nach unten kamen, saß Jake immer noch über seinem Bild am Boden, den Stift in der Hand. Allerdings hatte er aufgehört zu zeichnen und starrte ins Leere. Er sah fast aus, als würde er jeden Moment in Tränen ausbrechen. Ich lief auf ihn zu und ging neben ihm in die Hocke.

»Alles in Ordnung, Kumpel?«

Er nickte, aber ich glaubte ihm nicht.

»Was ist denn los?«

»Nichts.«

»Hm.« Ich runzelte die Stirn. »Bin mir nicht sicher, ob ich dir das abnehme. Machst du dir Sorgen wegen heute Abend?«

Er zögerte kurz.

»Vielleicht ein bisschen.«

»Na ja, ist doch verständlich. Aber es geht alles gut. Und ehrlich gesagt hätte ich gedacht, dass du dich freust, mal zur Abwechslung ein bisschen Zeit mit jemand anderem zu verbringen.«

Daraufhin sah er mich an, und auch wenn er immer noch klein und verletzlich aussah, glaube ich, dass ich noch nie zuvor einen derart alten Ausdruck in seinem Gesicht gesehen hatte.

»Glaubst du, ich will nicht mit dir zusammen sein?«, fragte er mich.

»Oh, Jake. Komm her!«

Ich setzte mich anders hin, sodass er sich auf meinen Schoß setzen und ich ihn umarmen konnte. Er presste sich mit seinem ganzen kleinen Leib an mich.

»Das glaub ich überhaupt nicht! Das meinte ich nicht!«

Nur dass ich es sehr wohl so gemeint hatte, zumindest ein bisschen. Eine meiner größten Ängste seit Rebeccas Tod war, dass ich zu ihm keine Verbindung würde aufbauen können. Dass wir einander fremd blieben. Und ein Teil von mir war noch immer der Ansicht, dass er sich ohne mich und meine unbeholfenen Versuche, ihm ein Vater zu sein, besser fühlen würde – dass es ständig so wäre wie in der Schule, wenn er ohne einen Blick über die Schulter das Gebäude betrat.

Ich fragte mich, ob er das Gleiche über mich dachte. Vielleicht hatte er von meinen Ausgehplänen heute Abend ja darauf geschlossen, dass ich nicht mehr mit ihm zusammen sein wollte? Dass ich ihn in den 567 Club gesteckt hatte, weil ich ihn hatte loswerden wollen? Doch auch wenn ich durchaus Abstand und ein wenig Zeit für mich brauchte, hätte er damit nicht falscher liegen können.

Wie traurig das alles war, dachte ich. Dass wir beide derlei Befürchtungen hatten. Dass wir uns so sehr irgendwo in der Mitte treffen wollten, uns aber doch immer verpassten.

»Und natürlich will ich auch mit dir zusammen sein«, sagte ich. »Ich bleib auch nicht lange weg, Ehrenwort.«

Er umarmte mich noch ein bisschen fester.

»Musst du wirklich gehen?«

Ich holte tief Luft. Die Antwort darauf lautete Nein; natürlich musste ich nicht gehen. Und ich war kurz davor, alles abzublasen, weil es ihm derart zu schaffen machte.

»Ich muss nicht«, sagte ich. »Aber es wird schon alles klappen, versprochen. Du gehst doch ohnehin bald ins Bett und schläfst, und wenn du wach wirst, bin ich wieder da.«

Er dachte über das nach, was ich gesagt hatte. Allerdings

schien seine Anspannung in diesen Sekunden auch auf mich überzugehen. Seine Besorgnis. Fast schon Angst. Die Vorahnung, dass etwas Schlimmes passieren könnte. Es war albern, und es gab dafür keinen Grund. Trotzdem – ich könnte immer noch zu Hause bleiben und war schon drauf und dran, ihm das auch zu sagen, als er nickte.

»Okay.«

»Gut«, sagte ich. »Prima. Ich hab dich lieb, Jake.«

»Ich hab dich auch lieb, Daddy.«

Dann wand er sich aus meiner Umarmung, und ich stand auf. Mein Vater war die ganze Zeit an der Tür stehen geblieben, und jetzt ging ich auf ihn zu.

»Alles okay mit ihm?«

»Ja. Das wird schon. Wenn es irgendwelche Probleme geben sollte, hast du ja meine Handynummer.«

»Klar. Aber wir kriegen das schon hin. Ist einfach nur neu für ihn, nehm ich an.« Dann sprach er ein bisschen lauter: »Aber wir kommen ganz bestimmt super klar, Jake. Du zeigst mir, was für ein braver Junge du bist, okay?«

Jake, der schon wieder zeichnete, nickte zur Antwort.

Ich sah ihn noch kurz an, ging neben ihm in die Hocke, betrachtete sein Bild und verspürte eine unbeschreibliche Liebe für den Jungen. Die in Entschlossenheit umschlug. Wir zwei würden wieder zurück auf die Spur kommen. Alles würde wieder gut werden. Ich wollte ihn bei mir haben, und er wollte bei mir sein, und irgendwie würden wir zwei einen Weg finden, damit es funktionierte.

»Nur ein paar Stündchen«, sagte ich erneut zu meinem Vater. »Länger bleibe ich nicht weg.«

48

»Wir sind fast da«, sagte DS Dyson.

»Ich weiß«, erwiderte Amanda.

Sie hatte Dyson gebeten zu fahren, um ihn zumindest für eine Stunde von seinem Handy fernzuhalten. Featherbank lag inzwischen fünfzig Meilen hinter ihnen, und sie fuhren an einem weitläufigen Unicampus entlang. Hinter der nächsten Ecke lag das Herz der Studentenstadt: schmale, von dicht stehenden Backsteinhäusern gesäumte Gassen. Die Häuser waren ausnahmslos drei- oder vierstöckig, sodass fünf bis sechs Studenten dort zusammenwohnen konnten oder der Besitzer einzelne Zimmer vermieten konnte und willkürlich zusammengewürfelte Fremde einander bis zuletzt fremd blieben. Grundverschiedene Leute auf engstem Raum. Ein Ort, an dem man leicht abtauchen konnte, ohne allzu tief in die Tasche greifen zu müssen.

Hier also hatte David Parker – oder Francis Carter, wie er zuvor geheißen hatte –, sich ein Zuhause gesucht.

Sie hatten seine Papiere überprüft – richtiges Alter und eine gewisse Ähnlichkeit mit Victor Tylers Besucher. Eine Stunde ehe Pete losmusste, waren sie endlich auf ihn gestoßen – und sie hatte sich bereits Sorgen gemacht, dass er seine Verabredung wieder absagen und darauf bestehen würde, mit von der Partie zu sein. Sie hatte ihm angesehen, dass er das am liebsten gemacht hätte. Doch stattdessen hatte er stumm zugehört, wie

Amanda mit den dortigen Behörden abgesprochen hatte, dass sie vorbeikommen würde, und als es Zeit für ihn war zu gehen, hatte er keine Einwände erhoben, sondern ihr viel Glück gewünscht und sie gebeten, ihn auf dem Laufenden zu halten. Sie hatte fast den Eindruck, dass er erleichtert gewesen war, bereits andere Pläne zu haben.

Sie wünschte sich, sie könnte das Gleiche von sich behaupten, und ein Teil von ihr hätte Pete am liebsten bei sich gehabt. Denn auch wenn natürlich stimmte, dass sie nach wie vor keinen konkreten Hinweis darauf hatten, dass Francis Carter überhaupt in diesen Fall verwickelt war, und ihnen lediglich ein erster Höflichkeitsbesuch bevorstand, hatte sie dennoch ein merkwürdiges Gefühl. Ein Kribbeln im Bauch, irgendwo zwischen Angst und Aufregung, das ihr sagte: Sie war auf der richtigen Spur. Irgendetwas würde passieren, und sie würde mit allem rechnen und bereit sein müssen, sobald es so weit wäre.

Dyson fuhr den steilen Hügel hinab. Hier sah jedes Haus niedriger aus als sein Vorgänger, sodass die Dächer ein absteigendes schwarzes Zickzackmuster gegen den sich verdunkelnden Abendhimmel darstellten. Francis Carter – oder David Parker – hatte im Souterrain eines größeren Hauses eine Zweizimmerwohnung gemietet.

Passte das ins Bild?

In mancherlei Hinsicht schon, in anderer nicht; wenn Parker wirklich ihr Mann wäre, hätte er definitiv eine eigene Wohnung. Aber hätte er da zwei Monate lang ein Kind bei sich beherbergen können, ohne dass irgendwer es gesehen oder gehört hätte? Oder hatte er Neil woanders versteckt?

Dyson ging vom Gas.

Gleich finden wir es heraus.

Er stellte den Wagen unter einer Straßenlaterne ab, die die Welt rundherum ihrer Farben beraubte. Dann stiegen sie aus.

Das Haus war vier Stockwerke hoch und sah aus, als hätte es sich zwischen die beiden Nachbarhäuser gequetscht. Kein Licht am Eingang. Vor dem Grundstück verlief ein Ziegelmäuerchen mit einem rostigen Eisentor, das Amanda lautlos aufschob, bevor sie den Gehweg betrat. Linker Hand lag ein verwahrlostes Gärtchen, das zu klein und mickrig war, als dass sich irgendjemand Berufenes seiner hätte annehmen wollen; dahinter führte eine steile Treppe hinauf zur Eingangstür. Doch auf der anderen Seite des Gartens führte eine weitere Treppe nach unten zu einer Art Erker, der kaum breit genug aussah, als dass eine Einzelperson darin stehen konnte. Von oben konnte Amanda durchs vordere Fenster sehen. Die Tür selbst schien sich genau unter der Haustür zu befinden, lag aber jenseits des Erkers außer Sicht.

Als sie die Treppe ansteuerte, trat sie aus dem Garten zu ihrer Linken in den Schatten des Ziegelmäuerchens. Hier war die Luft kälter, und es fühlte sich an, als stiegen sie in eine Gruft hinab. Aus der Nähe entpuppte sich das Fenster als schwarzes Quadrat aus Schmutz, mit Spinnweben in den Ecken. Parkers Wohnungstür war im Schatten kaum zu erkennen.

Sie klopfte an.

»Mr. Parker? David Parker?«

Keine Reaktion.

Sie ließ ein paar Sekunden verstreichen und klopfte erneut.

»David?«, rief sie. »Sind Sie zu Hause?«

Wieder nichts als Stille. Neben ihr hatte Dyson die Hände an die Schläfen gehoben und versuchte, durchs Fenster zu spähen, so gut er konnte.

»Kann nichts erkennen.« Er stieß sich vom schmutzigen Fensterbrett ab. »Und was machen wir jetzt?«

Amanda legte die Hand auf den Türknauf und war überrascht, als er sich mit einem leisen Quietschen drehen ließ. Die

Tür schwang ein Stück auf, und augenblicklich schlug ihr schwerer Schimmelgeruch entgegen.

»Das ist aber nicht sicher – in so einer Gegend die Tür nicht abzuschließen …«, stellte Dyson fest.

Weil er von dort, wo er stand, nicht riechen konnte, was sie roch. *Alles andere als sicher*, schoss es ihr durch den Kopf – auch wenn er es bestimmt anders gemeint hatte. Im Raum jenseits der Schwelle war es stockdunkel und das Kribbeln in ihrem Bauch stärker denn je. Und es sagte ihr, dass dort drinnen Gefahr lauerte.

»Geben Sie acht«, sagte sie zu Dyson.

Dann schaltete sie ihre Stablampe ein und machte einen vorsichtigen Schritt nach drinnen, hielt sich einen Jackenärmel zum Schutz vor Mund und Nase und ließ mit der anderen Hand den Lichtkegel langsam durch den Raum gleiten. Es hing so viel Staub in der Luft, dass es fast aussah, als würde Sand durch den Lichtstrahl wirbeln. Als sie die Stablampe weiterbewegte, eröffnete sich ihr ein Bild des Verfalls: abgenutzte graue Sitzmöbel; alte Kleidungsstücke, die achtlos über den drahtigen Teppichboden verteilt waren; Unterlagen, die auf einem klapprigen Holztisch lagen. Wände und Zimmerdecke waren von Schimmelflecken übersät. Rechts hinten befand sich die Kochnische, und als sie den Lichtkegel über schmutzige Teller und Schüsseln wandern ließ, sah sie, wie sich etwas bewegte und einen Schatten warf, als es außer Sicht huschte.

»Francis?«, rief sie.

Aber ganz offensichtlich wohnte hier niemand mehr. Die Wohnung war verlassen. Irgendjemand war hier einfach hinausmarschiert, hatte die Tür hinter sich zugezogen, sich nicht mal die Mühe gemacht abzuschließen und war nie zurückgekehrt. Sie drückte mehrmals auf den Lichtschalter neben sich an der Wand. Nichts. Die Miete war für ein Jahr im Voraus bezahlt worden, aber anscheinend nicht der Strom.

Neben ihr blieb Dyson wie angewurzelt stehen. »Herr im Himmel!«

»Warten Sie hier«, sagte sie. Dann bahnte sie sich einen Weg durch den Unrat am Boden. In der Rückwand befanden sich zwei Türen. Sie öffnete die erste – die Badezimmertür. Als sie den Lichtkegel hin und her bewegte, musste sie an sich halten, um sich nicht zu übergeben. Hier drinnen stank es noch schlimmer als im vorderen Zimmer. Das Waschbecken am hinteren Ende war halb voll mit einer dunklen Brühe, und feuchte Handtücher lagen achtlos hingeworfen auf dem Boden und schimmelten vor sich hin.

Sie zog die Tür wieder zu und wandte sich der nächsten zu. Die würde ins Schlafzimmer führen. Sie machte sich auf alles bereit, als sie die Klinke nach unten drückte und die Tür aufschob, und richtete die Stablampe hinein.

»Und?«

Sie ignorierte die Frage und trat vorsichtig über die Schwelle.

Auch hier hing Staub in der Luft, trotzdem sah es hier aus, als wäre dieses Zimmer nicht annähernd so sehr verwahrlost und vernachlässigt worden wie die übrige Wohnung. Der Teppichboden fühlte sich weich unter ihren Sohlen an, und er sah neuer aus als der Rest der Einrichtung. Auch wenn hier nirgends Möbel standen, konnte sie Druckstellen im Teppichboden sehen, wo früher Sachen gestanden hatten: ein großes, flach gedrücktes Rechteck, über dem vermutlich ein Kleiderschrank gestanden hatte; vier kleine Quadrate, die weit genug voneinander entfernt waren, dass sie vermutlich zu einem länglichen Tisch gehörten, der an der Wand gestanden hatte. Die Quadrate hatten sich erstaunlich tief eingedrückt; auf dem Tisch musste etwas Schweres gelagert haben.

Keine offenkundigen Abdrücke von Bettpfosten.

Dann meinte sie, etwas entdeckt zu haben, und richtete den Lichtkegel eilig wieder auf die rückwärtige Wand. Die war eindeutig mal neu gestrichen worden, und zwar später als die restliche Wohnung, und über der Sockelleiste hatte jemand sie mit einem Bild versehen: Aus dem Fußboden schien dort Gras zu wachsen, hier und da eine schlichte Blume, und darüber schwebten Bienen und Schmetterlinge.

Sofort stand ihr ein Foto von Frank Carters Anbau vor Augen, das sie erst kürzlich gesehen hatte.

O Gott.

Langsam ließ sie den Lichtkegel nach oben wandern.

Unter der Zimmerdecke hing eine Sonne und starrte sie wütend aus schwarzen Augen an.

49

Diese Bücher hat dein Daddy schon gemocht, als er noch klein war. Der Satz wäre Pete beinahe herausgerutscht, als er sich neben Jakes Bett gekniet und nach einem der Bücher gegriffen hatte. Das Licht in Jakes Zimmer war so sanft und der Junge unter seiner Decke so klein, dass er sich für einen Augenblick in eine andere Zeit zurückversetzt fühlte. Er erinnerte sich wieder daran, wie er Tom vorgelesen hatte, als der noch ein kleiner Junge gewesen war. Die Bücher von Diana Wynne Jones hatten ihm immer mit am besten gefallen.

Power of Three. An den Inhalt konnte er sich nicht mehr erinnern, aber der Umschlag war ihm sofort bekannt vorgekommen, und seine Fingerspitzen kribbelten, als er darüberstrich. Die Ausgabe war schon alt; die Buchdeckel waren an den Ecken angestoßen und der Rücken so oft geknickt, dass der Titel darauf nicht mehr lesbar war. Ob es dieselbe Ausgabe war, die er selbst vor so vielen Jahren gelesen hatte? Wahrscheinlich, dachte er. Tom hatte sie aufbewahrt und las daraus jetzt seinem eigenen Sohn vor. Es war nicht nur die Geschichte, die vom Vater an den Sohn weitergetragen wurde, sondern sogar dasselbe Buch.

Für Pete fühlte es sich an wie ein kleines Wunder.

Diese Bücher hat dein Daddy schon gemocht, als er noch klein war.

Er riss sich gerade noch rechtzeitig zusammen, ehe es aus

ihm herausplatzte. Nicht nur wusste Jake nicht, wie er mit Pete in Verbindung stand; es war auch nicht Petes Aufgabe, es ihm zu erzählen. Das war schon in Ordnung. Wenn er behaupten wollte, dass er sich verändert hatte und nicht mehr der schreckliche Vater aus Toms schlimmsten Erinnerungen war, dann konnte er wohl auch kaum Anspruch auf dessen bessere Erinnerungen erheben. Wenn jener Mann nicht mehr existieren sollte, dann komplett – dann hatte ein neuer Mann dessen Platz eingenommen.

»Also dann.« Das sanfte Licht im Zimmer sorgte dafür, dass er ganz leise und sachte sprach. »Wo waren wir stehen geblieben?«

Anschließend saß er unten in der Stille. Das Buch, das er mitgebracht hatte, hatte er nicht angerührt. Die Wärme, die er oben verspürt hatte, umgab ihn noch immer, und er wollte sie noch eine Weile auf sich wirken lassen.

Er hatte sich so lange schon abgelenkt – durch Bücher, das Kochen, den Fernseher, generell durch gewisse Rituale –, alles um zu verhindern, dass sein Bewusstsein sich einer gefährlicheren Richtung zuwandte. In diesem Moment hatte er das Gefühl nicht mehr. Die Stimmen, die ihn gequält hatten, schwiegen. Das Bedürfnis zu trinken hatte sich an diesem Abend nicht ein einziges Mal gemeldet. Er konnte es immer noch spüren, ähnlich wie eine gelöschte Kerze noch ein wenig weiterqualmte, aber Flamme und Licht waren erloschen.

Es war herrlich gewesen, Jake vorzulesen. Der Junge war still und aufmerksam gewesen und hatte nach ein, zwei Seiten selbst übernehmen wollen. Auch wenn er nicht lupenrein vorlas, war doch klar gewesen, dass er über einen großen Wortschatz verfügte. Und es war unmöglich gewesen, in seinem Zimmer nicht den Frieden zu spüren. Auch wenn Pete Toms

Kindheit in einen Scherbenhaufen verwandelt hatte – sein Sohn hatte es definitiv anders gemacht.

Eine Viertelstunde später sah Pete kurz nach Jake; der Junge war bereits eingeschlafen. Er stand noch einen Moment lang in der Tür und genoss den friedvollen Anblick.

Das verliert man, wenn man säuft.

Wie oft hatte er sich das gesagt, während er Sallys Foto betrachtet hatte und seine Gedanken um die Erinnerungen an jenes Leben gekreist waren, das er verloren hatte. Die meiste Zeit hatte allein das schon gereicht; an manchen Tagen wiederum nicht. Und in den vergangenen Monaten war die Versuchung am stärksten gewesen. Doch irgendwie hatte er ihr widerstanden. Als er jetzt zu Jake hinübersah, war er unendlich dankbar dafür. Auch wenn die Zukunft ungewiss war – sie war zumindest da.

Sieh dir an, was du gewinnst, wenn du aufhörst.

Diese Vorstellung war so viel schöner. Das war der Unterschied zwischen Reue und Erleichterung, zwischen einem erkalteten Herzen voller toter, grauer Asche und einem Feuer, das immer noch hell aufloderte. Das hier hatte er nicht verloren. Womöglich hatte er es noch nicht vollends wiedergefunden, aber er hatte es nicht verloren.

Zurück im Erdgeschoss nahm er für eine Weile sein Buch zur Hand, doch dann griff er zu seinem Handy, um nachzusehen, ob es Neuigkeiten gab. Nichts. Seinem Gefühl nach hätte Amanda längst angekommen und Francis Carter entweder schon in Polizeigewahrsam sein müssen oder noch bei der Befragung, und er hoffte inständig, dass es so wäre. Dass sie im besten Sinne zu beschäftigt wäre, als dass sie sich bei ihm hätte melden können.

Francis Carter.

Er konnte sich noch gut an den Jungen erinnern; auch wenn Francis Carter mittlerweile natürlich ein anderer Mensch geworden war – entstanden aus jenem Jungen, aber doch anders. Pete hatte mit ihm als Kind vor zwanzig Jahren nur ein paarmal zu tun gehabt; die meisten Befragungen hatten damals speziell ausgebildete Kollegen übernehmen müssen. Francis war schmächtig, blass und verstört gewesen, hatte mit leerem Blick auf die Tischplatte gestarrt und wenn, dann nur einsilbige Antworten gegeben. Welches Trauma er erlitten haben musste, indem er mit diesem Vater aufgewachsen war, hatte klar auf der Hand gelegen. Er war ein verletzliches Kind gewesen, das durch die Hölle gegangen war. Im selben Moment kamen ihm wieder Carters Worte in den Sinn.

Er hat sich das T-Shirt über den Kopf gezogen, sodass ich ihn nicht richtig sehen kann – so wie ich's am liebsten mag.

Die Kinder waren ihm einerlei gewesen. *Da tut's eins wie das andere.* Und er hatte ihnen nicht ins Gesicht sehen wollen. Warum nicht? Konnte es sein, fragte sich Pete, dass Carter sich hatte vorstellen wollen, dass es sich bei seinen Opfern um den eigenen Sohn handelte? Um einen Jungen, an dem er sich nicht hätte vergehen können, ohne erwischt zu werden? Sodass er seinen Hass stattdessen an anderen Kindern hatte ausleben müssen?

Pete saß für einen Moment still da.

Wenn das der Fall gewesen wäre, was würde der Junge im Gegenzug empfinden? Dass er es ebenfalls nicht wert war zu leben, dass er es ebenfalls verdiente zu sterben? Würde er sich schuldig fühlen für die Leben, die an seiner Stelle ausgelöscht worden waren? Er würde aus tiefster Seele alles wiedergutmachen wollen. Hätte das Bedürfnis, Kindern zu helfen, denen es gegangen war wie ihm, weil er so irgendwie selbst Heilung erfahren konnte.

Dieser Mann, der kümmert sich.

Carter, der über die Person auf Petes Foto gesprochen hatte. Und ihn dabei angelächelt hatte.

Sie hören nicht zu, Peter.

Neil Spencer war zwei Monate lang irgendwo festgehalten und die längste Zeit gut umsorgt worden. Irgendjemand hatte sich um ihn gekümmert – bis etwas schiefgelaufen war, woraufhin Neil umgebracht und seine Leiche am selben Ort abgelegt wurde, wo er zuvor entführt worden war. Pete wusste noch gut, was er gedacht hatte, als sie an jenem Abend auf dem Brachgelände die Leiche des Jungen gefunden hatten. Es war, als hätte jemand ein Geschenk zurückgegeben, das nicht länger erwünscht gewesen war. Inzwischen sah er es anders.

Vielleicht war es eher ein missglücktes Experiment gewesen.

Oben fing Jake an zu schreien.

50

Ich hatte mich mit Karen in einem Pub ein paar Straßen von meinem Haus entfernt und nicht weit von der Schule verabredet. Es war die örtliche Kneipe, The Featherbank, und ich fühlte mich mehr als nur ein bisschen seltsam, als ich dort ankam. Es war ein warmer Abend, und der Biergarten direkt an der Straße war voll besetzt. Durch die großen Fenster konnte ich sehen, dass auch drinnen mächtig was los war. Genau wie an Jakes erstem Schultag, als ich ihn bis auf den Schulhof begleitet hatte, fühlte es sich an, als würde ich gleich einen Ort betreten, an dem jeder jeden kannte, wo ich nicht dazugehörte und auch nie dazugehören würde.

Ich entdeckte Karen am Tresen, bahnte mir einen Weg durch die Menge und schob mich an erhitzten Leibern vorbei und durch Gelächter hindurch. Diesmal hatte sie ihren weiten Mantel daheim gelassen. Sie trug Jeans und ein weißes Top. Als ich bei ihr ankam, war ich noch nervöser als zuvor.

»Hey«, sagte ich über den Lärm hinweg.

»Hallo.« Sie lächelte mich an und beugte sich zu mir. »Perfektes Timing. Was kann ich Ihnen bestellen?«

Ich ließ den Blick über die Zapfhähne schweifen und entschied mich für das nächstbeste Bier. Sie bezahlte, drückte mir mein Pint in die Hand und bedeutete mir mit einem Nicken, ihr durch die Menge hindurch zum hinteren Ende des Pubs zu folgen. Ich fragte mich schon, ob ich unsere Verabredung missverstanden hatte und sie mich gleich ein paar Freunden vorstellen wollte. Doch direkt neben dem Tresen befand sich eine Tür. Dahinter lag ein zweiter, baumbestandener Biergarten, der von der Straße aus nicht zu sehen gewesen war. Runde Holztische standen auf dem Rasen, es gab einen kleinen Spielplatz, auf dem ein paar Kinder unter niedrigen Hängebrücken aus Tauen hindurchliefen, während die Eltern in der Nähe etwas trinken konnten. Hier hinten war deutlich weniger los, und Karen ging vor mir her auf einen leeren Tisch am rückwärtigen Ende zu.

»Da hätten wir die Kids ja sogar mitbringen können«, stellte ich fest.

»Wenn wir verrückt gewesen wären, klar.« Sie setzte sich. »Ich nehme an, Sie sind nicht komplett verantwortungslos und haben am Ende doch einen Babysitter gefunden?«

Ich setzte mich neben sie. »Ja. Meinen Vater.«

»Wow.« Sie blinzelte. »Nach allem, was Sie mir erzählt haben, muss das doch komisch sein.«

»Ja, es ist seltsam. Normalerweise hätte ich ihn nicht gefragt, aber ... na ja. Ich wollte was trinken gehen, und ich kann's mir schließlich nicht aussuchen.«

Sie zog die Augenbrauen hoch, und ich lief augenblicklich rot an.

»Das war auf ihn bezogen, nicht auf Sie!«

»Ha. Übrigens ist alles, was wir heute Abend besprechen, hochoffiziell *off the record*.« Sie legte mir ihre Hand auf den Arm und ließ sie dort ein paar Sekunden länger liegen, als nötig gewesen wäre. »Ich bin jedenfalls froh, dass du kommen konntest«, sagte sie.

»Ich auch.«

»Prost!«

Wir stießen miteinander an.

»Du hast ihm gegenüber also keine Vorbehalte mehr?«

»Gegenüber meinem Vater?« Ich schüttelte den Kopf.

»Nein, wirklich. Nicht in dieser Hinsicht. Um ganz ehrlich zu sein, weiß ich nicht, was ich von ihm halten soll. Dieses neue Verhältnis zwischen uns ist ganz sicher nicht von Dauer.«

»Okay, es so zu sehen ist bestimmt vernünftig. Die Leute machen sich zu viele Gedanken. Manchmal lässt man den Dingen besser einfach ihren Lauf. Wie geht's Jake damit?«

»Oh, er mag ihn womöglich mehr als mich.«

»Kann mir nicht vorstellen, dass das so stimmt.«

Ich erinnerte mich wieder daran, wie Jake sich verhalten hatte, kurz bevor ich gegangen war, und kämpfte mein schlechtes Gewissen nieder.

»Vielleicht …«

»Wie ich schon mal gesagt habe: Du gehst zu hart mit dir ins Gericht.«

Ich nahm einen Schluck Bier. Ein Teil von mir war immer noch hochgradig angespannt, doch allmählich dämmerte mir, dass das nichts damit zu tun hatte, dass ich gerade Zeit mit Karen verbrachte. Tatsächlich war ich sogar überrascht, wie unaufgeregt und natürlich es sich anfühlte, so nah neben ihr zu sitzen – näher, als Freunde nebeneinander sitzen würden. Nein, meine Nerven waren angespannt, weil ich mir immer noch Sorgen um Jake machte. Es fiel mir schwer, nicht mehr an ihn zu denken. Das Bauchgefühl beiseitezuwischen, dass ich in diesem Moment besser an einem anderen Ort sein sollte, so gern ich auch gerade hier war.

Ich nahm noch einen Schluck und beschloss, meine Befürchtungen zu ignorieren und einen netten Abend zu haben.

»Du hast erwähnt, dass deine Mutter auf Adam aufpasst?«

»Ja.« Karen verdrehte die Augen. Dann erzählte sie mir, wie es bei ihr derzeit stand. Sie war im vergangenen Jahr zurück nach Featherbank gezogen, hauptsächlich weil ihre Mutter hier wohnte. Auch wenn Mutter und Tochter nicht gut klarkamen, hatte sie einen guten Draht zu Adam, und Karen hatte sich ausgemalt, dass sie mithilfe ihrer Mutter leichter wieder auf die Beine käme.

»Dann spielt Adams Vater derzeit keine Rolle?«

»Glaubst du wirklich, ich würde mit dir ausgehen, wenn das der Fall wäre?«

Karen grinste. Ich zuckte hilflos mit den Schultern.

»Nein. Und für Adam ist das ganz sicher nicht leicht, aber manchmal ist es am Ende besser so, auch wenn sie es aktuell nicht einsehen wollen. Brian – mein Ex … Sagen wir einfach, dass er in mancherlei Hinsicht wie dein Vater war. In vielerlei Hinsicht.«

Sie nippte an ihrem Getränk, und auch wenn das Schweigen nicht unangenehm war, fühlte es sich doch an wie der natürliche Wendepunkt, um ein anderes Thema anzuschneiden. Gewisse Geschichten mussten einfach warten, sofern sie überhaupt je erzählt werden konnten. In der Zwischenzeit sah ich den Kindern am entlegenen Ende des Gartens beim Klettern zu. Allmählich wurde es Abend, es dämmerte, und in den Bäumen rundherum sirrten die Mücken.

Doch es war immer noch warm. Immer noch schön.

Außer …

Ich sah in die andere Richtung. Mein innerer Kompass hatte sich dorthin ausgerichtet, wo sich unser Haus befand, und ich war nicht einmal weit von Jake weg – womöglich gerade mal ein paar Hundert Meter Luftlinie. Trotzdem fühlte es sich viel zu weit an. Und mit einem Blick auf die spielenden Kinder war mir plötzlich, als dämmerte es nicht nur, sondern als wäre etwas am Licht verkehrt, als wäre irgendwas merkwürdig und falsch.

»Oh«, sagte Karen und griff in ihre Handtasche. »Da fällt mir ein, ich hab hier was … Das ist jetzt ein bisschen peinlich, aber könntest du das vielleicht für mich signieren?«

Mein jüngstes Buch. Es erinnerte mich wieder daran, wie weit ich mit dem Nachfolgeroman im Rückstand lag, und mich beschlich eine leichte Panik. Aber es war als nette Geste gemeint, natürlich auch irgendwie albern, und ich zwang mich zu einem Lächeln.

»Na klar.«

Sie drückte mir einen Stift in die Hand. Ich schlug das Buch auf der ersten Seite auf und fing an zu schreiben.

Für Karen.

Ich hielt inne. Mir fiel nie ein, was ich sonst noch schreiben konnte.

Ich bin wirklich froh, dich kennengelernt zu haben. Ich hoffe, du findest das Buch nicht scheiße.

Wenn man Bücher signierte, lasen manche Leute erst später, was man geschrieben hatte. Karen gehörte nicht dazu. Sie lachte laut auf, als sie die Widmung sah.

»Ich find's ganz sicher nicht scheiße. Aber wie kommst du darauf, dass ich es lesen will? Das hier landet sofort auf eBay, Freundchen.«

»Völlig in Ordnung. Auch wenn ich an deiner Stelle nicht damit rechnen würde, dass du dich mit dem Erlös zur Ruhe setzen kannst.«

»Abwarten.«

Es wurde zusehends dunkel. Ich sah wieder hinüber zum Spielplatz und entdeckte ein kleines Mädchen in einem blau-weißen Kleid, das mich anstarrte. Für einen kurzen Moment hatten wir Blickkontakt, und alles andere um mich herum trat in den Hintergrund. Dann grinste sie und rannte auf eine der Taubrücken zu, und ein anderes Mädchen lief ihr lachend hinterher.

Ich schüttelte den Kopf.

»Alles in Ordnung?«, fragte Karen.

»Ja.«

»Hm. Ich bin mir nicht sicher, ob ich das glauben soll. Geht es um Jake?«

»Wahrscheinlich ...«

»Machst du dir Sorgen um ihn?«

»Ich weiß nicht. Vielleicht. Wahrscheinlich ist nichts, es ist einfach nur das erste Mal, dass ich abends ohne ihn weg bin. Und ich fühle mich wohl, ehrlich. Trotzdem ist es irgendwie ...«

»Echt scheiße?«

»Schon ein bisschen, ja.«

»Verstehe.« Sie lächelte mich mitfühlend an. »Mir ging es genauso, als ich Adam die ersten Male bei meiner Mum gelassen hab. Es ist, als würde einen ein Gummiband wieder nach Hause ziehen ... Man hat einfach das Bedürfnis, sofort heimzulaufen.«

Ich nickte, auch wenn es sich anfühlte, als wäre es mehr als das. Ich hatte schlicht und ergreifend das Gefühl, als wäre irgendwas Schlimmes im Gange. Aber wahrscheinlich überdramatisierte ich einfach nur, was sie gerade geschildert hatte.

»Aber ist doch okay«, sagte sie. »Ehrlich. Das hier ist erst der Anfang. Wir trinken aus, und du gehst nach Hause, und vielleicht wiederholen wir das Ganze ein andermal. Falls du Lust dazu hast?«

»Definitiv.«

»Gut.«

Sie sah mich an, und kurz hielten wir Blickkontakt. Mir dämmerte, dass dies der Moment war, in dem ich mich zu einem Kuss vorbeugen sollte, und wenn ich es täte, würde auch sie sich vorbeugen. Wir würden beide die Augen schließen, sobald sich unsere Lippen berührten, und der Kuss wäre so sanft wie ein Atemhauch. Und ich wusste auch, wenn ich es nicht täte, würde sich einer von uns gleich wegdrehen. Doch der Moment wäre trotzdem da gewesen, und wir wüssten es beide, und irgendwann würde es wieder geschehen.

Dann kann es auch jetzt gleich sein.

Ich hatte den Entschluss gerade gefasst, als mein Handy anfing zu klingeln.

51

Es war schon Nachmittag gewesen, und Daddy und er waren von der Schule nach Hause gekommen. Normalerweise hätte Mummy ihn an diesem Tag abgeholt, weil es einer von Daddys Schreibtagen war, aber es war anders gekommen.

Daddy schrieb Geschichten, und die Leute bezahlten ihn dafür, dass sie sie lesen konnten, was Jake ziemlich cool fand. Und manchmal fand Daddy es auch ziemlich cool. Einerseits musste er keinen Anzug anziehen und jeden Tag in ein Büro fahren und sich dort sagen lassen, was er tun sollte, wie so viele andere Eltern. Andererseits war es auch schwierig, weil viele Leute es nicht als echte Arbeit ansahen.

Jake war nicht mit sämtlichen Vor- und Nachteilen vertraut, aber er hatte mitbekommen, dass es deswegen eine Zeit lang zu Problemen zwischen seinen Eltern gekommen war, weil Daddy ihn viel öfter zur Schule gebracht und abgeholt hatte, was im Umkehrschluss hieß, dass er in derselben Zeit nicht allzu viele Geschichten schrieb. Die Lösung war schließlich, dass Mummy ihn öfter abholen kam. Eigentlich wäre an diesem Tag sie dran gewesen, aber dann war Daddy aufgetaucht und hatte ihm erzählt, dass Mummy sich nicht wohlgefühlt habe, sodass er habe einspringen müssen.

Genauso hatte er es gesagt. Er hatte einspringen *müssen.*

»Geht's ihr gut?«, wollte Jake wissen.

»Ja, alles in Ordnung«, sagte Daddy. »Ihr war nur ein bisschen schwindlig, als sie von der Arbeit kam, deshalb hat sie sich hingelegt.«

Jake glaubte ihm – natürlich war mit Mummy alles in Ordnung. Trotzdem wirkte Daddy angespannter als sonst, und Jake fragte sich, ob die neue Geschichte wohl noch schwerer zu schreiben war als die anderen und ob der Umstand, dass Daddy ihn abholen musste, bedeutete … Tja. Was war eigentlich das Gegenteil von Sahnehäubchen?

Jake hatte oft das Gefühl, dass er für Daddy ein Problem darstellte. Dass es besser liefe, wenn er nicht da wäre.

Dann stellte Daddy im Auto die gleichen Fragen wie immer: wie es gelaufen sei, was er in der Schule gemacht habe. Und wie immer gab Jake sich die größte Mühe, auf die Fragen nicht zu antworten. Zum einen hatte er nichts Aufregendes zu berichten, zum anderen hatte er nicht das Gefühl, dass Daddy sich wirklich dafür interessierte.

Sie stellten den Wagen vor dem Haus ab.

»Darf ich zu Mummy laufen?«

Er erwartete fast schon, dass Daddy mit Nein antwortete, auch wenn er nicht hätte sagen können, warum – vielleicht weil Jake nichts lieber wollte und Daddy womöglich nur deshalb Nein sagte, um ihm die Laune zu verderben. Aber das war nicht fair, weil Daddy ihn anlächelte und ihm den Kopf streichelte.

»Klar«, sagte er. »Aber sei lieb zu ihr, okay?«

»Ja.«

Die Tür war unverschlossen, und er rannte hinein, ohne die Schuhe auszuziehen. Dafür hätte Mummy ihn normalerweise geschimpft, weil sie das Haus gern sauber und ordentlich hielt, aber die Schuhe waren auch nicht schmutzig oder so, und er wollte einfach nur zu ihr und dafür sorgen, dass es ihr besser ging. Er lief durch die Küche ins Wohnzimmer.

Und blieb wie angewurzelt stehen.

Weil hier etwas nicht stimmte. Die Vorhänge an der Rückseite des Zimmers waren aufgezogen, und die Nachmittagssonne schien von der Seite herein und leuchtete das halbe Zimmer aus. Alles sah friedlich aus, still und leise. Aber genau das war das Problem. Selbst wenn sich jemand vor einem versteckte, konnte man normalerweise dessen Anwesenheit spüren, weil Menschen nun mal einen gewissen Raum einnahmen und das irgendwie die Spannung im Zimmer veränderte. Doch so fühlte sich das Haus gerade nicht an.

Es fühlte sich leer an.

Daddy war immer noch draußen. Langsam durchquerte Jake das Wohnzimmer, auch wenn es sich eher so anfühlte, als zöge das Zimmer rückwärts an ihm vorbei. Die Stille war derart massiv, dass er glaubte, er würde davon blaue Flecken kriegen, wenn er nicht aufpasste.

Die Tür direkt neben dem Fenster stand offen. Dahinter lag eine Art Vorraum, aus dem die Treppe nach oben führte. Je näher Jake kam, umso mehr davon konnte er sehen.

Das Buntglas in der Hintertür.

Das einzige Geräusch war sein Herzschlag.

Die weiße Tapete.

Er ging so langsam näher, dass es kaum noch als Bewegung wahrzunehmen war.

Der Handlauf aus knorrigem Holz.

Er sah zu Boden.

Mummy …

»Daddy!«, schrie Jake, noch ehe er vollends wach geworden war. Dann zog er die Decke hoch, sodass von ihm nichts mehr sichtbar war, und schrie erneut, und das Herz hämmerte wie wild in seiner Brust. Seit sie aus ihrem alten Haus ausgezogen waren, hatte er den Albtraum nicht mehr gehabt, doch so schrecklich wie heute war er noch nie gewesen.

Er wartete.

Er war sich nicht sicher, wie spät es war oder wie lange er schon geschlafen hatte – doch bestimmt lange genug, als dass Daddy wieder zu Hause wäre? Einen Moment später hörte er gleichmäßige Schritte, die die Treppe heraufkamen.

Jake riskierte einen Blick unter der Decke hervor. Das Licht im Treppenhaus brannte, und ein Schatten fiel in sein Zimmer, als jemand über die Schwelle trat.

»Hey«, sagte der Mann leise. »Was ist passiert?«

Pete, schoss es Jake durch den Kopf. Er mochte Pete, aber Pete war nicht Daddy, und er wollte jetzt Daddy. Pete war ziemlich alt, trotzdem setzte er sich im Schneidersitz neben Jakes Bett.

»Was ist denn los?«

»Ich hatte einen Albtraum. Wo ist Daddy?«

»Er ist noch nicht wieder da. Albträume sind grässlich, was? Was hast du geträumt?«

Jake schüttelte den Kopf. Er hatte nicht mal Daddy je davon erzählt, wovon sein Albtraum handelte, und war sich nicht sicher, ob er es jemals tun könnte.

»Das ist schon okay.« Pete nickte in sich hinein. »Ich hab auch manchmal Albträume, weißt du? Ziemlich oft sogar. Aber ich glaube, Albträume zu haben ist schon in Ordnung.«

»Wie kann das in Ordnung sein?«

»Weil uns manchmal echt schlimme Dinge passieren, und dann wollen wir lieber nicht darüber nachdenken, und so vergraben sich diese Dinge tief in unseren Köpfen.«

»Wie Ohrwürmer?«

»Ja, wahrscheinlich. Aber irgendwann müssen sie wieder hinaus. Und Albträume sind die Methode, mit der unser Gehirn die schlimmen Dinge verarbeitet. Es macht sie zu kleinsten Häppchen, bis irgendwann nichts mehr davon übrig ist.«

Jake dachte darüber nach. Der Albtraum war schlimmer

gewesen als früher, es fühlte sich eher an, als hätte sein Gehirn etwas aufgebauscht, statt es in Häppchen zu zerlegen. Andererseits hörte der Traum stets an ein und demselben Punkt auf – immer kurz bevor er Mummy am Boden liegen sah. Vielleicht hatte Pete recht. Vielleicht war sein Gehirn so verängstigt, dass es sich auf ihren Anblick vorbereiten musste, ehe es überhaupt erst anfangen konnte, das Ganze in Einzelteile zu zerlegen.

»Ich weiß, das macht es nicht leichter«, sagte Pete. »Aber weißt du was? Ein Albtraum kann dir nicht wehtun, niemals. Es gibt nichts, wovor du Angst haben müsstest.«

»Das weiß ich«, sagte Jake. »Ich will trotzdem zu Daddy.«

»Er ist bald wieder da, ganz sicher.«

»Ich will, dass er jetzt da ist.« Weil der Albtraum zurückgekehrt war und wegen der Warnung des Mädchens war Jake klar, dass etwas verkehrt war. »Können Sie ihn anrufen und ihm sagen, dass er nach Hause kommen soll?«

Pete war für einen Moment still.

»Bitte? Es macht ihm auch nichts aus.«

»Das weiß ich doch«, pflichtete Pete ihm bei und griff nach seinem Handy.

Jake sah angespannt zu, wie Pete durch die Kontaktliste scrollte, auf das Display tippte und sich das Handy ans Ohr hielt.

Unten ging die Eingangstür auf.

»Ah, da ist dein Dad ja schon.« Pete legte wieder auf. »Dann ist ja alles gut. Kommst du für einen Moment allein klar? Dann lauf ich schnell runter und hole ihn.«

Nein, dachte Jake. *Ich komme nicht klar.* Er wollte keine Sekunde länger allein hier oben im Dunkeln verbringen. Aber zumindest war Daddy zu Hause, und eine Woge der Erleichterung rollte über ihn hinweg.

»Okay.«

Pete stand auf und verließ das Zimmer, und Jake hörte, wie die Stufen unter Petes Schritten knarzten und er Daddys Namen rief.

Jake starrte auf den erleuchteten Streifen im Flur jenseits seiner Zimmertür und spitzte die Ohren. Ein paar Sekunden lang herrschte Stille. Dann hörte er etwas, das er nicht zuordnen konnte. Als würden Möbel gerückt. Und Leute, die sich unterhielten, nur dass sie statt Worte Geräusche von sich gaben, als würden sie sich irre anstrengen, etwas zu tun, und vor Anstrengung diese Laute von sich geben.

Ein Schlag. Irgendwas Schweres, das zu Boden ging.

Dann wieder Stille.

Jake überlegte kurz, nach Daddy zu rufen, doch aus irgendeinem Grund hämmerte das Herz erneut hart in seiner Brust – genauso hart wie in dem Moment, da er aus seinem Albtraum aufgeschreckt war –, und die Stille schrillte so laut in seinen Ohren, dass es sich anfühlte, als wäre er wieder dort, wieder in ihrem alten Wohnzimmer.

Er starrte hinaus auf den leeren Flur und wartete.

Ein paar Sekunden später war wieder etwas zu hören. Wieder Schritte auf der Treppe. Irgendjemand kam herauf, doch dieser Jemand bewegte sich langsam und vorsichtig, als hätte auch er Angst vor der Stille.

Und dann flüsterte er Jakes Namen.

52

»Ich bin mir ganz sicher, dass alles gut ist.«

Während sie neben mir herlief, versuchte Karen, unbeschwert zu klingen. Und zweifellos hatte sie recht – unter Garantie reagierte ich über. Ich lief so schnell, dass sie kaum mit mir Schritt halten konnte. Ohne dass wir darüber gesprochen hätten, war sie einfach mitgekommen. Denn obwohl sie ganz bestimmt recht hatte und es nichts gab, worüber ich mir Gedanken machen müsste, sagte mir mein Herz etwas anderes. Es sagte mir, dass irgendwas ganz furchtbar verkehrt war.

Ich nahm mein Handy zur Hand und versuchte erneut, meinen Vater zu erreichen. Er hatte mich im Pub angerufen, aber die Verbindung war unterbrochen worden, noch bevor ich hatte rangehen können. Was bedeutete, dass irgendetwas passiert sein musste. Als ich zurückgerufen hatte, war er nicht mehr rangegangen.

Nur der Freiton war zu hören.

Er ging nicht ran.

»Verdammt.«

Als wir meine Straße erreichten, legte ich auf. Vielleicht hatte er ja versehentlich auf irgendeine Taste gedrückt oder erst mit mir reden wollen, es sich aber anders überlegt. Dann fiel mir wieder ein, wie er zuvor fast schon demütig gewesen war und wie froh er gewirkt hatte, weil ich wegen Jake auf ihn zugekommen war und ihn in unser Leben eingelassen hatte, auch wenn es die nebensächlichste Gelegenheit überhaupt gewesen war. Er hätte mich im Leben nicht angerufen, wenn es nicht wirklich wichtig gewesen wäre.

Das Feld zu meiner Rechten lag düster im Dämmerlicht. Im Augenblick schien dort niemand zu sein, allerdings war es schon zu dunkel, um tatsächlich bis ans andere Ende sehen zu können. Ich lief noch ein wenig schneller, auch wenn mir klar war, dass ich in Karens Augen komplett wahnsinnig wirken musste. Ich hatte inzwischen Panik, ganz gleich wie unvernünftig das war. Und wie ich auf sie wirkte, war nicht mehr wichtig.

Jake …

Dann hatte ich die Zufahrt erreicht.

Die Haustür stand offen, und ein breiter Streifen Licht fiel über den Gehweg.

Wenn die Tür halb offen steht …

Im selben Moment sprintete ich los.

»Tom …«

Ich war schon an der Tür angelangt, blieb dann aber wie angewurzelt stehen. Auf den Brettern am Fuß der Vordertreppe waren verwischte blutige Fußabdrücke zu sehen.

»Jake?«, rief ich nach drinnen.

Im Haus war es totenstill. Vorsichtig trat ich ein, und ich konnte mein Blut in den Ohren rauschen hören.

Inzwischen hatte Karen zu mir aufgeschlossen.

»Was … o Gott!«

Ich sah nach rechts ins Wohnzimmer. Der Anblick, der mich dort erwartete, ergab keinen Sinn. Mein Vater lag mit dem Rücken zu mir seitlich zusammengekauert unter dem Fenster, als hätte er sich dort schlafen gelegt. Um ihn herum Blut – und ich schüttelte den Kopf. Seine komplette Seite war blutüberströmt, und weiter oben, unter seinem Kopf, wuchs die Blutlache zusehends an. Es war komplett still. Und für einen Moment, während ich noch immer nicht begreifen konnte, was ich dort vor mir sah, war ich es auch.

Neben mir holte Karen scharf Luft. Als ich mich zu ihr umdrehte, sah sie schockiert und leichenblass aus. Sie hatte die Augen weit aufgerissen und die Hand vor den Mund geschlagen.

Jake, schoss es mir durch den Kopf.

»Tom ...«

Doch dann hörte ich nichts mehr, weil der Gedanke an meinen Sohn mich wieder zurück in die Gegenwart holte und mich wachrüttelte. Ich drückte mich an ihr vorbei und rannte so schnell die Treppe hoch, wie ich nur konnte. Betete. *Bitte ...*

»Jake!«

Auf dem oberen Absatz waren ebenfalls Blutspuren – derjenige, der das Blutbad im Wohnzimmer angerichtet hatte, hatte Abdrücke im Teppich hinterlassen. Irgendwer hatte meinen Vater angegriffen, dann war er hier hochgekommen, zu ...

In das Zimmer meines Sohnes.

Ich trat über die Schwelle. Die Bettdecke war ordentlich zurückgeschlagen. Jake war nirgends zu sehen. Hier war niemand. Ich stand ein paar Sekunden da wie zu Eis gefroren, und das Grauen prickelte auf meiner Haut.

Unten redete Karen am Telefon hektisch auf jemanden ein. Einen Notarzt. Die Polizei. Auf der Stelle. Worte, die für mich keinen Sinn mehr ergaben. Es fühlte sich an, als würde mein Gehirn den Betrieb einstellen – als hätte sich mein Schädel plötzlich geöffnet und mein Hirn einem weitläufigen, unvorstellbaren Kaleidoskop des Grauens ausgesetzt.

Ich machte ein paar Schritte auf das Bett zu.

Jake war verschwunden. Aber das war doch nicht möglich – Jake konnte doch nicht einfach verschwinden.

Das hier war nicht real.

Das *Päckchen mit Besonderen Sachen* lag neben dem Bett auf dem Boden. Erst als ich es aufhob und mir bewusst wurde, dass er niemals freiwillig ohne das Päckchen irgendwo hingegangen wäre, holte die Realität mich mit voller Wucht ein.

Das Päckchen war hier, Jake nicht.

Das hier war kein Albtraum. Das hier passierte tatsächlich.

Mein Sohn war verschwunden.

Erst da versuchte ich, laut zu schreien.

Teil fünf

53

Wenn ein Kind verschwindet, sind die ersten achtundvierzig Stunden entscheidend. Als Neil Spencer verschwand, waren die ersten zwei dieser achtundvierzig Stunden vergeudet worden, weil zunächst gar niemand mitbekommen hatte, dass er verschwunden war. Bei Jake Kennedy hatte die Suche nur Minuten nach der Heimkehr des Vaters und seiner Freundin eingesetzt. Zu diesem Zeitpunkt hatten Amanda und Dyson sich in einem Polizeirevier rund fünfzig Meilen entfernt befunden, und sie waren so schnell wie nur möglich zurückgefahren.

Inzwischen saß sie in ihrem geparkten Wagen vor Tom Kennedys Haus und sah auf die Uhr. Kurz nach zehn abends. Die komplette Maschinerie, die in Gang gesetzt wurde, wenn ein Kind verschwand, lief bereits auf vollen Touren. Das merkwürdige Haus hinter ihr war hell erleuchtet und sirrte vor Aktivität, Schatten huschten hinter den Vorhängen hin und her, während die ganze Straße entlang Officers vor Haustüren standen und die Nachbarn befragten. Lichtkegel wanderten über das Feld auf der anderen Straßenseite. Aussagen wurden aufgenommen, Bilder von Überwachungskameras angefordert, und Leute waren draußen auf der Suche.

Unter anderen Umständen wäre auch Pete Teil der Suchtrupps gewesen. Nicht heute Abend. Sie angelte ihr Handy hervor, rief im Krankenhaus an, um dort nachzufragen, ob es etwas Neues gab, und hörte dann so gelassen zu, wie sie nur konnte. Pete war noch immer nicht wieder bei Bewusstsein und sein Zustand kritisch. Herr im Himmel. Sie erinnerte sich wieder daran, in welcher Topverfassung er für einen Mann seines Alters gewesen war, doch an diesem Abend hatte ihm das nicht viel genützt. Vielleicht war er aus irgendeinem Grund unkonzentriert gewesen oder von hinten überrumpelt worden; er hatte Abwehrverletzungen gehabt, darüber hinaus aber mehrere Stichwunden in Seite, Hals und Kopf. Der Angriff war unverhältnismäßig heftig gewesen – ganz klar ein versuchter Mord, und die kommenden Stunden würden weisen, ob der Versuch erfolgreich gewesen wäre. Ob er die Nacht überlebte, war ungewiss.

Du schaffst das, Pete. Er würde es schaffen. Er musste es schaffen.

Sie nahm das Handy vom Ohr und rief die Datenbank auf. Immer noch keine neuen Entwicklungen. Die Kollegen hatten die Aussagen von Tom Kennedy und der Frau aufgenommen, mit der er etwas trinken gewesen war, Karen Shaw. Amanda war der Name bekannt vorgekommen; Shaw war eine hiesige Polizeireporterin. Ihrer beider Aussagen zufolge hatten sie sich einfach nur als Freunde auf einen Drink verabredet. Ihre Kinder gingen in dieselbe Klasse, insofern steckte vielleicht wirklich nicht mehr dahinter, trotzdem hoffte Amanda um ihrer aller willen, dass Shaw vertrauenswürdiger wäre als die meisten ihrer Kollegen. Gerade jetzt.

Weil sie immer noch nicht wusste, warum Pete sich in dem Haus befunden hatte.

Dann erinnerte sie sich wieder daran, wie lebendig er am Nachmittag plötzlich gewirkt hatte, als er eine Nachricht erhalten und dann ein paar Dinge organisiert hatte. Sie hatte gemutmaßt, dass ihm ein Date bevorstand. In Wahrheit war es das hier gewesen, und was immer das hier am Ende wäre –

Tatsache war nun mal, dass Pete mit dem Fall betraut gewesen war und hier außer Dienst nicht hätte sein dürfen.

Dass sie ihn unwissentlich dazu gedrängt hatte, wurmte sie umso mehr. Sie hatte gewollt, dass er glücklich wäre; wenn sie ihm nicht so zugeredet hätte, wäre er noch am Leben.

Er ist noch am Leben.

Daran musste sie sich festklammern. Sie musste jetzt professionell und fokussiert bleiben. Sie konnte es sich nicht leisten, Gefühle zu zeigen. Ein schlechtes Gewissen. Angst. Wut. Sobald sich auch nur eins davon Bahn bräche, würde es losgaloppieren und den Rest wie ein aneinandergekettetes Rudel Hunde hinter sich herziehen. Und das würde zu nichts Gutem führen.

Pete war noch am Leben.

Jake Kennedy war noch am Leben.

Sie würde keinen der beiden verlieren. Trotzdem konnte sie im Augenblick nur für einen von ihnen etwas tun.

Also klickte sie zu guter Letzt die Datenbank zu und stieg aus dem Wagen.

Drinnen schritt Amanda über die Fußabdrücke am Fuß der Treppe hinweg, betrat vorsichtig das Wohnzimmer und wappnete sich innerlich für den Anblick, der sie dort erwartete.

Mehrere Spurentechniker gingen hier bereits mit Maßbändern, Analyse-Kits und Kameras zu Werke, doch die blendete sie aus und konzentrierte sich stattdessen auf den umgekippten Couchtisch und – unausweichlich – die Blutspuren auf den Möbeln und die Lache am Boden. Es war so viel Blut geflossen, dass sie es riechen konnte. In ihrer Laufbahn hatte sie schlimmere Tatorte als diesen gesehen, aber zu wissen, dass Pete hier angegriffen worden war, machte diesen Anblick inakzeptabel.

Sie sah den Technikern kurz zu. Die forensische Spurensicherung war eine derart trostlos akkurate Arbeit, dass es fast den Anschein hatte, als würden sie das Zimmer schon jetzt als Mordschauplatz behandeln. Als wüsste jeder hier im Raum die Wahrheit – nur sie noch nicht.

Sie ging weiter ins Nachbarzimmer. Hier standen Bücherregale, davor mehrere noch unausgepackte Umzugskisten. Tom Kennedy lief dazwischen auf und ab wie ein Tier im Käfig. Karen Shaw saß auf einem Stuhl am Schreibtisch, hatte eine Hand vor den Mund geschlagen, hielt mit der anderen den Ellbogen umklammert und starrte zu Boden.

Als Tom Amanda entdeckte, blieb er stehen. Der Ausdruck in seinem Gesicht war ihr nur zu bekannt. Leute gingen mit einer solchen Situation unterschiedlich um – einige blieben fast schon unmenschlich ruhig, während andere sich durch Bewegung und Tätigkeiten ablenkten. In beiden Fällen ging es um Verdrängung. Solange Tom Kennedy sich nicht in Richtung seines Sohnes bewegen konnte, musste er sich anderweitig bewegen. Er war panisch. Sowie er stehen geblieben war, hatte er angefangen, am ganzen Leib zu zittern.

»Tom«, sagte sie. »Ich weiß, wie entsetzlich das für Sie ist. Aber Sie müssen mir zuhören, und Sie müssen mir glauben. Wir finden Jake. Das verspreche ich Ihnen.«

Er starrte sie an. Es war offensichtlich, dass er ihr nicht glaubte, und vielleicht wäre es ein Versprechen, das sie nicht würde halten können. Trotzdem meinte sie es ernst. In ihr loderte die Entschlossenheit. Sie würde nicht innehalten, sie würde nicht durchatmen, ehe sie Jake gefunden und den Mann verhaftet hätte, der ihn entführt hatte. Der zuvor auch schon Neil Spencer entführt hatte. Der Pete so schwer verletzt hatte.

Unter meiner Aufsicht kommt nicht noch ein Kind abhanden.

»Wir glauben zu wissen, wer ihn verschleppt hat, und wir finden den Mann. Wie gesagt, Sie haben mein Wort. Jeder einzelne verfügbare Officer hat jetzt nur die eine Aufgabe: den Mann aufzuspüren und Ihren Sohn wiederzufinden. Wir bringen ihn sicher wieder nach Hause zurück.«

»Wer ist der Mann?«

»Das kann ich Ihnen im Moment leider nicht sagen.«

»Mein Sohn ist mit ihm allein.«

Sie konnte ihm ansehen, dass er sich gerade die schrecklichsten Szenarien ausmalte – dass in seinem Kopf ein Film mit den schlimmsten vorstellbaren Grauen ablief.

»Ich weiß, dass das schwer ist, Tom«, sagte sie. »Aber rufen Sie sich bitte auch in Erinnerung – vorausgesetzt, es handelt sich wirklich um ein und denselben Mann, der Neil Spencer entführt hat –, dass Neil in der ersten Zeit gut umsorgt wurde.«

»Und dann wurde er ermordet.«

Darauf wusste sie nichts zu erwidern. Stattdessen dachte sie an die verlassene Wohnung, die sie gerade erst wenige Stunden zuvor betreten hatte, und die Art und Weise, wie Francis Carter dort die Wandbemalung aus dem Anbau seines Vaters nachempfunden hatte. Er musste das Grauen als Kind miterlebt haben, und allem Anschein nach war er jenem Raum nie ganz entkommen – ein Teil von ihm schien immer noch dort gefangen zu sein. Ja, er hatte sich eine Zeit lang gut um Neil Spencer gekümmert. Doch dann musste irgendein düsterer Impuls gesiegt haben, und welchen Grund hätten sie zu glauben, dass er sich diesmal mit Jake besser im Griff hätte als mit Neil? Im Gegenteil – wenn der Damm erst brach, neigten Mörder wie er dazu, die Taktung zu erhöhen.

Doch darüber wollte sie im Moment gar nicht nachdenken.

Tom wiederum konnte sich diesen Luxus nicht leisten.

»Warum Jake?«

»Das können wir im Augenblick noch nicht sicher sagen.«

Die Verzweiflung in seiner Frage war ihr ebenfalls bekannt. Im Angesicht der Tragödie und des Grauens war es nur natürlich, nach Erklärungen zu suchen: nach Gründen für die Tragödie oder nach Wegen, wie das Grauen hätte vermieden werden können – bloß dass so jedes Schuldgefühl nur umso heftiger befeuert wurde. »Wir glauben, dass der Verdächtige an diesem Haus interessiert ist, genau wie Norman Collins es war. Er wird entdeckt haben, dass Ihr Sohn hier lebt, und wohl deshalb beschlossen haben, sich auf ihn zu konzentrieren.«

»Sie meinen, er war von dem Haus besessen.«

»Ja.«

Ein paar Atemzüge Stille.

»Wie geht es ihm?«, wollte Tom wissen.

Amanda dachte erst, er spräche immer noch von Jake, doch dann dämmerte ihr, dass er an ihr vorbei zum Wohnzimmer sah und nach Pete gefragt hatte.

»Er liegt auf der Intensivstation«, sagte sie. »Zumindest ist das der jüngste Stand. Sein Zustand ist kritisch, aber … Na ja, Pete ist ein Kämpfer. Wenn irgendwer es schafft, dann er.«

Tom nickte, als wüsste er irgendwie, was sie damit meinte. Was keinen Sinn ergab, da er Pete doch kaum gekannt hatte. Dann erinnerte sie sich wieder, wie froh Pete am Nachmittag gewirkt hatte. Wie er mit einem Mal so lebendig gewesen war.

»Warum war er hier?«, fragte sie. »Er hätte nicht hier sein dürfen.«

»Er hat auf Jake aufgepasst.«

»Aber warum Pete?«

Tom antwortete nicht. Sie ließ ihn nicht aus den Augen. Es war offensichtlich, dass er überlegte, was er ihr erzählen durfte, und dass er seine Worte genau abwägen würde. Und mit einem Mal dämmerte ihr, dass sie diesen Ausdruck schon einmal gesehen hatte. Die Art, wie Tom Kennedy den Kopf leicht schräg hielt. Die Kinnpartie … Der ernste Gesichtsausdruck … So wie er jetzt vor ihr stand und sein hohlwangiges

Gesicht von der Deckenlampe angestrahlt wurde, sah Tom Kennedy Pete zum Verwechseln ähnlich.

Gott, dachte sie.

Doch dann schüttelte er leicht den Kopf, und die Ähnlichkeit war wie weggefegt.

»Er hat mir seine Visitenkarte gegeben. Er meinte, wenn wir irgendwas bräuchten, sollte ich mich melden. Und er und Jake … Also, Jake hat ihn gemocht. Sie mochten einander.«

Er verstummte. Amanda starrte ihn weiter an. Die Ähnlichkeit, auch wenn sie jetzt nicht mehr erkennbar war, hatte sie sich nicht eingebildet. Sie könnte natürlich nachbohren, beschloss dann aber, dass es zumindest fürs Erste nicht weiter wichtig war. Wenn sie recht hätte, dann würden sie später darauf zurückkommen müssen.

»Okay«, sagte sie. »Ich fahre jetzt los, mache mich auf die Suche nach Ihrem Sohn und bringe ihn wieder nach Hause.«

»Und was mache ich in der Zwischenzeit?«

Amanda warf einen Blick zurück ins Wohnzimmer. »Sie haben nicht zufällig Verwandte in der Gegend?«

»Nein.«

»Du kannst bei mir schlafen«, sagte Karen. »Gar kein Problem.«

Sie hatte bislang noch keinen Ton gesagt.

Amanda sah sie an. »Sind Sie sich sicher?«

»Ja.«

Sie konnte Karen vom Gesicht ablesen, dass ihr der Ernst der Lage durchaus bewusst war. Tom war still und dachte über das Angebot nach. Obwohl Amanda der Journalistin nicht über den Weg traute, hoffte sie inständig, er würde Ja sagen. Das würde ihr ersparen, ihn noch einmal in der sicheren Unterkunft unterbringen zu müssen. Außerdem konnte sie sehen, dass er gern Ja sagen würde – dass er sich ohnehin nicht mehr lange auf den Beinen würde halten können –, also beschloss

Amanda, ihm einen kleinen Schubs in die richtige Richtung zu geben.

»Dann ist ja gut.« Sie drückte ihm ihre Karte in die Hand. »Hier sind meine Kontaktdaten, inklusive Durchwahl. Morgen früh werde ich als Allererstes den Opferschutz kontaktieren, aber sollten Sie bis dahin etwas brauchen, rufen Sie an. Ich hab ja Ihre Nummer. Wenn es irgendwas Neues gibt – und das gilt auch für Pete –, melde ich mich auf der Stelle.« Sie zögerte und senkte dann die Stimme. »Auf der Stelle, verdammt, Tom, das schwöre ich Ihnen.«

54

Der Tag war vorbei und die Nacht eisig.

Der Mann stand in der Einfahrt und wärmte sich die Hände an einem Becher Kaffee. Hinter ihm stand die Haustür offen; drinnen war es dunkel und still. Die Welt war so leise, dass er fast glaubte, den Dampf aus dem Becher aufsteigen zu hören.

Er war ein Stück außerhalb von Featherbank nicht eben im besten Viertel in eine abseits gelegene Straße gezogen, teils aus finanziellen Gründen, hauptsächlich aber aufgrund der Privatsphäre. Eins der Nachbarhäuser stand leer, und die übrigen Nachbarn blieben auf Abstand, sogar wenn sie besoffen waren. Die Hecken zu beiden Seiten überwucherten die schmale Zufahrt, sodass niemand sehen konnte, wer hier kam oder ging, und Straßenverkehr gab es auch keinen: Hier fuhr niemand gezielt hin, und man kam hier auch nicht rein zufällig auf dem Weg woandershin durch. Oder um es direkt zu sagen: Dies hier war ein Ort, den man wenn möglich mied.

Francis stellte sich gern vor, dass seine Anwesenheit dazu beitrug. Dass wer immer sich hierher verirrte, instinktiv ahnte, dass man sich hier besser nicht aufhalten sollte.

Tatsächlich fast wie in Jake Kennedys altem Haus.

Im Gruselhaus.

Er konnte sich noch aus seiner Kindheit an diese Scheußlichkeit erinnern. Unter den Kindern schien es immer schon allgemein bekannt gewesen zu sein, dass es dort gefährlich war, auch wenn keiner von ihnen hätte sagen können, warum. Einige hatten behauptet, dass es dort spukte; andere, dass dort früher ein Mörder gelebt hätte. Das alles entbehrte natürlich jeder Grundlage. Wenn sie Francis nicht mit der gleichen Haltung begegnet wären, hätte er ihnen den wahren Grund nennen können, warum das Haus gruselig war. Aber es hatte niemanden gegeben, dem er es je hätte erzählen können.

Das alles war eine gefühlte Ewigkeit her. Er fragte sich, ob die Polizei wohl die Spuren seines früheren Lebens gefunden hatte. Aber selbst wenn – was spielte es noch für eine Rolle? Er hatte außer ein bisschen Staub kaum etwas dort zurückgelassen. Er wusste noch gut, wie leicht es gewesen war – wie einfach es war, in die Haut eines anderen zu schlüpfen, wenn man wollte. Es hatte ihn keine tausend Pfund gekostet, von einem Typen, der sechzig Meilen südlich von hier wohnte, Papiere unter neuem Namen zu bekommen. Dann hatte er mit seiner Verwandlung beginnen können – genau wie eine Raupe irgendwann aus ihrem Kokon schlüpfte: lebendig und kraftvoll und nicht wiederzuerkennen.

Und doch waren Spuren jenes verängstigten, hasserfüllten Jungen zurückgeblieben. Francis hieß er schon seit Jahren nicht mehr, nur in Gedanken nannte er sich noch so. Er konnte sich gut daran erinnern, wie sein Vater ihn gezwungen hatte mitanzusehen, was er den Jungen antat. Er hatte seinem Vater nur zu klar vom Gesicht ablesen können, dass er Francis hasste und ihm das Gleiche angetan hätte, wenn er gekonnt hätte. All die Jungen, die er auf dem Gewissen hatte, waren immer nur Stellvertreter für jenes Kind gewesen, das er von allen am meisten gehasst hatte. Und Francis war immer klar gewesen, wie wertlos, wie widerlich er selbst gewesen war.

Er hatte die Jungen, die im Lauf all der Jahre vor seinen Augen ermordet worden waren, nicht retten können, genauso wenig wie er dem Kind, das er selbst einst gewesen war, hatte helfen oder Trost spenden können. Doch jetzt konnte er es wiedergutmachen. Weil es dort draußen in der Welt so viele Kinder wie ihn gab, und noch war es nicht zu spät, sie zu retten und zu beschützen.

Jake und er würden einander guttun.

Francis nippte an seinem Kaffee. Dann sah er hinauf in den Nachthimmel und dessen bedeutungslose Sternenmuster. Seine Gedanken wanderten zurück zu dem Haus, wo er zu Gewalt hatte greifen müssen. Seine Haut vibrierte immer noch, wenn er daran zurückdachte, und er wusste, dass er von diesem Gefühl besser Abstand nahm. Denn auch wenn er bereits im Vorfeld gewusst hatte, dass es an dem Abend zu einer körperlichen Auseinandersetzung kommen würde, war er überrascht, wie natürlich es sich angefühlt hatte, als es dann so weit gewesen war. Er hatte schon einmal getötet, und es wieder zu tun war ihm leichtgefallen. Es war, als hätte all das, was er Neil Spencer hatte antun müssen, in ihm einen Schlüssel herumgedreht und Bedürfnisse freigelassen, derer er sich zuvor nur vage bewusst gewesen war.

Aber es hatte sich doch gut angefühlt?

Kaffee schwappte ihm über die Finger, und als er darauf hinabblickte, zitterte seine Hand ganz leicht.

Er gemahnte sich zur Ruhe.

Auch wenn ein Teil von ihm keine Ruhe geben wollte. Es war nicht zu leugnen, dass ihm der Tötungsakt Spaß gemacht hatte. Er hatte bislang einfach nur Angst gehabt, sich das einzugestehen. Doch wenn er jetzt daran zurückdachte, konnte er sich sogar vorstellen, dass sein Vater dort bei ihm gewesen war.

Ihm zugesehen hatte.

Anerkennend genickt hatte.

Jetzt hast du es verstanden, was, Francis?

Ja. Jetzt verstand er, warum sein Vater ihn so sehr gehasst

hatte. Weil er eine derart wertlose Kreatur gewesen war. Aber das war er nicht mehr, und er fragte sich, wie es sich anfühlen mochte, seinem Vater jetzt in die Augen zu sehen. *Ich bin genau wie du, siehst du?*

Du musst mich nicht mehr hassen.

Francis schüttelte den Kopf. Herrgott, was dachte er denn da? Was mit Neil passiert war, war ein Versehen gewesen. Er musste sich konzentrieren; jetzt hatte er Jake, um den er sich kümmern musste.

Den er beschützen musste. Den er lieben musste.

Denn war das nicht, was jedes Kind wollte und brauchte? Von den Eltern geliebt und geschätzt zu werden? Bei dem Gedanken zog sich ihm das Herz zusammen.

Tief im Innern wollten sie alle nichts mehr als das.

Er nahm einen letzten Schluck und verzog das Gesicht. Der Kaffee war kalt geworden, und er kippte den Rest ins Gebüsch neben der Schwelle und ging wieder hinein, verließ die kalte Außenwelt für die stille Welt drinnen.

Zeit, dem Jungen eine gute Nacht zu wünschen.

Keine Fehler mehr.

Aber als er nach oben zu Jake lief, musste er doch wieder an Neil Spencer denken und daran, wie es sich angefühlt hatte, ihn zu töten.

Ich bin genau wie du, siehst du?

Und er fragte sich, ob es am Ende vielleicht doch kein so schlimmer Fehler gewesen war.

55

Wenn man aus einem Albtraum aufwachte, sollte alles doch wieder gut sein.

Und nicht so.

Als Jake die Augen aufgeschlagen hatte, war er verwirrt gewesen. Es war zu hell in seinem Zimmer, das Licht brannte, und das war verkehrt. Dann erst sah er, dass es sich gar nicht um sein Zimmer handelte, sondern um das eines anderen Kindes, und auch das war verkehrt. Doch sein Kopf fühlte sich schwer an, was er sich nicht erklären konnte – er wusste nur, dass sich ihm vor lauter Verkehrtheit das Herz zusammenkrampfte. Alles hatte sich gedreht, als er sich aufgesetzt hatte. Und dann war eine Erinnerung wiedergekehrt, und sein Herz krampfte sich noch fester zusammen und presste Panik in seinen ganzen Körper.

Er hätte zu Hause sein müssen. Und dort war er gewesen. Aber dann war dieser Mann die Treppe heraufgekommen, in sein Zimmer, und etwas war in seinem Gesicht gelandet … und dann …

Nichts mehr.

Bis er hier wieder aufgewacht war.

Das war jetzt vielleicht zehn Minuten her. Erst hatte er geglaubt, es wäre schon wieder ein Albtraum, ein neuer, weil es sich definitiv so angefühlt hatte. Aber noch ehe er sich hatte kneifen können, war klar gewesen, dass es für einen Albtraum zu echt war. Die Angst war zu stark. Wenn er geschlafen hätte, wäre er inzwischen längst davon aufgewacht. Er hatte sich wieder daran erinnert, wie er von dem Mann gehört hatte, der Neil Spencer mitgenommen und ihn verletzt hatte, und fragte sich, ob dies hier nicht am Ende doch ein Albtraum war, nur eben nicht die Sorte, von der man aufwachte. Die Welt war voller schlechter Menschen. Voller Albträume, die nicht immer nur dann stattfanden, wenn man schlief.

Jetzt sah er zur Seite.

Das kleine Mädchen saß neben ihm!

»Du bist ...«

»Pssst! Sei leise!« Sie sah sich in dem Zimmerchen um und schluckte trocken. »Du darfst ihm nicht verraten, dass ich hier bin.«

Was sie tatsächlich nicht war – tief im Innern wusste er das. Aber er war so froh, sie zu sehen, dass er darüber gar nicht nachdenken wollte. Allerdings hatte sie recht. Der Mann durfte nicht hören, wie er sich mit jemandem unterhielt. Das wäre ...

»Richtig schlecht?«, flüsterte er.

Sie blickte ernst drein und nickte.

»Wo bin ich?«, wollte er wissen.

»Ich weiß nicht, wo du bist, Jake. Du bist, wo du bist, und deshalb bin ich auch hier.«

»Weil du mich nicht verlässt?«

»Ich verlasse dich nicht. *Niemals.*« Sie sah sich erneut um. »Und ich gebe mein Bestes, um dir zu helfen, aber beschützen kann ich dich nicht. Das hier ist ernst. Das weißt du, oder? Das hier ist meilenweit davon entfernt, richtig zu sein.«

Jake nickte. Hier war alles verkehrt, und er war nicht in Sicherheit, und mit einem Mal war ihm das alles zu viel.

»Ich will zu Daddy.«

Vielleicht war es lächerlich, so was zu sagen, aber als er es erst einmal ausgesprochen hatte, konnte er nicht mehr an sich halten. Er flüsterte es wieder und immer wieder und fing dann an zu weinen und dachte sich, wenn man sich etwas nur stark genug wünschte, ging es vielleicht in Erfüllung. Aber das würde es nicht. Es fühlte sich an, als wäre Daddy eine ganze Welt entfernt.

»Bitte versuch, leise zu sein.« Sie legte ihm die Hand auf die Schulter. »Du musst tapfer sein.«

»Ich will zu meinem Daddy.«

»Er findet dich. Du weißt, dass er dich findet.«

»Ich will zu Daddy!«

»Komm schon, Jake, bitte!« Ihr Griff verstärkte sich, war irgendwas zwischen beruhigend und verängstigt. »Du musst ganz leise sein.«

Er gab sich alle Mühe, das Weinen zu ersticken.

»Schon besser.«

Sie bewegte die Hand, war für einen Moment still und lauschte.

»Ich glaube, im Moment ist es okay. Jetzt müssen wir also so viel wie möglich darüber herausfinden, wo wir sind. Weil uns das einen Hinweis darauf liefern könnte, wie wir von hier wieder wegkommen. Okay?«

Er nickte. Er hatte immer noch Angst, aber was sie da sagte, war richtig.

Er stand auf und sah sich im Zimmer um.

Auf der einen Seite war die Wand nur brusthoch, ehe sie nach innen kippte, so wie es Dächer taten, was bedeutete, dass sie sich auf einem Dachboden befinden mussten. Er war noch nie zuvor auf einem gewesen. Er hatte sich Dachböden immer dunkel vorgestellt, staubig, mit groben Dielenbrettern und Umzugskisten und Spinnen, aber hier lag normaler Teppichboden, und die Wände waren weiß, und an der Unterkante war Gras hingemalt worden und darüber Bienen und Schmetterlinge. Es hätte schön aussehen können, wäre da nicht die nackte Glühbirne unter der Decke, die grelles Licht verbreitete und alles irgendwie irreal wirken ließ. Vor der abgeknickten Wand stand ein Schränkchen mit Kuscheltieren. An einer anderen ein schmaler Kleiderschrank. Er warf einen Blick über die Schulter. Das Bett war mit *Transformers*-Bettwäsche bezogen, die alt und abgewetzt aussah.

Dann war er also wirklich im Zimmer eines anderen Kindes. Nur dass es sich nicht richtig oder natürlich anfühlte, hier zu sein, als wäre das Zimmer nie wirklich dafür vorgesehen gewesen, einen echten Jungen zu beherbergen.

In der Wand gegenüber war eine Tür. Er lief nervös darauf zu und schob sie auf. Ein Klo mit Waschbecken. In einem kreisrunden Handtuchhalter hing ein Handtuch, und auf dem Waschbeckenrand lag Seife. Er zog die Tür wieder zu. Als er sich umdrehte, entdeckte er eine Art schmalen Flur, der von der Zimmerecke abging, allerdings auch nur ein Stück weit, ehe er vor einer zweiten Wand endete. Er lief darauf zu und fand sich am oberen Ende eines dunklen Treppenaufgangs wieder. Am unteren Ende befand sich eine verschlossene Tür.

Ein hölzerner Handlauf an der Wand …

Jake wich zurück, noch ehe er den Fuß der Treppe deutlich vor sich sah. Er rannte zurück, auf das Bett zu.

Nein, nein, nein!

Die Treppe sah fast genauso aus wie die in ihrem alten Haus. Und das hieß, dass er sich nicht ansehen durfte, was … Sein Herz raste viel zu schnell. Es fühlte sich an, als bekäme er keine Luft mehr.

»Setz dich, Jake.«

Nicht einmal das bekam er hin.

»Ist schon okay«, sagte das Mädchen. »Atme einfach ganz ruhig.«

Er schloss die Augen und konzentrierte sich darauf. Erst fiel es ihm schwer, doch dann kam wieder Luft, und sein Puls beruhigte sich ein wenig.

»Setz dich hin.«

Er tat wie geheißen, sie legte ihm wieder die Hand auf die Schulter und schwieg eine Weile, machte bloß leise, beruhigende, beschwichtigende Geräusche. Als er seine Atmung wieder unter Kontrolle gebracht hatte, bewegte sie die Hand, sagte aber immer noch nichts. Er konnte ihr ansehen, dass er für sie die Treppe runtergehen und an der Tür würde nachsehen müssen, aber das würde er nicht fertigbringen – niemals. Die Treppenstufen waren unerreichbar. Da konnte er nicht hin, selbst wenn ...

»Wahrscheinlich ist die Tür sowieso abgeschlossen«, sagte sie.

Jake nickte erleichtert – weil sie recht hatte, und das hieß doch, dass er nirgendshin gehen musste. Was aber, wenn der Mann ihn dazu zwingen würde? Darüber wollte er gar nicht nachdenken. Viel zu schrecklich. Er würde es nicht schaffen, und er glaubte nicht daran, dass der Mann ihn tragen würde.

»Weißt du noch, was dein Daddy dir damals geschrieben hat?«, fragte das Mädchen.

»Ja.«

»Dann sag es.«

»Wir haben einander immer noch lieb, auch wenn wir streiten.«

»Und das ist wahr«, sagte sie. »Aber dieser Mann, der ist anders.«

»Was meinst du?«

»Ich glaube, du musst hier sehr, sehr brav sein. Ich glaube nicht, dass du es dir leisten kannst, mit ihm zu streiten.«

Sie hatte recht, schoss es ihm durch den Kopf. Wenn dieser Mann ein schlechter Mensch wäre, dann wäre es nicht wie mit

Daddy, bei dem hinterher immer alles gut wurde. Er fragte sich, ob der Kinderflüsterer wütend auf ihn werden könnte, wenn es hier alles andere als glattliefe.

Unvermittelt sprang das Mädchen auf.

»Ins Bett! Schnell!«

Sie sah so verängstigt aus, dass er intuitiv wusste, dass er nicht mehr genug Zeit hätte, um nach dem Grund zu fragen. Er schlug die Decke zurück und schlüpfte darunter. Sobald er in diesem seltsamen kleinen Bett lag, hörte er, wie unten ein Schlüssel im Schloss herumgedreht wurde.

Der Mann kam.

»Augen zu«, sagte sie eindringlich. »Tu so, als würdest du schlafen!«

Jake kniff die Augen zusammen. Normalerweise war es kinderleicht, so zu tun, als würde man schlafen – das machte er zu Hause die ganze Zeit, weil er wusste, dass Daddy ständig nach ihm sah, solange er wach war, und er wollte nicht schwierig sein. Hier fiel es ihm schwerer. Doch sobald er die Treppenstufen knarzen hörte, zwang er sich, ruhig und gleichmäßig zu atmen, so wie Leute es taten, wenn sie schliefen, und er entspannte die Augenlider, weil schlafende Leute sie nicht zusammenkniffen, und dann …

Und dann stand der Mann im Zimmer.

Jake konnte ihn leise atmen hören, und dann spürte er die Nähe des Mannes wie eine schreckliche Präsenz neben sich. Seine Gesichtshaut begann zu jucken, und er wusste genau, dass der Mann jetzt direkt neben dem Bett stand und auf ihn herabblickte. Herabstarrte. Jake hielt die Augen geschlossen. Solange er schlief, konnte er nicht unartig sein, oder? Da lief er nicht Gefahr, in einen Streit zu geraten. Er war wie ein braver Junge ins Bett gegangen, sogar ganz ohne dass es ihm aufgetragen worden wäre.

Ein paar Sekunden lang herrschte Stille.

»Da schau ihn sich einer an«, flüsterte der Mann.

Seine Stimme klang verwundert, als hätte er nicht erwartet, hier oben auf einen kleinen Jungen zu treffen. Jake zwang sich dazu, nicht zurückzuzucken, als ihm eine Haarsträhne aus dem Gesicht gestrichen wurde.

»So perfekt.«

Hatte er die Stimme nicht schon mal gehört? Jake war sich nicht sicher. Und er würde ganz bestimmt nicht die Augen aufschlagen, um nachzusehen. Der Mann machte einen Schritt zurück und entfernte sich leise.

»Ich werde gut auf dich aufpassen, Jake.«

Ein Klicken, und hinter seinen Lidern wurde es tief dunkel.

»Du bist jetzt in Sicherheit. Ehrenwort.«

Jake atmete weiter langsam und ruhig, während der Mann die Treppe wieder hinunterlief, die Tür hinter sich zuzog und den Schlüssel herumdrehte. Nicht einmal da traute er sich, die Augen wieder aufzumachen. Er musste an das denken, was das Mädchen über Daddy gesagt hatte. Dass der ihn finden würde.

Wir haben einander immer noch lieb, auch wenn wir streiten.

Daran glaubte er. Daddy liebte ihn und beschützte ihn, und ganz gleich, wie wütend sie beide waren – am Ende landeten sie doch wieder beieinander, als wäre nie etwas passiert.

Allerdings war da auch ein kleiner Teil von ihm, der wusste, dass er es Daddy schwer gemacht hatte. Dass er oft eher eine Belastung denn eine Hilfe gewesen war. Daddy war gestern Abend ohne ihn weggegangen. Er fragte sich, ob Daddy – wo immer er gerade steckte – vielleicht sogar froh war, dass er sich nicht mehr mit Jake herumschlagen musste.

Nein.

Daddy würde ihn finden.

Endlich schlug Jake die Augen auf. Im Zimmer war es jetzt rabenschwarz – aber das kleine Mädchen, das neben dem Bett stand, leuchtete wie Kerzenlicht, allerdings strahlte das Licht entlang ihrer Silhouette nicht aus oder erhellte das kleine Dachbodenzimmer.

»Was machen wir jetzt, Jake?«, flüsterte sie.

»Ich weiß es nicht.«

»Was sind wir?«

Erst jetzt verstand er es.

»*Tapfer*«, flüsterte er zurück. »Wir sind jetzt tapfer.«

56

Ich kam nur langsam zu mir und wusste nicht, wo ich war. Das Zimmer war mir völlig unbekannt, dunkel und voller merkwürdiger Schatten. Wo war ich? Ich hatte keine Ahnung – ich wusste lediglich, dass es falsch war, hier zu sein. Wo immer *hier* war – ich sollte woanders sein, und musste unbedingt …

Karens Wohnzimmer.

Jetzt fiel es mir wieder ein. Jake war verschwunden.

Ich saß einen Moment lang still auf dem Sofa, und mein Herz hämmerte wie wild.

Mein Sohn war entführt worden.

Die Vorstellung war komplett irreal, trotzdem wusste ich, dass es wahr war, und die Panikschübe, die daraufhin einsetzten, fühlten sich an wie Adrenalinstöße, die mir selbst den letzten Rest Schläfrigkeit austrieben. Wie hatte ich in dieser Lage überhaupt einschlafen können? Ich war zutiefst erschöpft, und das Grauen, das in meinem Innern simmerte, war inzwischen kaum mehr zu ertragen. Vielleicht war ich ja so müde und erschlagen gewesen, dass mein Körper schlicht für eine Weile den Betrieb eingestellt hatte?

Ich griff nach meinem Handy. Es war fast sechs Uhr morgens, ich hatte also nicht allzu lange geschlafen. Karen war irgendwann in den frühen Morgenstunden ins Bett gegangen. Sie hatte darauf bestanden, wach zu bleiben und mit mir auf Nachrichten zu warten, war aber von den Ereignissen des

Abends genauso angeschlagen gewesen, und schließlich hatte ich sie doch davon überzeugen können, dass zumindest einer von uns sich ein wenig ausruhen sollte. Bevor sie nach oben gegangen war, hatte sie mich gebeten, sie zu wecken, sobald es Neuigkeiten gäbe. Aber es hatte sich nichts verändert.

Außer dass Jake inzwischen mehrere Stunden länger in der Gewalt desjenigen war, der ihn sich geholt hatte.

Ich stand auf, machte Licht und fing an, im Wohnzimmer auf und ab zu tigern. Wenn ich mich nicht bewegte, würden mich meine Gefühle überwältigen. Der schmerzhafte Wunsch, wieder mit Jake zusammen zu sein, kollidierte mit der Gewissheit, dass ich ihn nicht zu mir holen konnte, und unter der Anspannung krümmte sich das Herz in meiner Brust zusammen.

Immer wieder rief ich mir sein Gesicht ins Gedächtnis – ein so lebendiges Bild, dass ich mir ausmalte, ich könnte die Hand nach ihm ausstrecken und seine weiche Wange berühren. Er musste zutiefst verängstigt sein. Er musste sich verloren fühlen, fassungslos und entsetzt. Er würde sich fragen, wo ich steckte und warum ich ihn noch nicht gefunden hatte.

Wenn er das überhaupt noch konnte.

Ich schüttelte den Kopf. Solche Gedanken durfte ich nicht haben. DI Beck hatte mir gestern Abend versichert, dass sie ihn finden würden, und ich musste ihr glauben. Denn wenn ich es nicht täte, wäre alles vorbei. Sein Tod wäre das Ende der Welt: ein Hammerschlag über den Kopf, der jeden vernünftigen Gedanken zunichtemachte. Meine Welt bliebe für immer stehen.

Er lebt.

Ich stellte mir vor, wie er nach mir rief und dass ich es irgendwie in meinem Herzen hörte. Es fühlte sich nicht wie ein Hirngespinst an, eher wie seine echte Stimme, die auf einer Wellenlänge heranwehte, auf die ich mich beinahe, aber noch nicht ganz perfekt eingestellt hatte. Aber war das wirklich so abwegig? Es hatte in letzter Zeit so viele unerklärliche Vorgänge gegeben.

Und es spielte auch keine Rolle.

Er lebte. Ich konnte ihn immer noch fühlen, also musste er am Leben sein.

Ich formulierte im Kopf, was ich ihm sagen wollte, ganz klar und unmissverständlich, und schickte meine Gedanken so nachdrücklich hinaus ins Universum, wie ich nur konnte, auf dass die Nachricht ihn erreichte. Auf dass er sie in seinem Herzen empfinge und ihre Wahrheit fühlte.

Ich liebe dich, Jake.

Und ich werde dich finden.

Wenig später erwachte das Haus zum Leben.

Karen hatte gesagt, ich sollte mich in der Küche einfach bedienen. Ich lehnte an der Arbeitsfläche, trank schwarzen Kaffee und sah zu, wie sich am Horizont das Dämmerlicht entfaltete, als über mir die Dielenbretter anfingen zu knarzen. Ich stellte den Wasserkocher noch mal an. Ein paar Minuten später kam Karen herunter. Sie war schon fertig angezogen, sah aber mitgenommen aus.

»Irgendwas Neues?«, fragte sie.

Ich schüttelte den Kopf.

»Aber hast du sie angerufen?«

»Noch nicht.« Davor war ich bislang zurückgeschreckt. Zum einen mussten sie sich darauf konzentrieren, Jake zu finden, und da wollte ich nicht stören. Zum anderen erfuhr ich auf die Weise nichts, was ich nicht hören wollte. »Das mache ich noch, aber wenn irgendetwas passiert wäre, hätten sie sich gemeldet.«

Der Wasserkocher schaltete sich ab. Karen löffelte Instantkaffee in einen Becher.

»Was hast du Adam erzählt?«, fragte ich.

»Nichts. Er weiß, dass du da bist und auf der Couch geschlafen hast, aber sonst hab ich ihm nichts gesagt.«

»Ich geh ihm aus dem Weg.«

»Musst du nicht.«

Also blieb ich erst einmal in der Küche stehen, als Adam herunterkam. Karen machte ihm Frühstück, und er setzte sich damit im Wohnzimmer vor den Fernseher. Vor dem Küchenfenster wurde der Tag allmählich heller. Ein neuer Morgen. Ich hörte mit halbem Ohr der Sendung im Nachbarzimmer zu und war verblüfft, dass das Leben einfach so weiterzugehen schien. So wie es das eben tat. Wie erstaunlich das ist, wird einem erst in Situationen wie meiner klar.

Karen drückte mir ihren Ersatzschlüssel in die Hand, bevor sie mit Adam losging.

»Wann kommt dieser Opferschutzmensch?«, fragte sie.

»Keine Ahnung.«

Sie legte mir die Hand an den Arm. »Ruf sie an, Tom.«

»Mach ich.«

Dann sah sie mich kurz traurig und ernst an, beugte sich vor und gab mir einen Kuss auf die Wange.

»Ich fahr mit dem Auto. Bin gleich wieder da.«

»Okay.«

Als die Haustür ins Schloss fiel, ließ ich mich zurück aufs Sofa fallen. Mein Handy lag in greifbarer Nähe, und ja, ich hätte die Polizei anrufen können, aber ich wollte nicht erzählt bekommen, was ich doch bereits wusste.

Dass Jake immer noch irgendwo dort draußen war.

Dass er immer noch in Gefahr schwebte.

Also griff ich stattdessen zu dem Gegenstand, den ich von zu Hause mitgenommen hatte. Sein *Päckchen mit Besonderen Sachen*.

Auch wenn ich rein körperlich nicht bei ihm sein konnte, konnte ich mir so zumindest einbilden, dass ich ihm näher wäre. Ich war mir des Gewichts, der Wichtigkeit dessen bewusst, was ich da in der Hand hielt. Jake hatte mir nie verboten, mir anzusehen, was in dem Päckchen lag, aber das war auch nie nötig gewesen. Was darin steckte, war seine Sache, nicht meine. Er war alt genug, Geheimnisse haben zu dürfen. Und so groß die Versuchung manchmal gewesen war, hatte ich sein Vertrauen bislang nie missbraucht.

Vergib mir, Jake!

Ich zog den Verschluss auf.

Ich muss mich dir einfach nur näher fühlen.

57

Als Francis aufwachte, war es mucksmäuschenstill im Haus.

Eine Weile lag er noch reglos im Bett, starrte zur Decke empor und lauschte. Nicht das geringste Geräusch. Bewegung konnte er auch nicht ausmachen. Trotzdem konnte er die Anwesenheit des Jungen direkt über ihm spüren, und das Haus fühlte sich sofort voller an. Als steckte mehr Potenzial darin.

Das Kind ist dort oben.

Dass es so still und ruhig war, verlieh ihm neuen Mut, denn natürlich sollte es genau so sein – und das bedeutete, dass Jake sich die Lage bewusst gemacht hatte und zufrieden damit war. Vielleicht freute er sich sogar darüber, ein neues Zuhause zu haben.

Wie schnell er sich in der vergangenen Nacht hier eingelebt hatte. Als Francis noch mal nach oben gegangen war, um nach ihm zu sehen, hatte der Junge friedlich in seinem Bett gelegen und geschlafen. Bei Neil Spencer hatte es am ersten Tag so viel Geschrei und Geheul gegeben, dass Francis – selbst in Anbetracht der Nachbarn, die er hatte oder nicht hatte –, froh über die Schallisolierung gewesen war, mit der er die Wände im Dachbodenzimmer verkleidet hatte. Mit Neil war er zu nachsichtig gewesen, hatte die Phase als vorübergehenden Tobsuchtsanfall abgetan, auch wenn ihm jetzt allmählich klar war, dass Neil von Anfang an schlecht gewesen war und es nie anders hatte enden können.

Vielleicht war Jake ja wirklich anders.

Ist er nicht, Francis.

Die Stimme seines Vaters.

Sie sind alle gleich.

All diese hasserfüllten kleinen Scheißkerle, die dich am Ende bloß enttäuschen.

Vielleicht war das ja wahr, aber für den Moment schob er den Gedanken beiseite. Er musste Jake eine Chance geben. Natürlich nicht annähernd so viele Chancen, wie er Neil gegeben hatte, aber zumindest die Möglichkeit, sein neues, glückliches Heim, in dem sich um ihn gekümmert und wo er aufrichtig umsorgt würde, schätzen zu lernen und zu genießen.

Francis ging duschen – was ihm immer ein Gefühl von Verletzlichkeit bescherte. Mit geschlossener Badezimmertür und dem lauten Rauschen des Wassers in den Ohren war unmöglich zu hören, was im Rest des Hauses vor sich ging, und als er die Augen schloss, stellte er sich unweigerlich vor, wie irgendetwas ins Bad gekrochen kam und sich direkt hinter dem Duschvorhang postierte. Eilig wusch er sich den Seifenschaum aus dem Gesicht, schlug die Augen auf und sah, wie das Wasser im Ausguss verschwand. Der Ausguss war nach Neil verstopft gewesen; er würde ihn ein weiteres Mal reinigen, wenn es so weit käme.

Du weißt genau, was du tun willst.

Sein Herz schlug ein bisschen zu schnell.

Unten machte er sich einen Kaffee und Frühstück, erledigte den Anruf, den er erledigen musste, und machte sich anschließend daran, das Essen für Jake zuzubereiten. Mit dem Unterarm wischte er Krümel von der Arbeitsfläche und schob zwei Hefebrötchen in den Toaster. Die waren übrig geblieben, hatten an den Rändern schon ein bisschen Schimmel angesetzt, aber das würde reichen. Francis hatte keine Ahnung, was Jake gern trinken wollte, aber da war noch die offene Flasche Orangensaft, die Neil nicht mehr hatte austrinken können, und auch die war okay.

Fang gleich so an, wie du später weitermachen willst.

Er trug Teller und Flasche nach oben, blieb dann auf dem Treppenabsatz stehen und presste das Ohr an die Tür zum Dachbodenzimmer.

Stille.

Dann war er sich mit einem Mal nicht mehr sicher. Er glaubte, etwas gehört zu haben. Sprach Jake dort drinnen im Flüsterton mit jemand anderem? Wenn ja, dann redete er so leise, dass Francis unmöglich hören konnte, was der Junge sagte. Unmöglich, überhaupt sicher zu sein, dass es wirklich so war.

Francis lauschte angestrengt.

Stille.

Dann wieder das Flüstern.

Ihm stellten sich die Nackenhaare auf. Hier oben war sonst niemand – niemand, mit dem Jake hätte reden können –, und doch beschlich Francis urplötzlich die irrationale Angst, dass dort noch jemand sein könnte. Dass er mitsamt dem Kind noch irgendwen – irgendwas – anderes mit in sein Haus geholt hatte. Etwas Gefährliches.

Vielleicht spricht er mit Neil?

Aber das war doch albern. Francis glaubte nicht an Geister. Als Kind war er manchmal in die Nähe der Tür zum Anbau geschlichen und hatte sich einen der Jungen vorgestellt, der bleich und weiß auf der anderen Seite gestanden und geduldig gewartet hatte. Hin und wieder hatte er sich sogar eingebildet, das Atmen durch die Holztür zu hören. Aber nichts davon war real gewesen. Geister bildete man sich nur ein. Und sie sprachen *durch* einen, nicht *mit* einem.

Er drehte den Schlüssel herum und machte die Tür auf und

trat dann vorsichtig ein, um dem Kind keine Angst einzujagen. Das Flüstern hatte aufgehört, und das irritierte ihn. Es missfiel ihm, dass Jake vor ihm Geheimnisse hatte.

In seiner Dachkammer saß der Junge auf seinem Bett, hatte die Hände sittsam auf die Knie gelegt, und Francis war erleichtert zu sehen, dass er bereits die Sachen angezogen hatte, die er für ihn in der Kommode bereitgelegt hatte. Weniger erfreut war er, als er sah, dass der Junge das Schränkchen mit Kuscheltieren nicht angerührt zu haben schien. Waren die vielleicht nicht gut genug oder was? Francis hatte sie schon so lange aufbewahrt, und sie bedeuteten ihm eine Menge; der Junge sollte dankbar sein, dass er damit spielen durfte. Er sah sich nach dem Schlafanzug um, den Jake getragen hatte. Er lag ordentlich zusammengelegt auf dem Bett. Das war gut. Den würde er brauchen, wenn er den Jungen zurückbringen müsste.

»Guten Morgen, Jake«, sagte er fröhlich. »Ich sehe, du hast dich schon umgezogen.«

»Guten Morgen. Ich konnte meine Schulsachen nicht finden.«

»Ich dachte mir, du könntest mal einen Tag hierbleiben.«

Jake nickte. »Das klingt gut. Holt mein Daddy mich nachher ab?«

»Also, *das* ist eine schwierige Frage.« Francis lief auf das Bett zu. Der Junge wirkte fast schon unheimlich ruhig. »Und eine, über die du dir fürs Erste keine Gedanken zu machen brauchst, nehme ich an. Du musst bloß wissen, dass du hier sicher bist.«

»Okay.«

»Und dass ich mich um dich kümmere.«

»Danke.«

»Mit wem hast du gerade gesprochen?«

Der Junge sah verwirrt aus. »Mit niemandem.«

»Doch, du hast mit jemandem gesprochen – wer war das?«

»Niemand.«

Francis verspürte den jähen Impuls, dem Jungen mit aller Kraft ins Gesicht zu schlagen.

»In diesem Haus wird nicht gelogen, Jake.«

»Ich lüge nicht.« Jake sah zur Seite, und für einen winzigen Augenblick hatte Francis das merkwürdige Gefühl, selbst eine Stimme zu hören, die nicht wirklich da war. »Vielleicht hab ich Selbstgespräche geführt. Tut mir leid, wenn es so war. Das passiert mir manchmal, wenn ich über Sachen nachdenke. Da bin ich mit den Gedanken woanders.«

Stumm dachte Francis über die Erklärung nach. Bis zu einem gewissen Grad ergab sie Sinn. Auch er verlor sich mitunter in einer Traumwelt. Das bedeutete doch, dass Jake und er einander ähnlich waren, und das war gewissermaßen gut.

»Daran arbeiten wir später«, sagte er. »Hier, ich hab dir Frühstück gebracht.«

Jake nahm Teller und Flasche entgegen und sagte Danke, ohne eigens dazu aufgefordert werden zu müssen, was ebenfalls gut war. Anscheinend hatte er irgendwo ein bisschen Benimm aufgeschnappt. Doch dann blickte er auf das hinab, was er in der Hand hielt, und schien nicht mehr essen zu wollen. Der Schimmel war immer noch zu sehen, stellte Francis fest. Eindeutig war das für den Jungen nicht gut genug.

Als Francis noch klein gewesen war, war es gut genug gewesen.

»Hast du gar keinen Hunger, Jake?«

»Im Moment nicht.«

»Du musst essen, wenn du groß und stark werden willst.« Francis lächelte ihn nachsichtig an. »Was willst du denn nach dem Essen machen?«

Jake zögerte. »Weiß nicht. Vielleicht ein Bild malen?«

»Das können wir arrangieren. Da helfe ich dir.«

Jake lächelte. »Danke.«

Doch dann schob er Francis' Namen hinterher, und Francis erstarrte. Der Junge hatte ihn eindeutig wiedererkannt, aber in einem anständigen Zuhause war kein Platz für Hemdsärmeligkeit. Ein Kind musste Disziplin an den Tag legen. Die Hackordnung musste klar definiert sein.

»Sir«, entgegnete Francis. »So nennst du mich hier. Hast du verstanden?«

Jake nickte.

»Weil wir in diesem Haus den Erwachsenen Respekt zollen. Hast du das verstanden?«

Jake nickte wieder.

»Und die Dinge schätzen, die sie für uns tun.« Francis zeigte auf den Teller. »Ich hab mir für dich alle Mühe gegeben. Bitte iss jetzt dein Frühstück.«

Für einen kurzen Moment wich die unheimliche Ruhe aus Jakes Gesicht, und er sah aus, als würde er gleich in Tränen ausbrechen. Er blickte wieder zur Seite.

Francis ballte die Faust.

Sei du bloß ungehorsam, schoss es ihm durch den Kopf.

Bloß ein einziges Mal.

Doch dann sah Jake wieder zu ihm hoch, wirkte wieder komplett ruhig und griff nach einem der Hefebrötchen. So hell, wie es hier oben war, konnte man den Schimmel am Rand ganz deutlich sehen.

»Ja«, sagte er. »Sir.«

58

Es fühlte sich an wie eine Grenzüberschreitung, als ich das Päckchen aufzog und hineinsah. Drinnen steckte ein Sammelsurium aus Zetteln, Bastelzeug und Modeschmuck – und an vieles davon konnte ich mich noch aus der Vergangenheit erinnern. Das Erste, was ich wiedererkannte, war ein buntes Armband, das sich rund um die Plastikschließe aufgewickelt hatte, wo Rebecca es, statt es zu kürzen, immer über die Hand gestreift hatte. Es stammte von einem Musikfestival, das wir zu Anfang unserer Beziehung besucht hatten, lange bevor wir überhaupt auch nur über Jake nachgedacht hatten, von seiner Geburt ganz zu schweigen. Rebecca und ich hatten mit Freunden gezeltet, die in den darauffolgenden Jahren zusehends aus unserem Leben verschwunden waren; wir hatten das Wochenende mit Trinken und Tanzen verbracht und uns um den Regen und die Kälte nicht geschert. Wir waren noch jung und sorglos gewesen, und wenn ich aus jetziger Sicht daran zurückdachte, kam das Armband einem Talisman für bessere Zeiten gleich.

Gute Wahl, Jake.

Ich erkannte auch ein kleines braunes Säckchen wieder, und meine Sicht verschwamm leicht, als ich es aufzog und den Inhalt in meine Handfläche leerte. Ein Zahn – so unglaublich klein, dass er sich wie Luft auf meiner Haut anfühlte. Der erste Milchzahn, den Jake verloren hatte, kurz nachdem Rebecca gestorben war. In der Nacht hatte ich ihm Geld unters Kopfkissen geschoben, zusammen mit einem Brief der Zahnfee, in dem sie ihm erklärte, dass er den Zahn unbedingt aufheben müsse, weil er besonders sei. Ich hatte ihn seither nicht mehr zu Gesicht bekommen.

Vorsichtig schob ich ihn zurück in das Säckchen und faltete dann ein Blatt Papier auseinander – es war das Bild, das ich für ihn gezeichnet hatte: der ungeschickte Versuch, uns beide nebeneinander zu zeigen, mit der darunterstehenden Nachricht.

Wir haben einander immer noch lieb, auch wenn wir streiten.

In diesem Moment kamen mir die Tränen. Wir hatten über die Jahre so oft gestritten. Wir, die wir einander so ähnlich waren und doch irgendwie nicht zueinanderkamen. Aber es stimmte: Ich hatte ihn jede Sekunde geliebt. Ich liebte ihn so sehr. Ich hoffte nur, dass er das wusste, wo immer er gerade steckte.

Ich sah auch die anderen Sachen durch. Sie fühlten sich heilig an und zugleich geheimnisumwittert und unzugänglich. Es gab noch mehr Blätter, und während einige für mich Sinn ergaben – zum Beispiel eine der wenigen Geburtstagseinladungen, die er bekommen hatte –, blieben andere vollkommen rätselhaft. Da waren ausgebleichte Eintrittskarten, Quittungen, Notizen in Rebeccas Handschrift – alles so augenscheinlich zusammenhanglos, dass ich nicht einmal ahnen konnte, warum Jake sie als *Besondere Sachen* eingestuft hatte. Aber vielleicht war es gerade die Unwichtigkeit – dass es sich um ganz kleine Dinge handelte –, die er gemocht hatte. Und es waren samt und sonders Erwachsenengegenstände, die er mangels Erfahrung noch nicht decodieren konnte. Doch seiner Mutter waren sie so wichtig gewesen, dass sie sie aufbewahrt hatte, und indem er die Dinge nur lange genug studierte, konnte er seine Mutter womöglich besser verstehen.

Dann war da auch noch ein viel älteres Blatt Papier – aus einem kleinen Ringbuch gerissen, sodass eine Kante ausgefranst war. Ich faltete es auseinander und erkannte augenblicklich Rebeccas Handschrift wieder. Es war ein Gedicht, das sie geschrieben hatte – als Teenager, nahm ich an, weil die Tinte so ausgebleicht war. Ich fing an zu lesen.

> Wenn die Tür halb offen steht, ein Flüstern zu dir rüberweht.
> Spielst du draußen ganz allein, findest du bald nicht mehr heim.
> Bleibt dein Fenster unverschlossen, hörst du ihn gleich daran klopfen.
> Denn jedes Kind, das einsam ist, holt der Flüsterer gewiss.

Ich las es gleich zweimal, blendete das Zimmer um mich herum aus, starrte erneut auf die Zeilen hinab, um ganz sicher zu sein. Es war Rebeccas Handschrift – ganz eindeutig. Eine weniger erwachsene Version der Schrift, die mir vertraut war, aber die Schrift meiner Frau hätte ich überall wiedererkannt.

Daher kannte Jake die Verse.

Von seiner Mutter.

Rebecca hatte sie schon als Mädchen gekannt, und sie hatte sie niedergeschrieben. Ich überschlug im Kopf, wie alt sie gewesen war, als Frank Carter seine Verbrechen verübt hatte. Dreizehn. Womöglich waren die Morde jene Art von Ereignis, die bei einem Mädchen ihres Alters Aufmerksamkeit erregt hatte.

Aber das erklärte noch nicht, woher sie die Verse kannte.

Ich legte das Blatt zur Seite.

Es steckten auch Fotos in Jakes Päckchen, die alle noch mit einer altmodischen Analogkamera aufgenommen worden sein mussten. Ich konnte mich gut daran erinnern, dass ich als

Kind auch mit so einer Kamera fotografiert hatte, und meine Mutter und ich hatten das Gleiche getan, was allem Anschein nach auch Rebecca und ihre Eltern mit diesen Bildern getan hatten – sie hatten Datum und Anlass auf der Rückseite notiert.

2. August 1983 – zwei Tage alt.

Ich drehte das Bild um. Darauf war eine Frau auf einem Sofa zu sehen, die ein Baby im Arm hielt. Rebeccas Mutter. Ich hatte sie flüchtig kennengelernt: als zupackende Frau mit einer Abenteuerlust, die sie ihrer Tochter vererbt hatte. Auf dem Bild sah sie zutiefst erschöpft, aber glücklich aus. Das Baby schlief, war in eine gelbe Wolldecke gewickelt. Dem Datum zufolge war klar, dass es sich um Rebecca handelte, auch wenn ich mir unmöglich vorstellen konnte, dass sie je so klein gewesen war.

21. April 1987 – beim Pu-Stöckchen spielen.

Auf diesem Bild war Rebeccas Vater abgebildet, der vor sattgrünem Hintergrund auf über einen Bach gelegten Latten stand und seine Tochter hochhielt, sodass sie einen Stock ins Wasser halten konnte. Sie grinste in die Kamera. Keine vier Jahre alt – und trotzdem war schon die Frau zu erkennen, die sie einmal werden würde. Schon damals hatte sie genau so gegrinst, wie ich es heute noch vor Augen sah.

3. September 1988 – erster Schultag.

Rebecca als kleines Mädchen in blauem Pullover und grauem Faltenrock stolz vor ihrer Schule … vor der Rose Terrace Primary School.

Sekundenlang starrte ich auf das Foto hinab. Inzwischen kannte ich die Schule, und das Mädchen auf dem Foto war eindeutig Rebecca – nur dass das eine nicht zum anderen passte. Doch es war ohne jeden Zweifel klar: Es waren derselbe Zaun, dieselben Stufen … Das Wort MÄDCHEN, das in den dunklen Stein über der Eingangstür gemeißelt war. Und das da war meine Frau als Schulkind, das vor dem Schulgebäude stand.

Erster Schultag.

Rebecca hatte hier in Featherbank gelebt.

Ich war sprachlos. Wie hatte ich das nicht wissen können? Wir hatten Rebeccas Eltern diverse Male an der Südküste besucht, bevor sie gestorben waren, und auch wenn ich mich vage daran erinnern konnte, dass sie umgezogen waren, als Rebecca noch jünger gewesen war, war dort ihr Zuhause gewesen: Von dort hatte sie nach eigener Ansicht gestammt. Dann wiederum hatte womöglich einfach erst dort ihr Leben als Teenager begonnen – dort hatte sie jene Freunde gefunden und Erfahrungen gemacht, die sie mit hinüber ins Erwachsenenleben genommen hatte. Und der Beweis dafür lag gerade vor mir. Rebecca hatte als Kind hier gelebt – oder zumindest in der Nähe, sodass sie hier zur Schule gegangen war. Nah genug, um den Kinderflüsterer-Vers aufzuschnappen.

Mir fiel wieder ein, wie fokussiert Jake auf unser künftiges Haus gewesen war, sobald er es auf meinem iPad gesehen hatte – wie alle anderen Treffer für ihn im selben Moment unsichtbar geworden waren, als er die Fotos von unserem Haus entdeckt hatte. Das konnte kein Zufall sein. Eilig sah ich die übrigen Fotos durch, die er aufbewahrt hatte. Die meisten waren Urlaubsschnappschüsse, doch ein paar Orte kamen mir ganz klar bekannt vor: Rebecca, die an der New Road Side Eis aß. Die sich im hiesigen Park auf der Schaukel in die Luft schwang. Die den Bürgersteig an der Hauptstraße auf einem Dreirad entlangfuhr.

Und dann …

Und dann unser Haus.

Dieses Foto war genauso unerklärlich wie das Schulfoto. Rebecca an einem Ort, an dem sie nicht hätte sein sollen und können. Doch dort stand sie auf dem Gehweg vor unserem neuen Haus, sogar mit einem Fuß auf der Zufahrt. Das Gebäude in ihrem Rücken, mit seinen schiefen Winkeln und ungleichmäßig gestreuten Fenstern, ragte bedrohlich über dem kleinen Mädchen auf, das gerade weit genug auf dem Grundstück stand, um seinen Mut unter Beweis gestellt zu haben.

Das hiesige Gruselhaus. Bei den Kindern eine beliebte Mutprobe, sich davor fotografieren zu lassen.

Deshalb hatte das Haus Jake regelrecht angesprungen, als er es im Internet entdeckt hatte. Weil der Anblick ihm vertraut gewesen war. Weil seine Mutter einst davorgestanden hatte.

Erst im nächsten Moment sah ich Rebecca ganz genau an. Sie war auf dem Foto sieben, acht Jahre alt, trug ein blau-weiß kariertes Kleid, das über dem verschrammten Knie endete. An jenem Tag musste es windig gewesen sein, weil ihr Haar zur Seite wehte.

Es war dasselbe Mädchen, das auf Jakes Bild neben ihm im Fenster gestanden hatte.

Ich kämpfte mit den Tränen, als mir alles klar wurde.

So lächerlich es auch war, ich hatte allmählich fast angefangen zu glauben, dass hinter der imaginären Freundin meines Sohnes mehr steckte als bloß Einbildungskraft. Und wahrscheinlich war es auch so – nur dass er keine Gespenster oder Geister sah. Seine imaginäre Freundin war die Mutter, die er so schmerzlich vermisste; die die Gestalt eines kleinen Mädchens in seinem Alter angenommen hatte. Jemand, der mit ihm spielte, so wie seine Mutter es immer getan hatte. Jemand, der ihm durch die schreckliche Welt hindurchhalf, in der er sich wiedergefunden hatte.

Ich drehte das Foto um.

1. Juni 1991, stand da. *Mutprobe.*

Erst jetzt fiel mir wieder ein, wie er am Tag unseres Umzugs von Zimmer zu Zimmer gerannt war, als hätte er jemanden gesucht, und es zerriss mir das Herz. Ich hatte ihn so sehr im

Stich gelassen. Es wäre auch so schon schwer für ihn gewesen, aber ich hätte mehr tun sollen und müssen, um ihm durch diese schwere Zeit hindurchzuhelfen. Ich hätte aufmerksamer sein müssen, für ihn da sein, hätte nicht ständig meinem eigenen Schmerz nachhängen dürfen. Dahingehend hatte ich versagt. Und so hatte er sich genötigt gefühlt, in einer Erinnerung Trost zu suchen.

Ich legte das Foto beiseite.

Es tut mir so leid, Jake.

Dann wandte ich mich den restlichen Gegenständen in seinem Päckchen zu – wozu immer es gut sein mochte. Jeder einzelne tat mir in der Seele weh. Weil ich inzwischen sicher war, dass ich meinen Sohn für immer verloren hatte, und so nahe wie hier und jetzt würde ich ihm für den Rest meines Lebens nie wieder sein.

Doch dann faltete ich ein letztes Blatt Papier auseinander. Und als ich sah, was sich darauf befand, erstarrte ich. Es dauerte einen Augenblick, bevor ich begriff, was darauf zu sehen war und was das bedeutete.

Ich griff zum Handy und rannte zur Haustür.

59

»Schön langsam«, sagte Amanda. »Was haben Sie gefunden?«

Sie hatte die ganze Nacht durchgearbeitet und spürte jetzt, da es auf neun Uhr morgens zuging, jede Minute in den Knochen. Sie war mehr als erschöpft. Ihre Gelenke schmerzten, und sie konnte kaum mehr einen klaren Gedanken fassen. Das Letzte, was sie jetzt brauchen konnte, war Tom Kennedy, der übers Telefon auf sie einredete, insbesondere da er genauso fahrig und wirr klang, wie sie sich fühlte.

»Hab ich doch gesagt«, rief er. »Ein Bild.«

»Ein Bild mit Schmetterlingen.«

»Genau.«

»Könnten Sie noch mal ganz langsam erklären, was es mit diesem Bild auf sich hat?«

»Es lag in Jakes *Päckchen mit Besonderen Sachen.*«

»Wo lag es?«

»Er hat Sachen gesammelt, Dinge, die eine Bedeutung für ihn haben. Dieses Bild war auch dabei. Und darauf sind dieselben Schmetterlinge zu sehen, die auch in der Garage waren.«

»Okay ...«

Amanda sah sich in der betriebsamen Einsatzzentrale um. Es schien hier genauso chaotisch zuzugehen wie in ihrem Kopf. *Konzentration.* Es gab also ein Bild mit Schmetterlingen. Und das schien Tom Kennedy etwas zu sagen – nur wusste sie immer noch nicht, was.

»Hat Jake dieses Bild gemalt?«

»Nein! Genau das ist doch der Punkt! Es sieht viel zu ordentlich aus. Es sieht aus, als hätte ein Erwachsener das Bild gemalt. Aber Jake *hat* Schmetterlinge gemalt – am Abend nach seinem ersten Schultag. Ich glaube, dass irgendwer ihm das Bild gegeben hat, um es nachzumalen. Wie hätte er sie sonst je gesehen? Sie waren immerhin in der Garage.«

»In der Garage …«

»Er muss sie also woanders gesehen haben. Und genau dort muss er sein. Irgendwer hat sie für ihn gezeichnet. Irgendwer, der sie gesehen hat.«

»Irgendwer, der in der Garage war?«

»Oder im Haus. Haben Sie das nicht selbst gesagt? Dass da noch andere Leute wie Norman Collins waren, die wussten, dass die Leiche dort lag? Und dass der Mann, der Jake entführt hat, einer von ihnen ist.«

Amanda dachte einen Moment schweigend darüber nach. Ja, genau das hatten sie angenommen. Und auch wenn Kennedys Entdeckung womöglich rein gar nichts zu bedeuten hatte, waren sie in der vergangenen Nacht auch nicht weitergekommen, warum also nicht in der Richtung weiterdenken.

»Wer hat das Bild gezeichnet?«, fragte sie.

»Das weiß ich nicht, aber es sieht neu aus, insofern könnte es jemand aus der Schule gewesen sein. Jake hat es an seinem ersten Schultag nach Hause gebracht, und deshalb hat er es auch gleich nachgemalt.«

Die Schule.

In den Tagen nach Neil Spencers Verschwinden hatten sie mit jedem gesprochen, der auch nur im Entferntesten Kontakt mit dem Jungen gehabt hatte, auch mit dem Lehrpersonal. Doch keiner davon war verdächtig gewesen. Außerdem war Jake doch gerade erst seit ein paar wenigen Tagen an dieser

Schule. Das Bild – sofern es denn überhaupt relevant war – konnte von überallher stammen.

»Aber Sie sind sich nicht sicher?«

»Nein«, antwortete Tom. »Aber da ist noch etwas. An dem Abend hat Jake mit jemandem geredet, der gar nicht da war. Er macht das manchmal, okay? Er hat imaginäre Freunde. Nur dass er diesmal sagte, es sei ›der Junge im Boden‹ gewesen. Wie hätte er über den Bescheid wissen können – und über die Schmetterlinge –, wenn ihm nicht irgendwer davon erzählt hätte?«

»Finden Sie nicht, das hätten Sie auch mal früher erwähnen können?«

Schlagartig war es still in der Leitung. Womöglich war es ein Schlag unter die Gürtellinie gewesen; immerhin war der Sohn dieses Mannes verschwunden, und gewisse Dinge ergaben tatsächlich nur in der Rückschau Sinn. Bilder und imaginäre Freunde. Monster, die durchs Fenster flüsterten. Erwachsene hörten Kindern oft nicht genau genug zu. Doch wenn Tom Kennedy ihr das hier früher erzählt hätte – und sofern sie ihm zugehört hätte –, wäre die Lage jetzt vielleicht eine andere. Dann würde sie hier nicht fix und fertig dasitzen, Pete läge nicht im Krankenhaus, und Jake wäre nicht verschwunden. Sie konnte gar nicht anders, als vorwurfsvoll zu klingen.

»Tom? Warum haben Sie das nicht schon früher erwähnt?«

»Ich hab nicht gewusst, was es bedeutet«, antwortete er.

»Na ja, vielleicht hat es auch gar nichts zu bedeuten, aber … Mist! Bleiben Sie kurz dran!«

Auf ihrem Bildschirm leuchtete das Notfallsignal auf. Amanda klickte die Meldung an. Liz Bamber, die Kollegin vom Opferschutz, stand bei Karen Shaw vor der Tür, doch niemand machte ihr auf. Stirnrunzelnd presste Amanda sich das Handy ans Ohr. Jetzt, da Tom aufgehört hatte zu sprechen, konnte sie im Hintergrund Verkehrslärm hören.

»Wo sind Sie?«, fragte sie ihn.

»Auf dem Weg zur Schule.«

Alarmiert lehnte sie sich nach vorn. »Bitte tun Sie das nicht.«

»Aber …«

»Nichts aber. Das hilft uns nicht weiter.«

Sie schloss die Augen und rieb sich die Stirn. Was zur Hölle dachte er sich eigentlich? Sein Sohn war verschwunden – insofern dachte er wahrscheinlich überhaupt nicht.

»Hören Sie zu«, sagte sie. »Hören Sie mir jetzt ganz genau zu. Gehen Sie zurück in Karen Shaws Wohnung. Eine Kollegin, Sergeant Liz Bamber, wartet dort auf Sie. Ich bitte sie, Sie hierher ins Revier zu bringen. Dann sehen wir uns die Sache mit dem Bild noch einmal an. Einverstanden?«

Er antwortete nicht. Sie sah regelrecht vor sich, wie er darüber nachdachte. Wie er hin- und hergerissen war zwischen der Entschlossenheit, Jake zu helfen, und der Autorität in ihrer Stimme.

»Tom? Machen Sie es nicht noch schlimmer.«

»In Ordnung.« Er legte auf.

Verdammt. Sie war sich nicht sicher, ob sie ihm glauben sollte – aber nun konnte sie fürs Erste ohnehin nichts weiter tun. Sie schickte Liz eine Nachricht und gab ihr entsprechende Anweisungen, dann lehnte sie sich auf ihrem Stuhl zurück und massierte sich das Gesicht.

Im nächsten Moment landete ein weiterer Bericht auf ihrem Schreibtisch. Sie schlug die Augen wieder auf, nur um eine neue, wenig hilfreiche Zeugenaussage zu überfliegen. Keiner der Nachbarn hatte etwas gesehen oder gehört. Irgendwie war es Francis Carter – oder David Parker oder wie immer er sich inzwischen nannte – gelungen, in das Haus einzudringen, einen Mordanschlag auf einen erfahrenen Ermittler zu verüben, ein Kind zu entführen und wieder zu verschwinden, ohne die geringste Aufmerksamkeit zu erregen. Er hatte Glück gehabt. Aber natürlich nicht nur Glück. Vor zwanzig Jahren mochte er ein verletzliches, fragiles Kind gewesen sein. Doch inzwischen war klar, dass er zu einem gestörten, gemeingefährlichen Mann herangewachsen war.

Sie seufzte.

Dann also die Schule, was immer ihnen das bringen mochte.

Nehmen wir uns die noch einmal vor.

60

Gehen Sie zurück in Karen Shaws Wohnung. Für einen kurzen Augenblick hatte ich geglaubt, dass ich genau das tun würde. DI Beck war immerhin die Polizei, und mein erster Impuls war zu tun, was die Polizei sagte. Außerdem klang immer noch nach, was sie mir vorgeworfen hatte. Zusätzlich zu all den anderen Aspekten, bei denen ich versagt hatte, war da tatsächlich zu vieles, was ich der Polizei vorenthalten hatte, und dass ich damit bloß versucht hatte, Jake zu beschützen, änderte nichts an der Tatsache, dass ich all dies hätte verhindern können.

Was bedeutete, dass ich schuld an seinem Verschwinden war.

Im Hinblick darauf konnte ich es DI Beck nicht verübeln, dass sie mich nicht ernst nahm, aber sie hatte nicht mit eigenen Augen gesehen, was Jake gezeichnet hatte. Irgendwer hatte ihm dieses Bild mitgegeben, damit er es nachzeichnete, und das erst kürzlich.

Warum hatte Jake es behalten? Was war daran für ihn besonders?

Ich wusste noch gut, was nach jenem ersten Tag passiert war. Wie wir miteinander gestritten hatten. Dass er gelesen hatte, was ich zuvor in den Computer getippt hatte. Wie fremd wir einander gewesen waren. Ich konnte mir nur einen Grund vorstellen, warum das Bild in seinem *Päckchen mit Besonde-*

ren Sachen gelandet war: Jake hatte es behalten wollen, weil irgendjemand ihm mit Freundlichkeit und Ermutigung begegnet war, die er von mir nicht bekommen hatte. Und mit dieser Erkenntnis war mein Beschluss gefasst.

Ich kam gerade noch rechtzeitig bei der Schule an. Die Türen waren immer noch offen, und es hielten sich immer noch ein paar Eltern und Kinder auf dem Schulhof auf. Ich hatte mir vorgenommen, ins Sekretariat zu marschieren – und hätte das auch getan, doch das Sekretariat war durch eine Sicherheitstür vom Rest des Schulgebäudes abgetrennt. Stattdessen würde ich auf direktem Weg Jakes Klassenzimmer aufsuchen.

Mit klopfendem Herzen rannte ich durch das Schultor und direkt an Karen vorbei, die sich gerade wieder auf den Heimweg machen wollte.

»Tom …«

»Moment!«

Mrs. Shelley stand an der offenen Tür, und die letzten Kinder liefen an ihr vorbei nach drinnen. Bei meinem Anblick sah sie erschrocken aus. Ich konnte mir vorstellen, dass ich ähnlich verzweifelt aussah, wie ich mich fühlte.

»Mr. Kennedy …«

»Wer hat das hier gemalt?« Ich faltete das Blatt Papier auseinander und hielt ihr das Schmetterlingsbild vor die Nase. »Wer hat das gezeichnet?«

»Ich weiß …«

»Jake ist verschwunden«, fiel ich ihr ins Wort. »Verstehen Sie das? Irgendwer hat sich meinen Sohn geholt. Jake ist nach seinem ersten Schultag mit diesem Bild hier nach Hause gekommen. Ich muss wissen, wer das für ihn gezeichnet hat.«

Sie schüttelte den Kopf. Ich hatte ihr zu viele Informationen auf einmal gegeben, als dass sie sie hätte verarbeiten können, und kämpfte jetzt gegen den Drang an, sie am Kragen zu packen und zu schütteln, damit sie endlich verstand, wie wichtig das hier war. Irgendwann dämmerte mir, dass Karen neben mir stand und mir sanft die Hand auf den Arm legte.

»Tom. Versuch dich wieder zu beruhigen.«

»Ich bin ruhig.« Ich ließ Mrs. Shelley nicht aus den Augen und tippte weiter auf das Schmetterlingsbild. »Wer hat das für Jake gezeichnet? Ein Lehrer? Waren Sie das?«

»Ich weiß es nicht!« Sie wirkte durcheinander; ich machte ihr Angst. »Ich bin mir nicht sicher ... Es könnte George gewesen sein.«

Mein Griff um das Blatt Papier verstärkte sich.

»George?«

»Er ist einer unserer Hilfslehrer. Aber ...«

»Ist er da?«

»Sollte er sein.«

Sie warf einen Blick über die Schulter, und mehr brauchte ich nicht – ich schob mich an ihr vorbei in den Schulflur.

»Mr. Kennedy!«

»Tom!«

Ich ignorierte beide, warf einen Seitenblick in Richtung der Garderobe, wo Jakes Klassenkameraden ihre Sachen aufhängten – wo auch Jakes hätte sein sollen –, und sprintete los, lief um die Ecke und erreichte die Aula, die voll war mit Schülern, die in Richtung ihrer jeweiligen Klassenzimmer schlenderten. Ich schob mich zwischen ihnen hindurch, blieb dann mitten in der Aula stehen, und der Raum drehte sich, während ich suchend hierhin und dorthin blickte, weil ich nicht wusste, welches Jakes Klassenzimmer war und wo sich dieser George befinden könnte. Ich wusste, dass ich Ärger bekommen würde, aber das war mir egal. Denn wenn ich Jake nicht fände, wäre mein Leben ohnehin vorbei, und wenn dieser George hier wäre, dann hätte es doch nicht geschadet ...

Adam! Am hinteren Ende der Aula sah ich, wie er seine Wasserflasche in einen Wagen stellte und durch eine Tür ging. Ich rannte hinter ihm her, sah noch, wie die Schulsekretärin und ein älterer Mann, wahrscheinlich der Hausmeister, vom entlegenen Ende über einen Flur in Richtung Aula eilten – Mrs. Shelley musste sie alarmiert haben. Bei einem Eindringling in der Schule war das wohl gerechtfertigt.

»Mr. Kennedy!«, rief die Sekretärin.

Doch ich hatte den Klassenraum bereits erreicht, bevor sie zu mir aufschließen konnten. Ich schlüpfte hinein – gerade achtsam genug, um nicht die Kinder vor mir über den Haufen zu rennen. Das Zimmer war eine Kakofonie aus Farben: die Wände gelb und mit – wie es schien – Hunderten laminierter Schaubilder tapeziert. Einmaleins-Tabellen. Bilder von Obst und einzelnen Ziffern. Kleine zeichentrickartige Figuren, die Dinge taten, die in den Bildunterschriften benannt wurden. Mein Blick schweifte über ein Meer aus kleinen Schulpulten und Stühlen und suchte nach einem Erwachsenen. Eine ältere Frau stand an der Stirnseite des Klassenzimmers, hielt ein Klemmbrett mit einer Anwesenheitsliste in der Hand und starrte mich verwirrt an, doch sie war die einzige Erwachsene, die ich sehen konnte.

Dann fühlte ich eine Hand an meinem Arm.

Als ich mich umdrehte, stand der Hausmeister mit entschlossenem Gesichtsausdruck neben mir.

»Sie dürfen hier nicht rein.«

»Schon in Ordnung.«

Ich musste mich zusammenreißen, um seine Hand nicht beiseitezuwischen. Aber es hätte nirgends hingeführt – George war nicht hier, wer immer er war. Doch bei dem Gedanken war ich so frustriert, dass ich die Hand am Ende doch abschüttelte.

»Schon gut!«

Vor dem Klassenzimmer zog der Hausmeister demonstrativ die Tür hinter uns zu. Mrs. Shelley marschierte mit dem Handy in der Hand auf uns zu. Ich fragte mich, ob sie bereits die Polizei gerufen hatte. Wenn ja, würden sie mich vielleicht jetzt endlich ernst nehmen.

»Mr. Kennedy …«

»Ich weiß. Ich darf hier nicht rein.«

»Das ist Hausfriedensbruch.«

»Dann schlagen Sie doch Alarm.«

Sie wollte schon etwas sagen, hielt dann aber den Mund. Wenn überhaupt, blickte sie besorgt drein.

»Sie haben gesagt, Jake ist verschwunden?«

»Ja«, erwiderte ich. »Jemand hat ihn gestern Abend entführt.«

»Das tut mir leid. Ich kann mir gar nicht vorstellen, was … Ich verstehe natürlich, dass Sie aufgebracht sind.«

Ich wusste nicht, ob sie das wirklich konnte. Ich war panisch und stand von Kopf bis Fuß unter Strom.

»Ich muss diesen George finden«, sagte ich.

»Er ist nicht hier.«

Die Sekretärin. Sie hatte die Arme verschränkt und sah wesentlich weniger nachsichtig aus als Mrs. Shelley.

»Wo ist er?«, wollte ich wissen.

»Tja, ich nehme an, zu Hause. Er hat sich vorhin krankgemeldet.«

Meine Panik steigerte sich zusehends. Das konnte kein Zufall sein. Das bedeutete doch, dass er *in diesem Moment* bei Jake war.

»Wo wohnt er?«

»Wir dürfen über unser Personal keine Auskunft erteilen.«

Ich dachte kurz darüber nach, an ihr vorbeizumarschieren und mir Zutritt zum Sekretariat zu verschaffen. Der Hausmeister stand mir im Weg, aber der Mann war über sechzig – den hätte ich im Handumdrehen überwältigt, wenn ich es versuchte. Dann käme die Polizei, würde mir eine Anzeige aufbrummen, aber vorher hätte ich genügend Zeit, die Aktenschränke im Sekretariat zu durchsuchen und zu finden, was ich brauchte. Falls ich nicht fündig würde, würde mir die Aktion nicht gerade weiterhelfen. Und Jake auch nicht, wenn ich letztlich in Polizeigewahrsam landete.

»Würden Sie denn der Polizei Auskunft erteilen?«, fragte ich stattdessen.

»Natürlich.«

Ich machte auf dem Absatz kehrt und marschierte denselben Weg zurück durch die Aula, den ich gekommen war. Sie kamen hinterher, um sicherzustellen, dass ich tatsächlich ging. Sobald ich draußen war, wurde die Tür hinter mir zugeschlagen und abgesperrt. Der Schulhof war mittlerweile verwaist; nur Karen wartete am Schultor auf mich und sah mir beunruhigt entgegen.

»Na, schönen Dank auch«, sagte sie. »Dafür hättest du verhaftet werden können.«

»Ich muss ihn finden.«

»Diesen George? Wer ist das?«

»Hilfslehrer. Er hat ein Bild für Jake gemalt, das er abmalen sollte – einen Schmetterling. Einen wie diejenigen, die ich bei der Leiche des Jungen in der Garage gefunden habe.«

Karen sah mich skeptisch an, und ich konnte es ihr nicht verübeln. Ich hatte ja schon bei meinem Telefonat mit DI Beck gemerkt, dass es kaum zu erklären war – die Person, die Jake entführt hatte, musste über die Leiche Bescheid gewusst haben und deshalb auch über die Falter und den Jungen im Boden. Mein Sohn war nicht verrückt, er war sensibel und einsam, und er musste all diese Dinge von jemandem erfahren haben. Von jemandem, der Kontakt zu ihm gehabt hatte.

Der in diesem Moment Kontakt zu ihm hatte.

»Was ist mit der Polizei?«, fragte Karen.

»Die glauben mir auch nicht.«

Sie seufzte.

»Ich weiß«, sagte ich. »Aber ich habe recht, Karen. Und ich muss Jake finden. Ich kann die Vorstellung nicht ertragen, dass ihm wehgetan wird. Dass er nicht bei mir ist. Dass alles meine Schuld ist. Ich *muss* ihn finden.«

Sie überlegte. Dann seufzte sie wieder. »George Saunders«, sagte sie. »Er ist der einzige George, der auf der Schul-Webseite aufgeführt ist. Ich hab seine Adresse rausgesucht, während du drin warst.«

»Oh, das ist aber …«

»Ich hab dir doch gesagt, ich bin ganz gut darin, Sachen herauszufinden.«

61

»Das solltest du vielleicht besser nicht zeichnen.«

Das kleine Mädchen klang beunruhigt. Sie tigerte in der kleinen Dachkammer auf und ab. Hin und wieder blieb sie stehen, um einen Blick auf sein Bild zu werfen. Bis eben hatte sie keinen Mucks gesagt, doch da hatte er auch noch das Haus und den ordentlich angelegten Garten gezeichnet, genau wie es ihm aufgetragen worden war: Er hatte die ausgefeilte Szenerie kopiert, die George ihm vorgezeichnet hatte – ehe er aufgegeben und angefangen hatte, stattdessen eine Schlachtszene zu malen.

Die Kreise verliefen immer rund und rundherum.

Kraftfelder. Oder Portale. Er konnte sich nicht entscheiden. Aber vielleicht tat das auch gar nichts zur Sache. Irgendetwas zum Schutz oder für die Flucht: Beides wäre gerade recht. Was immer ihn in Sicherheit brächte oder ihn von hier wegbeförderte, weg von George, von der grässlichen Präsenz, die er gerade so außer Sicht jenseits der Treppe pulsieren spürte. Er war sich nicht sicher, ob George die Tür abgeschlossen hatte, als er vorhin gegangen war, und er nahm an, dass das Mädchen sich wünschte, er schliche nach unten und sähe nach. Aber niemals. Nicht mal wenn er den direkten Weg zur Haustür wüsste, wäre …

»Bitte hör auf, Jake.«

Er gehorchte. Seine Hand zitterte ohnehin so heftig, dass er kaum den Stift halten konnte. Er hatte ihn so fest aufgedrückt, dass das Portal schon durch das Papier ritzte.

»Ich hab es so gut gemacht, wie ich konnte«, sagte er. »Ich kann das nicht.«

George hatte ihm vier Blatt Papier gegeben, und drei davon hatte er bereits verbraucht, um das Bild mit dem Haus und dem Garten abzuzeichnen. Aber es war einfach zu kompliziert. Ein Teil von ihm hatte den Verdacht, dass George das absichtlich machte – dass dies ein Test war, genau wie das eklige Frühstück ein Test gewesen war. Bei den Tests in der Schule wollten die Lehrer eindeutig, dass man sie bestand, aber er konnte sich nicht vorstellen, dass es mit George genauso war. Als Mrs. Shelley ihn am ersten Schultag auf Gelb gesetzt hatte, hatte Jake das Gefühl gehabt, dass sie das lieber nicht getan hätte. Aber bei George war es eher so, als suchte er regelrecht nach Gründen, warum Jake direkt auf Rot rutschen sollte.

Also hatte er es versucht. Er hatte sich alle Mühe gegeben. Und er hatte noch ein Blatt übrig gehabt, also hatte er die Schlacht gemalt. Es war doch gut, kreativ zu sein?

Daddy hatte seine Bilder immer gemocht.

Aber er wollte jetzt nicht an Daddy denken. Er wandte sich wieder der Zeichnung zu. Immer rundherum – und vielleicht hatte das Mädchen ja recht, aber er konnte einfach nicht anders. Nur so konnte er die Panik im Zaum halten, auch wenn seine Hand komplett außer Kontrolle zu sein schien. Vielleicht war es wirklich die Panik …

Die Tür am Fuß der Treppe ging auf.

Immer rundherum.

Schritte auf den Stufen.

Und dann war mit einem Mal so viel Tinte auf dem Papier gelandet, dass das Blatt riss. Die Figur fiel hindurch.

Jetzt bist du in Sicherheit, dachte Jake.

Im nächsten Moment betrat George das Zimmer.

Er lächelte, aber es fühlte sich falsch an. Jake hatte beinahe den Eindruck, als hätte George sich eine Art Elternverkleidung angelegt, nur dass die spannte und nicht passte und er sie in Wahrheit am liebsten so schnell wie möglich wieder abgelegt hätte. Jake wollte gar nicht wissen, was sich darunter verbarg. Er stand auf, und sein Herz bebte genauso sehr wie sein ganzer restlicher Leib.

»Na denn.« George marschierte auf ihn zu. »Dann lass mal sehen, was du hingekriegt hast.«

Er blieb ein Stück entfernt stehen. Warf einen Blick auf das Bild.

Das Lächeln war wie weggefegt.

»Was soll der Scheiß?«

Bei dem Schimpfwort kniff Jake die Augen zusammen. Und im selben Moment spürte er, dass ihm Tränen gekommen waren. Er hatte angefangen zu weinen, ohne dass er es bemerkt hätte, und das Bedürfnis, einfach loszulassen – einfach zusammenzubrechen und zu heulen –, war überwältigend groß. Einzig der Blick in Georges Gesicht sorgte dafür, dass er sich zusammenriss. George würde keine echten Gefühle sehen wollen. Wenn Jake in die Knie ginge, würde George einfach warten, bis er fertig wäre und ihm dann einen echten Grund zum Heulen geben.

»Ich hab nicht gesagt, dass du *das* zeichnen sollst.«

»Zeig ihm die anderen«, sagte das Mädchen eilig.

Jake rieb sich die Augen und zeigte dann auf die Zeichnungen, die er hatte anfertigen sollen.

Ich will zu Daddy.

In ihm drin blubberten die Worte und drohten, aus ihm herauszuplatzen.

»Ich hab mein Bestes gegeben«, sagte er. »Ich konnte das nicht.«

George sah nach unten und nahm die Bilder reglos in

Augenschein. Ein paar Sekunden lang war es mucksmäuschenstill im Zimmer, und die Luft sirrte geradezu vor Anspannung.

»Die sind nicht gut genug.«

Trotz allem tat das Urteil weh. Jake wusste, dass er im Zeichnen nicht gut war, auch wenn Daddy immer sagte, dass er seine Bilder gut fand, weil …

»Ich hab mein Bestes gegeben.«

»Nein, Jake. Hast du ganz offensichtlich *nicht*. Weil du aufgegeben hast, oder etwa nicht? Du hattest noch ein Blatt übrig, um zu üben, und hast dich dafür entschieden, stattdessen … *das da* zu malen.« George fuchtelte verächtlich in Richtung der Schlachtszene. »Die Sachen in diesem Haus kosten Geld. Und damit gehen wir nicht verschwenderisch um!«

»Tut mir leid, Sir.«

»›Tut mir leid‹ langt mir nicht, Jake. Das langt kein bisschen.«

Er blickte finster auf Jake hinab. Es sah aus, als hätte er alle Mühe, sich unter Kontrolle zu halten; seine Hände zitterten. Und Jake wusste genau, dass die Bilder nur ein Vorwand waren. Tief im Innern hatte George wütend auf ihn sein *wollen*. Seine Hände zitterten, weil er versuchte, sich darüber klar zu werden, ob das hier schon reichte, um einen Wutausbruch zu rechtfertigen.

Er schien zu einem Schluss zu kommen.

»Also wirst du jetzt bestraft werden müssen.«

Und dann wurde George stocksteif. Die Verkleidung verflüchtigte sich, und Jake konnte sehen, wie die Güte und die Freundlichkeit von ihm abfielen, als wären auch sie immer nur Maske gewesen – Requisiten, die so leicht weggeworfen werden konnten, wie man sich ein T-Shirt abstreifte. Vor ihm stand jetzt ein Monster.

Und er war allein mit ihm.

Und das Monster würde ihm wehtun.

Jake wich zurück, bis die Rückseiten seiner Waden die Bettkante berührten.

»Ich will zu meinem Daddy.«

»Was?«

»Daddy – ich will zu meinem Daddy ...«

George war drauf und dran, auf ihn zuzugehen, als Jake beim Schrillen eines Alarms irgendwo unten im Haus heftig zusammenzuckte und George wie angewurzelt stehen blieb. Langsam drehte er den Kopf und starrte in Richtung der Treppe, während der Rest seines Körpers immer noch Jake zugewandt war.

Das war kein Alarm, dämmerte es Jake.

Da hatte jemand an der Tür geklingelt.

62

Wutschäumend warf Francis sich in seinem Schlafzimmer im ersten Stock einen weißen Bademantel über. Immerhin war er angeblich krank. Dann zwang er sich, gerade so ruhig zu atmen, dass man ihm die rasende Wut nicht ansehen konnte. Doch es war gut, wenn sie unmittelbar unter der Oberfläche bliebe, wenn sie abrufbar wäre – vielleicht würde er sie brauchen.

Die verdammte Klingel.

Und es klingelte immer noch. Er eilte nach unten. Das war nicht die Polizei, beschwichtigte er sich. Wenn die je hier vor der Tür auftauchten, würden sie ihre Ankunft deutlich weniger höflich ankündigen. Er spähte durch den Türspion in der Eingangstür, während die Klingel weiter laut und unablässig in seinen Ohren schrillte. Durch den Spion hatte er einen fischaugenverzerrten Blick auf die Vordertreppe und auf den Garten – und auf Tom Kennedy, der mit wild entschlossenem Gesichtsausdruck den Finger auf den Klingelknopf presste. Francis wich ein Stück zurück. Wie hatte der ihn hier finden können, verdammt? Und warum war *er* hier – und nicht die Polizei?

Warum sollte er seinen Sohn zurückhaben wollen?

Francis machte einen Schritt von der Tür weg. Dem würde er nicht aufmachen müssen – sicher würde Kennedy bald wieder verschwinden. Es wäre doch verrückt zu glauben, dass der Mann sich hier noch länger aufhalten wollte.

Und doch schrillte die Klingel weiter.

Francis rief sich den Gesichtsausdruck des Mannes in Erinnerung, und er fragte sich, ob Kennedy nicht vielleicht wirklich verrückt war. Ob ein Kind zu verlieren – selbst eins, das so offensichtlich vernachlässigt wurde wie Jake –, genau das mit einem Menschen machte.

Oder ob er selbst die Lage womöglich falsch eingeschätzt hatte.

Er legte die Stirn an die Tür – nur wenige Zentimeter von dem Mann dort draußen entfernt –, und spürte Kennedys Anwesenheit wie ein Kitzeln an seiner Schädeldecke. War es wirklich möglich, dass Jake doch geliebt wurde? Dass sein Vater sich so sehr um ihn sorgte, dass die Entführung des Jungen ihn zu solchen Maßnahmen getrieben hatte? Bei der Vorstellung verspürte Francis Hoffnungslosigkeit und ein schier unerträgliches Verlustgefühl. Wenn das wahr wäre, wäre es einfach nicht fair. Nichts von alledem wäre fair. Kleine Jungen waren keinem derart wichtig, das hatte er tief im Innern immer gewusst, und auch jetzt war er sich dessen sicher. Sie waren wertlos. Sie verdienten nichts als …

Die Klingel schrillte immer noch.

»Schon *gut*«, rief er.

Kennedy musste ihn gehört haben, gab aber immer noch nicht auf. Francis eilte in die Küche, nahm sich ein schmales, scharfes Messer aus dem Trockengestell und schob es in die Tasche des Bademantels. Und endlich hörte das Klingeln auf. Francis wischte das Verlustgefühl beiseite und beschwor wieder die Wut, hielt sie gerade so außer Sicht.

Werde ihn los.

Kümmere dich um den Jungen.

Dann legte er sein freundlichstes Gesicht auf und kehrte zur Haustür zurück.

63

»Schon *gut.*«

Ich war so überrascht, die Stimme hinter der Tür zu hören, dass ich komplett vergaß, den Finger von der Klingel zu nehmen. Insgeheim hatte ich schon nicht mehr damit gerechnet, dass irgendwer rauskommen würde. Es hatte sich in diesem Moment eher so angefühlt, als könnte ich schlicht nirgends sonst sein und nichts anderes tun. Ich war mir nicht einmal sicher, wie lange ich schon dort gestanden hatte. Ich war einfach nur noch fixiert darauf gewesen, die Klingel zu drücken, als könnte das Jake irgendwie retten.

Ich trat einen Schritt zurück und drehte mich zu Karen um. Sie wartete im Auto, sah angespannt zu mir her und hatte das Handy am Ohr. Sie hatte darauf bestanden, die Polizei zu rufen, also hatte ich ihr DI Becks Durchwahl gegeben. Jetzt starrte sie kopfschüttelnd zu mir her.

Ich drehte mich wieder zur Tür um und hatte keine Ahnung, was als Nächstes passieren würde. Ich war von Adrenalin angetrieben gewesen, seit ich Jakes *Päckchen mit Besonderen Sachen* durchgesehen hatte, und jetzt war ich hier, hatte keinen Schimmer, was ich zu George Saunders sagen oder was ich unternehmen würde.

Ein Schlüssel im Schloss.

Mit einem Mal stand mir vor Augen, wie ich am Vorabend meinen Vater gefunden hatte. Die Verletzungen, die er gehabt hatte. Er war ein fitter, agiler Mann gewesen – und trotzdem hatte jemand ihn einfach angreifen und ausschalten können. Er war unbewaffnet gewesen und womöglich überrascht worden – trotzdem … Was würde ich ihm entgegensetzen?

Ich hatte nicht annähernd gut genug hierüber nachgedacht.

Die Tür ging auf.

Ich hatte mit einer Sicherheitskette gerechnet – dass Saunders nur halb sichtbar wäre und vielleicht schuldbewusst nach draußen spähte. Doch selbstsicher zog er die Tür komplett auf, und bei seinem Anblick zuckte ich unwillkürlich zurück. Er sah vollkommen durchschnittlich aus, und obwohl ich ihn auf Mitte zwanzig schätzte, sah er deutlich jünger aus. Er hatte etwas Weiches, Kindliches an sich; ich glaube, ich hatte noch nie jemanden gesehen, der so harmlos wirkte.

»George Saunders?«, fragte ich.

Er nickte verschlafen und zog sich den Morgenmantel enger um den Leib. Sein schwarzes Haar stand zu Berge und war ungekämmt; nach seinem Gesichtsausdruck zu urteilen war er gerade erst aufgewacht und sah verwirrt und leicht verärgert aus.

»Sie arbeiten an der Rose Terrace, oder?«

Er sah mich mit zusammengekniffenen Augen an. »Ja. Stimmt.«

»Mein Sohn geht dort zur Schule. Ich glaube, Sie unterrichten ihn.«

»Oh. Na ja, nein, ich unterrichte nicht – ich bin nur Hilfslehrer.«

»Zweite Klasse, Jake Kennedy.«

»Richtig, ja. Ich glaube, der geht in meine Klasse. Aber Sie sollten mit seiner Lehrerin sprechen.« Er runzelte die Stirn, allerdings eher verschlafen-verwirrt denn misstrauisch, als wäre ihm der Gedanke gerade erst gekommen: »Ach, und besser in der Schule. Wie sind Sie überhaupt an meine Adresse gekommen?«

Ich sah ihn an. Er war blass, und trotz der Wärme an diesem Morgen zitterte er leicht. Er sah tatsächlich krank aus. Und ja, von meinem Besuch leicht irritiert, allerdings auch nicht über die Maßen besorgt, weil ausgerechnet ich hier stand, sondern eher grundsätzlich verunsichert, weil ein Elternteil an seiner Tür aufgetaucht war.

»Es geht um nichts Schulisches«, entgegnete ich.

»Sondern?«

»Jake ist verschwunden.«

Saunders schüttelte verständnislos den Kopf.

»Jemand hat ihn *entführt*«, fuhr ich fort. »Wie Neil Spencer.«

»O Gott.« Er sah aufrichtig entsetzt aus. »Das tut mir so leid – wann ...«

»Gestern Abend.«

»O Gott«, sagte er wieder, schloss die Augen und rieb sich über die Stirn. »Das ist ja abscheulich. *Abscheulich*. Ich habe nicht wirklich viel mit Jake zu tun, aber er scheint mir so ein netter Junge zu sein.«

Ist er, dachte ich. Gleichzeitig fiel mir auf, dass Saunders im Präsens sprach, und zog mein eigenes Misstrauen sofort wieder in Zweifel. Die Spur, die mich hierhergeführt hatte, war papierdünn, und von Angesicht zu Angesicht sah Saunders nicht aus, als könnte er einer Fliege etwas zuleide tun. Außerdem schien er von Jakes Entführung ehrlich überrascht zu sein – und war eindeutig erschüttert.

Ich hielt das Bild mit dem Schmetterling hoch.

»Haben Sie das für ihn gemalt?«

Saunders blickte kurz darauf hinab.

»Nein. Das hab ich noch nie gesehen.«

»Sie haben es nicht gemalt?«

»Nein.«

Er machte einen Schritt zurück. Ich hielt das Bild immer noch in die Höhe, meine Hand zitterte, und er reagierte genau so, wie jeder auf einen Mann wie mich vor der eigenen Haustür reagiert hätte.

»Was ist mit dem Jungen im Boden?«, fragte ich.

»Was?«

»Mit dem *Jungen im Boden.*«

Er starrte mich schockiert an. Es war die Art von Schock, der sich breitmachte, wenn einem dämmerte, dass man irgendeiner Sache beschuldigt wurde. Und sofern die Reaktion gespielt war, war er ein phänomenaler Schauspieler.

Das hier ist ein Fehler, dachte ich. Und trotzdem …

»Jake!«, rief ich an ihm vorbei.

»Was machen …«

Ich lehnte mich gegen den Türstock, befand mich jetzt fast Stirn an Stirn mit Saunders und rief erneut: *»Jake!«*

Keine Reaktion.

Nach ein paar Sekunden Stille schluckte Saunders. Es klang so schmerzhaft trocken, dass ich es hören konnte.

»Mr. … Kennedy?«

»Ja.«

»Ich verstehe, dass Sie aufgebracht sind. Das verstehe ich *wirklich.* Ich weiß nicht, was hier gerade vor sich geht, aber ich glaube, Sie sollten jetzt besser gehen.«

Ich sah ihn an. Die Angst in seinem Blick war offensichtlich und meiner Einschätzung nach echt. Sein ganzer Körper schien vor Anspannung stocksteif geworden zu sein. Er war einfach nur einer jener schüchternen Männer, die vor einem kuschten, sobald man auch nur die Stimme erhob, und wie es den Anschein hatte, wäre es gleich so weit.

Saunders sagte die Wahrheit.

Jake war nicht hier, und ich …

Und ich …

Ich schüttelte den Kopf und machte ebenfalls einen Schritt zurück.

Verloren. Komplett verloren. Es war ein Fehler gewesen hierherzukommen. Ich musste endlich tun, was sie mir geraten hatten, und nach Hause zu Karen zurückkehren, bevor ich noch irgendwo Schaden anrichtete. Bevor ich alles noch schlimmer machte.

»Tut mir leid«, sagte ich.

»Mr. Kennedy …«

»Tut mir leid. Ich gehe jetzt wieder.«

64

Warte hier.

Was hatte er für eine Wahl? Keine.

Jake saß auf dem Bett und umklammerte mit beiden Händen die Bettkante. Als George gegangen war, hatte er die Tür am Fuß der Treppe verschlossen. Da hatte es immer noch geklingelt. Das Klingeln hatte noch eine Minute oder so angehalten, ehe es irgendwann aufgehört hatte, und Jake hatte angenommen, dass George aufgemacht hatte und jetzt wahrscheinlich mit demjenigen sprach, der dort vor der Tür stand. Sonst wäre er doch garantiert wieder nach oben gekommen? Und hätte getan, was er vorgehabt hatte, bevor dort unten wer auch immer ihn besuchen gekommen war.

Vielleicht tut er es nicht, wenn ich brav bin, dachte er.

Vielleicht würde George ihn ja wieder mögen, wenn er hier oben brav wartete.

»Du weißt, dass das nicht stimmt, Jake.«

Er drehte den Kopf. Das Mädchen saß neben ihm auf dem Bett und hatte wieder diesen ernsten Ausdruck im Gesicht. Doch diesmal sah sie anders aus – sie war zwar verängstigt, aber auch fest entschlossen.

»Er ist ein schlechter Mensch«, sagte sie, »und er will dir wehtun. Und er wird dir wehtun, wenn du es zulässt.«

Jake hätte am liebsten geweint.

»Und wie soll ich das verhindern?«

Sie lächelte ihn milde an, als wüssten sie beide die Antwort auf seine Frage. *Nein, nein, nein.* Jake sah zur Zimmerecke, wo der kurze Vorraum zur Treppe führte. Unter gar keinen Umständen würde er dort hinuntergehen. Was dort womöglich auf ihn wartete, wäre unerträglich.

»Ich kann das nicht.«

»Aber was, wenn das dein Daddy dort an der Tür ist?«

Genau das hatte Jake sich kaum ausmalen wollen. Dass Daddy ihn tatsächlich wiederfinden wollte und es irgendwie geschafft hatte und jetzt dort unten stand …

Es war einfach zu viel der Hoffnung.

»Daddy würde hier hochkommen und mich holen.«

»Nur wenn er wüsste, dass du hier oben bist. Womöglich ist er sich da nicht sicher.« Sie überlegte kurz. »Vielleicht musst du ihm entgegenlaufen.«

Jake schüttelte den Kopf. Das war definitiv nicht möglich.

»Ich kann dort nicht runter.«

Das Mädchen war einen Moment lang still. Dann sagte sie leise: »Erzähl mir von deinem Albtraum.«

Jake schlug die Augen nieder.

»Der handelt davon, wie du Mummy findest, oder?«

»Ja.«

»Und du hast nie jemandem davon erzählt, nicht mal Daddy. Weil du so große Angst davor hast. Aber mir kannst du es jetzt erzählen.«

»Ich kann nicht.«

»Doch, du kannst«, flüsterte sie. »Ich helfe dir. Du läufst ins Wohnzimmer, und das Haus fühlt sich leer an. Daddy ist nicht da, oder? Er ist immer noch draußen. Also gehst du durch das Wohnzimmer …«

»Nicht«, sagte Jake.

»Die Sonne scheint.«

Er kniff die Augen zusammen, aber es nutzte nichts. Er konnte das Sonnenlicht vor sich sehen, das seitlich durch ihr früheres Wohnzimmerfenster fiel.

»Du gehst ganz langsam, weil du spüren kannst, dass etwas nicht stimmt. Dass etwas fehlt. Irgendwie weißt du es bereits.«

Im selben Moment konnte er die rückwärtige Tür vor sich sehen, die Wand, den Handlauf.

Eins nach dem anderen.

Und dann …

»Und dann siehst du sie«, sagte das Mädchen. »Nicht wahr?«

Das hier war kein Albtraum, insofern hatte er auch nicht die Möglichkeit aufzuwachen und zu verhindern, dass er es vor sich sah – und ja, jetzt sah er Mummy vor sich. Sie lag am Fuß der Treppe, ihr Kopf war zur Seite gedreht, die Wange ruhte auf dem Teppichboden. Sie war ganz bleich im Gesicht, fast bläulich, und sie hatte die Augen geschlossen. Sie hatte einen Herzinfarkt gehabt, hatte Daddy ihm später erzählt, was keinen Sinn ergab, weil das doch sonst nur älteren Leuten passierte. Doch Daddy hatte ihm erklärt, dass das manchmal auch bei jüngeren Leuten vorkam, wenn das Herz zu …

Dann hatte er nicht mehr weitergesprochen, sondern angefangen zu weinen. Sie hatten beide geweint.

Aber das war erst später gewesen. In jenem Moment hatte er einfach nur dagestanden und versucht zu verstehen, was er vor sich sah, auch wenn es für sein Gehirn keinen Sinn ergab und seine Gefühle viel zu gewaltig waren.

»Ich hab sie gesehen«, sagte er.

»Und?«

»Und es war Mummy.«

Einfach nur Mummy. Kein Monster. Das Monströse daran waren die Gefühle gewesen, die er gehabt hatte; die Tragweite dessen, was passiert war. In jenem Moment hatte es sich angefühlt, als läge dort ein Teil von ihm selbst und als würde er nie imstande sein zu beschreiben, welche Gefühle da in ihm explodiert waren – und zwar so heftig wie der Big Bang, der das Universum geschaffen hatte.

Dabei war es einfach nur Mummy gewesen. Vor ihr brauchte er keine Angst zu haben.

»Wir müssen jetzt nach unten gehen.« Das kleine Mädchen legte ihm die Hand auf die Schulter. »Es gibt nichts, wovor du Angst haben müsstest.«

Jake schlug die Augen wieder auf und sah sie an. Sie war immer noch da und irgendwie realer denn je, und nie hatte er jemanden vor sich gesehen, der ihn so sehr geliebt hatte.

»Bleibst du bei mir?«, fragte er.

Sie lächelte.

»Natürlich. *Immer*, mein süßer Junge.«

Dann stand sie auf, streckte sich nach ihm aus, nahm seine Hände und zog ihn auf die Beine.

»Was sind wir?«, fragte sie.

65

»Tut mir leid. Ich gehe jetzt wieder.«

Ich war mir nicht sicher, bei wem ich mich da entschuldigte. Bei Saunders, nahm ich an, weil ich unangekündigt vor seiner Tür aufgetaucht war und ihn ohne jeden Beweis beschuldigt und eingeschüchtert hatte. Doch die Entschuldigung reichte noch tiefer. Sie war auch an Jake gerichtet. An Rebecca. Sogar an mich selbst. Irgendwie hatte ich uns alle im Stich gelassen.

Ich sah zurück zu Karen. Sie hatte immer noch das Handy am Ohr, starrte zu mir rüber und schüttelte erneut den Kopf.

»Hören Sie«, sagte Saunders wachsam. »Es ist schon okay. Wie gesagt, ich kann verstehen, dass Sie aufgebracht sind. Ich kann mir gar nicht vorstellen, was Sie gerade durchmachen müssen, aber …«

Er sprach den Satz nicht zu Ende.

»Ich weiß«, erwiderte ich.

»Ich spreche gerne mit der Polizei – und ich hoffe, Sie finden ihn. Ihren Sohn. Ich hoffe, dass sein Verschwinden bloß ein Missverständnis ist.«

»Danke.«

Ich nickte und war schon drauf und dran, zurück zum Auto zu laufen, als ich von drinnen ein Geräusch hörte. Ich blieb wie angewurzelt stehen. Es war ein leises Hämmern, und jemand schrie, allerdings in so weiter Ferne, dass ich es fast überhört hätte.

Doch Saunders hatte es auch gehört. Noch während ich mich von ihm abgewandt hatte, hatte sich sein Gesichtsausdruck verändert, und inzwischen sah er nicht mehr annähernd so kränklich, eingeschüchtert oder harmlos aus. Es war, als wäre seine Menschlichkeit von Anfang an nur Tarnung gewesen, die jetzt von ihm abfiel, sodass ich mit einem Mal jemand komplett Unmenschlichen vor mir sah.

Er knallte die Tür zu.

»Jake!«

Ich schaffte es gerade rechtzeitig auf den Treppenabsatz, um den Fuß in die Tür zu stellen. Die Tür krachte heftig gegen mein Knie, aber ich ignorierte den Schmerz und warf mich gegen das Türblatt, krallte eine Hand um den Türpfosten und presste dann den Rücken gegen das Holz und drückte, so fest ich konnte. Saunders ächzte auf der anderen Seite der Tür und drückte dagegen. Doch ich war größer als er, und der plötzliche Adrenalinstoß tat sein Übriges.

Jake war dort in diesem Haus, und wenn ich nicht an ihn rankäme, würde Saunders ihn umbringen. Ich wusste, dass Saunders nicht mehr davonkommen würde – er würde es nicht mal versuchen. Doch wenn er es schaffte, mich auszusperren, würde er meinem Sohn etwas antun.

»Jake!«

Mit einem Mal war kein Widerstand mehr da.

Saunders musste von der Tür zurückgetreten sein. Sie krachte auf, und ich stürzte direkt ins dahinterliegende Wohnzimmer, taumelte halb gegen ihn. Er verpasste mir einen halbherzigen Schlag in die Rippen, als ich ihn anrempelte, stolperte rückwärts, und dann krachten wir beide – ich über ihm und mit dem rechten Arm quer über seinem Kiefer, er mit seitlich weggedrehtem Kopf – zu Boden. Mit der Linken drückte ich seinen rechten Arm am Ellbogen auf die Dielenbretter. Er bäumte sich auf, versuchte, sich zu befreien, doch ich war größer und schwerer und schlagartig sicher, dass ich ihn würde festhalten können.

Doch dann wand er sich mir erneut entgegen, ich spürte seine Hand an meiner Seite, dort wo er mich zuvor gestreift hatte, und mit einem Mal tat es dort weh. Nicht schlimm, trotzdem war mir mit einem Mal mulmig und schlecht. Tief drinnen, innerlich, fühlte es sich verkehrt an … Als ich an mir hinabblickte, presste er mir immer noch die Faust in die Seite, und dann sickerte Blut auf seinen weißen Bademantel.

Das Messer, das er in der Hand hielt, steckte mir zwischen den Rippen, und als er sich erneut gegen mich stemmte und wutentbrannt aufbrüllte, fiel jede Faser meines Körpers in das Gebrüll mit ein.

Jake!

Ich war mir nicht sicher, ob ich wirklich gerufen oder es mir bloß eingebildet hatte.

Saunders bleckte nur Zentimeter vor meinem Gesicht die Zähne, spuckte mich an und versuchte, mich zu beißen. Ich drückte ihn weiter zu Boden, auch wenn am Rand meines Sichtfelds Sternchen zu flimmern begannen. Als er sich erneut aufbäumte, bewegte die Klinge sich ebenfalls, und die Sterne explodierten. Wenn ich jetzt von ihm abließe, würde er erst mich und dann Jake umbringen, also drückte ich ihn weiter mit aller Kraft nach unten, die Klinge bewegte sich erneut, und die explodierenden Sterne lösten sich auf in ein gleißendes Weiß, das allmählich mein ganzes Sichtfeld füllte. Doch ich durfte ihn nicht loslassen. Ich würde ihn festhalten, bis er mich getötet hätte.

Jake.

Immer noch konnte ich irgendwo über mir ein Hämmern

und Schreien hören. Und jetzt konnte ich auch einzelne Worte verstehen. Mein Sohn war dort oben, und er rief nach mir.

Jake.

Die Sterne erloschen, als das Licht mich überwältigte.

Es tut mir leid.

66

Adrenalin war ein Wachmacher.

Francis Carter, dachte Amanda.

Oder David Parker – oder wie immer er sich inzwischen nannte.

Zurück im Revier hatte sie sich durch die Liste der Schulangestellten gewühlt und nach einem Mann Ende zwanzig Ausschau gehalten. Es arbeiteten überhaupt nur vier Männer dort, den Hausmeister mit eingeschlossen, und nur einer von ihnen passte altersmäßig ins Bild. George Saunders war vierundzwanzig, während Francis Carter inzwischen siebenundzwanzig wäre. Doch wenn man sich falsche Papiere kaufte, brauchte das Alter ohnehin nur grob richtig zu sein.

Sie hatten nach Neil Spencers Entführung mit Saunders gesprochen, und bei der Befragung hatte bei ihr kein Alarm geschrillt. Sie hatte das Protokoll durchgesehen. Saunders hatte gebildet und überzeugend geklungen. Er hatte zwar kein Alibi für den entsprechenden Zeitraum gehabt, aber das war auch nicht überraschend. Keinerlei Vermerk in der Datenbank. Keinerlei Warnhinweise – nichts, dem man hätte nachgehen müssen.

Außer dass jetzt die neuerliche Suche ergeben hatte, dass der echte George Saunders drei Jahre zuvor gestorben war.

Die Umgebung fühlte sich fast schon hyperreal an, als Amanda in die Straße einbog. Sie parkte am oberen Ende vor einem heruntergekommenen Grundstück, das ein Stück von Saunders' Haus zurückversetzt lag. Hinter ihr hielt ein Transporter, neben ihr noch einer, und aus der Gegenrichtung kamen zwei weitere Fahrzeuge und blieben nur ein Stückchen den Hügel hinunter stehen. Alle außer Sichtweite des Hauses, sodass Saunders, wenn er durchs Fenster schaute, nichts würde entdecken können. Das war enorm wichtig. Das Letzte, was sie jetzt brauchten, war, dass er sich in seinem Haus verbarrikadierte und sie es obendrein mit einer Geiselsituation zu tun bekämen.

Nicht dass es so weit kommen würde, dachte sie. Sobald sie ihn eingekreist hätten, würde Saunders Jake Kennedy schlichtweg umbringen.

Ihr Handy hatte die ganze Fahrt über vibriert. Als sie es jetzt hervorholte, hatte sie vier verpasste Anrufe. Die ersten drei stammten von einer ihr unbekannten Nummer. Der vierte vom Krankenhaus. Was bedeutete, dass es Neuigkeiten von Pete gab.

Irgendetwas in ihr schien zu zerbrechen. Sie erinnerte sich daran, wie fest entschlossen sie am Vorabend gewesen war – fest entschlossen, Pete nicht zu verlieren und Jake Kennedy wiederzufinden. Wie naiv sie gewesen war. Doch diesen Gedanken schob sie beiseite und riss sich zusammen, weil sie derzeit ohnehin nur einem ihrer Vorsätze folgen konnte.

Unter meiner Aufsicht kommt nicht noch ein Kind abhanden.

Sie stieg aus dem Wagen.

Auf der Straße war es vollkommen still. Die komplette Umgebung fühlte sich verwaist an – ein Teil ihrer Stadt, der langsam im Schlaf sein Leben aushauchte. Dann hörte sie, wie die Seitentür des Transporters aufgeschoben wurde, und das Schrammen von Schuhsohlen auf Asphalt. Sie hatten ausgemacht, dass sie zuerst hingehen würde, auf den ersten Blick allein, und versuchen sollte, Francis dazu zu bringen, die Tür aufzumachen und sie hereinzubitten. Im nächsten Moment würde der Rest der Mannschaft folgen – und binnen Sekunden wäre er überwältigt.

Doch dann sah Amanda, dass Karen Shaws Wagen vor ihr an der Straße parkte. Und als sie weiterlief, entdeckte sie, dass die Tür zu George Saunders' Haus offen stand – und sie spurtete los.

»Zugriff! Alle!«

Durch den Vorgarten, den Fußweg hinauf und durch die offene Tür, hinter der gleich das Wohnzimmer lag. Am Boden hatten sich zwei Leiber ineinander verkeilt, überall war Blut, aber auf die Schnelle war nicht ersichtlich, wer verletzt war und wer nicht.

»Helfen Sie mir, bitte!«

Es war Karen Shaw. Amanda trat einen Schritt auf sie zu. Shaw kniete auf Francis Carters Arm und versuchte, ihn unten zu halten. Zwischen den beiden presste Tom Kennedy den Mann zu Boden. Carter war fixiert, hatte die Augen fest zugekniffen und versuchte verzweifelt, sich freizuwinden, auch wenn das Gewicht der beiden anderen ausreichte, um ihn an Ort und Stelle zu halten.

Von irgendwo über ihnen konnte Amanda ein Hämmern und Schreien hören.

»Daddy! Daddy!«

Officers strömten an ihr vorbei.

»Seien Sie vorsichtig mit ihm!«, kreischte Karen. »Er hat ein Messer abgekriegt!«

Amanda sah selbst, wie das Blut in Carters Bademantel sickerte. Tom Kennedy lag reglos auf Carter. Sie hätte nicht sagen können, ob er noch lebte oder schon tot war.

Wenn sie ihn heute auch verlieren sollte …

»Daddy! Daddy!«

Zumindest diesbezüglich konnte sie etwas unternehmen.

Sie rannte in Richtung Treppe.

Teil sechs

67

Pete hatte mal gehört, dass das Leben wie ein Film blitzschnell an einem vorüberzog, wenn man starb.

Jetzt wusste er, dass das stimmte, auch wenn es natürlich vorher schon ständig passierte, solange man noch am Leben war. Aber wie schnell das alles ging, dachte er. Als kleiner Junge war er über die Lebenszeit von Schmetterlingen und Eintagsfliegen erstaunt gewesen, die nur Tage oder eben Stunden am Leben blieben, was für ihn unvorstellbar gewesen war. Inzwischen wusste er, dass das für alles und jeden galt – dass es einfach nur eine Frage der Perspektive war. Jahre vergingen immer schneller, wie Freunde, die in einem sich erweiternden Kreis einander die Arme über die Schultern legten und immer schneller und noch schneller herumwirbelten, je mehr es auf Mitternacht zuging. Und dann war mit einem Mal Schluss.

Es rauschte alles rückwärts an einem vorbei. Blitzte vor den Augen auf, genau wie jetzt gerade bei ihm.

Er sah hinunter auf ein Kind, das friedlich in einem Zimmer schlief, in das vom Flur sanftes Licht hereinfiel. Der Junge lag auf der Seite und hielt vor dem Gesicht die eine Hand mit der anderen umklammert. Alles war komplett ruhig. Ein Kind – gewärmt, geliebt – war sicher und ohne Angst eingeschlafen. Ein altes Buch lag aufgeschlagen neben dem Bett auf dem Boden.

Diese Bücher hat dein Daddy schon gemocht, als er noch klein war.

Dann eine ruhige, ländliche Straße. Es war Sommer, und die ganze Welt stand in voller Blüte. Blinzelnd sah er sich um. Die Hecken zu beiden Seiten der warmen Asphaltstraße waren dicht belaubt, Bäume verschränkten ihre Kronen, sodass die Blätter ein Dach bildeten, das die Welt in Zitronen- und Limettentönen einfärbte. Schmetterlinge flatterten über die Felder. Wie schön es hier draußen war. Er war zuvor viel zu abgelenkt gewesen, um es zu bemerken – zu beschäftigt, sich umzusehen, um wirklich hinzusehen. Jetzt sah er es so klar vor sich, dass er sich fragte, wie er derart zerstreut hatte sein können, dass er es früher nie wahrgenommen hatte.

Wie ein Blitz flammte vor seinen Augen eine Szene auf, die so widerwärtig war, dass sein Verstand sich weigerte, sie zu verarbeiten. Er konnte das nasale Summen der Fliegen hören, die kopflos durch die weingeschwängerte Luft flogen, konnte die wütende Sonne sehen, die auf die Kinder am Boden hinunterblickte, die keine Kinder mehr waren, und dann, dem Himmel sei Dank dafür, lief die Zeit umso schneller rückwärts. Er machte einen Schritt nach hinten. Eine Tür fiel zu. Ein Schloss klickte.

Niemand sollte – auch nicht ein einziges Mal – die Hölle vor sich sehen müssen.

Nie wieder würde er dort hinsehen müssen.

Dann ein Strand. Der Sand unter seinen ausgestreckten Beinen war weich und fein wie Seide und von der gleißenden Sonne aufgewärmt, die den Himmel komplett auszufüllen schien. Das Meer vor ihm schäumte silbergefiedert. Eine Frau saß so nah neben ihm, dass er spüren konnte, wie die Härchen an ihrem nackten Oberarm seine eigene Haut kitzelten. In der anderen Hand hielt sie eine Kamera, die sie auf sich selbst und auf ihn gerichtet hatte. Er legte sein bestes Lächeln auf und blinzelte ins Licht. In diesem Moment war er einfach nur überglücklich – damals war ihm das gar nicht klar gewesen, doch jetzt wusste er es. Er liebte sie so sehr, trotzdem hatte er nie gewusst, wie er es ihr sagen konnte. Jetzt endlich wusste er es – und es war so leicht! Er wandte sich der Frau zu und erlaubte sich, die richtigen Worte zu fühlen und sie auszusprechen.

»Ich liebe dich.«

Sie lächelte ihn an.

Dann ein Haus. Es sah gedrungen aus, hässlich, triefte vor Hass, genau wie der Mann, der es bewohnte, und auch wenn er es lieber nicht betreten hätte, hatte er keine Wahl. Er war klein – wieder selbst ein Kind –, und das hier war sein Zuhause. Die Haustür klapperte, und der Teppichboden atmete Staub aus, als er darüberlief. Die Luft war grau und schwer vor Feindseligkeit. Im Wohnzimmer saß ein verbitterter Mann in einem Lehnstuhl vor dem Kamin. Ein schmuddeliger Pullover spannte sich über den Bierbauch, der dem Mann bis auf die Oberschenkel reichte. Er hatte ein hämisches Grinsen im Gesicht. So guckte er immer, wenn er denn überhaupt mal guckte.

Welche Enttäuschung der Junge war. Ihm war nur zu klar, wie wertlos er war, dass nichts, was er je täte, gut genug wäre.

Dabei stimmte das nicht.

Du kennst mich nicht, dachte er.

Du hast mich nie gekannt.

Als Kind war sein Vater für ihn eine Sprache gewesen, die er nie gelernt hatte, die er mittlerweile jedoch fließend sprach. Der Mann hatte gewollt, dass er ein anderer wäre, und das war verwirrend gewesen – doch inzwischen konnte er das Buch seines Vaters lesen, und er wusste, dass nichts darin von *ihm selbst* gehandelt hatte. Sein Buch war ein anderes, immer schon. Er musste einfach bloß er selbst sein, nur hatte es einige Zeit – zu viel Zeit – gedauert, bis er das begriffen hatte.

Dann ein Kinderzimmer, winzig und fensterlos, gerade zweimal so groß wie das kleine Bettchen.

Er legte sich hin und atmete den vertrauten Geruch der Laken und des Kissens ein. Sein Kuscheltuch aus der Wiege steckte zwischen Matratze und Bettgestell. Instinktiv griff er danach und drückte eine Ecke des weichen Stoffs in seiner Hand zusammen, hob es ans Gesicht, schloss die Augen und atmete tief ein.

Das war das Ende, dämmerte ihm. Das Gewirr seines Lebens war aufgelöst und wie ein Wandbild vor ihm ausgebreitet worden, und jetzt sah und verstand er es, jetzt in der Rückschau war alles offensichtlich.

Er wünschte sich, er könnte es noch einmal leben.

Eine Tür ging auf. Aus dem schäbigen Flur fiel ein Lichtstreifen auf Pete, und dann betrat ein Mann zögerlich das Zimmer, bewegte sich langsam und behutsam, humpelte leicht, als hätte er sich verletzt. Der Mann trat an Petes Bett und ließ sich unter Mühen vor der Bettkante auf die Knie sinken.

Nachdem er Pete eine Weile beim Schlafen betrachtet hatte, nicht sicher, was er jetzt tun sollte, fasste der Mann einen Entschluss. Er lehnte sich nach vorn und nahm Pete, so gut er konnte, in die Arme.

Und auch wenn Pete sich zu diesem Zeitpunkt bereits tief in seine Träume verloren hatte, konnte er die Umarmung spüren, oder zumindest bildete er es sich ein, und für einen Augenblick spürte er Verständnis und Vergebung. Als hätte sich ein Kreis geschlossen oder als wäre etwas Neues entstanden.

Als hätte er einen Teil von sich, der lange verschollen war, endlich zurückbekommen.

68

Als Amanda heimkam, wartete der Brief schon auf sie, trotzdem machte sie ihn nicht sofort auf.

Der Stempel des HMP Whitrow verriet bereits, von wem der Brief stammte, aber noch war sie nicht bereit, sich damit zu befassen. Frank Carter hatte Pete zwanzig Jahre lang in Atem gehalten – hatte ihn verhöhnt, mit ihm gespielt –, und sie würde einen Teufel tun und nachlesen, wie er es noch an dem Tag tat, da Pete gestorben war. Nicht dass Carter das hätte wissen können, als er den Brief abgeschickt hatte; andererseits schien er irgendwie immer alles zu wissen.

Aber zum Teufel mit ihm, sie hatte Besseres, Wichtigeres zu tun.

Sie ließ den Brief auf dem Esstisch liegen, goss sich ein großes Glas Wein ein und hielt es hoch.

»Auf dich, Pete«, sagte sie leise. »Gute Reise.«

Und dann fing sie doch an zu weinen. Was lächerlich war. Sie hatte nie nah am Wasser gebaut, war immer stolz darauf gewesen, ruhig und kontrolliert zu sein. Doch dieser Fall hatte sie verändert. Und im Moment war niemand da, der es hätte sehen können, also entschied sie, dass es in Ordnung war, sich gehen zu lassen. Es fühlte sich gut an. Sie weinte nicht mal nur um Pete, dämmerte ihr nach einer Weile, als die Gefühle, die sich in den vergangenen Monaten angestaut hatten, sich endlich Bahn brachen.

Ja, auch um Pete. Aber auch um Neil Spencer. Um Tom und Jake Kennedy.

Um alle.

Es war, als hätte sie wochenlang den Atem angehalten und als würde sie durch die Schluchzer jetzt erstmals wieder tief ausatmen können. Es war so verzweifelt überfällig gewesen.

Nachdem sie mit Tom gesprochen hatte und mit dem Wissen, das sie jetzt hatte, war der Alkohol wahrscheinlich gerade nicht, was sich Pete gewünscht hätte. Aber er hätte sie verstanden. Tatsächlich konnte sie regelrecht vor sich sehen, wie er sie verständnisvoll ansah – wie er das so oft getan hatte. Mit einem Blick, der besagte: *Ich hab das auch erlebt, und ich verstehe es gut, aber darüber reden wir jetzt nicht, okay?*

Er hätte es verstanden. Der Kinderflüsterer-Fall hatte ihn zwanzig Jahre seines Lebens beschäftigt. Manche Fälle hingen einem nach, krallten sich in einem fest und blieben bei einem, sodass man sie für alle Zeit mit sich herumschleppte, ganz gleich wie sehr man sich bemühte, sie abzuschütteln. Vor alledem hatte sie geglaubt, gegen so was immun zu sein – dass sie wie Lyons die Karriereleiter emporklettern und sich nicht nach unten ziehen lassen würde wie Pete –, doch inzwischen kannte sie sich ein bisschen besser. Das hier würde sie noch eine ganze Weile mit sich herumschleppen. So eine Polizistin war sie also geworden. Eine, die alles war, nur nicht vernünftig.

Aber dann war es eben so.

Sie kippte den Wein hinunter und goss sich noch ein Glas ein.

Natürlich gab es auch Gutes, an das sie sich halten konnte. Sie hatten Jake Kennedy rechtzeitig aufgespürt. Francis Carter saß im Gefängnis. Und sie würde für immer die Frau sein, die ihn zur Strecke gebracht hatte. Sie hatte sich an dem Fall abgearbeitet und ihr Bestes gegeben, und sie hatte es geschafft.

Als es so weit gewesen war, hatte sie jede verdammte Sekunde genutzt.

Irgendwann gab sie sich einen Ruck und öffnete den Briefumschlag. Sie war inzwischen hinreichend angetrunken, um nicht länger Angst vor dem zu haben, was Frank Carter zu sagen hätte. Was spielte es noch für eine Rolle? Sollte der Mistkerl doch schreiben, was er wollte. Seine Worte würden von ihr abprallen, und er würde hinterher immer noch im Gefängnis vor sich hin rotten, während sie immer noch hier wäre. Es würde nicht so laufen wie bei Pete. Carter hatte nichts, was er ihr als Köder hinwerfen konnte. Nichts, womit er sie verletzen konnte.

Ein einzelnes Blatt Papier, fast komplett leer.

Dann der Satz, den Carter niedergeschrieben hatte.

Wenn Peter noch hören kann, richten Sie ihm meinen Dank aus.

69

Francis saß in seiner Zelle und wartete.

Er hatte die vergangenen zwei Wochen im Gefängnis mit einer vagen Vorahnung verbracht, doch heute hatte etwas in der Welt klick gemacht, und er hatte sofort gewusst, dass es endlich so weit wäre. Nach Einschluss war er geduldig im Dunkeln auf seiner Pritsche sitzen geblieben, war immer noch vollständig angezogen, und seine Hände ruhten auf seinen Oberschenkeln. Er hörte zu, wie das metallische Echo und die Rufe der anderen Gefangenen um ihn herum nach und nach verstummten. Blind starrte er die grobe Ziegelwand gegenüber an.

Und wartete.

Er war inzwischen erwachsen, und er hatte keine Angst.

Auch wenn sie ihr Bestes gegeben hatten, ihm Angst einzuimpfen. Als er gerade frisch hier im Gefängnis gelandet war, hatten sich die Wachen professionell verhalten, waren aber nicht imstande oder willens gewesen, ihren Abscheu zu verbergen. Immerhin hatte Francis einen kleinen Jungen umgebracht und wahrscheinlich – in ihren Augen noch viel schlimmer – einen Polizeibeamten. Die Leibesvisitation war über die Maßen grob gewesen. Weil er zunächst nur in U-Haft saß, war er getrennt von den bereits Verurteilten untergebracht worden; trotzdem war immer wieder an seine Zellentür gehämmert worden, und von draußen wurden Drohungen durch die

Tür gezischt und geflüstert. Außer dass sie hin und wieder zur Räson gerufen hatten, unternahmen die gelangweilten Wachen nichts dagegen. Francis glaubte, dass sie es insgeheim sogar guthießen.

Sollten sie doch.

Er wartete. Es war warm in der Zelle, doch seine Haut prickelte, und er zitterte leicht. Allerdings nicht vor Angst.

Weil er inzwischen erwachsen war. Er hatte keine Angst.

Eine Woche zuvor hatte er seinen Vater in der Gefängniskantine erstmals wiedergesehen. Selbst während der Mahlzeiten wurde Francis von den anderen ferngehalten, und deshalb hatte er allein an seinem Tisch gesessen, während ein Wachmann ihm dabei zugesehen hatte, wie er den Fraß in sich hineinschaufelte, den sie ihnen hier vorsetzten. Francis hatte den Verdacht, dass sie ihm das widerlichste Essen gaben; doch wenn das wirklich der Fall war, bemühten sie sich vergebens. Er hatte schon Schlimmeres gegessen. Und er hatte einen wesentlich härteren Umgang überlebt. Während er ein paar Löffelvoll kaltes Kartoffelpüree in sich hineinschaufelte, sagte er sich sicher zum hundertsten Mal, dass das nur eine Prüfung war. Was immer sie ihm entgegenschleuderten – er würde es aushalten. Er würde sich verdienen, was …

Und dann hatte er seinen Kopf gedreht und seinen Vater gesehen.

Frank Carter war durch die Kantinentür marschiert, als würde das Gefängnis ihm gehören. Leicht geneigter Kopf – und seine Präsenz war sofort im ganzen Raum greifbar gewesen. Ein Berg von einem Mann. Die Wachen – die meisten von ihnen einen Kopf kleiner – hielten respektvoll Abstand. Er wurde von einem Trupp Insassen eskortiert, alle in orangefarbener Gefängniskluft, trotzdem stach sein Vater hervor, war eindeutig der Anführer. Er schien um kein Jahr gealtert zu sein. Auf Francis wirkte er fast schon übermenschlich groß und mächtig, als könnte er, wenn er nur wollte, einfach durch die Gefängnismauern hindurchmarschieren und auf der anderen Seite bloß ein bisschen staubig und ohne einen Kratzer herauskommen.

Als wäre er zu allem imstande.

»Beeil dich, Carter.« Die Wache versetzte ihm einen Stoß in den Rücken.

Francis aß seinen Kartoffelbrei auf und dachte bei sich, dass der Mann das schon alsbald bereuen könnte. Weil sein Vater hier König war, und entsprechend gehörte auch Francis zum Königshaus. Während er fertig aß, warf er wiederholt verstohlene Blicke hinüber zu dem Tisch, an dem sein Vater Hof hielt. Die Gefangenen lachten, doch Francis saß zu weit weg, um die anderen Stimmen ausblenden und hören zu können, was dort gesagt wurde. Sein Vater lachte nicht. Und während Francis meinte, ein paar andere Insassen dabei zu ertappen, wie sie zu ihm herüberspähten, würdigte sein Vater ihn nicht eines Blicks. Nein, Frank Carter aß einfach nur schnell seine Mahlzeit, tupfte sich gelegentlich mit einer Serviette über den Bart und starrte ansonsten kauend vor sich hin, als würde er über etwas Wichtiges nachdenken.

»*Beeil dich*, hab ich gesagt.«

In den folgenden Tagen hatte Francis seinen Vater noch bei anderen Gelegenheiten gesehen, und es war immer das Gleiche gewesen: Er war beeindruckt von der schieren Größe des Mannes, der ohne Ausnahme jeden in seiner Nähe weit überragte – wie ein Vater inmitten seiner Kinder. Und nie schien er Francis zu bemerken. Anders als seine kriecherische Gefolgschaft sah er nicht ein einziges Mal in Francis' Richtung. Trotzdem konnte Francis ihn ständig *spüren*. Wenn er nachts allein in seiner Zelle lag, war sein Vater eine Präsenz, die gerade so außer Reichweite hinter der massiven Tür und den stahlverkleideten Fluren pulsierte.

Ich bin inzwischen erwachsen, dachte Francis erneut.

Und ich habe keine Angst.

Mittlerweile war es wie immer leise im Gefängnis. Irgendwo aus der Ferne waren Geräusche zu hören, doch in seiner Zelle war es so still, dass er seinen eigenen Atem hörte.

Er wartete.

Und wartete.

Bis er endlich Schritte über den Flur kommen hörte, die gleichzeitig vorsichtig und vorfreudig klangen. Francis stand auf, und sein Herz hämmerte hoffnungsvoll, als er noch konzentrierter hinhörte. Es war mehr als nur eine Person. Ein leises Lachen, dann die Ermahnung, still zu sein. Rasselnde Schlüssel. Was Sinn ergab – sein Vater hätte sicher überall Zugang, wo immer er hinwollte.

Doch an dem Geräusch war auch etwas Beunruhigendes.

Draußen vor der Zellentür wisperte jemand seinen Namen.

Fraaaaancis.

Ein Schlüssel drehte sich im Schloss herum.

Und dann ging die Tür auf.

Als Frank Carter die Zelle betrat, füllte seine enorme Körpermasse die ganze Tür aus. Es brannte gerade genug Licht, dass Francis das Gesicht seines Vaters sehen konnte, den Ausdruck und …

Und …

Er war wieder Kind.

Und er hatte Angst.

Weil Francis sich an diesen Gesichtsausdruck nur zu gut erinnern konnte. Es war derselbe Ausdruck gewesen, den sein Vater immer gehabt hatte, wenn er in Francis' Zimmer gekommen war und ihm befohlen hatte aufzustehen und mit nach unten zu kommen, weil er sich irgendwas ansehen müsse. Damals hatte sein Vater sich angesichts der Umstände genötigt gesehen, den Hass im Zaum zu halten und ihn stellvertretend auf andere zu richten. Doch hier und jetzt war keine Zurückhaltung mehr vonnöten.

Hilfe, dachte Francis.

Aber da war niemand, der ihm hätte helfen können. Da war niemand, den er hätte rufen können.

Es hatte nie jemanden gegeben.

Langsam kam der Kinderflüsterer auf ihn zu. Mit zitternden Händen griff Francis nach unten und packte den Saum seines T-Shirts.

Und dann zog er es sich übers Gesicht.

70

»Geht es dir gut, Daddy?«

»Was?«

Ich schüttelte den Kopf. Ich saß auf Jakes Bettkante, hatte *Power of Three* auf der letzten Seite aufgeschlagen und starrte ins Leere.

»Alles gut«, murmelte ich.

Doch nach Jakes Gesichtsausdruck zu urteilen glaubte er mir nicht – und natürlich hatte er recht. Es ging mir alles andere als gut. Trotzdem wollte ich ihm nicht erzählen, wie ich im Krankenhaus ein letztes Mal meinen Vater gesehen hatte. Eines Tages würde ich es vielleicht tun, aber da war immer noch so viel, das er nicht wusste, und ich war mir nicht sicher, ob ich ihm irgendwas davon erklären könnte oder ob er mich je verstehen würde.

In dieser Hinsicht hatte sich nichts verändert.

»Ist nur dieses Buch …« Ich klappte es zu und strich mit der Hand nachdenklich über den Umschlag. »Das hatte ich seit meiner eigenen Kindheit nicht mehr gelesen, und ich nehme an, da sind Erinnerungen in mir hochgekommen. Hab mich ein bisschen gefühlt, als wär ich wieder so alt wie du.«

»Ich kann nicht glauben, dass du jemals so alt warst wie ich.«

Ich musste lachen. »Ist auch schwer zu glauben, was? Kuscheln?«

Jake schlug die Decke zurück und robbte zu mir rüber. Als er auf meinen Schoß krabbelte, legte ich vorsichtig das Buch beiseite.

»*Achtung!*«

»Entschuldigung, Daddy.«

»Schon okay, wollte dich nur daran erinnern.«

Es war fast zwei Wochen her, seit George Saunders mich niedergestochen hatte – oder Francis Carter, wie er früher geheißen hatte. Ich wusste immer noch nicht, wie nah ich dem Tod wirklich gewesen war, und konnte mich an weite Teile des Vormittags nicht mehr erinnern. Er verschwamm vor meinen Augen, als hätte die Panik, die ich verspürt hatte, alles ausradiert und verhindert, dass ich etwas davon im Gedächtnis behalten würde. Und auch der erste Tag im Krankenhaus war ganz ähnlich gewesen; erst danach hatte sich der Nebel allmählich gelichtet. Inzwischen trug ich bloß einen Verband an der Seite, konnte ein Bein noch nicht wieder voll belasten und hatte eine Handvoll Erinnerungen, die eher Momentaufnahmen aus einem Traum glichen: Jake, der nach mir schrie; meine Verzweiflung; das überwältigende Bedürfnis, zu ihm zu gelangen.

Dass ich bereit gewesen wäre, für ihn zu sterben.

Ganz vorsichtig nahm er mich in die Arme. Trotzdem musste ich mich beherrschen, um nicht vor Schmerzen zusammenzuzucken. Ich war froh, dass ich ihn in diesem Haus nicht mehr die Treppe hoch- und runtertragen musste. Nach allem, was passiert war, hatte ich schon befürchtet, dass er noch verängstigter sein und sich wieder so verhalten könnte wie früher, doch in Wahrheit war er mit dem Grauen jenes Tages wesentlich besser klargekommen, als ich gedacht hatte. Womöglich besser als ich selbst.

Ich erwiderte die Umarmung, so gut es ging. Mehr konnte ich nicht tun. Und dann, nachdem er ins Bett zurückgekrochen war, stand ich noch kurz in der Tür und sah ihn einen Moment lang an. Er sah so friedlich aus, so warm und sicher, mit seinem *Päckchen mit Besonderen Sachen* neben sich am Boden. Ich hatte ihm nicht erzählt, dass ich an jenem Morgen hineingesehen hatte – und ich hatte ihm auch nicht die Wahrheit über das kleine Mädchen gesagt. Auch dafür fand ich noch nicht die richtigen Worte.

»Gute Nacht, Kumpel. Ich hab dich lieb.«

Er gähnte. »Hab dich auch lieb, Daddy.«

Treppensteigen fiel mir noch schwer; nachdem ich das Licht ausgemacht hatte, blieb ich eine Weile in meinem Schlafzimmer und wartete, bis er eingeschlafen war. Ich saß auf meinem Bett und klappte den Laptop auf, klickte die jüngste Datei an und überflog, was ich bereits geschrieben hatte.

Rebecca.

Ich weiß genau, was du hierüber denken würdest, weil du immer so viel praktischer veranlagt warst als ich. Du würdest wollen, dass ich mit meinem Leben weitermache. Du würdest wollen, dass ich glücklich bin …

Und so weiter. Es dauerte einen Moment, bis mir dämmerte, was ich da geschrieben hatte, denn seit jener Nacht in der sicheren Unterkunft, die eine Ewigkeit her zu sein schien, hatte ich das Dokument nicht mehr angerührt. Es ging um Karen – und um mein schlechtes Gewissen, weil ich Gefühle für sie hatte. Doch auch das schien in weite Ferne gerückt zu sein. Sie hatte mich im Krankenhaus besucht, hatte Jake an meiner Stelle zur Schule gebracht und mir geholfen, ihn zu versorgen, während ich langsam wieder zu Kräften gekommen war. Darüber waren wir uns nähergekommen. Was passiert war, hatte uns zusammengeschweißt, gleichzeitig aber auch aus jedwedem vorhersehbaren Gleis geschleudert, und zu jenem Kuss war es immer noch nicht gekommen. Trotzdem spürte ich, dass er kurz bevorstand.

Du würdest wollen, dass ich glücklich bin.

Ja.

Ich löschte alles außer Rebeccas Namen.

Ich hatte mir vorgenommen, über mein Leben mit Rebecca zu schreiben, über die Trauer, die ich nach ihrem Tod empfunden hatte, und die Art und Weise, wie ihr Verlust mich verändert hatte. Das wollte ich immer noch, weil es sich anfühlte, als spielte sie eine entscheidende Rolle bei allem, was ich noch schreiben würde. Sie hatte nicht aufgehört zu existieren, als sie gestorben war, weil es eben – auch wenn es natürlich keine Geister gab – so einfach nicht funktionierte. Trotzdem war mir inzwischen klar, worüber ich außerdem schreiben wollte: die Wahrheit hinter alledem, was passiert war.

Mister Night.

Der Junge im Boden.

Die Falter.

Das kleine Mädchen mit dem merkwürdigen Kleid.

Und natürlich der Kinderflüsterer.

Die Aufgabe ängstigte mich, weil es immer noch so vieles gab, was ich nicht wusste und womöglich auch nie in Erfahrung bringen würde. Doch vielleicht stellte das gar kein Problem dar. Die Wahrheit kann schließlich genauso gut ein Gefühl wie ein tatsächliches Ereignis sein.

Ich starrte den Bildschirm an.

Rebecca.

Nur das eine Wort – und selbst das war verkehrt. Jake und ich waren in dieses Haus gezogen, um noch mal neu zu beginnen, und sosehr Rebecca ein wesentlicher Teil der Geschichte war, dämmerte mir, dass es nicht um sie gehen sollte.

Ich löschte den Namen. Zögerte kurz. Dann tippte ich:

Jake.

Ich würde dir gern so viel erzählen, aber es ist uns noch nie leichtgefallen, miteinander zu reden, stimmt's?

Also muss ich dir stattdessen schreiben.

Im selben Moment hörte ich Jake flüstern.

Ich verharrte und lauschte der Stille, die dem Flüstern folgte und die das Haus in diesem Augenblick unheilvoller denn je zu füllen schien. Sekunden verstrichen – so viele, dass ich fast glaubte, ich hätte es mir nur eingebildet.

Doch dann war es wieder da.

In seinem Zimmer auf der anderen Seite des Flurs unterhielt Jake sich leise mit jemandem.

Ich legte den Laptop beiseite und stand vorsichtig auf. So lautlos wie nur möglich schlich ich hinaus auf den Flur. Mein Herz krampfte sich zusammen. In den vergangenen zwei Wochen war von dem kleinen Mädchen oder dem Jungen im Boden keine Rede mehr gewesen, und auch wenn ich Jake nur zu gern sein lassen wollte, wie er war, hatte mich das doch erleichtert. Mir behagte die Vorstellung nicht, dass die beiden wieder da waren.

Ich stand auf dem Flur und lauschte.

»Okay«, flüsterte Jake. »Gute Nacht.«

Und dann nichts mehr.

Ich wartete noch einen Moment, doch die Unterhaltung war eindeutig beendet. Noch ein paar Sekunden, und ich ging den Flur entlang und blieb vor seiner Tür stehen. Hinter mir war es gerade hell genug, dass ich Jake sehen konnte, der seelenruhig in seinem Bett lag.

Ich ging auf ihn zu.

»Jake?«, flüsterte ich.

»Ja, Daddy?« Er klang schläfrig und abwesend.

»Mit wem hast du gerade gesprochen?«

Ich bekam keine Antwort mehr, nur das sanfte Auf und Ab der Bettdecke, unter der er lag, und das Geräusch seiner gleichmäßigen Atemzüge. Vielleicht war er schon im Halbschlaf gewesen, dachte ich, und hatte bloß vor sich hin gemurmelt.

Ich zog die Decke über ihm zurecht und war drauf und dran zu gehen, als er doch noch etwas sagte.

»Dieses Buch hat dein Daddy dir vorgelesen, als du noch klein warst«, sagte er.

Ich brachte kein Wort heraus. Ich starrte Jake einfach nur an, der dort mit dem Rücken zu mir im Bett lag. Die Stille schrillte mir in den Ohren, das Zimmer fühlte sich schlagartig kälter an als zuvor, und ich hatte eine Gänsehaut.

»Das stimmt.« Ich sah mich in dem leeren Zimmer um. »Aber wie kommst du darauf?«

Doch da war mein Sohn bereits eingeschlafen.

Danksagung

Ich schulde einer ganzen Reihe von Leuten ein riesiges Dankeschön – allen voran meiner fantastischen Agentin Sandra Sawicka, Leah Middleton und dem kompletten Marjacq-Team. Im Lektorat von Michael Joseph werde ich von Joel Richardson betreut, und seine Geduld und sein guter Rat waren für mich bei der Arbeit unschätzbar wichtig. Außerdem will ich Emma Henderson, Sarah Scarlett, Catherine Wood, Lucy Beresford-Knox, Elizabeth Brandon und Alex Elam für all die harte Arbeit und Unterstützung danken, Shan Morley Jones dafür, dass sie die Fehler gefunden hat, und Lee Motley für den bildschönen Umschlag. Ihr alle habt mich sprachlos gemacht, und ich kann gar nicht oft genug Danke sagen.

Die Krimi-Community ist bekannt für ihre Herzlichkeit und Großzügigkeit, und ich bin jeden Tag dankbar für die Unterstützung und Freundschaft von so vielen fantastischen Autoren, Lesern und Bloggern. Ihr seid einfach spitze! Und auf die Blankets will ich ein besonders großes Glas erheben – nein, einen ganzen Humpen. Ihr wisst, wer ihr seid.

Und schließlich: Danke, Lynn und Zack, für alles – nicht zuletzt dafür, dass ihr es mit mir aushaltet. Dieses Buch ist aus tiefstem Herzen euch beiden gewidmet.